STEFANIE ROSS
MÖRDERISCHE GESCHÄFTE
Heart Bay

Über dieses Buch:
Das Verhältnis von Ash Winterbloom und seinem Vater ist seit seiner Kindheit von Streit geprägt. Jahrelang hat Ash versucht, die Distanz zwischen ihnen zu überbrücken, aber als sein Vater überraschend stirbt, ist endgültig jede Chance zur Versöhnung vertan. Frustriert flüchtet Ash nachts an den Strand – und wird am nächsten Morgen in letzter Sekunde ausgerechnet von der Frau vor dem Ertrinken gerettet, die ihm immer äußerst kratzbürstig begegnet. Trish Harvey arbeitet in dem Familienbetrieb, den Ash geerbt hat und nun leiten muss, und seine lässige Art hat sie seit jeher in den Wahnsinn getrieben. Doch als sich herausstellt, dass der größte Arbeitgeber der Region in ernsthaften finanziellen Schwierigkeiten steckt, müssen sie sich zusammenraufen und herausfinden, wohin die Gelder verschwunden sind. Dabei stechen sie in ein Wespennest und entgehen nur knapp einem ersten Mordanschlag. Ihnen wird klar, dass sie einem skrupellosen Verbrecher auf der Spur sind …

Über die Autorin:
Stefanie Ross wurde in Lübeck geboren und ist in Norddeutschland aufgewachsen. Sie hat ausgedehnte Reisen durch die USA unternommen und arbeitete bei Banken in Frankfurt und Hamburg. 2012 gab sie ihr Debüt als Thrillerautorin. Weitere Informationen unter: www.stefanieross.de.

Die Romane von Stefanie Ross bei LYX:

Die Heart-Bay-Reihe:
Heart Bay – Letzte Hoffnung
Heart Bay – Mörderische Geschäfte
Heart Bay – Bedrohliche Vergangenheit *(erscheint März 2017)*

Die DeGrasse-Reihe:
Luc – Fesseln der Vergangenheit
Jay – Explosive Wahrheit
Rob – Tödliche Wildnis
Dom – Stunde der Abrechnung
Phil – Gefährliches Schweigen

Die Novellen zur DeGrasse-Reihe:
Scott. Eine DeGrasse Novelle
Kalil. Eine DeGrasse Novelle
Hamid. Eine DeGrasse Novelle

Die LKA/SEALs-Reihe:
Zerberus – Unsichtbare Gefahr
Hydra – Riskante Täuschung

Die Novellen zur LKA-/SEALs-Reihe:
Riskante Weihnachten. Eine LKA/SEALs-Novelle
Verhängnisvolles Vertrauen. Eine LKA/SEALs-Novelle

STEFANIE ROSS

MÖRDERISCHE GESCHÄFTE
HEART BAY

Roman

LYX in der Bastei Lübbe AG
Dieser Titel ist auch als E-Book erschienen.

Originalausgabe

Copyright © 2016 by Bastei Lübbe AG, Köln
Redaktion: Maike Hallmann
Umschlaggestaltung: © Birgit Gitschier, Augsburg, unter Verwendung
mehrerer Motive von Shutterstock (CURAphotography, Doug Lemke)
Satz: Greiner & Reichel, Köln
Gesetzt aus der New Caledonia LT Std
Druck und Verarbeitung: CPI books GmbH, Leck

Printed in Germany
ISBN 978-3-7363-0075-0

1 3 5 7 6 4 2

Sie finden uns im Internet unter www.lyx-verlag.de
Bitte beachten Sie auch: www.luebbe.de und www.lesejury.de

Ein verlagsneues Buch kostet in Deutschland und Österreich jeweils überall dasselbe.
Damit die kulturelle Vielfalt erhalten und für die Leser bezahlbar bleibt, gibt es die
gesetzliche Buchpreisbindung. Ob im Internet, in der Großbuchhandlung, beim
lokalen Buchhändler, im Dorf oder in der Großstadt – überall bekommen Sie Ihre
verlagsneuen Bücher zum selben Preis.

1

Es musste ein Albtraum sein. Es durfte einfach nicht wahr sein. Ash Winterbloom stolperte den Strand entlang. Ohne Ziel. Ohne zu wissen, was er eigentlich hier wollte. Weshalb war er zum Strand gefahren? Egal. Im Moment zählte nur, dass er Heart Bay hinter sich ließ. Dieses ruhige, fast langweilige Küstenstädtchen war seine Heimat, hier war er aufgewachsen, hier wohnten seine Freunde. Und von hier wollte er weg. Jetzt.

Kurz dachte er darüber nach, umzukehren. Zurückzugehen. Zu Rick oder Paul. Sie würden ihn verstehen, aber dennoch gefiel ihm der Gedanke nicht. Er setzte weiter stumpf einen Fuß vor den anderen und umklammerte dabei die Flasche Whisky in seiner Hand. Die war als Geschenk für Rick gedacht gewesen. Wieso hatte er die aus seinem Wagen mitgenommen? Er wusste es nicht. Genau genommen wusste er überhaupt nichts mehr. Er stolperte über einen teilweise von Sand bedeckten Felsen, blieb stehen und sah zurück. Die Stadt lag bereits weit hinter ihm. Das Atmen fiel ihm endlich leichter. Gut. Vor sich erkannte er im dämmrigen Licht weitere Felsen. Einer war wie eine Rückenlehne geformt. Ash ging dorthin und ließ sich in den noch warmen Sand sinken. Die Wellen erreichten seine Chucks, aber das interessierte ihn nicht. Er stellte die Flasche in den Sand und fuhr sich mit beiden Händen durch die Haare.

Was hatte er seinem Vater nur jemals angetan, dass er ihn so gehasst hatte? Den Grund würde er nie erfahren. Sein Vater war tot. Nie wieder würde er ihn mit Gleichgültigkeit oder verletzenden Bemerkungen bestrafen. Nie wieder würde Ash ver-

5

geblich versuchen, herauszufinden, was genau zwischen ihnen so fürchterlich schieflief. Er löste die Plastikabdeckung vom Flaschenhals, zog den Korken heraus und trank einen Schluck Whisky. Der Alkohol wärmte ihn – obwohl es über zwanzig Grad warm war, fröstelte er. Hatte er eigentlich etwas gegessen? Seit dem Frühstück an einem Schnellimbiss vermutlich nicht. Egal. Er trank weiter. Eine angenehme Betäubung breitete sich in ihm aus, und für einige kostbare Augenblicke kamen seine Gedanken zur Ruhe.

Der prächtige Sonnenuntergang war vorbei, die Dämmerung der Nacht gewichen. Tiefe Schwärze lag über dem Pazifik. Die Welt schien den Atem anzuhalten. Irgendwann würden Mond und Sterne die Silhouetten der Felsen und die Schaumkronen der Wellen silbrig nachzeichnen, aber jetzt war da nichts als Dunkelheit. So stellte er sich die Unendlichkeit vor. Ob wohl der Tod so aussah? Er hatte niemals darüber nachgedacht, sondern den Gedanken daran, dass jedes Leben endlich war, lieber verdrängt. Ob sein Vater glücklich war, wo immer er sich jetzt befand? Solange Ash sich zurückerinnern konnte, war er verbittert, kalt und vor allem distanziert gewesen. Kam überhaupt irgendetwas nach dem Leben, oder war mit einem Mal alles, wirklich alles vorbei? Er kannte die Antworten nicht, wollte sie eigentlich auch nicht wissen, und trank weiter.

Als am Horizont der erste Stern hell aufblitzte, wusste Ash nicht, wie viel Zeit vergangen war. War es die Venus? Irgendwann hatte er etwas darüber gelesen, konnte sich aber nicht an Details erinnern. Weitere funkelnde Punkte folgten, bis der Himmel aussah wie von Diamantsplittern übersät. Er musste an diese ätzenden, protzigen Kolliers denken, die in Hollywood bei gewissen Ereignissen angesagt waren und im Blitzlichtgewitter funkelten. Niemals würden die Schmuckstücke der Schönheit des Nachthimmels auch nur nahekommen. Er verdrängte den kurzen Gedanken an seinen Wohnort. Das musste warten. Sah so vielleicht die Unendlichkeit aus? Die Vorstellung gefiel ihm besser. Der Whisky schien zu wirken. Statt undurchdringlicher Schwärze lag jetzt eine unendliche Weite vor ihm, durchbrochen von funkelnden Sternen. *Es war einmal vor langer Zeit in einer weit, weit entfernten Galaxis ...* Auch Luke Skywalker hatte mit seinem Vater Pech gehabt, aber die beiden hatten sich am Ende wenigstens filmreif versöhnt. Das war ihm nicht vergönnt gewesen. Die Realität sah leider anders aus als ein verdammter Hollywoodfilm. Oder vielleicht auch nicht ... immerhin war ihr Verhältnis besser gewesen als das von Han Solo und seinem Sohn.

Die Flasche in seiner Hand wurde leichter, das Leben wurde leichter – wenigstens für den Augenblick. Die Sterne verschwammen vor seinen Augen. Er blinzelte, um seine Sicht zu klären, und runzelte verwirrt die Stirn, als ihm klar wurde, dass etwas den Blick auf Pazifik und Himmel versperrte. Etwas, das ihn an die Maske von Darth Vader erinnerte. Wie konnte das sein? Was war das? Darth Vader wohl eher nicht. Er beugte sich etwas nach vorn, um besser sehen zu können, kämpfte dabei gegen Schwindelgefühle an, dann erkannte er ...

Ein schwarzer Schatten raste auf ihn zu. Instinktiv wich er zurück, trotzdem krachte etwas gegen seine Schläfe. Ash spürte noch, wie er mit dem Hinterkopf gegen den Felsen prallte, dann umfing ihn tiefe Dunkelheit.

Ihr Smartphone spielte die Reggaemusik, die sie gestern noch für einen netten Weckton gehalten hatte. Irrtum! Die fröhliche Tonfolge nervte. Trish Harvey patschte mit der Hand auf das Display, erwischte den verdammten roten Kreis gerade genau genug, um den Alarm verstummen zu lassen, und zog sich ihr Kissen über den Kopf. Halb sieben. Viel zu früh nach einer Nacht, in der sie sich ewig lange schlaflos im Bett herumgewälzt hatte. Sie hatte das Gefühl, erst nach sechs Uhr morgens eingeschlafen zu sein, nur um jetzt schon wieder geweckt zu werden. Mist. Sie wollte das Bett nicht verlassen, nicht ins Büro und schon gar nicht nachdenken müssen. Ihr Leben war kompliziert geworden, seit ihr Job in Gefahr war. Okay, es gab Schlimmeres, immerhin war ihr Haus abbezahlt, aber das Leben kostete Geld, das sie ohne Job nicht hätte.

Leider änderte sich an ihren Problemen nichts, wenn sie einfach im Bett liegen blieb. Eher im Gegenteil. Sie sollte dringend in die Firma fahren, um zu erfahren, ob es Neuigkeiten gab. Aber allein schon beim Gedanken an das Ekelpaket, das leider ihr Vorgesetzter war, stöhnte sie auf. Am liebsten hätte sie wütend auf ihr Kissen eingehämmert. Das Leben war einfach unfair! Was würde ihre geliebte Großmutter Fran zu ihren Überlegungen sagen? Sie würde eine perfekt gezupfte Augenbraue zu einem ebenfalls perfekten Halbkreis hochziehen und sagen: »Stolpern ist in Ordnung, aber nun steh wieder auf, halte den Rücken gerade, richte das Krönchen und mach weiter, mein Kind.«

Also gut. Es blieb ihr ja sowieso nichts anderes übrig. Außerdem gab es heute wenigstens einen Termin, auf den sie sich freute: Ihre Freundin Sabrina würde endlich ihr Internetportal online stellen. Dort würde der interessierte Besucher nicht nur Informationen über Heart Bay und die Umgebung bekommen, sondern auch Zimmer buchen können, darunter ihre beiden Gästezimmer. Wenn die Räume ab jetzt regelmäßig belegt wären, sähe die Zukunft zwar nicht rosig aus, aber auch nicht mehr tiefgrau. Dann wäre sie eben hauptberuflich Pensionswirtin statt Buchhalterin. Es gab wirklich Schlimmeres.

Sie warf das Kissen beiseite und schielte auf das Smartphone. Die Zeit reichte noch für einen kurzen Strandspaziergang, ehe sie zur Arbeit fuhr. Wäre es knapp geworden, hätte sie lieber auf das Frühstück verzichtet als auf ihren morgendlichen Besuch am Pazifik.

Keine fünf Minuten später spürte sie den weichen Sand unter den nackten Füßen und schlenderte langsam Richtung Heart Bay. Weit und breit kein Mensch zu sehen. So liebte sie es! Nur ein paar Möwen und einige größere Vögel jagten dicht über den Wellen dahin. Die Sonne wärmte sie schon ausreichend, obwohl sie nur ein dünnes Top und Shorts trug. Ein leichter Wind wehte und blies ihr die schulterlangen braunen Haare aus dem Gesicht. Sie hätte besser ein Haargummi eingesteckt, aber das fiel ihr jeden Morgen erst dann ein, wenn sie am Strand war. Eigentlich hatte sie ihr Leben perfekt durchorganisiert, aber diese Kleinigkeit bekam sie nicht in den Griff. Es gehörte wohl zu einem gelungenen Morgen dazu, dass sie später die zerzausten Strähnen entwirren musste. Dafür vorher den Wind in den Haaren zu spüren und sich frei zu fühlen, richtig frei, war eigentlich nur ein kleiner Preis für diese Unannehmlichkeit. Solange sie den Strand für sich alleine hatte, liebte sie das Zusammenspiel von Wind und Wellen, genauso wie die Touren mit ihrem Motorrad über die Straßen rund um Heart Bay. In diesen Augenblicken waren alle Probleme und Sorgen weit fort, und das Leben war einfach nur schön.

Viel zu schnell kamen die Felsen näher, an denen sie meist kurz verweilte, ehe sie umdrehte und bereit für den Tag war. Irritiert kniff sie die Augen zusammen, um besser erkennen zu können, was dort lag. Trieb da ein Stück Treibholz in den Wellen? Oder …

Als sie erkannte, dass es sich um einen Körper handelte, raste sie los. Ihr Herz hämmerte wild. Auf den Anblick einer Wasserleiche konnte sie verzichten, das würde ihr nicht nur den Tag, sondern womöglich sogar ihren geliebten Strand verderben! Aber sie musste etwas tun, einfach umzukehren oder auf Hilfe zu warten kam nicht infrage.

Ein Mann. Reglos. Die Wellen umspülten ihn und zogen ihn mit jeder Sekunde weiter ins Wasser. Endlich hatte sie ihn erreicht. Trish sank neben ihm zu Boden und fasste mit zitternder Hand nach seiner Schulter. Eine Welle entriss ihn ihrem viel zu zögerlichen Griff. Fluchend packte sie fester zu und zerrte ihn aus dem Wasser heraus, bis die Wellen nur noch seine Füße umspülten.

Er sah nicht besonders tot aus. Anderseits hatte sie noch nie eine Leiche gesehen. Trish legte zwei Finger an seinen Hals. Er fühlte sich kühl an, und einen Puls spürte sie nicht. Im Fernsehen sah das definitiv leichter aus, als es in der Realität war! Sie umklammerte sein Handgelenk und ließ es erschrocken los, als der Mann plötzlich schwach hustete. Okay, das ging wohl als Lebenszeichen durch. Sie sah ihn zum ersten Mal genauer an, registrierte sein wirres braunes Haar und den Schwung seiner Lippen, auf denen selbst jetzt, während er bewusstlos war, ein lässiges Grinsen zu liegen schien, und fluchte unwillkürlich in sich hinein. Nicht auch das noch. Sie kannte ihn: Es war niemand anders als Ash Winterbloom, der Sohn ihres Oberbosses. Laut der Klatschpresse galt Ashs Interesse allen möglichen Hollywoodsternchen, aber leider nicht der Firma seines Vaters, die in ernsten Schwierigkeiten steckte. Ihre Freundin Sabrina glaubte den Geschichten in den bunten Blättern nicht, aber dass ihm sein Vater und die Firma egal waren, wusste Trish aus erster Hand. Und ausgerechnet über ihn musste sie hier stolpern! Nun bemerkte sie auch den unverkennbaren Gestank von Alkohol, der von ihm ausging. Angewidert stand sie auf. Das wurde ja immer besser. Erst am Strand Alkohol in sich reinschütten und dann fast im Meer ertrinken. Wirklich eine großartige Leistung!

Sie sollte ihn hier einfach liegen lassen, aber das brachte sie dann doch nicht übers Herz. Eigentlich nahm sie ihr Smartphone morgens nur mit, um Fotos von Möwen oder dem Sonnenaufgang oder einem interessanten Stück Treibholz zu schießen, aber nun war sie froh, ein Telefon zu haben … Unschlüssig zögerte sie. Wen sollte sie anrufen? Den Sheriff? Oder den Notarzt? Oder … Eigentlich sah es nicht so aus, als würde er sich in Lebensgefahr befinden. Schließlich wählte sie die Nummer ihrer Freundin Sabrina.

Verschlafen meldete Sabrina sich nach dem zweiten Klingeln. »Ist was passiert?«

Trish stutzte kurz, dann wurde ihr bewusst, dass ein Anruf vor sieben Uhr in den Ferien ungewöhnlich war. »Ja. Kann man so sagen. Ich bin gerade über Ash gestolpert, der betrunken am Strand liegt.«

»Was? So ein Mist. Warte. Ich komme.« Im Hintergrund hörte Trish kurz die Stimme von Paul, Sabrinas Lebensgefährten, dann wurde die Verbindung getrennt. Fassungslos starrte Trish auf das Telefon. Sabrina wusste doch überhaupt nicht, wo sie war!

In der nächsten Sekunde vibrierte ihr Telefon bereits wieder. »Trish? Hier ist Paul. Sabrina ist vor ihrem zweiten Kaffee nur bedingt ansprechbar. Was war das mit Ash? Und vor allem: Wo bist du?«

Trish unterdrückte gerade noch ein unpassendes Lachen. Sie hatte zwar gewusst, dass Sabrina ein Morgenmuffel war, aber so schlimm hätte sie sich den Zustand ihrer Freundin nicht vorgestellt. Rasch erklärte sie Paul, wo sie sich befand.

»Ich bin in spätestens zehn Minuten da«, versprach er und legte auf.

Erleichtert verstaute Trish das Telefon wieder in ihrer Shorts. In wenigen Minuten war sie die Verantwortung für diesen hirnlosen Kerl los. Sie konnte es nicht erwarten.

Der Wind war in den letzten Minuten deutlich kräftiger geworden, die Wellen wurden höher. Nicht auch das noch! Seufzend beobachtete Trish die Brandung. Hier konnte sie Ash nicht liegen lassen, sie musste ihn weiter den Strand hinaufziehen. Vor sich hin fluchend machte sie sich an die Arbeit. Er war eindeutig zu schwer für sie, aber da sie keine Wahl hatte, musste sie es schaffen. Wenn sie es drauf ankommen ließ und das Meer ihn sich doch noch holte, würde sie am Ende ihre rudimentären Erste-Hilfe-Kenntnisse bemühen müssen, um ihn wiederzubeleben, und *das* hätte ihr dann wirklich den Tag versaut.

Sie hatte es gerade geschafft, Ash einen halben Meter zu bewegen, als das Donnern der Brandung lauter wurde. Erschrocken sah sie hoch. Diese Welle war groß. Wo kam denn dieser verdammte Minitsunami plötzlich her? Ehe sie reagieren konnte, hatte das Wasser sie erreicht. Es verlieh ihr zwar den nötigen Schwung, um Ash ein ganzes Stück weiterzuziehen, durchnässte sie aber auch von oben bis unten und riss ihr die Füße weg. Prustend landete sie neben ihm und rappelte sich schnell wieder hoch.

Dort, wo Ash vorher gelegen hatte, stand das Wasser nun schon knietief. Er wäre definitiv ertrunken. So ein schwachsinniger Idiot! Wie konnte man nur so leichtsinnig sein? Aber für weitere Verwünschungen hatte sie keine Zeit. Ehe der nächste Brecher heranrollte, sollte sie ihn hier weggezogen haben.

Sie wollte ihn gerade wieder an der Schulter packen, da murmelte er etwas und versuchte, sich umzudrehen.

Sofort war Trish neben ihm und schüttelte ihn leicht. »Hey, Ash. Aufwachen. Es wäre verdammt nett, wenn du mir ein bisschen helfen könntest. Wir müssen hier weg, ehe das Wasser noch höher steigt.«

Er hustete, seine Lider öffneten sich einen Spalt. Er sagte etwas, aber Trish verstand ihn nicht.

Sie beugte sich dichter über ihn und runzelte die Stirn. Schatten? Was meinte er damit? Oder hatte sie sich verhört? »Hier gibt es keinen Schatten, aber gleich jede Menge Wasser. Es wäre wirklich nett, wenn du dich etwas bewegen könntest, sonst …« Alarmiert sah Trish über die Schulter. Der nächste Brecher raste heran, noch größer als der davor. Sie warf sich instinktiv auf Ash, dann wurden sie auch schon über den Sand geschleudert, und das Wasser schlug über ihren Köpfen zusammen. Sie kannte das Meer zu gut, um sich gegen den Sog zu wehren, stattdessen wartete sie, bis die Welle an Kraft verlor und sich zurückzog. Sie musste nur dafür sorgen, dass Ash nicht mitgerissen wurde.

Als sie seinen kräftigen, harten Körper unter sich spürte, hatte sie plötzlich ganz andere Bilder vor Augen. Eigentlich würde es ihr gefallen, mit einem Mann in den Wellen zu toben und zu … Das Wasser floss wieder ab, und ihre Gedanken machten eine Vollbremsung. Ein Mann wäre zwar nett, aber ganz bestimmt nicht dieser, auch wenn er sich durchaus gut anfühlte. Hustend stand sie auf und packte Ash wieder an der Schulter.

Er blinzelte und versuchte, sich gegen ihren Griff zu wehren. Jetzt reichte es ihr endgültig. »Schalte endlich deinen Verstand ein, oder hast du dir den total weggesoffen? Ich will dir helfen. Die nächste Welle könnte dich ja meinetwegen gerne ins Meer ziehen, aber das will ich deinem Vater nicht antun. Also hör auf mit diesem Theater!«

Ihr Gebrüll verfehlte seine Wirkung nicht, sein Blick fokussierte sich kurz. Zum ersten Mal nahm sie wahr, wie ausdrucksvoll seine blaugrauen Augen waren. Kein Wunder, dass die Frauen in Hollywood auf ihn flogen. Er sah verdammt gut aus. War allerdings leider zum Ausgleich ein Vollidiot. Schade eigentlich. Entschieden griff sie wieder nach seiner Schulter, diesmal wehrte er sich nicht, sondern schien sogar mitzuhelfen. Endlich erreichten sie trockenen Sand. Für die nächsten Minuten waren sie hier in Sicherheit.

Hustend drehte sich Ash auf die Seite, dann sah er sie an. »Meinem Vater wäre es scheißegal gewesen, wenn es mich erwischt hätte. Und außerdem ist es jetzt sowieso egal. Er ist tot.«

Ihr stockte der Atem. Zuerst war sie überrascht, wie tief es sie traf, dann begriff sie: Es war der tiefe Schmerz in seinen Augen, der ihr wie ein Stich ins Herz fuhr. »Was? Wir haben doch gestern noch miteinander gesprochen. Was ist denn passiert?« Prüfend blickte sie ihn an. »Hast du dich deshalb so betrunken?«

Verwirrt schüttelte er den Kopf und zuckte dann heftig zusammen. »Habe ich nicht. Da war … da war irgendwas.« Er hob eine Hand, aber sie fiel kraftlos wieder herab. »Ich kann mich nicht erinnern.«

Ein Schatten fiel auf Trish. Erschrocken drehte sie sich um. Paul und Sabrina waren eingetroffen, begleitet von ihrem Hund Scout.

Paul hockte sich sofort neben Ash hin, sah dann kurz aufs Meer und die Schleifspur. Er pfiff leise durch die Zähne. »Hast du ihn da rausgezogen?«, erkundigte er sich.

Trish nickte lediglich, denn die Frage war ja nun wirklich überflüssig. »Ist sein Vater tatsächlich tot?«

Jetzt nickte Paul.

»Das ist aber trotzdem kein Grund, sich zu besaufen und dann fast zu *er*saufen!«, stellte sie deutlich kleinlauter klar.

Ash stemmte sich wieder etwas hoch. »Das habe ich nicht!« Seine Stimme klang etwas energischer. »Da war irgendwas. Ich meine: irgendjemand. Darth Vader. Ich meine … Ach, Scheiße.« Er ließ sich in den Sand zurücksinken. »Mein Kopf bringt mich um.«

Paul strich Ash einige durchnässte Haarsträhnen aus der Stirn und atmete heftig ein. »Kein Wunder, dass du Kopfschmerzen hast. Du hast einen ordentlichen Schlag an die Schläfe kassiert.«

»Von Darth Vader?«, entfuhr es Trish.

Ash sah sie gekränkt an. »Ich weiß, wie bescheuert das klingt, aber … ach, ist ja auch egal.«

Wieder versuchte er hochzukommen und stöhnte auf. Paul drückte ihn sanft zurück. »Gib dir noch einen Augenblick. Du hast mehr abbekommen, als man auf den ersten Blick sieht.«

Sabrina hatte bisher nichts gesagt, nun hockte sie sich ebenfalls neben Ash und fuhr ihm beinahe zärtlich über den Kopf. Er zuckte heftig zusammen. Sabrina nickte, als ob sich ihr Verdacht bestätigt hätte. »Hier hinten hast du auch etwas abbekommen. Egal, was passiert ist, erst mal gehörst du zum Arzt und …«

Ash schüttelte den Kopf, und sofort verzerrte sich sein Gesicht vor Schmerz.

Sabrina kniff die Lippen zusammen. »Sturkopf. Aber ich habe eine Idee! Wir bringen dich zu Trish und rufen Rick an. Der hat bei den Marines genug von dem medizinischen Kram gelernt, um zu beurteilen, ob du ins Krankenhaus gehörst oder nicht.«

»Zu mir?«, wiederholte Trish und konnte ihr Entsetzen bei der Vorstellung nicht verbergen.

Sabrina breitete die Hände aus. »Deine Zimmer sind doch im Moment frei. Wo ist das Problem? Zu uns ist es zu weit, und unsere Gästezimmer sind außerdem im ersten Stock.«

Sie wollte diesen Idioten nicht in ihrem Haus haben, aber das konnte sie kaum sagen, ohne wie eine herzlose Hexe zu wirken. Sie murmelte irgendwas, das Sabrina als Zustimmung interpretierte.

»Schaffst du das, Paul?«, erkundigte sich Sabrina. Anscheinend hatte ihre Freundin das Kommando übernommen, denn ihr Lebensgefährte nickte sofort.

»Klar, ich schaffe ihn rüber, und du rufst Rick an.«

Na gut, Widerstand war hier zwecklos, aber wenn ihre Freunde meinten, sie würde für einen solchen Schwachkopf auch noch die aufopferungsvolle Krankenschwester spielen, hatten sie sich geschnitten. Andererseits wurde ihr erst jetzt richtig bewusst, dass Ashs Vater tot war. Sie hatte den alten Herrn gemocht und würde ihn vermissen. Nachdenklich beobachtete sie, wie Paul seinem Freund beim Aufstehen half. Was mochte das wohl für Ash bedeuten? Das schlechte Verhältnis von Vater und Sohn war legendär. Vielleicht urteilte sie ein klein wenig zu streng über ihn. Aber nur vielleicht!

Wenn sie Ash untergebracht hatten, musste sie dringend in die Firma, um zu klären, was diese tragische Entwicklung für ihren Job bedeutete.

Doch sie waren kaum ein paar Schritte weit gekommen, da vibrierte ihr Handy. Das Display zeigte den Eingang einer SMS an. Ihr Chef teilte ihr kurz und bündig mit, dass die Firma zwei Tage geschlossen blieb. Keine Erklärung, kein Wort darüber, dass der Firmeninhaber tot war. Das war doch typisch für dieses Ekelpaket. Sie brauchte dringend etwas Abstand und eine kleine Verschnaufpause, also drückte sie Sabrina den Haustürschlüssel in die Hand. »Du kennst dich ja aus. Ich gehe zu Fuß zurück. Ich muss das erst einmal sortieren.«

Sabrina wirkte nicht begeistert, nickte aber. »Also gut, aber Scout bleibt bei dir.«

Sie mochte den Hund zwar, wollte aber lieber allein sein. »Was soll das denn?«

Unerwartet ernst sah Sabrina sie an. »Bitte nimm ihn mit. Tu mir den Gefallen. Ich fühle mich dann einfach besser.«

Trish wollte heftig widersprechen, aber die ehrliche Sorge in der Miene ihrer Freundin ließ sie innehalten. Dann begriff sie Sabrinas Überlegungen. »Du glaubst, an Ashs wirren Bemerkungen über Darth Vader ist irgendwas dran?«

Ein flüchtiges Lächeln zog über Sabrinas Gesicht. »Das nun nicht gerade, aber ich glaube nicht, dass er sich alles nur einbildet. Er wäre nie so leichtsinnig, sich ganz allein einfach derart zu betrinken. Überlege dir mal, was in Heart Bay in letzter Zeit los war.« Sie zögerte kurz. »Ich hatte dir doch erzählt, dass es noch einige offene Fragen gab, nachdem diese Verbrecher verhaftet worden sind. Was ist, wenn es da noch jemanden gab, der nicht erwischt wurde? Und wenn derjenige es nun auf Ash abgesehen hat?«

Ein kalter Schauer lief Trish über den Rücken. Sabrinas Exmann hatte sich als skrupelloser Verbrecher entpuppt. Seine Komplizen hatten Sabrina und ihrem Sohn das Leben zur Hölle gemacht und am Ende sogar das Kind entführt. Es war zwar alles gut ausgegangen, und das FBI war sicher, dass die Bedrohung vorbei war, aber ihre Freundin hatte ihr auch anvertraut, dass es noch die eben ins Spiel gebrachten ungeklärten Fragen gab. Ein Mann hatte sie auf Pauls Terrasse beobachtet und später auf Paul und Rick geschossen, und irgendjemand hatte versucht, Scout und Ricks Hund Shadow zu vergiften. Wie das FBI hatte auch Trish diese Vorfälle den Verbrechern zugeschrieben und vermutet, dass die Kerle einfach kein vollständiges Geständnis abgelegt hatten, aber vielleicht lag Sabrina ja doch richtig.

»Also gut, ich nehme Scout mit«, stimmte sie zu. Ihre Freundin hätte sowieso nicht mit sich reden lassen, und mit einem Mal fühlte sich auch Trish mit Hund sicherer.

Sie pfiff ziemlich schräg nach Scout, der sie daraufhin nur verdutzt ansah. Grinsend zeigte Sabrina auf Trish. »Geh mit Trish, Scout. Und pass auf sie auf. Verstanden?«

Der Hund gähnte ausgiebig, trottete dann aber zu Trish und stupste sie gegen das Bein. Paul und Ash hatten schon fast den Wagen erreicht, der oberhalb des Strands am Straßenrand parkte.

»Na, dann los«, versucht Trish sich selbst zu motivieren.

Sabrina rannte den Männern hinterher, als ob Trish den Startschuss gegeben hätte. Trish grinste Scout an und kraulte ihn hinter den Ohren. »Ich hatte eigentlich uns beide gemeint. Aber gut. Was für ein Morgen!«

Er setzte das Fernglas ab und fluchte leise vor sich hin. Es war ein Fehler gewesen, sich auf die Flut zu verlassen. Er hätte ihn gleich erledigen sollen, als er die Chance dazu gehabt hatte. Aber noch vor wenigen Stunden war er überzeugt gewesen, dass dies der perfekte Weg war, um keinerlei verräterische Spuren zu hinterlassen.

Egal, er hatte Geduld. Dann würde er eben auf die nächste passende Gelegenheit warten, um Paul oder Ash zu erledigen. Bei Rick musste er anders vorgehen, der war als Einziger ein ernst zu nehmender Gegner. Eine Kugel aus dem Hinterhalt wäre die ideale Lösung.

Er sah zurück zu dem Felsen, an dem er Ash zurückgelassen hatte. Der Ort, an dem Iris die gerechte Strafe erhalten hatte, sah ganz ähnlich aus, lag aber auf der anderen Seite der Bucht. Es war schon so lange her, und noch immer war das Kapitel nicht abgeschlossen. Damals. Vor vielen Jahren. Da hatte sich alles geändert. Er hatte gedacht, eine wundervolle Zukunft würde ihn und Iris erwarten. Und dann war alles anders gekommen.

Die drei Männer waren damals noch Teenager gewesen und hatten nicht begriffen, was sie eigentlich gesehen hatten. Wie wäre sein Leben wohl verlaufen, wenn er sich zu dem Zeitpunkt schon um die Zeugen gekümmert hätte? Aber er war noch zu unerfahren gewesen und hatte es sich nicht zugetraut, gleich drei Leichen spurlos verschwinden zu lassen. Das war sein erster Fehler gewesen.

Jahrelang hatte er danach die drei beobachtet, aber niemals auch nur den geringsten Hinweis darauf gefunden, dass sie eine Verbindung zwischen Iris und ihm herstellten. Trotzdem hatte er erst aufgeatmet, als zwei von ihnen die Stadt verlassen und sie sich aus den Augen verloren hatten. Nun – Jahre später – waren die drei zurück. Ihre Freundschaft hatte die Trennung unbeschadet überstanden, und wieder stand die Gefahr im Raum, dass sie über den Mord an Iris redeten, ihre Erinnerungen zusammenfügten und das Gesamtbild erkannten. Daher würde er dafür sorgen, dass sie nicht zur Ruhe kamen … oder am besten endgültig aus Heart Bay verschwanden und dann garantiert nicht wiederkehrten. Von dem Ort, zu dem er sie schicken wollte, gab es keine Rückfahrkarte.

2

Missmutig betrachtete Trish die feuchten und mit reichlich Strandsand verzierten Pfoten von Scout. »Also gut, du kannst mit reinkommen, aber bleibst in der Küche! Verstanden? Sonst saugst du das Haus einmal durch.«

Scout schnaubte und schüttelte sich.

»Ich hoffe für dich, dass das eine Zustimmung war, denn sonst landest du als Hundefrikassee im Topf.«

Sie stellte dem Hund eine Schüssel mit Wasser hin und rannte dann den Flur entlang, bis sie ihr erstes Gästezimmer erreichte. Sie hatten Ash doch wohl nicht ... sie riss die Tür auf. Sie hatten! Ausgerechnet ihr »Rosenzimmer« hatten sie als Krankenlager auserkoren. Wenn die Situation nicht so ernst gewesen wäre, hätte sie schallend gelacht. Die Einrichtung in diesem Zimmer bestand aus vielen Einzelstücken, die ihrer Großmutter gehörten und für die Grannie nach ihrem Umzug in die Seniorenwohnung keinen Platz mehr gehabt hatte. Das weiße Bett mit den verschnörkelten Pfosten passte ebenso wenig zu Ash wie der bequeme Sessel mit dem Rosenbezug. Das Blumenmuster setzte sich zu allem Überfluss auch noch auf einem Teil der Tapete fort. Ash wirkte in dieser Umgebung genauso deplatziert, wie sie es vermutet hatte. Das zweite Zimmer war deutlich neutraler eingerichtet, aber jetzt war er nun mal hier.

Kopfschüttelnd trat sie näher. »Braucht ihr irgendwas? Kann ich helfen?« *Zum Beispiel einen Krankenwagen rufen, der Ash mitnimmt, damit dieser Albtraum ein Ende hat?*

Paul nickte. »Hast du vielleicht ein trockenes T-Shirt, das

ihm passen könnte? Er sollte aus den nassen Klamotten raus, und das hier …« Er rümpfte die Nase. Trish winkte ab – angesichts des Alkoholgestanks waren weitere Erklärungen überflüssig.

Sie rannte zu ihrem Schlafzimmer, das im ersten Stock lag. Sie hatte genau zwei T-Shirts, die Ash passen könnten. Auf einem warb ein rotes Eichhörnchen für einen Baumarkt, auf dem anderen flog eine lilafarbene Hexe auf ihrem Besen. Sie griff nach dem Hexenshirt, nahm noch ein paar große Handtücher mit und sprintete zurück.

Ash wirkte immer noch so benommen, dass sie jetzt doch ein wenig Mitleid verspürte. Er schien gar nicht richtig mitzubekommen, dass Paul ihm beim Ausziehen half. An seiner Figur gab es nichts auszusetzen: Sein Oberkörper war muskulös, er hatte breite Schultern und lange, kräftige Oberschenkel. Es war ja nun nicht so, dass Trish die Frauen in Hollywood nicht verstand, die auf ihn flogen, wenn sie mal vom reinen Äußeren ausging. Sie *mochte* ihn nur nicht. Und sie wollte ihn möglichst schnell wieder hier raushaben.

Sabrina hob das T-Shirt auf, das Paul einfach auf den Boden geschmissen hatte, roch daran und runzelte die Stirn. »Komisch. Das stinkt, als ob er in dem Zeug gebadet hätte.«

Trish nahm ihr das T-Shirt aus der Hand und schnupperte vorsichtig. »Das passt nicht zusammen. Wenn er nur ein bisschen gekleckert hätte, wäre das beim unfreiwilligen Bad im Meer herausgewaschen worden. Und wie viele Flaschen hatte er denn mit? Das hier muss ja mindestens die halbe Flasche gewesen sein. Na ja, glaube ich. Ich bin ja nicht *CSI Heart Bay*.«

»Paul? Sabrina? Trish?«

Der laute Ruf kam von der Haustür. Das war Rick. Trish ging zurück in den Flur. »Hier hinten. Den Flur entlang, dann siehst du uns.«

Polternde Schritte erklangen. Statt sie zu begrüßen, sah Rick sie missbilligend an. »Du solltest die Tür nicht einfach offen stehen lassen.«

»Dir auch einen schönen guten Morgen. In der Regel passiert hier nichts, und Scout ist in der Küche.«

»Du meinst im Wohnzimmer. Er liegt auf der Couch und sieht fern.«

»Dann ist er tot! Der war nass und sandig und dreckig und wagt es, auf meiner Couch zu liegen?«, hakte sie entsetzt nach und folgte ihm ins Gästezimmer.

Ricks Mundwinkel hoben sich. »Klär das mit ihm, aber lass ihn bitte leben. Ich brauche hier sowieso Platz ... Sabrina, Trish, raus!«

Sie funkelte ihn an, um ihm zu signalisieren, was sie von seinem Befehlston hielt, aber Sabrina zog sie einfach aus dem Zimmer. »Seine Manieren sind eine Katastrophe, aber er hat recht. Wir sehen mal nach, was Scout ausgefressen hat, und warten dann auf das Ergebnis von Ricks Untersuchung.«

»Meinst du nicht, es wäre sinnvoller, Ash ins Krankenhaus zu fahren? Oder wenigstens einen Arzt zu rufen?«

»Wenn es so ist, wird Rick es uns sagen.«

Auf der Türschwelle zum Wohnzimmer blieb Trish stehen und blinzelte ungläubig. Der Fernseher lief tatsächlich. Der Tag wurde immer verrückter, und es war noch früh am Morgen! »Sag mir, dass das nicht wahr ist«, forderte sie Sabrina auf.

Mit einem bedauernden Schulterzucken drängte sich Sabrina an ihr vorbei. »Das ist leider eine echte Unart von ihm. Du solltest deine Fernbedienung nicht offen rumliegen lassen, wenn er da ist.«

Empört schnaubte Trish. »Es war ja nicht so, dass ich ihn eingeladen hätte!« Dann stürmte sie an Sabrina vorbei und riss die Fernbedienung unter Scouts Pfote hervor. Der Hund hatte anscheinend geschlafen und sah sie nun beleidigt an. Jedenfalls wirkte es auf sie so. Und ja, der Hund hatte es sich tatsächlich auf der Couch bequem gemacht. Sein Kumpel Shadow, der Rick gehörte, hatte wenigstens so viel Anstand gehabt, sich auf den Boden zu legen. Trish stemmte die Hände in die Taille. »Ich hatte dir gesagt, dass du in der Küche bleiben sollst. Runter da. Hier wird morgens nicht der Fernseher eingeschaltet, und so verdreckt hast du auf dem Sofa nichts zu suchen.«

Scout gähnte und schob sich dann schwerfällig von der Couch. Sabrina packte ihn am Halsband. »Ich schmeiße die beiden raus und hole den Staubsauger. Shadow, komm mit.«

Der schwarze Hund wedelte zwar mit dem Schwanz, machte aber keine Anstalten aufzustehen. Trish beugte sich vor und griff nach seinem Halsband. »Entweder du verlässt den Raum jetzt freiwillig, oder es wird sehr unangenehm für dich.«

Shadow stand auf und sah Trish mit einem gekonnten Wie-kannst-du-nur-so-gemein-sein-Blick an. Sofort schlug ihr schlechtes Gewissen an. Sie wusste schließlich, dass Shadows Vorbesitzer ihn schlecht behandelt und sogar geschlagen hatte. Rasch kraulte sie ihm den Rücken. »Du willst doch nicht, dass dein Kumpel alleine draußen spielen muss, oder? Na komm. Ich sehe auch mal nach, ob ich noch etwas Mettwurst für dich finde. Aber das Wohnzimmer ist der falsche Ort für dich.«

Brav folgte Shadow ihr erst in die Küche und dann nach draußen. »Können wir sie einfach hierlassen?«, fragte Trish. »Der Zaun ist ja kein Hindernis für sie. Nicht dass sie auf die Straße laufen, dann sollen sie doch lieber im Wohnzimmer Fernsehen gucken.«

Lächelnd schüttelte Sabrina den Kopf. »Eigentlich gehorchen sie, und so viel Verkehr ist ja nicht.«

»Apropos gehorchen: Wo steckt eigentlich Joey?«

Nachdem ihr Sohn von Komplizen seines Vaters entführt

worden war, ließ Sabrina ihn kaum noch aus den Augen. Auch jetzt zog sie in atemberaubender Geschwindigkeit ihr Smartphone aus der Tasche ihrer Jeans, sah auf das Display und steckte das Telefon sichtlich erleichtert wieder weg. Sie grinste verlegen. »Er schläft bei Steve. Ich hätte meine Erlaubnis fast noch widerrufen, aber Charles hat mir versprochen, dass er jeden erschießt, der die Pension unbefugt betritt.«

Da der Vater des Jungen FBI-Agent war, nahm Trish die Ankündigung nicht übermäßig ernst, aber Hauptsache, Sabrina war beruhigt. »Dann hat Charles seinen Urlaub verlängert?«

»Ja, er hat irgendeinen Deal mit seinem Arbeitgeber ausgehandelt und verbringt die kompletten Sommerferien hier in Heart Bay, oder genauer gesagt in Ingas Pension. Steves Mutter passte es wohl ganz gut, und sie will demnächst auch für ein paar Tage vorbeikommen.«

Sabrinas Gesichtsausdruck machte Trish misstrauisch. »Und was genau hast du vor, wenn Steves Mutter und Charles *Exfrau* hier eintrifft?«

Entsetzt riss ihre Freundin die Augen auf. »Bin ich so leicht zu durchschauen?«

»Ja.«

»Mist.«

»Also?«

»Na ja, es ist ganz klar, dass Charles seine Exfrau immer noch liebt. Er hat sie nur wegen seines Jobs vernachlässigt. Und für den Jungen wäre es auch besser, wenn er wieder beide Elternteile um sich hätte. Da dachte ich, dass …«

»… dass du Rosie und Inga Konkurrenz machst?«, fiel Trish ihr ins Wort.

Bei der Anspielung auf die beiden älteren Damen, die es sich zur Aufgabe gemacht hatten, aus allen verfügbaren Sing-

24

les in Heart Bay glückliche Pärchen zu machen, nickte Sabrina sichtlich schuldbewusst. »So ähnlich.«

Sosehr Trish es ihrer Freundin auch gönnte, dass sie nach ihrer schrecklichen Ehe jetzt doch noch mit Paul ihr Glück gefunden hatte, so fehlte ihr doch das Verständnis für Verkupplungsversuche aller Art. Sie kommentierte das Eingeständnis lieber nicht. »Koch uns doch Kaffee. Ich glaube, den können wir alle gebrauchen. Ich sauge schnell den Dreck dieser liebreizenden Fellbündel weg.«

Wenig später erfüllte Kaffeeduft die kleine Küche, und die Dreckspuren waren im Staubsaugerbeutel verschwunden. Jetzt musste sie nur noch den Mann in ihrem Gästezimmer loswerden und einen neuen Job finden, und die Welt war wieder in Ordnung. Sie ließ sich auf den Stuhl neben Sabrina fallen und griff nach ihrem Kaffeebecher. »Danke, den kann ich gebrauchen.«

Sabrina wollte anscheinend antworten, sah dann aber an Trish vorbei zur Tür.

Rick kam herein. Wenn man von seiner Miene auf Ashs Zustand schließen konnte, sah es nicht so aus, als ob sie ihren ungebetenen Gast so schnell wieder loswerden würde. Sabrina verzog den Mund, stand auf und füllte einen Becher für Rick. »So schlimm?«, erkundigte sie sich und konnte dabei ihre Angst nicht verbergen.

Als Rick mit der Antwort zögerte, stand Trish auf. »Soll ich euch allein lassen?«

Ricks Gesichtsausdruck sagte eindeutig Ja, aber Sabrina schüttelte energisch den Kopf. »Nein. Das geht dich schließlich auch etwas an. Finde ich jedenfalls. Wer weiß, ob er ohne dich überhaupt noch am Leben wäre.«

Überzeugt wirkte Rick zwar nicht, und eigentlich wäre Trish auch liebend gern gegangen, aber andererseits war sie auch neugierig. Sie wusste zwar, dass die drei Männer als Kinder und Teenager enge Freunde gewesen war, bekam aber jetzt zum ersten Mal einen Eindruck davon, wie nahe sie sich standen. Rick, der ehemalige Soldat, hatte auf sie bisher immer einen kühlen, distanzierten Eindruck gemacht, aber nun ließ er seine beherrschte Maske fallen, und sie sah ihm die tiefe Sorge um seinen Freund an. Er trank einen Schluck Kaffee, und Trish hätte ein Monatsgehalt darauf verwettet, dass er nach den richtigen Worten suchte, um sie zu beruhigen. Das kam überhaupt nicht infrage!

Sie sah ihn direkt an. »Keine Beschönigungen! Die Wahrheit bitte. Wir vertragen sie schon.«

Kaum sichtbar zeigte sich der Anflug eines Lächelns in seinem Gesicht, ehe er tief durchatmete. »Wie du meinst. Es sieht nicht nach einer Alkoholvergiftung aus. Vielleicht hätte sich Ash bis zur Besinnungslosigkeit betrunken, aber dazu kam es nicht. Er hat einen bösen Schlag gegen die Schläfe eingesteckt und ist dann mit dem Hinterkopf gegen den Felsen geprallt. So weit bin ich mir absolut sicher. Paul sagte mir, dass ihr den Verdacht hattet, sein T-Shirt wäre mit Whisky durchtränkt worden. Ihr hattet offenbar recht, und für seine Jeans gilt das Gleiche. Ash ist zwar gerade nicht besonders gesprächig und weiß auch nicht mehr alles, aber er erinnert sich noch erstaunlich gut daran, dass er die Flasche ungefähr zur Hälfte geleert hatte und …«

Trish konnte sich nicht länger zurückhalten. »Eine halbe Flasche Whisky nennst du kein Betrinken? Danach könnte ich nicht einmal mehr gerade stehen, und …«

Rick hob eine Hand. »Du bist ja auch eine Frau.«

»Bitte was?«

Nun zeigten sich kleine Lachfältchen um Ricks plötzlich funkelnde Augen. »Ich meine damit nur, dass du viel weniger wiegst und einen viel höheren Körperfettanteil hast.«

Aus zusammengekniffenen Augen starrte Trish ihn an. »Auch wenn ich weiß, was du meinst, haben sich deine Chancen auf einen zweiten Kaffee gerade in Luft aufgelöst. Weiter bitte.«

»Also gut, einigen wir uns darauf, dass Ash nicht mehr in Bestform war, aber auch nicht völlig weggetreten«, schlug Rick vor.

»Einverstanden. Aber wer sollte ihn denn am Strand angreifen? Da ist doch nachts niemand. Außer natürlich Darth Vader.«

Mist, da war ihr Mund mal wieder schneller gewesen als ihr Kopf. Beide blickten sie missbilligend an. Entschuldigend hob sie beide Hände. »Sorry, war nicht so gemeint, wie es vielleicht klang.«

Rick lächelte flüchtig. »Ich weiß ja, wie merkwürdig das klingt, aber ich vermute, dass Ash unbewusst irgendetwas wahrgenommen hat, sodass ihn der unbekannte Angreifer an Darth Vader erinnert hat.«

Die Maske, die Atemgeräusche oder vielleicht Umhang und Laserschwert? Aber diesmal hielt Trish den Mund und sah Rick nur auffordernd an.

Rick grinste nun offen. »Ich glaube, ich weiß, was du gedacht hast.«

Trish erwiderte das Grinsen. »Aber da ich es nicht gesagt habe, könnt ihr nicht böse auf mich sein.«

Sabrina schien ihnen gar nicht zuzuhören, sie starrte mit gerunzelter Stirn auf den Tisch. »Mist, mir fällt einfach nichts oder niemand ein, der diese Assoziation ausgelöst haben könnte. Außer vielleicht …« Ihr Blick ging an Trish vorbei. Alarmiert drehte sie sich um. Durch die offene Tür blickte Sabrina auf die Garderobe im Flur und dort auf ihre Motorradsachen.

»Der Helm!«, entfuhr es Trish.

Nun drehte sich auch Rick um und musterte prüfend ihre

Sachen.»Könnte so etwas in der Art gewesen sein. Oder eine andere, ähnliche Kopfbedeckung. Ansonsten fällt mir noch eine schwarze Kapuze ein.«

Ihre Überlegungen brachten sie im Moment nicht weiter, und Geduld war noch nie Trishs Stärke gewesen. »Gut, das sollten wir dem Sheriff überlassen. Wie geht es ihm denn nun?«

Schlagartig wurde Rick wieder ernst. »Dass er sich an den Abend erinnern kann, ist ein gutes Zeichen, damit ist eine schwere Kopfverletzung so gut wie ausgeschlossen. Trotzdem muss er noch einige Stunden beobachtet werden. Ein Schädelbruch kann sich auch erst später bemerkbar machen.«

Trish kratzte sich unwillkürlich am Kopf. »War das nicht diese Sache mit der Ansprechbarkeit?«

»Genau. Ich vermute, dass er eine mittlere oder leichte Gehirnerschütterung hat.«

Entschieden schüttelte Trish den Kopf. »Dafür war er doch viel zu lange bewusstlos.«

Rick seufzte. »Der Schlag war dafür nicht die einzige Ursache. Also, zurück zu seiner offensichtlichen Verletzung: Ihm ist nicht übel, er reagiert nicht empfindlich auf Licht, meiner Meinung nach ist er einfach nur völlig erschöpft. Er ist gestern den Weg von Los Angeles nach Heart Bay so gut wie ohne Pause durchgefahren. Schlafmangel, nichts gegessen und, nicht zu vergessen, der Schock über den Tod seines Vaters. Ich vermute, das alles zusammen war schwerwiegender als der Schlag, der ihn ausgeknockt hat. Vielleicht war das aber auch sein Glück, und der Angreifer hat sich von seinem Zustand täuschen lassen. Vermutlich sollte er dort ertrinken, was ja auch geklappt hätte, wenn Trish nicht über ihn gestolpert wäre.«

Mitleid breitete sich in Trish aus, obwohl sie nicht einmal richtig wusste, warum. Vielleicht, ganz vielleicht hatte sie mit ihrer Einschätzung von Ash doch gründlich danebengelegen.

Oder zumindest ein bisschen. Sie stand auf, stellte drei Kristallgläser auf den Tisch und nahm eine Karaffe aus der Vitrine. »Ich weiß nicht, wie es euch geht, aber ich brauche einen Schluck.«

Rick musterte die braungoldene Flüssigkeit misstrauisch. »Ist das der berühmte Likör von deiner Großmutter?«

Trish nickte.

»Na gut. Kann ja nicht schaden.«

Sie blitzte ihn an. »Zu großzügig.«

Auch Sabrina murmelte etwas, das wie »Banause« klang. Nachdem er probiert hatte, verzog Rick anerkennend den Mund. »Kann man trinken.«

Trish rollte demonstrativ mit den Augen. Den Likör produzierte ihre Großmutter, und er war in Heart Bay so etwas wie eine Legende. An Rick war er offenbar verschwendet.

»Wo steckt eigentlich Paul?«, fragte sie, nachdem sie ihr Glas geleert hatte.

Rick wich ihrem Blick aus, was definitiv kein gutes Zeichen war. »Er wollte versuchen, mit Ash zu reden. Über seinen Vater, über seine Pläne, über alles. Ich dachte, es bringt mehr, wenn er es allein versucht, dann fühlt sich Ash vielleicht nicht so unter Druck gesetzt.«

Hoffentlich hatten sie auch besprochen, wann er wieder ihr Haus verließ! Schließlich war Pauls Zuhause um einiges größer, und er war mit Ash befreundet, während sie ihn nur flüchtig kannte und nicht gerade den besten Eindruck von ihm hatte.

Polternde Schritte kündigten Paul an. Erwartungsvoll sah sie ihm entgegen und seufzte unwillkürlich, als er sich mit beiden Händen durch die Haare fuhr. Schwer ließ er sich auf den letzten freien Stuhl fallen. »Das ist vielleicht ein Mist! Er ist stur wie sonst was und wollte unbedingt weg.«

Gut! Trish biss sich auf die Lippen, um den Kommentar zurückzuhalten.

Paul sah sie sichtlich schuldbewusst an. »Ich habe ihn aber überreden können, erst einmal hierzubleiben. Er schläft jetzt.«

Trish zählte in Gedanken bis zehn. Sehr langsam. Erst dann traute sie ihrer Stimme wieder. »Und was genau hast du dir vorgestellt? Ich bin nicht gerade eine ausgebildete Krankenschwester!«

Sie war mit jedem Wort lauter geworden, aber das konnte sie nicht ändern. Sie war sauer, stinksauer, dass Paul einfach über ihren Kopf hinweg über die Belegung ihres Gästezimmers entschieden hatte. Dass er ihrem Blick auswich, war nur ein geringer Trost.

Auch Sabrina rollte nun mit den Augen. »Was für ein Chaos! Aber da dein Gästezimmer ja sowieso frei war, hält sich der Schaden in Grenzen.« Sie stand auf und sah aus, als ob sie sich ein Grinsen verkneifen musste. »Ich muss langsam mal nach Joey sehen und dann noch etwas arbeiten.«

»Du willst also gehen?«

Sabrina nickte, und nun sah Trish deutlich, dass sich ihre Freundin auf die Lippen biss. »Es scheint in Heart Bay irgendwie Tradition zu sein, dass Gästezimmer ohne Zustimmung des Besitzers vergeben werden. Ich warte draußen. Rick hat bestimmt noch ein paar Tipps für dich. Wir sehen uns dann heute Abend.«

Heute Abend? Aber ehe Trish protestieren konnte, hatten Paul und Sabrina schon fluchtartig die Küche verlassen. Gerade noch rechtzeitig, denn sonst hätte ihre Freundin sich wegen der dämlichen Anspielung noch einiges anhören müssen. Sabrinas Tante hatte dafür gesorgt, dass Sabrina und Joey unfreiwillig in Pauls Gästezimmer untergekommen waren. Am Ende war der Verkupplungsversuch zwar erfolgreich gewesen, aber es konnte doch bitte nicht ihr Ernst sein, dass sie dasselbe bei Trish und Ash versuchte? Sabrina und Paul waren als Kinder gute Freunde gewesen, und die Chemie zwischen ihnen stimmte einfach. Bei ihr und Ash lagen die Dinge völlig anders. Da musste sie nur an diesen Grillabend neulich bei Paul und Sabrina denken. Das war bisher die einzige Gelegenheit gewesen, den selbstgefälligen, verwöhnten Sohn ihres Chefs näher kennenzulernen, und jedes ihrer Vorurteile war bestätigt worden. Sie hatte kein Wort sagen können, ohne dass er eine ironische Bemerkung dazu gemacht hatte. Und im Gegenzug schien alles, was er sagte, eine Provokation in ihre Richtung gewesen zu sein. Auf irgendeine merkwürdige Weise war der Schlagabtausch auch amüsant gewesen, hatte sogar Spaß gemacht, aber darum ging es nicht. Die anderen hatten viel gelacht, und sie selbst auch, zugegeben, aber Lachen war schließlich auch nur eine Art, die Zähne zu zeigen! Außerdem änderte sein Charme nichts an den Fakten: Jemand, der seinen Vater ignorierte und das Geld mit vollen Händen zum Fenster rauswarf, wenn das Familienunternehmen schwächelte, war niemand, mit dem sie sich näher abgeben wollte.

Rick grinste sie breit an. »Komm schon, im Moment zählt doch erst einmal nur, dass Ash wieder auf die Beine kommt.«

Trish brummte etwas Undeutliches vor sich hin, und Ricks Grinsen wurde noch breiter. »Wenn ich dir sage, dass du in den nächsten Stunden regelmäßig überprüfen musst, ob Ash ansprechbar ist, bringst du mich dann um?«

»Ja!«

»Das habe ich befürchtet. Es ist aber wichtig. Nur so können wir eine ernsthafte Kopfverletzung ausschließen.«

»Das würde viel besser gehen, wenn man ihn zum Beispiel im Krankenhaus durchleuchten würde!«

Rick schüttelte den Kopf. »Das ist so nicht ganz richtig. Gehirnblutungen treten häufig mit etwas Verspätung auf. Erst dann sind sie auch auf dem CT sichtbar. Vorher würde man sich auch im Krankenhaus darauf beschränken, auf neurologische Ausfälle zu achten.«

»Und wie äußern sich solche Ausfälle?«

»Das wichtigste Warnsignal sind anhaltende Kopfschmerzen. Ich habe Ash eine normale Dosis Ibuprofen gegeben. Wenn die reicht, sieht es ganz gut aus. Sollte er nach ein, zwei Stunden noch über starke Schmerzen klagen, ist das ein ernsthafter Warnhinweis. Der Rest ist so ein Standardkram: unsichere Aussprache, Suche nach den richtigen Wörtern, schwankendes Gehen, Schwierigkeiten bei der Feinmotorik, zum Beispiel der Bedienung des Smartphones. Im Prinzip alles, was man von Betrunkenen kennt. Sollte dir etwas in der Richtung auffallen, schaffen wir ihn sofort ins Krankenhaus.« Rick schwieg kurz. »Ich bin aber eigentlich sicher, dass wir es ausschließen können. Das Restrisiko ist minimal.«

Unbehaglich hob Trish eine Schulter. »Das gefällt mir alles nicht. Bleib du doch wenigstens hier.«

»Würde ich ja, aber bei mir müssten schon Handwerker eingetroffen sein, und wer weiß, was die anrichten, wenn ich nicht zu Hause bin. Ich komme aber möglichst schnell zurück.« Auch er stand auf. »Ich bin dir wirklich dankbar, dass Ash erst einmal bei dir unterkommen kann.«

Als ob das ihre freie Entscheidung gewesen wäre! »Lass mir bitte deine Handynummer hier. Falls es ihm schlechter geht und er ins Krankenhaus muss, kann ich das nicht übernehmen.«

Ratlos sah Rick sie an.

Trish seufzte ungeduldig. »Ich habe ein Motorrad und keinen Wagen. Verrätst du mir, wie ich das hinbekommen soll?«

»Ich dachte, du hättest diesen alten Volkswagen.«

»Den *hatte* ich, als mein Arbeitgeber noch regelmäßig mein Gehalt gezahlt hat. Jetzt steht er bei meiner Gran auf dem Hof und wartet darauf, dass ich genug Geld für die Reparatur zusammenhabe.«

»Verdammt, ich wusste nicht, dass es der Firma so schlecht geht.«

»Jetzt weißt du es«, gab Trish bissig zurück, lenkte dann aber ein: »Sabrina wollte mit Ash darüber reden, aber kurz darauf haben sich die Ereignisse überschlagen. Und nun ... nach dem Tod vom Chef ... ich weiß wirklich nicht, wie es jetzt weitergeht.«

Rick sah nachdenklich den Flur entlang. »Ash hatte bis gestern keine Ahnung vom Zustand der Firma. Ob er es inzwischen schon erfahren hat, kann ich auch nicht sicher sagen. So ein verdammter Sch ... Mist.«

»Sprich es ruhig aus. Ich stimme dir ja zu.«

Rick legte ihr kurz eine Hand auf die Schulter. »Wir reden nachher in Ruhe. Danke, Trish.«

Im nächsten Augenblick war er verschwunden, und Trish staunte, wie herzlich er plötzlich gewirkt hatte. Zumindest in Rick hatte sie sich definitiv getäuscht. Sie hatte ihn für kalt und unnahbar gehalten und Sabrina nicht geglaubt, dass er auch ein warmherziger Freund sein konnte. Nun hatte sie ihn ganz anders erlebt. Ob sie sich bei Ash auch so geirrt hatte? Das war nur schwer vorstellbar, aber offenbar hatte sie jetzt eine Gelegenheit, es herauszufinden.

Einige kostbare Augenblicke lang genoss sie die Ruhe in ihrem Haus. So hatte sie sich den Morgen nicht vorgestellt. Sie gähnte ausgiebig und stellte dann den Likör weg, obwohl die Versuchung groß war, noch ein bisschen zu trinken. Mit ausreichend Alkohol im Blut könnte sie sich vielleicht einreden, dass sie noch einen sicheren Job hatte und ihr Gästezimmer nicht von Ash belegt worden war. Leider war Trish noch nie ein Anhänger von Selbstbetrug gewesen. Sie räumte das Geschirr weg und kochte sich noch einen Kaffee. Es sprach nichts dagegen, einmal tief durchzuatmen und eine kurze Erholungspause einzulegen.

Sie hatte kaum den ersten Schluck getrunken, da klopfte es leise an der Haustür.

Trish rannte los, damit derjenige nicht noch auf die Idee kam, zu klingeln. Solange Ash schlief, herrschte Ruhe, und sie musste sich nicht mit ihm beschäftigen. Diese Zeit wollte sie möglichst lange ausdehnen.

Vor ihr stand Rosie, die Besitzerin des Diners von Heart Bay, in dem es vermutlich die besten Burger in den gesamten USA gab. Rosie klemmte sich eine Strähne ihres graublonden Haars hinters Ohr und hielt Trish einen Topf hin. »Ich habe schon gehört, dass Ash verletzt worden ist und bei dir wohnt. Ich dachte, etwas Suppe ist genau das Richtige für euch. Du sollst dich nicht neben der Patientenversorgung auch noch ums Kochen kümmern müssen.«

Trish öffnete den Mund und klappte ihn wieder zu, ohne etwas gesagt zu haben. Sabrina hatte ihr lang und breit erzählt, wie Inga und Rosie alles Mögliche arrangiert hatten, um sie und Paul zusammenzubringen. Anscheinend waren jetzt Ash und Trish dran, aber da hatten die Damen sich verrechnet. Sie nahm den Topf entgegen und suchte nach einer annähernd diplomatischen Klarstellung, aber ehe sie auch nur einen Satz zusammenhatte, wandte sich Rosie einfach ab und ging. Ihr blieb nur übrig, ihr ein »Danke« hinterherzurufen.

Der Tag wurde immer verworrener, auch wenn nun die Frage des Essens gelöst war. Da sie sich darüber aber gar keine Gedanken gemacht hatte, ehe Rosie vor der Tür stand, war sie nicht erleichtert, sondern nur noch verwirrter. Zumal ihr die

Frage noch quer im Magen lag, ob sich alle verschworen hatten, um sie und Ash zu verkuppeln. Oder war es nur Hunger, der da in ihrem Magen rumorte? Die Suppe roch köstlich, und sie hätte schon längst frühstücken sollen.

Langsam ging sie zurück in die Küche, stellte den Topf auf den Herd und ließ sich schwer auf einen Stuhl fallen. Was für ein Chaos!

Ein lautes Poltern, gefolgt von einem Unheil verkündenden Krachen, ließ sie erschrocken hochfahren. Nach einer Schrecksekunde sprintete sie los. Der Lärm war aus Ashs Zimmer gekommen.

3

Trish riss die Tür zum Gästezimmer auf, stürzte hinein und blieb wie angewurzelt stehen. Der Kerzenständer und die Wasserflasche, die auf dem Nachttisch gestanden hatten, lagen auf dem Boden. Ash warf sich unruhig im Bett hin und her, drohte herauszufallen und murmelte unverständliche Worte vor sich hin. Die Decke lag zusammengeknüllt auf dem Boden. Deshalb sah sie viel mehr, als sie eigentlich wollte. Wie gebannt starrte sie seinen Oberschenkel an und vor allem die Stelle, an der ... Wäre sie die Heldin aus einem Hollywoodfilm oder einem Liebesroman, würde sie sich jetzt auf ihn werfen, Ash würde sich beruhigen, und sie würden ein paar leidenschaftliche Momente teilen ...

Sie rief sich zur Ordnung und kehrte in die Realität zurück. Dass gutes Aussehen nicht alles war, hatte sie schließlich schon gedanklich geklärt. Und außerdem: In einer Nachrichtensendung hatte sie einen Bericht darüber gesehen, was der Ehefrau eines traumatisierten Afghanistanveteranen passiert war, als sie es versucht hatte: Ihr Mann hatte sie unbeabsichtigt umgebracht. Das war also schon mal keine Alternative, denn Ash war ihr körperlich deutlich überlegen, und sie würde sich aus seiner Umklammerung nie befreien können. Hier stehen zu bleiben und zu beobachten, wie er sich womöglich noch selbst verletzte, kam aber auch nicht infrage. Sie brauchte einen Plan B, und zwar sofort. Wecken! Vorsichtig. Danach dann Ricks Checkliste abarbeiten, um zu beurteilen, wie es ihm ging. *Das* war doch mal etwas, das machbar sein müsste. Sie stürmte ins angrenzende Bad und tränkte ein Handtuch mit kaltem Wasser. *Sehr* kaltem Wasser! Statt sich mit Ash in enger Umarmung auf der Matratze zu wälzen, bezog sie lieber das nasse Bett neu.

Trish rannte zurück und näherte sich vorsichtig dem Bett. Als sich Ash nach links warf, war ihre Chance gekommen. Sie setzte sich auf die Bettkante, und als er tatsächlich nach ihr schlug, wehrte sie seinen Arm ab und klatschte ihm das nasse Handtuch auf die Stirn. »Ash! Ganz ruhig. Du hast nur einen Albtraum. Hoffe ich jedenfalls. Solltest du doch so eine Blutung in deinem Dickschädel haben, dann haben wir ein Problem. Also aufwachen. Jetzt!«

Ihre Aktion hatte Erfolg: Ash fuhr hoch und sah sich verwirrt blinzelnd um. »Was ist ... Trish?«

Na immerhin kannte er ihren Namen noch, und seine Aussprache war auch klar und verständlich, lediglich etwas verschlafen.

»Du hast hier ein wenig herumrandaliert, und ich musste dich wecken.«

Ash nahm sich das Handtuch vom Kopf und betrachtete es ungläubig. Dann hoben sich seine Mundwinkel zu dem jungenhaften Grinsen, das sie von Fotos kannte. »Was ist aus dem Kuss geworden, mit dem man zärtlich aus einem hundertjährigen Schlaf geweckt wird?«

Redete er nun doch wirres Zeug, oder sollte das ein Flirtversuch sein? Beides gefiel ihr nicht. Trish hob eine Augenbraue. »Willst du behaupten, du wärst eine Prinzessin? Gib mir mal das Handtuch und dein Kopfkissen, ich bringe dir gleich etwas Trockenes.« Sie stand auf, und da er keine Anstalten machte, ihr die Sachen zu reichen, sondern sich wieder zurücksinken ließ, zog sie ihm schnell das Kopfkissen weg.

»Hey!«, protestierte er.

Genervt rollte Trish mit den Augen. »Es kommt gleich ein

neues. Es ist bestimmt nicht sinnvoll, wenn du mit deinem lädierten Kopf in einer Pfütze liegst. Also mecker hier nicht rum.«

Schnell verließ sie das Zimmer, ehe ihr der zugegeben etwas harsche Ton noch leidtat. Schließlich war es nicht seine Schuld, dass ihre Freunde ihn hier einquartiert hatten. Trish holte die Kopfkissen aus dem Nachbarzimmer und kicherte auf dem Rückweg. Als sie Ash erreicht hatte, musste sie immer noch lachen. »Wenn du etwas hochkommst, versuche ich, es dir möglichst bequem zu machen.«

Ash starrte auf die Kissen in ihrer Hand, dann irrte sein Blick zu ihr. »Ist das dein Ernst?«

Trish presste die Lippen zusammen und nickte. »Ich habe keine anderen.«

Seine Augen begannen zu funkeln. »Ich frage mich gerade, was du arrangiert hättest, wenn du mehr Zeit gehabt hättest.«

»Das möchtest du nicht wissen. Willst du sie jetzt haben, oder …«

Er stemmte sich hoch, und Trish platzierte die Kissen mit den grellgelben Blumen, die in das andere Zimmer perfekt passten, hier jedoch wie ein Fremdkörper wirkten, in seinem Nacken. »So, das müsste gehen.«

Ash lehnte sich zurück. »Danke. Vielen Dank. Ich möchte dir ganz bestimmt nicht zur Last fallen.«

Trish wollte sich wieder auf die Bettkante setzen, aber das erschien ihr dann doch nicht angebracht. Sie zog sich den Stuhl heran, der vor dem Sekretär stand. »Das ist schon in Ordnung. Woran kannst du dich denn erinnern?«

Ash blickte an ihr vorbei an die Wand. »An alles, inklusive dem Albtraum.«

»Auch an Darth Vader?«, entfuhr es ihr.

Ash verzog den Mund. »Zumindest daran, dass ich ihn erwähnt habe. Es war nur ein Schatten, der eine gewisse Ähnlichkeit mit ihm hatte. Oder es lag daran, dass ich kurz vorher noch an die Star-Wars-Filme gedacht hatte. Die Sterne … sie sahen aus wie … na, ist ja auch egal.«

Er wirkte so verwirrt und plötzlich viel verletzlicher als sonst. Spontan beugte sich Trish vor und legte ihm eine Hand auf den Arm. »Entschuldige. Ich wollte dich nicht ärgern.«

Er sah sie direkt an und schmunzelte. »Das fällt mir ein wenig schwer zu glauben. Beim Grillen hast du doch auch keine Hemmungen gehabt, mir bei jeder Gelegenheit die Meinung zu sagen.«

Verflixt, wenn sie die plötzliche Hitze in ihren Wangen richtig deutete, lief sie gerade rot an. Wieso musste sie denn schon wieder daran denken, dass er sie durchaus auch zum Lachen gebracht hatte? Seine durchschimmernde Verletzlichkeit ließ sie nicht so kalt, wie sie es sich gewünscht hätte.

Na gut. Dann würde sie eben seinen Status von »geht gar nicht« in »seine Anwesenheit ist halbwegs akzeptabel, weil es sich so gehört« ändern. »Möchtest du etwas essen oder trinken?«, fragte sie schnell.

Ash schüttelte den Kopf. »Du musst mich nicht bedienen. Ich kann mir selbst etwas holen und will dir ganz bestimmt keine zusätzliche Arbeit machen. Wie spät ist es eigentlich? Müsstest du nicht arbeiten?« Er runzelte die Stirn. »Falls du mal erwähnt hast, wo du arbeitest, habe ich das offenbar vergessen.«

Damit war wohl die Stunde der Wahrheit gekommen. »Du hast es nicht vergessen, weil ich das Thema absichtlich nicht angesprochen habe.«

Er grinste sie an. »Britischer Geheimdienst? Und wenn du es mir sagst, musst du mich töten?«

Fast, aber nur fast hätte sie über seine freche Bemerkung gelacht. »Das wäre vermutlich leichter. Ich weiß im Moment nicht einmal genau, ob ich noch einen Job habe, aber bis gestern war ich für die Buchhaltung bei der Firma deines Vaters verantwortlich.«

Ash öffnete den Mund und schloss ihn wieder, ohne etwas gesagt zu haben. Er wich ihrem Blick aus und starrte an die Decke.

Automatisch sah sie auch nach oben. Gut, keine Spinnweben. Beim Putzen der Gästezimmer vergaß sie gern die Lampe und die Ecken der Decke. Die Weberknechte oder Spinnen nutzten das hemmungslos und breiteten dort ihre Netze aus. Rasch rief sie sich zur Ordnung. Es gab im Moment Wichtigeres als den Zustand ihrer Gästezimmer. Vermutlich wäre jetzt die Bekundung ihres Beileids angebracht, aber sie wusste nicht, was sie zum Tod seines Vaters sagen sollte. Schließlich seufzte sie und entschloss sich zu schonungsloser Offenheit. »Ich weiß nicht, was ich zu dem Tod deines Vaters sagen soll. Jede Form der Beileidsbekundung erscheint mir falsch, weil ich ja mittlerweile mitbekommen habe, dass es Probleme zwischen euch gab. Aber trotzdem war er dein Vater. Für mich war er ein netter, älterer, sehr einsamer und unglücklicher Herr, den ich mochte. Darum tut es mir wirklich sehr leid, dass er tot ist. Obwohl es vielleicht auch eine Art der Erlösung war, denn er war ja doch sehr unglücklich über den Zustand der Firma. Seine Hilflosigkeit war nur schwer mit anzusehen, und wie sich das alles gesundheitlich auf ihn ausgewirkt haben mag …« Sie verstummte abrupt. Verdammt, so sehr hatte sie nicht ins Detail gehen wollen. Wieder einmal war ihr Mund schneller gewesen als ihr Kopf.

Ashs Reaktion war schwer einzuordnen. Seine Augen wirkten ungewohnt dunkel, seine Miene war undurchdringlich. Schließlich hoben sich seine Mundwinkel minimal. »Sprich ruhig weiter. Es ist sehr interessant für mich, ich kann nämlich kaum glauben, dass wir über den gleichen Mann reden.«

Energisch nickte Trish. »Das habe ich schon öfter gehört. Auf die eigene Familie wirken Menschen ganz anders als auf Fremde. Kennst du das Phänomen, dass sich Kinder bei Fremden super benehmen, während sie zu Hause kleine Tyrannen sind?«

Er blinzelte. »Ich habe davon gehört.«

Schweigen breitete sich zwischen ihnen aus. Dann griff Ash überraschend nach ihrer Hand. Trish war so verblüfft, dass sie nicht zurückwich. »Bitte erzähl mir von ihm. Ich möchte wissen, wie er auf dich gewirkt hat. Und dann will ich wissen, was du damit meinst, dass die Firma in Schwierigkeiten steckt.«

Spontan wollte Trish seinen Wunsch ablehnen, aber dann wurde ihr klar, was er gerade gesagt hatte. Er wusste wirklich nichts von den Schwierigkeiten der Firma? Das konnte sie kaum glauben, auch wenn sie sich jetzt erinnerte, dass Rick so etwas angedeutet hatte. Wenn das stimmte, stand ihm eine ordentliche Überraschung bevor.

Prüfend musterte sie ihn. Müde, aber nicht krank oder schwach. Langsam nickte sie. »Gut, ich erzähle dir alles, was ich weiß, aber das wird eine Zeit dauern. Ich mache rasch Rosies Suppe warm. Wir können beides: essen und reden. Du siehst aus, als ob du etwas Vernünftiges zu essen gebrauchen könntest, und ich habe Hunger.«

Er legte den Kopf etwas schief. »War das ein Vorschlag oder ein Befehl? Auch wenn ich mich kaum von den gelben Blumen auf dem Kissen trennen kann, würde ich gern aufstehen.«

»Vergiss es. Ricks Anweisungen waren eindeutig. Wir essen hier. Und du verlässt das Bett nicht, ehe dein Freund es erlaubt.«

»Und wenn doch?«

Trish fiel auf, dass er noch immer ihre Hand hielt, seine Berührung war erstaunlich angenehm. Sie entzog ihm ihre Hand etwas heftiger als notwendig. Abrupt stand sie auf, um es zu überspielen. »Wenn du das Bett verlässt, erfährst du von mir kein Wort und bekommst nichts von der Suppe ab.«

Ash murmelte etwas vor sich hin, das sie nicht verstand. Vermutlich war das auch besser so – freundlich hatte es jedenfalls nicht geklungen.

Die Suppe war für die Mikrowelle viel zu schade. Trish genoss es, sie langsam auf dem Herd zu erwärmen und dabei tief den köstlichen Geruch einzuatmen. Das Umrühren hatte etwas Meditatives und half ihr, ihre wirren Gedanken zu ordnen. Es hätte doch gereicht, dass ihr Seniorchef gestorben und ihr Job in Gefahr war. Wieso musste zu allem Überfluss auch noch der Sohn ihres Chefs in ihrem Bett liegen und …

Verflixt, ihr Kopfkino zeigte ihr plötzlich Bilder, auf die sie gut verzichten konnte. *Suppe umrühren!* Zurück zu den Fakten: Ash lag in ihrem Pensionszimmer, keineswegs in ihrem Bett. Dort würde er auch niemals landen.

Rühren!, ermahnte sie sich selbst. Auch wenn sie meilenweit davon entfernt war, sich Sabrinas hoher Meinung über Ash anzuschließen, musste sie zugeben, dass er verdammt gut aussah. Die zerzausten braunen Haare mit den blonden, fast goldenen Strähnen, dazu die graublauen Augen, das hatte einen ganz eigenen Charme. Dazu dieser Anflug von Verletzlichkeit, von der sie nichts geahnt hatte.

Suppe umrühren! Von wegen Verletzlichkeit. Wo war er denn gewesen, als sein Vater ihn gebraucht hätte? Und dann die offensichtliche Tatsache, dass er nichts von der Krise wusste, in der sich die Firma seines Vaters befand. Log er sie an? War ihm das Schicksal seines Vaters wirklich egal, solange er noch genügend Geld auf dem Konto hatte, um in Luxus zu leben? Das wäre ihr zutiefst zuwider.

Die Suppe war endlich heiß und ihre Gedanken wieder ordentlich sortiert, kein einziger verirrte sich mehr ins Bett oder verfing sich in Ashs wirrem Haar.

Sie platzierte zwei gefüllte Teller auf einem Tablett, dazu Besteck und nach kurzem Überlegen noch zwei Gläser mit Eistee. Als sie die Tür zu Ashs Zimmer mit dem Fuß aufstieß, lag er im Bett und starrte an die Decke, wirkte so verloren, dass ihr der Anblick wie ein Stich in den Magen fuhr.

Mit einem Ruck fuhr sein Kopf zu ihr herum, und ihm war nichts mehr anzumerken. »Riecht gut.«

Trish stellte das Tablett auf dem zu kleinen Nachttisch ab und betrachtete misstrauisch den über die Platte hinausragenden Teil. Eigentlich müsste es gehen. Erst dann fiel ihr Ashs Kommentar wieder ein. »Der Eintopf müsste auch gut schmecken, er kommt ja schließlich von Rosie.«

Ash nickte und runzelte dann die Stirn. »Wie kommt Rosie denn dazu, dir …« Er brach mitten im Satz ab und sah sie entsetzt an. »Sag mir, dass die Inhaberin unseres geschätzten Diners keine Verkupplungsabsichten hegt, was uns beide betrifft!«

Trish schob sich ihren Stuhl zurecht und nahm sich einen Teller. Da Ash offensichtlich nicht todkrank war, konnte er sich selbst bedienen. »Würde ich ja gern, aber dasselbe habe ich mich auch schon gefragt. Du weißt ja bestimmt, wie Rosie und ihre Freundin Inga bei Paul und Sabrina durchgestartet sind.«

Ash verzog den Mund und nahm sich seinen Teller und einen Löffel. »Tja, dann steht den Damen eine herbe Enttäuschung bevor.«

Trish nickte energisch. »Immerhin darin sind wir vollkommen einig.« Sie probierte einen Löffel und seufzte. »Himmlisch. Kochen kann Rosie, das steht mal fest. Kennst du eigentlich die Geschichte, als Sabrina so getan hat, als könnte sie nicht kochen, damit die Damen den Lieferservice aufrechterhalten?«

Ash grinste breit. »Na klar. Eigentlich etwas fies, aber ich kann mir gut vorstellen, wie genervt Paul und Sabrina von den ständigen Kuppelversuchen waren.«

Trish brummte zustimmend. »Eben. Sie sollten doch eigentlich inzwischen begriffen haben, wie ihre Kuppeleien bei anderen ankommen.«

Ash verschluckte sich fürchterlich und rang nach Atem. Schlagartig wurde Trish klar, was sie da gesagt hatte. Immerhin waren Sabrina und Paul nun ein Paar, und niemand würde je erfahren, ob nicht die Einmischung der beiden älteren Frauen daran schuld war, dass es mit den beiden geklappt hatte. Sie funkelte Ash an. »Du weißt genau, wie ich das meinte! Und was genau möchtest du eigentlich von mir wissen? Du willst ja sicher kaum hören, dass ich deinen Vater sehr nett fand und es mir in den letzten Monaten ganz fürchterlich leidtat, zuzusehen, wie er von Tag zu Tag mehr verfiel. Er hat seine gesundheitlichen Probleme und seine Sorgen immer heruntergespielt, aber wenn man nicht blind und dämlich ist, war es ja nicht zu übersehen.« Verflixt, sie hatte das neutral formulieren wollen, merkte aber selbst, wie vorwurfsvoll sie klang.

Jeder Anflug von Humor verschwand aus Ashs Miene. Er deutete mit dem Löffel auf sie. »Und du glaubst, ich hätte meine Pflichten als Sohn vernachlässigt? Glaubst du ernsthaft, er hätte sich von mir helfen lassen? Auch wenn es dich nichts angeht: Ich habe sogar versucht, mit ihm über seinen Gesundheitszustand zu sprechen. Es hat damit geendet, dass er mich rausgeschmissen hat. Also richtig, darüber will ich nichts von dir hören. Könntest du dich bitte darauf konzentrieren, mir zu erzählen, was es mit den Problemen der Firma auf sich hat?«

Das hatte sie wohl verdient. Jedenfalls teilweise, denn sie wusste tatsächlich nichts über das Verhältnis zwischen Ash und seinem Vater. Zwar hatte Sabrina mal erwähnt, dass in ihren Augen die Hauptschuld an dem Zerwürfnis bei dem älteren Herrn lag – aber wirklich objektiv war ihre Freundin dabei bestimmt nicht.

Vermutlich war es einfacher, wenn sie sich auf die finanzielle Situation in der Firma konzentrierte. »Der Absatz ist leicht zurückgegangen, aber die Kosten sind in den letzten zwölf Monaten explodiert. Dazu noch eine gigantische Steuernachzahlung, und plötzlich waren die Reserven aufgebraucht. In diesem Monat wurden zum zweiten Mal Löhne und Gehälter in zwei Raten ausgezahlt. Wenn kein Wunder geschieht, steht die Pleite vor der Tür.«

Ash wurde kreidebleich. »Das kann nicht sein.« Entschlossen kniff er die Augen zusammen. »Und selbst wenn es so wäre … dann ist es eben Zeit, etwas zu ändern.«

Ohne weiteren Kommentar aß er seine Suppe. Da sie ihn nicht einfach stumm anstarren konnte, folgte sie seinem Beispiel. Erstaunlicherweise brannte sie darauf, zu hören, was er sich für Änderungen vorstellte. Seine Entschlossenheit weckte eine Hoffnung in ihr, die sie nicht verstand. Denn eigentlich wusste er doch nichts über die Firma … bis eben nicht einmal, dass sie kurz vor der Pleite stand.

Erst als sie die beiden leeren Teller auf dem Tablett gestapelt und einen Schluck Eistee getrunken hatte, kam sie auf das Thema zurück. »Wenn du wirklich vorhast, in die Geschäfte der Firma einzusteigen, sollte ich dich wohl besser vorwarnen: Ich bin ziemlich sicher, dass da jemand ein falsches Spiel treibt. Ich habe keinen einzigen Beweis, nur ein mieses Gefühl. Mein Chef ist ein Idiot, der mir nicht zuhört, und dein Vater hat sofort abgewunken, als ich zu ihm gegangen bin. Für ihn waren alle Mitarbeiter eine große Familie, in der niemand auch nur einen Bleistift klauen würde.«

Ash legte den Kopf etwas schief. »Ich bin da anders gestrickt. Erzähl mir alles. Wirklich alles.«

Sollte sie das wirklich tun? Sie hatte nicht mehr in der Hand als ein paar vage Vermutungen, die sie nicht belegen konnte – also hatte sie im Grunde *gar* nichts. Aber was hatte sie zu verlieren? Und immerhin gehörte ihm die Firma nun. »Die Bücher geben keinen Grund für die Kostensteigerungen her. Natürlich gibt es für jede Buchung einen Beleg, und es sind anscheinend alles seriöse Firmen, an die das Geld geht, aber niemand weiß, wieso sich innerhalb eines Jahres der Aufwand fast verdreifacht hat. Der Einzige, der das wissen könnte, ist tot. Das wäre nämlich mein Vorgänger gewesen. Mein Boss weiß von nichts und will auch von nichts wissen. Vernünftige Unterlagen existieren nicht, oder wenn doch, dann habe ich keinen Zugriff darauf.«

So, damit hatte sie den Eröffnungszug gemacht. Er war dran. Sie rechnete schon halbwegs damit, dass er ihren Verdacht ins Lächerliche zog, aber stattdessen sah er sie ruhig an. »Hilfst du mir dabei, der Sache auf den Grund zu gehen? Ich muss wissen, was da läuft.«

Das hätte sie in ihrer Funktion als Buchhalterin sowieso tun müssen, aber dass er sie fragte, berührte sie. »Natürlich. Wenn ich richtigliege, werden wir die Sache aufklären.«

»Das gefällt mir.« Er warf die Bettdecke zurück und schwang die Beine aus dem Bett.

»Sekunde mal. Ich meinte damit aber nicht jetzt sofort!«

Ash sah auf seine Armbanduhr. »Oh doch, genau jetzt. Ehe Sabrina oder Paul hier auftauchen oder sogar, noch schlimmer, Rick.«

Sie hätte ihn zurückhalten müssen. Ricks Anweisung war unmissverständlich gewesen. Aber es reizte sie auch, der Sache endlich nachzugehen. Sie wartete schon so lange auf einen solchen Startschuss. Ash sah eigentlich ganz normal aus, jedenfalls nicht wie jemand, der am Rande seines Grabs stand. Dann fiel ihr ein, dass die Firma gut zehn Kilometer entfernt am anderen Ende von Heart Bay lag. »Ich würde wirklich gern mit dir dahin fahren, aber ich habe keinen Wagen.«

Zunächst wirkte Ash ratlos, dann nickte er langsam. »Stimmt, du bist ja auf diesem komischen Teil auf zwei Rädern unterwegs. Hast du einen zweiten Helm?«

»Ja, aber …«

»Gut, dann wäre das geklärt.« Er stand auf, und obwohl sie jede Bewegung mit Argusaugen verfolgte, schien er kein bisschen zu schwanken, sondern stand fest auf seinen Beinen. »Ich dusche schnell, und dann kann es losgehen.«

»Rick wird mich umbringen.«

Die Hand an der Türklinke, drehte sich Ash um und grinste sie an. »Er wird versuchen, uns *beide* umzubringen, aber ich pass schon auf dich auf.«

Er verschwand im Badezimmer und ließ sie mit ihren widersprüchlichen Gedanken alleine. Das war eine absolut dumme Idee, und dennoch war sie unwiderstehlich. Tief seufzend nahm Trish das Tablett mit dem Geschirr und ging in die Küche, um die Spülmaschine einzuräumen. Wenige Minuten später sah die Küche wieder top aufgeräumt aus. Sie war zwar impulsiv und redete manchmal einfach drauflos, ohne nachzudenken, aber sie liebte eine gewisse Ordnung. Gedankenverloren strich sie eine Falte aus dem Geschirrhandtuch und musste über sich selbst schmunzeln. Sabrina zog sie oft genug mit ihrem angeblichen Ordnungsfimmel auf, aber natürlich übertrieb ihre Freundin maßlos.

Sollte sie wirklich mit Ash in die Firma fahren? Sie besaß einen Schlüssel zu den Büroräumen, das wäre also kein Problem. Nur ... war er wirklich fit genug für einen solchen Ausflug? Und was erhoffte sie sich eigentlich davon? Bisher war keine ihrer Nachforschungen erfolgreich verlaufen, aber bisher war sie auch immer allein gewesen – vielleicht hatte sie etwas Wesentliches übersehen. Ehe sie es sich anders überlegen konnte, holte sie den zweiten Helm aus dem Regal über der Garderobe und verzog den Mund. Die Staubschicht war unübersehbar. Ordnung war eine Sache, Putzen eine ganz andere. Sie wischte den Helm sauber und horchte auf Geräusche, die ihr verrieten, was Ash gerade tat. Dann stand er endlich vor ihr. Die Haare noch feucht, das T-Shirt mit dem Hexenaufdruck nachlässig in die bereits getrocknete Jeans gestopft. Der Aufdruck brachte sie zum Lachen. Schnell hielt sie sich eine Hand vor den Mund. »Entschuldige, ich wollte dich nicht auslachen.«

»Ich glaube dir kein Wort. Aber du hast Glück, ich kauf dir ab, dass du kein anderes T-Shirt in meiner Größe hattest.«

»Da wäre noch eins mit einem roten Eichhörnchen gewesen«, gab sie schmunzelnd zurück.

Ash rollte mit den Augen. »Tolle Auswahl.«

Trish griff an ihm vorbei zu einem blauen Flanellhemd, das an der Garderobe hing. Ihr war es viel zu groß, aber es war unglaublich kuschelig und ein idealer Jackenersatz, wenn es morgens am Meer noch zu kühl war. »Das könnte dir passen. Schon wegen der ganzen Insekten wäre es nicht sinnvoll, nur im T-Shirt zu fahren. Hast du überhaupt schon mal auf einem Motorrad gesessen?«

»Sicher. Soll ich fahren?«

Trish beschränkte sich auf einen vielsagenden Blick. Sie würde ganz bestimmt nicht irgendeinem anderen Fahrer ihr schwarzes Schätzchen anvertrauen. Ash seufzte und zog sich das Hemd über. Es passte nicht nur, sondern betonte überflüssigerweise seine Augenfarbe. Entschieden wandte sich Trish ab. Dass er gut aussah, war ihr nicht neu, und es gab Wichtigeres. Sie verließ das Haus und rannte fast zu ihrem Motorrad.

Ihre Lederjacke war bei fast dreißig Grad viel zu warm, aber sie trug sie trotzdem eigentlich immer – weniger aus Sicherheitsgründen denn aus Aberglauben. Sie hatte sich auf den ersten Blick in das teure Kleidungsstück verliebt, hätte es sich aber niemals leisten können. Irgendwie hatte ihre Großmutter davon erfahren und ihr die Lederjacke mit ein paar liebevollen Worten über ihre Leidenschaft für Zweiräder geschenkt. Seitdem betrachtete Trish sie als Talisman, der ihr eine sichere Heimfahrt garantierte.

Sosehr sie auch das Motorradfahren liebte, es gab etwas daran, das sie hasste: Sie musste ihre Harley rückwärts auf die Straße schieben, und über zweihundert Kilo rangierten sich nicht so einfach. Mithilfe langer Übung schaffte sie es jedoch ohne Probleme. Ungeduldig sah sie sich um. Wo blieb Ash? Dann ging ihr auf, dass es nicht besonders nett gewesen war, einfach rauszurennen, aber nun war es zu spät. Kehrte sie jetzt noch mal um, machte sie sich völlig lächerlich.

Endlich kam er auf sie zu. Den Helm hatte er bereits aufgesetzt, aber durchs offene Visier sah sie sein entschuldigendes Lächeln. »Es hat etwas gedauert, bis ich den Verschluss verlängert hatte. Für die Konstruktion braucht man ein Ingenieursstudium.«

»Kein Problem. Spring auf, ehe ich es mir noch anders überlege. Eigentlich ist es total unvernünftig.«

Ash schwang sein Bein über die Sitzbank, hielt sich locker an ihrer Taille fest und beugte dann den Kopf etwas vor. »Vernünftig ist nur ein anderes Wort für langweilig.«

Zu der Definition hätte sie noch einiges zu sagen gehabt. Anscheinend war er doch der lässige Typ, der nichts ernst nahm.

Trish startete den Motor. Wenn sie noch länger nachdachte,

würde sie das Vorhaben abblasen, denn es war eigentlich Wahnsinn. Sie gab Gas und ließ die Kupplung langsam kommen. Der Schwerpunkt der Maschine war zwar etwas weiter hinten als sonst, aber ansonsten würde der ungeplante Mitfahrer keine Probleme machen – jedenfalls nicht in dieser Beziehung.

Ash ging jede Bewegung der Harley mit, und auch seine Nähe störte sie überraschenderweise nicht. Sie fuhren das kurze Stück direkt am Meer entlang, bis sie Heart Bay erreicht hatten, das im hellen Sonnenlicht so malerisch dalag wie eine zum Leben erwachte Postkarte. Das Firmengelände lag auf der anderen Seite der Stadt, mitten in einem riesigen Waldgebiet. Trish gab Gas, jagte die fast leere Main Street hinunter und zog unwillkürlich den Kopf ein, als sie am Diner vorbeikamen. Wenn Rosie sie zusammen auf dem Motorrad sah, würde sie gleich sonst was denken. Wenn sie sich nicht sehr irrte, lachte Ash hinter ihr. Vermutlich hatte er ihre instinktive Reaktion mitbekommen.

Die Stadt zu durchqueren dauerte nur wenige Augenblicke, dann sah Trish auf der linken Seite schon die Straße, die zu ihrem Ziel führte. Sie hielt an, um den Gegenverkehr passieren zu lassen. Als die Kreuzung frei vor ihr lag, wollte sie wieder anfahren, blickte aber vorher gewohnheitsmäßig noch flüchtig in den Rückspiegel. Ihr Atem stockte, als sie den braunen Geländewagen sah, der mit hohem Tempo direkt auf sie zuhielt. Was sollte das? Die Straße war breit genug, um rechts an ihr vorbeizufahren, aber das hatte der Fahrer offenbar nicht vor … er steuerte genau auf sie zu. Sie riss am Gasgriff und ließ die Kupplung stärker als sonst kommen. Die Harley machte einen Satz nach vorn, schlingerte leicht, aber dann hatte Trish sie wieder unter Kontrolle und beschleunigte weiter. Im Rückspiegel beobachtete sie, dass der Geländewagen ihnen immer noch folgte. Nach der nächsten Kurve war er außer Sicht.

Ash umklammerte ihre Taille fest. »Was ist los?«, rief er ihr zu.

»Ein Verrückter oder ein Problem«, erwiderte sie und gab weiter Gas. Nur noch wenige Kurven trennten sie vom Firmengelände, und damit war sie im Vorteil. Der schwere Wagen wäre auf dieser Strecke niemals so schnell wie sie. Sie legte die Maschine tief in die Kurven und registrierte nur beiläufig, dass Ash weiterhin jede Bewegung mitging. Es wäre nicht auszudenken, wenn er plötzlich gegensteuerte. Sie würde die Kontrolle über die Maschine verlieren und … Stopp! Nicht weiter drüber nachdenken. Vor ihr tauchte der große Firmenparkplatz auf, der heute wie ausgestorben dalag. Sie lenkte die Harley in einen großen Kreis und hielt an. Nun hatte sie direkten Blick auf jedes Fahrzeug, das sich näherte. Da kam der Geländewagen auch schon um die Ecke geschossen und bremste scharf.

Trish riss sich den Helm runter und ihr Handy aus der Jackentasche. »Der wollte uns umfahren«, erklärte sie mit sich überschlagender Stimme.

Ash stieg ab und stellte sich breitbeinig neben das Motorrad. Mit einer Hand griff er unters Flanellhemd. Ihr Verfolger begriff diese Geste schneller als Trish: Der Fahrer legte den Rückwärtsgang ein, und nach wenigen Sekunden war von ihm nichts mehr zu sehen.

»Hast du eine Waffe?«, fragte Trish fassungslos.

Langsam schüttelte Ash den Kopf. »Nein, aber ich habe mal einen Film gesehen, in dem der Bluff funktionierte. Hast du das Kennzeichen?«

»Aus der Entfernung? Nein. Ich bin mir nicht mal sicher, was das für ein Typ war. Also der Wagen. Den Fahrer konnte ich wegen der verdunkelten Scheiben sowieso nicht erkennen. Aber wenn ich den erwische, knöpfe ich ihn mir vor. Was sollte denn das? Mag der keine Motorradfahrer? So ein Idiot. Ich könnte …«

Ash legte ihr eine Hand auf den Arm und schnitt ihr so das Wort ab. »Hey, ganz ruhig. Er ist ja weg, und du hast ihn verdammt souverän abgehängt. Es ist alles gut. Beruhige dich.«

»Ich bin ganz ruhig«, widersprach sie, aber das war definitiv gelogen … schon als Kind hatte sie immer drauflosgeredet, wenn sie Angst hatte. Diese Gewohnheit hatte sie anscheinend bis heute nicht abgelegt. Mist. Entschieden klappte sie den Seitenständer aus und stieg ab. »Wollen wir den Sheriff informieren?«

Ash winkte ab. »Ohne Kennzeichen bringt das nichts. Vielleicht war das jemand, der keine Harleys mochte. Er kann kaum uns gemeint haben, es wusste ja schließlich kein Mensch, dass wir hierherfahren.«

Die letzten Sätze klangen, als ob Ash ernsthaft darüber nachgedacht hätte, dass es ein gezielter Anschlag auf sie gewesen sein könnte. Kurz musste sie an seine Bemerkung über Darth Vader denken, der ihn angeblich angegriffen hatte, dann rief sie sich zur Ordnung. Es war genauso, wie Ash es gesagt hatte: Es hatte niemand gewusst, dass sie zur Firma fahren wollten, und der Wagen war erst in Heart Bay oder kurz dahinter aufgetaucht. Es war sehr viel wahrscheinlicher, dass es eine unangenehme Begegnung mit einem Verrückten gewesen war, als dass sie persönlich gemeint gewesen waren.

Auch wenn die Gefahr vorbei war, fühlte sie sich unwohl; je eher sie wieder zurück zu Hause waren, desto besser. »Komm. Ich zeige dir kurz, was ich meine, und dann legst du dich wieder hin. Du brauchst Ruhe!«

Ash salutierte lässig. »Ja, Ma'm.«

Trish rollte nur mit den Augen und ging vor. Sie bezweifelte, dass er den Weg zu ihren Büroräumen kannte.

4

Trish schloss die schwere Glastür auf und spähte dabei bereits ins Innere des Gebäudes. Merkwürdig. Der Empfangsbereich war menschenleer, nicht mal einer der beiden Nachtwächter war vor Ort. Das hatte sie noch nie erlebt. Selbst wenn sie frühmorgens oder eher noch mitten in der Nacht zur Arbeit erschienen war, hatte sie einen der Männer hier angetroffen. Wer mochte das angeordnet haben? Wer hatte eigentlich nun das Sagen? Doch wohl Ash, oder nicht? Es gab noch viel mehr Dinge zu klären, als sie gedacht hatte.

Sie trat zur Seite und ließ Ash vorbeigehen. »Ich vermute, dein Büro ist im linken Trakt, oder?«, erkundigte er sich, während er mitten in der Halle stehen blieb und sich umsah.

»Ja, ich gehe vor. Aber ich wundere mich gerade, dass weder Rudy noch Caleb hier sind. Das ist ungewöhnlich, denn dein Vater hat Wert darauf gelegt, dass immer jemand vor Ort ist. Im Sommer fange ich gern mitten in der Nacht an, um früh Feierabend zu haben, und selbst dann war der Tresen hier immer besetzt. Heute ist ein ganz normaler Wochentag, und ich wette, es gab schon Lieferanten, die einfach wieder abziehen mussten. Das gefällt mir gar nicht. Das ist eindeutig geschäftsschädigend.«

Sie gab Ash keine Gelegenheit, zu antworten, sondern stürmte davon. Im linken Trakt waren die Büroräume untergebracht, rechts schlossen sich ein Ausstellungsraum, die riesige Produktionshalle und das Lager an den Empfangsbereich an.

»Hey, warte mal. Hast du auch einen Schlüssel für die Lagerhalle? Ich würde da gern mal einen Blick reinwerfen.«

Trish hatte schon den Korridor erreicht. »Ja, später. Erst einmal sehen wir uns die Daten an, damit du weißt, was ich meine.«

Ungeduldig hielt sie die Tür auf, bis Ash sie endlich erreicht hatte. Sie sah ihm an, dass er sich lieber im anderen Gebäudeteil umgesehen hätte, aber dafür fehlte ihr im Moment die Geduld. Eine Besichtigungstour hätte er bis gestern schließlich jederzeit mit seinem Vater unternehmen können. »Ganz am Ende links«, erklärte sie ihm.

Er sah nicht auf die Tür, die ins Büro seines Vaters führte, sondern ging mit ausdrucksloser Miene den Gang entlang. Trish atmete auf, als sie endlich ihr vertrautes Reich betraten. In dem leeren Gebäude war jedes Geräusch merkwürdig, die Stille, die sie sonst in den Morgenstunden genossen hatte, wirkte jetzt eigentümlich bedrohlich. Auch wenn sie es nicht gern zugab, war sie froh, dass Ash hier war. Und noch erleichterter würde sie sein, wenn sie wieder zu Hause war.

Sie startete den PC mit einem Knopfdruck und deutete auf eine Wasserflasche. »Möchtest du etwas trinken? Ich mag das Zeug aus dem Spender nicht und habe immer mein eigenes Wasser hier.«

»Gern.«

Sie füllte zwei Gläser und zog einen Besucherstuhl auf ihre Seite des Schreibtisches. Kurz überlegte sie, das Buchführungsprogramm zu starten, aber das würde ihn vermutlich nur verwirren. Stattdessen rief sie eine Datei auf, in der sie sämtliche aktuellen Kosten mit denen des Vorjahrs verglichen hatte. »Sieh dir das in Ruhe an. Mir fällt keine Erklärung dafür ein.«

Ash überflog die Aufstellung und runzelte nach kurzer Zeit die Stirn. »Sogar die Löhne und Gehälter sind enorm gestiegen, alle anderen Aufwendungen förmlich explodiert. Wahnsinn. Aber wieso hast du mir das hier nicht bei dir zu Hause gezeigt?«

»Weil an den PCs sämtliche Ports gesperrt sind. Ich kann da nicht einfach einen USB-Stick reinstecken. Und Dateianhänge kann ich nur an einen bestimmten Empfängerkreis schicken, der von einem IT-Experten ständig überprüft wird. Okay, ich hätte mir die Datei ausdrucken können, aber wozu?«

»Also … die Sicherheitsmaßnahmen kommen mir reichlich übertrieben vor. Wir sind doch hier nicht im Pentagon.«

Trish lehnte sich zurück und verschränkte die Arme vor der Brust. »Stimmt. Ändere sie doch. Veranlasse, dass hier normale Regeln gelten. Und sorg dafür, dass der Laden wieder öffnet und die Mitarbeiter wieder Geld verdienen. Zumindest der Empfangsbereich vorne sollte sofort besetzt werden.«

Ash starrte weiter auf den Monitor. »Du vergisst, dass überhaupt nicht feststeht, ob ich die Befugnis dazu habe. Ich glaube kaum, dass mein Vater mir die Firma hinterlassen hat.«

Auf den Gedanken war sie bisher nicht gekommen. »Dann finde es heraus. Die Firma ist der größte Arbeitgeber in der Region, und es geht ihr schlecht. Auch deshalb, weil einige absolute Hohlköpfe wie mein Boss hier mitmischen. Es wird Zeit, dass jemand was tut. Deinem Vater ging es zu schlecht, und er war auch in gewisser Weise ein echtes Gewohnheitstier, also Änderungen gegenüber nicht besonders aufgeschlossen.« Sie sah ihn direkt an. »Aber *du* könntest das in die Hand nehmen.« Sie atmete tief durch, ehe sie sagte: »Natürlich nur, wenn du willst. Und wenn du der Erbe bist.«

Wenigstens wich Ash ihrem forschenden Blick nicht aus. »Ich weiß nicht. Wenn er mir die Firma überlassen haben sollte, würde ich sie wohl möglichst schnell verkaufen.«

Wut kochte in Trish hoch. »Das kannst du vergessen, einen

solchen Pleiteladen kauft niemand. Wieso auch? Und warum würdest du das tun? Reicht dir ein Porsche nicht? Soll es vielleicht auch noch ein silberner Ferrari sein?«

Ash kniff die Augen zusammen. »Wenn, dann würde ich mir einen schwarzen Ferrari kaufen. Nicht dass es dich etwas angeht, aber dieser verdammte Schuppen hat mir meinen Vater gestohlen. Die Firma war immer wichtiger als ich. Für sie hat er sich interessiert, für mich kein bisschen. Und …« Er brach mitten im Satz ab. »Ach vergiss es. Das geht dich nichts an.«

Trish nickte. »Stimmt, es geht mich nichts an. Ich kann nicht beurteilen, was zwischen euch war, und will es auch gar nicht. Aber hier geht es um mein Leben, um meinen Job. Und neben mir sind noch etliche andere betroffen. Die Existenz ganzer Familien ist bedroht. Du könntest etwas tun. Jetzt.«

Ash stemmte sich langsam hoch und sah auf sie herab, was ihr überhaupt nicht gefiel. Wut funkelte in seinen Augen. »Mit Zuhören hast du es wohl nicht so, was? Ich weiß doch nicht einmal, ob ich rechtlich überhaupt in der Lage bin, etwas zu unternehmen.« Er beugte sich etwas vor. »Und selbst wenn. Sorry, Trish, ich schulde niemandem etwas. Der Laden hier ist nicht meine Verantwortung, nicht meine Baustelle.«

»Das sehe ich anders!«, sagte jemand sehr bestimmt von der Tür her.

Trish fuhr erschrocken zusammen, und auch Ash wirbelte herum.

Paul! Trish schnappte nach Luft und brachte kein Wort über die Lippen. So aufgebracht hatte sie Paul noch nie erlebt, bisher hatte er immer eher ruhig gewirkt – mit Rücksicht auf ihre Freundin hatte Trish sich selbst in Gedanken das Wort »langweilig« verboten. Nun sah sie eine andere, unbekannte Seite an ihm, und erstmals brachte sie Paul, den scheinbar harmlosen Provinzanwalt, gedanklich mit dem Mann zusammen, der es erfolgreich mit einigen Verbrechern aufgenommen hatte, um den Sohn seiner Freundin aus den Händen von Entführern zu befreien.

Paul stürmte herein und blieb so dicht vor Ash stehen, dass sich ihre Nasen fast berührten. »Anscheinend hast du eine ernsthafte Kopfverletzung davongetragen, bei der dein Verstand gelitten hat. Was hast du an Ricks Vortrag eigentlich nicht verstanden? Er hat dir doch ausdrücklich gesagt, du sollst im Bett bleiben. Und was machst du? Rennst hier herum. Fährst auf einem Motorrad durch die Gegend. Du bist doch nicht mehr ganz bei Trost!«

Besonders beeindruckt wirkte Ash nicht. »Es ist immer noch meine Gesundheit, die ich riskiere, und mir geht es gut. Wenn du mit deinem Auftritt als Florence Nightingale fertig bist, würde ich gern erfahren, was du gemeint hast.«

»Womit?«

»Na damit, dass du es anders sehen würdest.«

»Ach so. Das bezog sich darauf, dass du der Alleinerbe deines Vaters bist. Aber darum geht es jetzt nicht, sondern …«

Schlagartig verlor Ashs Gesicht die Farbe. Kreidebleich sank er auf den Stuhl zurück. Paul fasste sichtlich besorgt nach Ashs Handgelenk, aber sein Freund wehrte die Berührung unwillig ab.

In diesem Moment begriff Trish den Grund für Ashs Reaktion. Sie fasste nach Pauls Arm und zog ihn kurzerhand aus dem Weg, dann drückte sie Ash ihr eigenes, noch halb volles Glas in die Hand. »Trink, und schön weiteratmen. Ich verstehe, dass das ein Schock für dich ist.«

»Seine Kopfverletzung …«, begann Paul.

Ungeduldig unterbrach sie ihn. »Ach Quatsch, damit hat das nichts zu tun.«

Ash trank einen Schluck. Als er das Glas abstellte, zitterten seine Finger. Trish griff nach seiner Hand und drückte sie fest. »Egal, was zwischen euch war, am Ende hat er dir das überlassen, was ihm offenbar sehr viel bedeutet hat. Du hast nun die Chance, aber nicht die Pflicht, etwas daraus zu machen.«

»Eben hast du dich noch ganz anders angehört«, gab Ash zurück, und in seinen Mundwinkeln spielte der Anflug eines bitteren Lächelns.

»Dann habe ich meine Meinung eben geändert.« Als er sie stumm anblickte, entschloss sie sich zu einer Erklärung. »Ich habe dir doch eben angesehen, was es für dich bedeutet, der Erbe zu sein. Denk einfach in Ruhe darüber nach, und lass dich von niemandem in eine Richtung drängen. Nicht von ihm«, sie deutete mit dem Kopf auf Paul und grinste dann, »und auch nicht von mir.«

»Okay.« Er holte tief Luft. »Können wir dann gehen? Oder halt. Hast du eine Ahnung, wie ich diese Wachmänner erreichen kann?«

»Ich übernehme das für dich.« Es waren nur zwei Anrufe nötig, um zu arrangieren, dass der Eingangsbereich wieder besetzt wurde. Da sie das Telefon auf Lautsprecher gestellt hatte, konnte Ash live verfolgen, wie glücklich die Männer über die Anweisung waren – und wie irritiert darüber, überhaupt nach Hause geschickt worden zu sein. Auch Paul runzelte die Stirn. Als Trish den Hörer aufgelegt hatte, schlug sie mit der flachen Hand auf den Schreibtisch. »Mist, ich hätte fragen sollen, wer sie nach Hause geschickt hat!«

Langsam schüttelt Paul den Kopf, seine Miene war kühl, beinahe bedrohlich. »Das ist nicht notwendig, ich gehe jede Wette ein, dass ich den Namen kenne.«

Ungeduldig funkelte Ash seinen Freund an. »Wäre es zu viel verlangt, uns an deinem Wissen teilhaben zu lassen?«

Paul verschränkte die Arme vor der Brust. »Keine Chance. Ich rede erst mit dir, wenn du wieder bei Trish im Bett liegst!«

Wenn er ... was? Trish verschluckte sich bei dem Gedanken und fing fürchterlich an zu husten. Pauls Mundwinkel schossen nach oben. »Du weißt doch, wie ich es gemeint habe.«

Nach Luft schnappend nickte Trish. »Schon, aber von einem Anwalt hätte ich präzisere Formulierungen erwartet.«

»Ich auch«, knurrte Ash und erhob sich schwerfällig. »Lass uns fahren. Ich möchte so schnell wie möglich wissen, was hier eigentlich los ist, und Diskussionen mit Paul sind zwecklos – er verleiht dem Wort ›stur‹ eine völlig neue Bedeutung.«

»Nicht nur Paul«, murmelte Trish leise und schaltete den PC aus, ohne das Betriebssystem herunterzufahren. Das war zwar etwas eigenwillig, hatte aber dem Gerät bisher nie geschadet.

Auf dem Parkplatz vor der Firma deutete Paul auf seinen Wagen. »Du fährst besser mit mir«, sagte er zu Ash, und es klang wie ein Befehl.

Ohne nachzudenken, drückte Trish ihrem unfreiwilligen Mitbewohner den Schlüssel der Harley in die Hand. »Ich denke eher, du könntest eine Fahrt auf der Maschine gebrauchen.«

»Du überlässt mir dein Schätzchen?«

Nein! Aber für einen Rückzieher war es nun zu spät. Wieder einmal hatte sie erst gehandelt und dann nachgedacht. Er hatte so verloren, einsam und unglücklich gewirkt, und wenn sie sich so fühlte, war Motorradfahren das Einzige, was half.

Mit einem undefinierbaren Gesichtsausdruck sah er sie an. »Bist du sicher? Und wo willst du mitfahren?«

»Natürlich bei dir. Glaubst du, ich lasse dich mit meiner Kleinen alleine? Aber nur, wenn du mit dem zusätzlichen Gewicht klarkommst.«

»Danke.«

Das hieß dann wohl Ja. Ash und Trish ignorierten die Flüche, die Paul vor sich hinmurmelte. Was sollte er schon tun, um sie von ihrem Vorhaben abzuhalten?

»Du solltest dir einen anderen Anwalt suchen, dieser hier hat eine Neigung zum Meckern.«

»Stimmt, aber was soll ich tun? Er ist ein alter Freund.« Gespielt hilflos zog Ash eine Schulter hoch.

Trish seufzte tief. »Dann hast du ein Problem.«

Schlagartig wieder ernst drehte sich Ash zu ihr um und legte ihr eine Hand locker auf die Schulter. »Nicht nur *ein* Problem, sondern verdammt viele, aber gerade dann kann man Freunde gebrauchen. Danke. Die Fahrt mit deiner Kleinen weiß ich wirklich zu schätzen.«

Ehe ihr eine Antwort eingefallen war, stieg er auf die Maschine, reichte ihr ihren Helm, den sie am Lenker hängen gelassen hatte, und setzte seinen eigenen auf. Er startete den Motor, und sie beeilte sich, hinter ihm aufzusteigen. Es war nicht zu übersehen, wie ungeduldig er darauf wartete, endlich Gas zu geben. Ihre Befürchtungen wuchsen ins Unendliche. Sie hätte ihm niemals den Schlüssel geben dürfen, solange sie nicht wusste, wie er fuhr. Vermutlich raste er wie ein Besinnungsloser die Straße entlang. Und was war eigentlich mit seinen Kopfschmerzen? War er wirklich so fit, wie er wirkte? Das hätte ihr vorher einfallen sollen, nun war es zu spät.

Schon nach wenigen Metern entschuldigte sie sich gedanklich bei Ash. Er hatte die Maschine voll im Griff, und sie spürte, wie er sich zusehends entspannte. Von sinnloser Raserei war sein Fahrstil so weit entfernt wie sie vom amerikanischen Präsidentenamt. Er fuhr zügig, aber sicher – genau wie sie selbst. Und wieder einmal änderte sie ihre Meinung. Er war kein leichtsinniger, sondern ein vorausschauender Fahrer. Nun war sie froh, dass sie ihm die Maschine überlassen hatte. Sie wusste nur zu gut, wie heilsam so eine kleine Tour sein konnte.

Er hielt vor ihrem Haus an und drehte sich zu ihr um. »Steig ab. Ich fahre sie lieber alleine in den Carport.«

Mit einem so ehrlichen Eingeständnis hatte sie nicht gerechnet. Die scharfe Kurve hatte es in sich, und sie war auch nicht sicher, ob sie die Maschine mit einem Beifahrer hinten drauf gehalten hätte. Außerdem war der Platz vor dem Carport extrem rutschig. Egal, wie sehr sie sich bemühte, der Wind wehte immer wieder Sand auf die Einfahrt, auf dem es sich mit Motorrad wie auf Glatteis fuhr.

Kaum war sie abgestiegen, rangierte er die Harley behutsam auf ihren Platz. Deutlich entspannter als zuvor, aber auch auffallend blass, kam er auf sie zu. »Das konnte ich wirklich gebrauchen. Vielen Dank, Trish.«

»Gern geschehen, aber nun komm rasch rein, ehe dein Anwalt wieder zu einer Predigt ansetzt. Du siehst ziemlich blass aus.«

»Mir geht es gut.« Er verzog den Mund zu einem schiefen Grinsen. »Relativ gut. Ich könnte einen Kaffee und eine Kopfschmerztablette vertragen.«

Trish überschlug die Dosierungsanleitungen, die Rick ihr gegeben hatte. Es sprach nichts gegen etwas Aspirin. »Na klar, aber sag es bitte ehrlich, wenn es dir richtig schlecht geht.«

»Mache ich. Und Trish …?« Er sah an ihr vorbei zum Haus. »Du vermietest doch die Zimmer an Touristen, oder?«

»Ja, wieso fragst du?«

»Ich möchte gern für die nächsten Wochen eines der Zimmer mieten.«

Mit offenem Mund starrte sie ihn an, dann schüttelte sie den Kopf. »Vergiss es.«

»Trish! Bitte! Ich will keinem meiner Freunde zur Last fallen. Rick ist mit irgendwelchen obskuren Arbeiten beschäftigt, über die er nicht spricht, und Sabrina und Paul sind so verliebt, dass ich mich wie in einem rosaroten Zuckerwattealbtraum fühle. In das Haus meines Vaters kann und will ich nicht, und der Porsche ist zu eng, um darin zu übernachten.«

Und wieder hatte er sie überrascht. Seine Ehrlichkeit, gepaart mit einer kaum wahrnehmbaren Dosis Hilflosigkeit, berührte sie. Es war allerhöchste Zeit für eine Erklärung: »Du hast mich falsch verstanden. Du kannst hierbleiben, solange du möchtest. Aber ich nehme keinen Cent von dir.«

Verblüfft lauschte sie ihren eigenen Worten nach. Einerseits meinte sie es ernst, andererseits war sie anscheinend verrückt geworden, ihm ihr Gästezimmer anzubieten, nachdem sie vorher die ganze Zeit überlegt hatte, wie sie ihn wieder loswerden konnte.

Da er sie stumm anstarrte, musste sie wohl noch einiges klarstellen. »Diskutier jetzt besser nicht mit mir, du würdest sowieso verlieren. Und wegen Essen und so werden wir uns schon einigen. Ich suche dir gleich einen eigenen Schlüssel raus, dann hören wir uns Pauls Vorwürfe an und überlegen, was wir jetzt tun.«

»Wir?«, wiederholte er, die Augen leicht zusammengekniffen.

Trish nickte. »Ja. *Wir!* Du kennst die Firma kaum, ich schon. Morgen legen wir los, um dein Erbe zu retten. Du brauchst mich, also verärgere mich besser nicht.«

Sie drehte sich um und stürmte aufs Haus zu, ehe er das Gespräch fortsetzen konnte. So langsam wusste sie selbst nicht mehr, was sie hier eigentlich tat.

Sie hatte gerade den Schlüssel ins Schloss gesteckt, als ein Wagen an der Straße hielt. Paul. Also gut, dann konnte sie gleich noch eine Kleinigkeit klarstellen. Sie sprintete zu seinem Pickup und erreichte ihn, gerade als er ausstieg.

»Ehe du reinkommst, müssen wir ein paar Regeln festlegen. Sonst kannst du gleich wieder in deinen Wagen steigen und zu deinem Hund und deiner Freundin fahren! Ash und ich wussten genau, welches Risiko wir eingehen. Also spar dir deine Predigten, ich habe nicht die geringste Lust, sie mir anzuhören. Und von dem Wagen, der uns fast gerammt hätte, konnten wir ja schließlich nichts wissen, als wir losgefahren sind. Also komm rein und benimm dich, oder du fliegst raus. Verstanden? Ash braucht Freunde und keine Oberlehrer. Hast du das verstanden?«

»Ja zu beidem. Was für ein Wagen?«

Sie blinzelte verwirrt. »Wieso zu beidem?«

»Du hattest zweimal gefragt, ob ich dich verstanden habe. Was für ein Wagen?«, wiederholte er.

Stimmt, davon wusste er ja noch gar nichts. »Erzähle ich dir drinnen. Ich brauche was zu trinken, und zwar etwas Stärkeres als Wasser.«

Als sie sich umdrehte, fiel ihr Blick auf Ash, der neben der Haustür an der Wand lehnte. Er hatte jedes Wort mitbekommen und musterte sie mit unergründlicher Miene aus seinen graublauen Augen.

5

Zum zweiten Mal an diesem Tag holte Trish die Karaffe mit dem Likör ihrer Großmutter aus der Vitrine und schenkte sich ein Glas ein. Aufatmend ließ sie sich auf einen der Stühle fallen. Die Männer konnten ihren Streit allein austragen. Sie würde sich erst einmischen, wenn Ash Hilfe brauchte.

Ash und Paul standen vor dem Küchentisch und fochten ein stummes Blickduell aus. Ash hatte sich ebenfalls setzen wollen, aber Paul versperrte ihm den Weg.

»Du gehörst ins Bett«, wiederholte Paul.

Trish unterdrückte bei der Forderung ein Stöhnen. Wenn Ash fit genug war, um Motorrad zu fahren, musste er sich ganz bestimmt nicht hinlegen. Er war zwar etwas blass, aber das musste nicht unbedingt an seiner Kopfverletzung liegen.

Genüsslich trank sie einen Schluck. Ehe sie den Männern etwas zu trinken anbot, mussten die Kampfhähne sich beruhigen. Im Moment starrten sie sich weiter stumm an. Großartig, das konnte dann wohl noch dauern. Eigentlich hatte sie Ash sofort eine Kopfschmerztablette geben wollen, aber die Reaktion darauf konnte sie sich gut vorstellen.

»Geh mir endlich aus dem Weg, und spiel dich nicht wie ein Oberlehrer auf«, fauchte Ash seinen Freund an.

Trish lehnte sich zurück und überlegt ernsthaft, ob sie sich Popcorn machen sollte.

»Wenn du selbst nicht genug Verstand hast, um zu wissen, was gut für dich ist, muss ich eben das Denken für dich übernehmen«, schoss Paul zurück.

64

Trish brauchte einige Sekunden, um den Satz zu sortieren, dann reichte es ihr. Entschlossen stand sie auf und drängte sich energisch zwischen die Männer. »Genug jetzt. Das hier ist meine Küche, und so führt ihr euch hier nicht auf! Ich habe eben ernsthaft überlegt, mir Popcorn zu machen, um euren Auftritt als Dramaqueens ausreichend zu würdigen. Benehmt euch. Sofort. Einer setzt sich da hin, der andere da drüben. Dann gibt es auch Kaffee und Kekse.«

Sie wartete keine Antwort ab, sondern wandte sich der Kaffeemaschine zu und stellte zwei Becher unter den Ausgießer.

»Hat sie uns gerade als Dramaqueens bezeichnet?« Paul klang tödlich beleidigt.

»Ich habe das jedenfalls auch gehört. Also hat sie es wohl getan.« Ash schien sich im Gegensatz zu Paul das Lachen kaum verkneifen zu können. Dafür hatte er sich eine Belohnung verdient. Sie holte einen Streifen Tabletten aus der Schublade, während sie dem Rumpeln und Zischen der Kaffeemaschine lauschte. Eigentlich war das Gerät viel zu teuer gewesen, aber nachdem sie bei Sabrina einen Kaffeevollautomaten kennengelernt hatte, mochte sie auf diesen Luxus auch zu Hause nicht mehr verzichten. Sie stellte die gefüllten Becher auf den Tisch und registrierte zufrieden, dass beide Männer ihrer Anweisung gefolgt waren. Unauffällig drückte sie Ash die Tablette in die Hand und ließ auch ihren Becher von der Maschine füllen.

Als sie einen Teller mit Keksen auf den Tisch stellte, sah Paul sie vorwurfsvoll an. »Ich habe das eben genau gesehen. Wenn er Tabletten braucht, gehört er ins Bett.«

»Schwachsinn! Er liegt meilenweit unter der Dosis, die Rick genannt hat. Da du kein Arzt bist, sondern Anwalt, kannst du auch aufhören, dich wie Dr. House aufzuspielen.«

Sichtlich beleidigt griff er nach einem Schokoladenkeks und biss krachend ab.

Eine ungewohnte Stille kehrte ein. Zumindest ungewohnt an diesem chaotischen Tag, denn sonst war es in ihrem Haus häufig beinahe *zu* ruhig, und Trish genoss es, wenn die Zimmer belegt waren oder Sabrina und ihr Sohn zu Besuch kamen.

Da beide Männer Kekse kauten, konnte sie das Gespräch eröffnen. »Woher weißt du, dass Ash der Erbe ist? Was wolltest du in der Firma? Und wer hat die Männer nach Hause geschickt?«

Statt ihre Fragen zu beantworten, sah Paul seinen Freund besorgt an. »Bist du wirklich fit genug für solche Themen? Wir können sonst auch morgen über die Details sprechen.«

Ashs grimmiger Blick sprach Bände, abwehrend hob Paul die Hände. »Schon gut. Also der Reihe nach. Mich hat vorhin ein gewisser Carl Weatherby angerufen. Sagt dir der Name etwas?«

Ash schüttelte den Kopf.

»Es ist auch schon sehr lange her, und ich dachte, er wäre längst tot. Carl war der Anwalt deines Vaters, obwohl er vor Ewigkeiten nach San Francisco gezogen ist. Du hast ihn vermutlich zuletzt gesehen, als du noch ein Kind warst.«

»Mag sein, aber ich erinnere mich nicht mehr an ihn.«

»Er war über die Verhältnisse hier in Heart Bay noch sehr gut informiert, weil er regelmäßig mit deinem Vater telefoniert hat. Deshalb hat er versucht, über mich zu dir Kontakt aufzunehmen. Nachdem ich mich als dein Anwalt vorgestellt und ihm die Vollmacht rübergefaxt habe, hat er mir im Gegenzug das Testament übermittelt.«

Ratlos kniff Ash die Augen zusammen. »Du wärst zwar als Anwalt meine erste Wahl, und es ist alles in Ordnung, aber von welcher Vollmacht redest du?«

»Die hattest du mir vor einiger Zeit unterschrieben, damit ich die Sache mit der Reparatur deines Porsches regeln konnte. Wir haben den Unfallverursacher ja ins Gefängnis gebracht, ehe er den angerichteten Schaden regulieren konnte.«

»Ach ja, stimmt. Aber wieso hat Carl mich nicht direkt angerufen?«

Paul trank einen Schluck Kaffee. »Tja, jetzt wird es interessant. Das hätte er ja getan, aber er ist schon über siebzig und hat deine Kontaktdaten so schnell nicht gefunden. Also hat er Jack Pearson angerufen, und der …«

Der Name reichte Trish. Sie fluchte und leerte ihr Glas Likör in einem Zug. Erstaunt brach Paul mitten im Satz ab und sah sie fragend an. Sie verzog den Mund. »Ich kann mir schon vorstellen, was jetzt kommt. Er kannte leider auch keinen Weg, um mit Ash Kontakt aufzunehmen, oder? Es ist ja nicht so, dass nicht jeder von uns dieses altmodische Adressenkarussell deines Vaters kennen würde! Da stehen doch garantiert sämtliche Kontaktdaten von dir drin, und Pearson hat Zugang zu dem Büro. Ich wette meine Harley gegen ein Dreirad, dass es so gewesen ist, und vermutlich war er es auch, der die Nachtwächter nach Hause geschickt hat. Wer denn auch sonst? Das ist so typisch für diese schmierige Oberratte. Will einer von euch auch einen Schluck Likör?«

Paul nickte. »Gern. Sabrina hat mir so viel davon erzählt, dass ich neugierig bin. Und du kannst deine Harley behalten: Genauso war es. Ich denke übrigens auch, dass er es war, der die Firma vorübergehend geschlossen hat, und dazu hatte er kein Recht.«

Ash starrte auf die Tischplatte und reagierte nicht. Erst als Trish ihn leicht anstupste, hob er den Kopf.

»Möchtest du auch ein Glas Likör?«

»Nein, von Alkohol habe ich erst einmal genug. Danke. Wer ist dieser Pearson?«

Trish holte ein Kristallglas für Paul und schenkte ihm ein.

»Bitte trink den Likör mit etwas mehr Ehrfurcht als Rick, immerhin ist Grandmas Kreation in Heart Bay berühmt. Der bekommt keinen Tropfen mehr von mir.«

Paul roch vorsichtig an der Flüssigkeit. »Interessant.« Er grinste flüchtig. »Ich hoffe, die Beschreibung geht in Ordnung.«

Huldvoll nickte Trish. Nun hoben sich endlich auch Ashs Mundwinkel etwas.

»Rick hat das Zeug wirklich probiert?«, hakte Ash nach.

Trish funkelte ihn an. »Lass dir mal ganz schnell ein Synonym für ›Zeug‹ einfallen.«

Paul prostete seinem Freund zu. »Tu, was sie sagt, der Stoff hat was.«

Zeug? Stoff? Männer! Ehe sie die Ausdrucksweise kommentieren konnte, wurde Paul wieder ernst. »Kannst du uns denn aufklären, wer dieser Pearson ist? Schmierige Oberratte ist klar, aber ich hätte gern ein paar Details.«

Die konnte er haben. Obwohl Trish sich bemühte, bei den Fakten zu bleiben, konnte sie nicht verhindern, dass ihre persönliche Abneigung gegen ihren Boss bei jedem Wort durchschimmerte. Sie beschrieb seine Rolle als Finanzchef im Unternehmen, sein kriecherisches Verhalten Ashs Vater gegenüber und seinen Auftritt als Tyrann bei allen sonstigen Mitarbeitern. Die Männer signalisierten mit verschiedenen Brummlauten, dass sie ihr zuhörten, also sprach sie ohne Pause weiter und leitete zu den finanziellen Verhältnissen über. Bis vor zehn Jahren hatte sich die Firma auf Fliesen konzentriert, vorwiegend für den Sanitärbereich, dann aber das Programm um Porzellanelemente erweitert. Waschbecken, Badewannen, Toiletten. Seitdem konnte man von Winterbloom seine komplette Badezimmereinrichtung beziehen. Durch die rechtzeitige Erweiterung des Programms hatte Ashs Vater die Weichen für eine erfolgreiche Zukunft gestellt, die Finanzkrise hatte keine nennenswerten Auswirkungen nach sich gezogen, und die Firma hatte genug Reserven gehabt, um auch ältere Arbeitnehmer weiterzubeschäftigen, statt sie zu feuern. Erst vor zwei Jahren hatte ein Wandel eingesetzt: Der Führungsstil war strenger geworden, die Ausgaben erst leicht gestiegen, dann förmlich explodiert, während die Umsätze gleich blieben oder leicht rückläufig waren. Neue Impulse blieben aus, und Trends wurden verpasst.

Trish breitete die Hände aus. »Das weiß ich alles nur aus zweiter Hand, von älteren Kollegen. Auf die detaillierten Zahlen des Vorjahres hält die Oberratte die Hand. Ich komme da nicht ran. Aber ich kann sicher sagen, dass sich die Ausgaben dieses Jahr schon jetzt fast verdoppelt haben, und ich verstehe nicht, warum. Und ehe ihr einwendet, dass die Rechnungen womöglich getürkt sind oder an fiktive Empfänger gehen: Das ist nicht der Fall. Ich habe einige Fälle überprüft. Als Fazit habe ich jede Menge Fragen und nicht eine einzige vernünftige Antwort.«

Ash starrte an ihr vorbei aus dem Fenster. Paul nippte an seinem Glas und runzelte die Stirn. »Mir wäre jetzt eher nach einem ordentlichen Whisky oder Tequila, aber man kann das Zeug trinken, es ist wenigstens nicht süß. Eigentlich schmeckt es ganz gut.«

Trish notierte sich innerlich, keinen weiteren Tropfen mehr an die Männer zu verschwenden. Zunehmend besorgt beobachtete sie Ash, der immer noch keinen Ton gesagt hatte. Seinen Gesichtsausdruck konnte sie nicht interpretieren, aber seine Hand zitterte leicht, als er nach seinem Becher griff.

Ash umklammerte den Kaffeebecher so fest, dass er sich zwingen musste, den Griff zu lockern, ehe er das Material spreng-

69

te. Er wusste nicht, ob er so viel Kraft hatte, befürchtete aber, jeden Moment zu explodieren. Was für ein Mist! Mit jeder Minute schienen seine Probleme größer zu werden. Er trank den letzten Schluck Kaffee und stand auf. »Ich muss mal über ein paar Sachen nachdenken. Allein. Ehe ihr mich beide anbrüllt: Es geht mir gut, nur leichte Kopfschmerzen, aber das ist bei den Themen auch kein Wunder.«

Paul schien ihm widersprechen zu wollen, zuckte aber dann nur mit der Schulter. »Wo willst du hin? Du musst natürlich nur antworten, wenn die Frage erlaubt ist.«

»Ans Meer.« Ash zwang sich zu einem Lächeln. »Ich schreie laut, falls mich Darth Vader wieder überfallen sollte.«

Trish sagte kein Wort, und merkwürdigerweise hätte ihn das fast von seinem Vorhaben abgebracht. Aber das kam nicht infrage. So stellte er seinen Becher in den Geschirrspüler, legte ihr im Vorbeigehen eine Hand auf den Arm und sagte leise: »Danke. Wir reden nachher weiter.«

Er verließ das Haus, überquerte die Straße und den Strand, die letzten Schritte sprintete er, dann endlich hatte er das Meer vor sich. Sofort fühlte er sich leichter, obwohl sich an seiner Situation nichts geändert hatte. Der Wind strich durch sein Haar, die Luft war salziger, obwohl er nur ein paar Meter Luftlinie von Trishs Haus entfernt war. Das Rauschen der Wellen war wie ein Beruhigungsmittel, und seine Unruhe begann sich zu legen.

Erstaunlicherweise war der Strand fast menschenleer, nur in einiger Entfernung war ein Spaziergänger unterwegs. Das kam ihm entgegen. Er wollte allein sein, mit niemandem reden. Bloß keine weiteren Informationen bekommen, die seine Welt noch weiter ins Wanken brachten.

Er zog die Schuhe aus und ließ sich in den warmen Sand fallen. Eine hohe Welle würde seine Füße erreichen, aber das war in Ordnung. Das Wasser war warm, und wenn sein Kopf nicht noch immer dezent, aber unüberhörbar pochen würde, hätte er versucht, sich durch eine ausgedehnte Schwimmtour wieder in den Griff zu bekommen. Er hatte immer geglaubt, noch Zeit zu haben, um der Ursache für das immer schwierigere Verhältnis zu seinem Vater auf den Grund zu gehen und sich eines Tages endlich mit seinem alten Herrn auszusöhnen. Diese Chance würde er nun nicht mehr bekommen. Die Gelegenheit war unwiderruflich vorbei, und der Gedanke nagte an ihm. Solange er sich zurückerinnern konnte, war sein Vater ihm distanziert, ja sogar abweisend begegnet. Nie hatte er es ihm recht machen können. Kam er mit guten Noten nach Hause, wurde er ignoriert, schlechte Zeugnisse brachten ihm ätzende Bemerkungen ein. Dennoch hatte er seinen Vater ab und zu dabei ertappt, wie er ihn mit einem schmerzerfüllten, vielleicht sogar verzweifelten Ausdruck in den Augen ansah. Ash hatte nie herausgefunden, ob es stimmte oder er es sich nur einbildete. Als er alt genug gewesen war, um einzusehen, dass sich sein Vater nicht ändern würde, hatte seine Suche nach der Ursache begonnen. Vergeblich. Eine Zeit lang hatte er geglaubt, dass sein Vater ihm vielleicht aus irgendeinem Grund die Schuld am Tod seiner Mutter gab, aber sosehr er auch nach möglichen Zusammenhängen gesucht hatte, es gab keinen Anhaltspunkt dafür. Sie war bei einem Autounfall ums Leben gekommen, als er vier Jahre alt gewesen war, und er erinnerte sich nur dumpf an einige Schlaflieder, die sie ihm in einer fremden Sprache vorgesungen hatte. Es gab keine Fotos von ihr. Nichts. Lediglich Rosie und Inga, die Besitzerin einer Pension, hatten ihm einige Geschichten über Molly erzählt, obwohl die beiden sie auch gar nicht richtig gekannt hatten. Wären die beiden älteren Frauen nicht gewesen, hätte er an ein Gespenst geglaubt.

Da er zu Hause nicht willkommen war, hatte er immer mehr

Zeit bei seinen Freunden verbracht und nie den Eindruck gehabt, dass er zu Hause vermisst wurde.

Der Gedanke an seinen Vater schmerzte immer noch. Vermutlich hörte man nie auf, sich nach der Liebe seiner Eltern zu sehnen. Er fuhr sich mit beiden Händen durch die Haare. Verdammt, er wusste nicht einmal, ob er wirklich um seinen Vater trauerte oder vor allem die vertane Chance der Versöhnung bereute. Andererseits hatte er jahrelang alles Mögliche versucht, um ihr Verhältnis zu verbessern, und war immer an der Kälte seines Vaters gescheitert.

Wieso hatte er ihm jetzt die Firma hinterlassen? Das Unternehmen hatte seinem Vater etwas bedeutet, sogar sehr viel, allein das wäre Grund genug gewesen, sie ihm nicht zu überlassen. Auch auf diese Frage würde er keine Antwort mehr erhalten und war auf Spekulationen angewiesen. Er selbst hatte mit dem Familienunternehmen nie etwas zu tun haben wollen und sich in Los Angeles eine eigene Existenz aufgebaut.

Und wieso ging es der Firma finanziell so schlecht? Das war die nächste Überraschung gewesen. Früher hätte sein Vater es niemals zugelassen, dass jemand wie dieser Pearson eine führende Rolle im Unternehmen spielte. Seine Mitarbeiter hatten ihm immer am Herzen gelegen – mehr als sein eigener Sohn.

Und als ob das alles nicht schon gereicht hätte, war da auch noch Trish. In dem Moment, wo sie ihm das Motorrad überlassen hatte, war etwas mit ihm geschehen, das er nicht begriff. In Rick und Paul hatte er gute und verlässliche Freunde, und von ihnen hätte er eine solche Geste erwartet, aber nicht von Trish, die ihm bisher immer auffallend kratzbürstig begegnet war. Sie hatte sich sogar zwischen Paul und ihn gestellt und ihn verteidigt!

Nicht zum ersten Mal war ihm dabei aufgefallen, wie attraktiv ihre grünen Augen funkelten, wenn sie sich aufregte. Sie war mit dem eher durchschnittlich hübschen Gesicht und ihren braunen, schulterlangen Haaren zwar keine Schönheit, besaß aber dank ihrer frech-fröhlichen Art einen ganz eigenen Charme, der ihn nicht kaltließ. Trotzdem hätte er sich nicht bei ihr als Gast selbst einladen dürfen. Aber in dem Moment hatte er keine sinnvolle Alternative gesehen … und sich in ihrer Gegenwart so erstaunlich wohlgefühlt. Er musste aufpassen, in welche Richtungen sich seine Gedanken weiter verirrten. Für eine ernsthafte Beziehung war dies der falsche Zeitpunkt, und eine Frau wie Trish hatte einen Mann verdient, der … irgendwie anders als er war.

Ein giftiges Kläffen riss ihn aus seinen Gedanken. Er sah sich um und entdeckte den einsamen Spaziergänger ganz in seiner Nähe. Es handelte sich um eine Frau, vielleicht fünfzig Jahre alt, die einen kleinen Hund an der Leine mit sich führte. Wobei das nicht ganz richtig war … die Promenadenmischung hatte sich anscheinend losgerissen, und die Frau stolperte aufgeregt rufend hinter dem flüchtigen Kerlchen her. Besonders viel Erfahrung hatte sie mit Hunden wohl nicht, denn der kleine Ausreißer hielt die Jagd ganz offensichtlich für ein spannendes Spiel. Laut kläffend sprang er zwischen den Wellen und seiner Verfolgerin hin und her.

So würde sie ihn nie wieder einfangen. Seufzend stand Ash auf. Er hatte doch nur etwas Ruhe gewollt! Aber er brachte es nicht fertig, dem Drama noch länger untätig zuzusehen. Die Frau tat ihm ja jetzt schon leid.

Um ein freundliches Lächeln bemüht, ging er auf sie zu. »Wenn Sie ihn weiter jagen, denkt er, Sie wollen spielen. Bleiben Sie hier kurz stehen.«

Sichtlich erstaunt sah sie ihn an, blieb aber tatsächlich stehen. Mit seiner Einschätzung ihres Alters hatte er richtiggelegen, sie musste Anfang oder Mitte fünfzig sein. Trotz ihrer etwas fülligen Gestalt war sie durchaus attraktiv. Ihr Haar, das ihr bis auf den Rücken fiel, schimmerte in unterschiedlichen Brauntönen, und ihm fiel sofort das ungewöhnliche Grau ihrer Augen auf. Sie blickte ihn immer noch schweigend an, und kurz fragte er sich, ob sie ihn überhaupt verstanden hatte. Aber das würde er herausfinden.

Er wandte sich ab und pfiff einmal laut. Damit hatte er schon mal die Aufmerksamkeit des Kläffers gewonnen. Der Hund blieb stehen und sah in seine Richtung. Ash hob ein Stück Treibholz auf und warf es in die Wellen. Wie erhofft jagte der Hund los und kehrte mit dem Holzstück in der Schnauze zu Ash zurück. Er bückte sich und packte den Ausreißer am Halsband.

»So, hier endet deine Flucht dann wohl.«

Der Hund setzte sich und gab ein brummendes Geräusch von sich. In seinem Fell vereinigten sich Weiß, Braun und Schwarz zu einem merkwürdigen Muster, aber in seinem Gesicht erkannte man deutliche Ähnlichkeit mit einem Dackel, und auch die Größe kam ungefähr hin. Ash bekam Mitleid mit ihm; fragend sah er die Besitzerin an.

»Darf er noch einige Male das Holzstück jagen? Ich glaube nicht, dass er richtig wegläuft.«

»Wenn es Ihnen nicht zu viel Mühe macht.«

Die Frau sprach mit einem ungewöhnlichen Akzent. Lächelnd schüttelte Ash den Kopf. So genervt er eben noch von der Störung gewesen war, dem bettelnden Hundeblick konnte er nicht widerstehen.

»Das ist doch keine Mühe.« Er ließ das Halsband los und warf das Holzstück weg. Der Hund raste mit wedelndem Schwanz los.

»Ash Winterbloom«, stellte er sich vor.

»Maureen Weston. Der Hund heißt Polly und ist meiner

Pensionswirtin zugelaufen. Sie hat mich gebeten, ihn auf einen kleinen Spaziergang mitzunehmen.«

»Dann müssen Sie bei Inga wohnen. Sie sammelt herrenlose und verletzte Tiere.«

»Ja, das ist richtig.« Beinahe erwartungsvoll sah sie ihn an, aber er war nicht in der Stimmung für Small Talk. Zum Glück kam in diesem Moment Polly zurück. Ein weiteres Mal schleuderte Ash das Holz durch die Luft.

»Ingas Pension ist sehr schön«, sagte er schließlich. »Ein Freund wohnt mit seinem Sohn dort.« Schlagartig fiel ihm ein, dass Inga bestimmt auch für ihn ein Zimmer gehabt hätte. So viel zu seiner Überlegung, er hätte außer Trish keine Übernachtungsmöglichkeit gehabt!

»Aber Sie wohnen dort nicht?«

Ash schüttelte den Kopf. »Nein, ich habe hier ganz in der Nähe eine Pension gefunden. An Inga habe ich vorhin gar nicht gedacht.«

»Dann machen Sie auch Urlaub hier?« Neugier funkelte in ihren Augen, aber die Frage lag auf der Hand, sodass Ash sie ihr nicht übel nahm.

»Nicht so richtig. Ich bin hier aufgewachsen und habe momentan einiges in der Gegend zu erledigen.«

Maureen verzichtete auf weitere Fragen und sah zurück in Richtung Heart Bay. »Es ist ein zauberhaftes Städtchen. Sie sind an einem schönen, friedlichen Ort aufgewachsen.«

Ash brummte etwas Unverständliches vor sich hin. Und wieder rettete Polly ihn vor einer Fortsetzung des Gesprächs. Er warf das Holzstück erneut, diesmal ins flache Wasser. »Mal sehen, ob Polly wasserscheu ist.«

Empört kläffend blieb Polly stehen und wartete den Moment ab, an dem sich die Wellen möglichst weit zurückgezogen hatten. Dann stolzierte sie mit hocherhobenem Kopf durch das flache Wasser zum treibenden Holzstück.

Maureen lachte laut los. »Oh mein Gott, was für eine Diva!«

Schmunzelnd gab Ash ihr recht. Er stutzte, als er Maureens prüfenden Blick bemerkte. Etwas verlegen wandte sie sich ab. »Entschuldigen Sie bitte, ich wollte nicht aufdringlich sein, aber es ist so schön, zu sehen, dass der Hund die dunklen Wolken verjagt hat, die auf Ihnen zu lasten scheinen.«

Sowohl ihr melodischer Dialekt als auch ihre Wortwahl gefielen Ash auf eigentümliche Art und Weise. Sonst hielt er grundsätzlich Abstand zu Fremden, aber bei dieser Frau störte ihn die Neugier nicht. »Das trifft es ganz gut. Zwei Freunde von mir haben Hunde und behaupten, die Tiere sind die beste Medizin gegen schlechte Laune oder Traurigkeit.«

Sie nickte energisch. »Ihre Freunde haben recht. Mir ging es vorhin ganz ähnlich, und ich habe das Gefühl, dass Inga mich deshalb gebeten hat, Polly mitzunehmen.«

Jetzt war es Ash, der sie prüfend ansah. Wenn er sich nicht sehr täuschte, dann entdeckte er in ihrer Miene einen Anflug von Trauer. »Das würde mich nicht wundern, Inga weiß häufig auf wundersame Weise, was einem Menschen oder einem Tier fehlt.«

»Das ist eine fast magische und sehr wertvolle Gabe. Möchten Sie über das reden, was Ihnen auf der Seele liegt?«

Ash schüttelte langsam den Kopf, erstaunt, dass er das Angebot fast angenommen hätte. Um seine Ablehnung zu mildern, entschloss er sich zu einer Erklärung. »Ich muss das erst einmal für mich selbst sortieren. Man kann doch eigentlich um nichts trauern, das man nie gehabt hat, oder?«

Mist, der letzte Satz war einfach aus ihm herausgebrochen.

Wieder überraschte Maureen ihn, diesmal mit einem Blick, in dem tiefes Verständnis lag. »Oh doch. Und wie man das kann.« Sie sah für einen Augenblick schweigend auf das Meer. Polly kehrte zurück und setzte sich ruhig neben sie, nur ihr Schwanz schlug in einem langsamen Rhythmus auf den Sand. Ein trauriges Lächeln umspielte Maureens Lippen. »Wissen Sie«, sagte sie schließlich, »ich trauere seit vielen Jahren um etwas, das ich nie besessen habe, das ich aber vielleicht hätte haben können. Und gleichzeitig vermisse ich etwas schmerzlich, das ich aus Liebe und im guten Glauben aufgegeben habe. Das klingt doch auch verrückt, oder? Denn es ist alles so lange her.«

»Das heißt dann wohl, dass man mit manchen Dingen niemals abschließen kann. Aber wie lebt man dann damit?«

Sie legte eine Hand aufs Herz und blickte wieder aufs Meer hinaus. »Indem man diese Dinge akzeptiert, weil man sie nicht ändern kann, und fest hier drinnen verschließt. Dann kann man weiterleben, denn das muss man. Es ist niemandem geholfen, wenn man sein Leben damit verbringt, Trübsal zu blasen.«

Ash dachte eine Weile darüber nach. »Sie sind eine sehr kluge Frau, Mrs Weston.«

Mit einem überraschend verschmitzten Lächeln sah sie ihn wieder an. »Wohl eher alt, da kommt ein bisschen Klugheit manchmal ganz von allein, das kann man gar nicht verhindern. Würden Sie einer alten Frau eine Freude machen und mich Maureen nennen?«

»Gern. Aber nur, wenn du mich Ash nennst. Und alt bist du nun wirklich nicht.«

»Ich danke dir. Ich würde mich sehr freuen, wenn wir uns wiedersehen.« Polly jaulte leise. »Das gilt natürlich für uns beide«, ergänzte sie.

»Das werden wir bestimmt. Nicht nur hier, sondern auch da drüben.« Er deutete in Richtung Heart Bay, wo auch Ingas

Pension lag. »Die Stadt ist nun wirklich überschaubar, und in Ingas Pension bin ich auch öfter mal.«

Ein strahlendes Lächeln ließ Maureen um Jahre jünger erscheinen. »Das würde mich wirklich sehr freuen. Jetzt müssen wir beide uns allmählich mal auf den Rückweg machen, es ist ja recht weit.« Sie zwinkerte ihm zu. »Aber die Aussicht auf ein Wiedersehen nimmt dem Abschied den Schmerz.«

Lächelnd nickte Ash. »Verrate mir vorher noch, woher du kommst. Dein Dialekt ist mir irgendwie vertraut, aber ich komme nicht drauf, wo ich ihn schon mal gehört habe.«

Ihr Lächeln verwandelte sich in ein freches Grinsen. »*I've been a wild rover for many's the year, and I've spent all my money on whiskey and beer*«, begann sie mit ausgeprägtem Akzent das bekannte irische Volkslied zu singen.

Natürlich, Irland! Lachend fiel Ash ein: »*But now I'm returning with gold in great store and I never will play the wild rover no more.*«

Maureens Augen glänzten. »Jetzt gehe ich aber wirklich, ehe ich hier noch mit jungen, gut aussehenden Männern solche Trinklieder singe.«

Ash seufzte. »Schade. Wir machen dann einfach beim nächsten Mal weiter.«

Sie berührte ihn flüchtig am Arm. »Das würde mich sehr freuen. Auf Wiedersehen, Ash. Slán leat.« Maureen ging zwei Schritte, pfiff, und Polly sprang sofort auf, um zu ihr zu laufen. Lächelnd sah sie ihn noch einmal an. »Das bedeutet …«

»… Auf Wiedersehen, bleib gesund, lass es dir gut gehen«, übersetzte Ash und wusste nicht einmal, woher er die gälischen Worte kannte.

Mit einem Nicken wandte sich Maureen abrupt ab. Auch ohne Leine ging Polly nun brav neben ihr her. Verwundert fragte sich Ash, wieso der Hund dann vorhin abgehauen war.

Und nicht nur das. Er konnte den Blick kaum von der älteren Frau abwenden. Irgendetwas an ihr hatte ihn tief berührt, und er nahm sich fest vor, sie am nächsten Tag zu besuchen.

»Ich hatte Angst, dass du dich vor Kummer im Meer ertränkst oder dir Laserschwertkämpfe mit Darth Vader lieferst! Stattdessen siehst du fremden Frauen nach!«

Schmunzelnd drehte Ash sich um. Trish stand mit funkelnden Augen hinter ihm, die Hände in die Taille gestemmt.

»Das ist Maureen, eine sehr interessante Frau, aber leider mindestens zwanzig Jahre zu alt für mich.«

»Och, auch reife Frauen haben ihren Charme. Du musst das nur mal in der Klatschpresse nachlesen. Wenn dann noch genügend Geld dazukommt, dann …«

Ash verzog den Mund. »Na sicher doch. Wenn du mich jetzt als einen dieser Toy Boys hinstellen willst, dann bekommst du ein Problem mit mir.« Er legte den Kopf etwas schief. »Aber wenn du schon so gut informiert bist, erlaube mir einen Hinweis: In diesen Klatschblättern steht kein wahres Wort. Falls du da also irgendwas über mich gelesen hast, stimmt es nicht.«

Das Lachen verschwand aus Trishs Augen. »Ich habe deinen Namen dort tatsächlich schon gesehen. Also gut, ein Toy Boy für ältere Frauen bist du nicht. Ein reicher Playboy und Partyhengst anscheinend auch nicht, aber wieso taucht dein Name denn dann in den Blättern auf?«

»Danke für dein Vertrauen, was ich alles *nicht* bin! Die Fotos, auf die du vermutlich anspielst, hängen mit meinem Job zusammen. Ich erkläre dir das irgendwann in Ruhe. Für heute reicht es mir. Ich möchte am liebsten gar nicht mehr denken.«

»Gut, das dachte ich mir. Deshalb habe ich Paul nach Hause geschickt. Rosie hat uns was Köstliches zum Abendessen geliefert: Hähnchen in einer Soße, von der ich dir nichts abgeben werde, wenn sie so gut schmeckt, wie sie riecht. Und im Blueray-Player wartet ein Actionfilm auf dich. Popcorn und Chips habe ich auch noch. Einfach nur gucken, essen und Gehirn ausschalten.« Sie sah auf die Uhr. »Dann bist du gegen neun im Bett und morgen fit wie sonst was.«

»Das klingt wie ein verdammt guter Plan. Aber was ist mit Rick?«

»Dem habe ich eine Kugel genau hierhin versprochen«, sie tippte mitten auf Ashs Stirn, »wenn er heute mein Grundstück betritt. Er ist morgen früh zum Frühstück eingeladen, vorher will ich keinen deiner Freunde hier sehen. Was du brauchst, sind Ruhe und Ablenkung!« Etwas verunsichert zog sie die Schultern hoch. »Ich habe einfach unterstellt, dass es dir wieder gut geht. Stimmt denn das überhaupt?«

»Ja, das tut es.« Er hakte sich bei ihr ein. »Lass uns das Abendprogramm starten. Die Probleme laufen nicht weg, um die kümmern wir uns morgen.«

6

Sabrina traute ihren Ohren nicht. »Du hast ihn da einfach alleine gelassen?«

Ihr Sohn kannte diesen Ton offenbar, er wich mit Scout an seiner Seite unauffällig zurück.

Paul bemühte sich, nicht laut loszulachen, das hätte sie vermutlich zum Rasen gebracht. »*Da*, wie du es nennst, ist das Haus deiner Freundin. Es verfügt über ein funktionsfähiges Telefon, sodass innerhalb weniger Minuten ein Notarzt oder einer von uns vor Ort sein könnte, wenn es nötig sein sollte. Aber das wird es nicht sein, weil Ash wirklich gut aussah. Etwas Ruhe ist das Beste, was ihm heute Abend passieren kann.«

»Das mag ja sein, aber dann hättest du ihn mit zu uns nehmen können. Trish und er sind nicht gerade die besten Freunde.«

Paul dachte daran, wie vehement Trish seinen Freund auf dem Firmenparkplatz verteidigt hatte. »Vielleicht werden sie es ja noch. Er hat sich jedenfalls entschieden, dort zu wohnen, und das solltest du respektieren.«

»Das ist doch verrückt.«

»Vielleicht, aber beide sind erwachsen und haben ein Recht auf ihre eigenen Entscheidungen. Auf Ash kommt in den nächsten Tagen so viel zu, gönn ihm einfach jede Auszeit, die er bekommen kann.«

»Auszeit? Bei Trish? Irgendwas hast du da nicht ganz verstanden. Für sie ist er ein rotes Tuch.«

Bis heute hätte Paul ihr sofort zugestimmt, was Trish und

Ash betraf, aber war nicht sicher, ob das immer noch galt. Zum Glück verzichtete Sabrina darauf, das Thema fortzusetzen.

»Warum bist du denn eigentlich hergekommen?« Sie beugte sich vor und küsste ihn zärtlich. »Das ist ganz bestimmt keine Beschwerde, sondern reine Neugier.«

Er zog sie in seine Arme. »Ich wollte eigentlich was mit Charles besprechen, aber es wäre schön, wenn du dir den Mist auch anhörst.«

Er suchte und fand ihre Lippen, ignorierte dabei Joeys demonstratives Stöhnen. Erst als Scout drohend knurrte, beendete er widerstrebend den Kuss. »Ich hoffe, du hast einen guten Grund für deine Störung, Scout.«

»Klar, er ist von eurer Knutscherei genauso genervt wie ich.«

Paul hob eine Augenbraue. »Hast du eigentlich schon die letzte WhatsApp-Nachricht von Mouna beantwortet?« Mouna war ein Mädchen aus San Diego, mit dem Joey befreundet war. Er unterdrückte ein lautes Lachen, als Joey knallrot anlief.

»Das ist was ganz anderes.« Beleidigt stapfte Joey davon.

Schmunzelnd sah Sabrina ihm nach. »Das war fies.«

»Nö, nur ausgleichende Gerechtigkeit. Wobei …« Ihm kam ein Gedanke, der ihm überhaupt nicht gefiel. »Die sind doch noch viel zu jung, oder? Ich meine, die werden sich doch noch nicht geküsst haben, oder? Sollte ich sonst lieber mal mit ihm reden, so über die Konsequenzen und so? Wäre doch vielleicht sinnvoll, oder? Und was ist eigentlich mit Murat und Fatima, die haben als Afghanen doch bestimmt ganz andere Wertvorstellungen, oder?«

Sabrina biss sich auf die Lippen. »Wenn du noch einen Satz mit *oder* beendest, bekomme ich die Krise oder einen Lachanfall. Fatima und ich sind uns absolut einig, es scheint sich zwar um die erste große Liebe zu handeln, aber da läuft noch alles ganz unschuldig ab. Außer Händchenhalten und einem Küsschen auf die Wange und unzähligen Herzchen auf Whats-App ist noch nichts passiert.« Sie grinste schelmisch. »Du brauchst also keine Angst zu haben, dass Murat sich messer-schwingend auf dich stürzen wird, dafür ist er viel zu vernünftig und westlich orientiert. Und Fatima trägt zwar gern ein Kopf-tuch, aber nur weil sie es möchte und nicht weil sie es sich von ihrer Religion vorschreiben lässt.«

Trotz ihres Lächelns war die Zurechtweisung nicht miss-zuverstehen. Seine Wangen wurden warm, vermutlich lief er gerade rot an. »Entschuldige, ich schätze die beiden wirklich sehr. Das war ziemlich dämlich.«

Scout bellte. Schlagartig fiel Paul wieder ein, dass der Hund eben geknurrt hatte. Alarmiert sah er sich um. Eine ältere Frau kam mit einer Promenadenmischung auf die Pension zu. Der Hund war wesentlich kleiner als Scout, zerrte aber schon auf-geregt an der Leine. Offenbar konnte der Kleine es nicht er-warten, mit Scout nähere Bekanntschaft zu schließen.

»Benimm dich, Scout!« Sein Hund schüttelte sich. Anschei-nend musste er deutlicher werden. »Scout, sitz!« Mit reich-licher Verzögerung gehorchte der Schäferhund.

Die Frau kam näher und hatte sichtlich mit dem Zug an der Leine zu kämpfen. »Entschuldigen Sie. Ihr Hund ist deutlich besser erzogen als meine Kleine.«

Paul winkte ab. »Ach was. Die beiden können sich gern be-schnuppern. Scout wird ihre kleine Lady schon nicht auffres-sen. Sie ist doch nicht läufig?«

»Nein, nur grenzenlos verspielt und ein wahres Energiebün-del.«

Paul wollte gerade zu einer Erwiderung ansetzen, als ihm auffiel, dass die Frau ganz verweinte Augen hatte. Er kam nicht dazu, etwas zu sagen. Sabrina legte der Fremden einfach eine

Hand auf den Arm. »Ich möchte nicht aufdringlich sein, aber geht es Ihnen nicht gut? Kann ich Ihnen helfen?«

»Nein, es ist nichts. Danke für Ihre Freundlichkeit. Mir ist nur der Wind etwas in die Augen geraten.« Sie wischte sich möglichst unauffällig ein paar Tränen aus dem Augenwinkel.

Mit ihrem typischen Gespür fürs richtige Timing kam Inga, die Pensionsbesitzerin, um die Ecke geschossen. Das Tempo war typisch für sie, obwohl sie die siebzig schon überschritten hatte. Ihr Pferdeschwanz schwang wild auf ihrem Rücken hin und her, dann sah sie die Frau, stoppte abrupt und fasste sie kurzerhand am Arm. »So, nun setz dich erst einmal hin. Ich bringe dir gleich einen Kaffee, und dann sieht die Welt schon wieder ganz anders aus. Deine Polly kannst du hier ruhig laufen lassen. Scout ist sehr gut erzogen, der tut ihr nichts.«

Ohne zu protestieren, ließ die Fremde sich zu der Bank auf der Veranda bugsieren und setzte sich hin. Inga hatte schon die Tür erreicht, als sie sich noch einmal umdrehte. »Ach so, das hatte ich vor lauter Aufregung ganz vergessen. Maureen, das sind Sabrina und Paul – und eben andersherum. Stellt euch doch einfach selbst vor, aber haltet euch gar nicht erst mit lästigen Formalitäten auf.«

Sichtlich verlegen starrte Maureen auf den Boden und beugte sich dann vor, um Pollys Halsband zu lösen. Ihre Finger zitterten jedoch so stark, dass sie den Verschluss nicht geöffnet bekam. Sabrina zögerte keinen Moment und half ihr. Bellend sprang der Hund davon, dicht gefolgt von Scout.

»Vielen Dank, meine Liebe«, begann Maureen schließlich. »Vielleicht war es doch nicht nur der Wind, der mich ein wenig durcheinandergebracht hat.«

Sabrina lächelte beruhigend. »Das ist schon in Ordnung. Wohnst du hier in der Pension? Dann hast du eine traumhafte Wahl getroffen.«

Ein zaghaftes Lächeln zeigte sich in Maureens Mundwinkeln. »Das stimmt. Nicht nur ich fühle mich hier sehr wohl, Polly geht es ebenso. Sie und Scout hatten sich übrigens vorhin schon kennengelernt und beschnuppert.«

Das erklärte dann, warum Scout sich nicht mit einer Begrüßung aufgehalten hatte, sondern sofort losgetobt war.

Paul wollte gerade anbieten, nach den Hunden zu sehen, damit sie nicht ganz unbeobachtet am Strand spielten, als Joey und sein Freund Steve auf der Veranda erschienen.

»Ein Glück, jetzt benehmen sie sich wieder«, flüsterte Joey seinem besten Kumpel so laut zu, dass Paul mühelos jedes Wort verstand.

»Da möchte heute wohl jemand kein Eis mehr«, stellte er fest.

Sofort ruderte Joey zurück. »War doch nur Spaß. Wir gehen mit den Hunden an den Strand. Charles müsste auch gleich kommen. Du wolltest doch eigentlich zu ihm, oder hattest du doch nur Sehnsucht nach Mom?«

Paul verstrubbelte ihm die Haare. »Nicht nur nach deiner Mom, sondern auch nach einem gewissen Frechdachs, der gute Chancen hat, heute noch in den Wellen zu landen. Ich will nur kurz etwas mit Charles besprechen, dann kommen wir nach. Aber denk dran: Keiner von euch schwimmt raus, ehe wir dabei sind. Der Wellengang nimmt zu, also geht nur bis zu den Knien rein. Verstanden?«

»Ja, ich bin ja nicht …«

Paul verengte drohend die Augen.

»Ich wollte sagen, dass das doch selbstverständlich ist«, änderte Joey schleunigst den Kurs und rannte mit seinem Freund davon.

Sabrina schüttelte missbilligend den Kopf. »Himmel, ist der frech geworden.«

Grinsend zog Paul sie an sich. »Ganz die Mutter.«

»Hey. Bei mir war er immer ruhig, das ist dein schlechter Einfluss.«

»Na sicher doch. Wollen wir die Diskussion fortführen? Dann sollten wir von Maureen und Charles vielleicht Eintritt verlangen.«

Sabrina sah sich suchend um und entdeckte Charles, der hinter ihr gegen das Verandageländer gelehnt ihr Geplänkel verfolgte. »Lasst euch nicht stören«, bat er.

Paul winkte ab. Charles betrachtete er als guten Freund, aber vor Maureen hielt er sich besser etwas zurück. Die Frau verfolgte ihr Gespräch für seinen Geschmack etwas zu intensiv. Vielleicht tat er ihr unrecht, aber dennoch widerstrebte es ihm, vor ihr mit Charles über Ashs Probleme in der Firma zu sprechen. Dann würde er eben später mit Sabrina sprechen.

»Da ihr keinen Eintritt zahlt, ist die Vorstellung hiermit beendet. Charles, ich belästige dich ja nur ungern im Urlaub mit dienstlichen Fragen, aber hast du einen Augenblick Zeit?«

»Klar, für dich immer.«

»Gut, dann lass uns zum Strand runtergehen. Ich habe den Jungs gesagt, dass wir gleich nachkommen.«

Er ignorierte Sabrinas überraschten Blick und winkte den Frauen zum Abschied lässig zu. Kaum waren sie außer Hörweite, begann er mit einem anderen Thema als geplant. »Kennst du diese Maureen?«

Charles zuckte mit der Schulter. »*Kennen* würde ich nicht sagen, wir haben heute Morgen zusammen gefrühstückt. Sie kommt aus Irland, ist verwitwet und wollte hier eine kleine Auszeit einlegen. Wieso fragst du?«

Vermutlich tat er ihr tatsächlich unrecht, und sie war nur etwas einsam und hatte deshalb so aufmerksam ihre Gespräche verfolgt.

»Ich hatte den Eindruck, dass sie sich etwas zu sehr für uns interessiert.«

Charles winkte ab. »Das ergibt sich nun mal, wenn man auf der Veranda zusammensitzt oder -steht. Worum geht es denn? Du hast eben ziemlich ernst gewirkt.«

Paul fasste sämtliche Informationen zusammen, die er von Trish hatte. Er war kaum fertig, als Charles leise durch die Zähne pfiff. »Ich müsste gar kein FBI-Agent sein, um zu merken, dass da was stinkt. Lass uns morgen mal gemeinsam mit Ash in die Firma fahren. Ich würde mir in der IT gern ein paar Dinge ansehen.«

»Ich hatte gehofft, dass du das sagst. Ash kann im Moment wirklich jede Hilfe gebrauchen.«

»Das habe ich schon gehört. Hat ihn wirklich jemand niedergeschlagen?«

»Das wollte ich dir eigentlich schonender beibringen – da hat die Dorfpost ja wieder hervorragend funktioniert. Lass mich raten: Rosie hat es Inga erzählt und die dann sofort dir.«

»Richtig, Sherlock. Und sie haben beschlossen, Trish ein wenig durch gelieferte Mahlzeiten zu unterstützen.« Charles grinste breit. »Als ich das gehört habe, hatte ich ein klassisches Déjà-vu.« Er wurde wieder ernst. »Aber mir gefällt das Bild nicht, das sich da abzeichnet. Wir sollten morgen mit Ash reden und ihm klarmachen, dass er an seine Sicherheit denken muss.« Sein Blick wurde eindringlich, enthielt eine stumme Warnung, passend dazu senkte Charles die Stimme zu einem Flüstern. »Sieh dich mal unauffällig um, ich glaube, wir haben eine Zuhörerin.«

Paul ließ sein Handy in den weichen Sand fallen und hob es vor sich hinfluchend wieder auf. Ein schneller Blick reichte ihm: In einiger Entfernung folgte ihnen Maureen. Er hätte schwören können, dass sie zumindest Bruchstücke ihrer Unterhaltung mit angehört hatte, und das gefiel ihm überhaupt nicht. Er bedachte Charles mit einem vielsagenden Blick. »Sehr interessant.«

Charles kratzte sich am Ohr. »Es gibt anscheinend einiges zu tun.« Er zwinkerte ihm zu. »Wurde ja auch schon fast langweilig, so ganz ohne Schießerei und Verbrecherjagd.«

Paul stöhnte dramatisch auf, und das war nur zur Hälfte gespielt. So gefährlich erschien ihm Maureen dann doch nicht, aber trotzdem … Es waren noch immer einige Fragen offen, was die Verwicklungen mit Sabrinas kriminellem Exmann betraf, das reichte ihm vollkommen; auf neue Komplikationen konnte er gut verzichten. Da aber in diesem Augenblick die Jungs sie entdeckten und auf sie zustürmten, verdrängte er den Gedanken.

Die Sonne schien Ash direkt ins Gesicht und weckte ihn. Er hätte den Vorhang schließen sollen, aber abends war es dunkel gewesen, und er wollte nicht, dass irgendetwas – und sei es nur eine Lage Stoff – das Rauschen der Wellen dämpfte, das ihn durch das geöffnete Fenster in den Schlaf begleitet hatte. Er tastete nach seinem Handy und tippte aufs Display. Erst sechs Uhr, eigentlich viel zu früh zum Aufstehen, aber da er nun schon mal wach war, wollte er nicht länger im Bett liegen bleiben. Die kurze Pause hatte ihm gutgetan, und trotz der Trauer um seinen Vater und der Wut über ihr schlechtes Verhältnis war er jetzt fest entschlossen, herauszufinden, was mit der einst so erfolgreichen Firma passiert war. Er hatte unzählige Fragen und würde heute damit beginnen, Antworten zu fordern.

Blinzelnd starrte er durch das Fenster auf den Pazifik. Da er kaum morgens um sechs Uhr schon in der Firma auf Antworten stoßen würde, konnte er noch einen kurzen Ausflug an den

Strand unternehmen, ehe er duschte und loslegte. Er nahm Shorts und ein T-Shirt aus seiner Tasche und musste plötzlich grinsen. Die Tasche erinnerte ihn an Ricks kurzen Besuch am Vorabend. Trotz Trishs Drohung war er noch rasch vorbeigekommen und hatte zur Begrüßung Ashs Tasche wie einen Schutzschild vor sich gehalten. Schmunzelnd hatte er Trish erklärt, dass er Ash lediglich ein paar Kleidungsstücke aus seinem Wagen vorbeibringen wollte. Dazu hatten zwar seine forschenden Blicke und seine drängenden Fragen zu möglichen Kopfschmerzen und Sehstörungen nicht gepasst, aber nachdem Ash alle Fragen wahrheitsgemäß und zu Ricks Zufriedenheit beantwortet hatte, war sein Freund wieder gefahren, ohne dass irgendwer erschossen worden war.

Leise verließ Ash das Haus und ging zum Strand hinüber. Von seinen Kopfschmerzen war nur ein dumpfes Pochen geblieben. Entweder hatten die Ruhe und der Schlaf oder aber der Abend mit Trish dafür gesorgt, dass er wieder fit war. Sowohl das gemeinsame Essen als auch der Film hatten ihm fast zu gut gefallen. Ihr frecher Humor hatte es in sich. Auch wenn er selbst wiederholt Zielscheibe ihrer spitzen Bemerkungen geworden war, insbesondere als im Film ein Porsche in die Luft flog, der seinem eigenen Wagen glich, hatte er jede Sekunde genossen. Ihm schossen zwei andere Gedanken durch den Kopf: Er sollte sich besser nicht zu sehr an sie gewöhnen, denn sein Aufenthalt bei ihr war zeitlich begrenzt, und eine Frau konnte er in seinem chaotischen Leben nun wirklich nicht gebrauchen. Und: Er musste noch seinen Wagen abholen, der in der Stadt parkte. Wenn er sich richtig erinnerte, hatte er ihn vor Pauls Kanzlei an der Hauptstraße abgestellt. Ganz sicher war er sich nicht, aber Heart Bay war schließlich nicht so groß, dass dort ein Porsche spurlos verschwinden konnte.

Er hatte das Meer erreicht und blieb knapp außer Reichweite der Wellen stehen. Wenn er sich in Hollywood aufhielt, vermisste er den Pazifik, obwohl auch dort die Küste nicht weit entfernt war. Aber nur hier in Heart Bay fühlte er sich dem Meer wirklich nah. Hier war die Natur nicht von Beton begrenzt, sondern nur von Felsen. Diese Wildheit schätzte er und vermisste sie woanders immer schmerzlich. Gedankenverloren blickte er zum Horizont. Als Kind hatte er sich immer gefragt, ob es da wohl wirklich weiterging oder ob dort Drachen und Meerungeheuer auf die Seefahrer warteten. Eigentlich war es schade, dass die kindliche Fantasie durch Wissen abgelöst worden war.

Etwas riss ihn aus seinen Grübeleien. Aufmerksam sah er sich um und entdeckte fast sofort die schlanke Gestalt, die auf ihn zukam. Er hätte gar nicht so leise sein müssen, Trish war schon vor ihm an den Strand gegangen. Sie schlenderte barfuß durch die Wellen und sah dabei erstaunlicherweise immer wieder auf ihr Smartphone. Bisher hatte er sie nicht für handysüchtig gehalten, und er war neugierig, was ihre Aufmerksamkeit so fesselte. Jetzt hatte sie ihn entdeckt und winkte ihm beiläufig zu. Als sie direkt vor ihm stand, strahlte sie ihn an. »Das musst du sehen, das ist so genial!«, begrüßte sie ihn und hielt ihm ihr Handy hin.

Er sah auf das Display und verstand zunächst gar nichts. Dann begriff er, dass er das Portal vor sich hatte, mit dem Sabrina Werbung für Heart Bay und einige Pensionen machen wollte. Begeistert stieß er einen Pfiff aus. »Das ist ja verdammt gut geworden. Die Bilder fangen Heart Bays Charakter perfekt ein.«

Lächelnd nickte Trish. »Finde ich auch. Ich hatte das gestern völlig vergessen, es fiel mir eben erst wieder ein. Und du wirst es nicht glauben, ich habe sogar schon eine erste Buchungsanfrage.«

Darüber war er nun weniger begeistert, fragte sich aber auch sofort, warum es ihn eigentlich störte. »Sag es sofort, wenn ich das Zimmer blockiere, ich kann …«

Aufgebracht schüttelte sie den Kopf. »Du spinnst wohl! So war das doch nicht gemeint. Das Zimmer gehört dir, solange du es möchtest. Ich bin nur so wahnsinnig stolz auf Sabrina. Das war alles ihre Idee, und sie hat es so toll umgesetzt, wie ich nie erwartet hätte, dabei wusste ich ja schon, dass sie gut ist. Wollen wir frühstücken und dann in die Firma fahren?«

»Klingt gut. Ich hoffe, du bist nicht sauer, aber Paul und Charles wollen später auch vorbeikommen. Vielleicht können sie uns helfen, zu verstehen, was dort eigentlich passiert ist.«

Sichtlich irritiert blinzelte Trish. »Wieso sollte es mich stören? Falls du es vergessen hast: Es ist jetzt deine Firma, und damit bist du der Boss. Und ich finde es eine großartige Idee. Gerade Charles wird es vermutlich sofort bemerken, wenn dort etwas im Busch ist.«

Ash fasste Trish locker an den Armen. »Es mag zwar auf dem Papier meine Firma sein, aber du kennst dich dort in allen Belangen besser aus. Ich wäre dir dankbar, wenn wir die ganze Sache als Team angehen und du diesen Mist mit Boss und Angestellte vergisst. So ist das nicht zwischen uns, sondern …« Er brach ab, weil ihm das richtige Wort fehlte. Schließlich zuckte er grinsend mit der Schulter. »Na ja, eben irgendwie anders. Bist du einverstanden?«

Sie zögerte so lange, dass er unsicher wurde, dann endlich nickte sie. »Probieren wir es.«

Das war ein Anfang. Der Rest würde sich eben ergeben müssen, denn er wusste selbst nicht genau, warum ihm ihre Zustimmung so wichtig gewesen war.

Trish hielt ihr Motorrad gegenüber von Rosies Diner am Straßenrand an, öffnete das Visier und drehte sich zu Ash um. »Du kannst gern absteigen und dich bei Rosie für das köstliche Frühstück bedanken, aber deinen Porsche sehe ich hier nirgends.«

Ash verzog den Mund. »Ich werde diese verrückte Kuppelei kaum noch unterstützen, indem ich mich für ihre Essenslieferungen bedanke, auch wenn du recht hast ... der Milchreis mit Zimt und Zucker und diese Waffeln waren ein Traum. Wir sollten das wie Sabrina machen und es genießen, solange es andauert.« Er wies besser nicht darauf hin, dass Inga und Rosie am Ende bei Sabrina und Paul erfolgreich gewesen waren, das wusste Trish ja schließlich selbst.

»Meinetwegen. Aber was machen wir mit deinem Wagen? Ich dachte, du hättest ihn hier abgestellt?«

»Dachte ich auch. Kannst du zu Paul fahren? Vielleicht hat er ihn mit dorthin genommen. Oder Rick.«

»Ohne dir etwas zu sagen?«

»Vielleicht haben sie eine SMS oder WhatsApp geschickt; ich hatte keine Lust, mein Handy anzumachen.«

Trish sah ihn an, als ob er plötzlich zwei Köpfe hätte. Sie murmelte etwas vor sich hin, das er nicht richtig verstand. Vermutlich war das auch besser so, denn er könnte schwören, dass sie die Worte »verwöhnt« und »leichtfertig« verwendet hatte.

Sie fuhr so rasant an, dass er sich hastig an ihrer Taille festhielt. Seine Gleichgültigkeit gegenüber dem Handy hatte ihr definitiv nicht gefallen. Vielleicht hätte er erwähnen sollen, dass Paul und Rick seine Abneigung kannten und ihn deshalb direkt anriefen, wenn es wichtig war. Er hatte sein Telefon so eingestellt, dass ihre Anrufe immer und sofort durchgestellt wurden, während unzählige andere sich mit seiner Mailbox begnügen mussten.

Vor Pauls Haus stand tatsächlich sein Porsche. Trish hielt direkt daneben und sah ihn spöttisch an. Allmählich nervte sie ihn. Er stieg ab und riss sich den Helm runter. »Ich habe ihn hier nicht geparkt, das muss einer meiner Freunde gewesen sein. Und ich bin kein verwöhnter, leichtsinniger Idiot, der sein Handy ignoriert. Anrufe meiner Freunde nehme ich immer an. Aber ich werde derart mit Nachrichten zugeschüttet, dass ich den ganzen Tag an dem dämlichen Ding verbringen müsste, wenn ich den Mist beantworten würde. Dafür habe ich meinen Geschäftspartner, und er …« Erst als er Trishs ratloses Gesicht sah, wurde ihm klar, wie heftig, fast zornig er sich verteidigte. Außerdem wunderte er sich, dass er sich so vor ihr rechtfertigte. Er atmete tief durch und zwang sich zur Ruhe. »Ich erkläre dir das irgendwann. Das hängt mit meinem Job zusammen.« Viel verständnisvoller wirkte sie immer noch nicht. »Das ist alles höllisch kompliziert, aber bitte denk nicht gleich immer, dass ich …« Schlagartig wurde ihm bewusst, dass er sich schon wieder vor ihr verteidigte. Warum eigentlich? Im Prinzip konnte ihm doch ihre Meinung egal sein, und sein Job in Hollywood war Vergangenheit, jedenfalls wenn es nach ihm ging. Er hatte dafür gesorgt, dass es auch ohne ihn weiterlief. Solange er jedoch keine Vorstellung hatte, was er zukünftig mit seiner freien Zeit anfangen sollte und vor allem womit er sein Geld verdienen sollte, hatte er sich bereit erklärt, noch hier und da einzuspringen. Aber nur dann, wenn es ihm passte. Das war seine Bedingung gewesen, die Leon sofort akzeptiert hatte.

Ash hatte bisher noch nicht einmal mit Rick und Paul über seinen Job gesprochen – wieso dann dieses Verlangen, unbedingt Trish gegenüber zu beweisen, dass die Artikel in der Klatschpresse erstunken und erlogen waren? Er räusperte sich. »Willst du mit mir fahren, oder fährst du mit dem Motorrad?«

Ihre Miene war unergründlich. »Ich schätze meine Unabhängigkeit und fahre selbst. Wir sehen uns dann.«

Sie fuhr los, wendete gekonnt und jagte den unbefestigten

Weg entlang, ehe er ihre ruppige Antwort kommentieren konnte. Aufgebracht schlug er mit der flachen Hand auf das Dach seines Porsches. Der Abend mit ihr war so harmonisch gewesen, ihre Freude über das Portal so ansteckend, das gemeinsame Frühstück auch sehr nett, aber nun musste sie wieder die Kratzbürste spielen und verurteilte ihn, ohne ihn überhaupt zu kennen. Frauen waren doch manchmal echt das Letzte, und für Trish galt das ganz besonders.

»Willst du reinkommen oder weiter deinen Wagen verhauen? Wenn du einen Schuldigen dafür suchst, dass er nicht mehr dort steht, wo du ihn geparkt hast, musst du allerdings auf Paul einschlagen.«

Grinsend stand Sabrina vor ihm, Scout hielt sich dicht an ihrer Seite und begrüßte Ash mit einem freundlichen Schwanzwedeln. Ash kraulte ihn und spürte, wie sein Ärger verflog. Wenn er noch weiter bei Trish wohnte, sollte er sich zur Entspannung vielleicht ebenfalls einen Hund anschaffen.

»Wenn ich Paul verprügele, bekomme ich bestimmt Ärger mit dir, und das werde ich nicht riskieren. Ich hatte mich nur über … über etwas anderes geärgert.«

Sabrinas Grinsen wurde noch breiter. »Du meinst bestimmt, du hast dich über *jemand* anderes geärgert. Womit hat Trish dich denn so auf die Palme gebracht?«

Kurz überlegte er, ihr von Trishs voreiliger Verurteilung zu erzählen. Damit bekäme die Angelegenheit jedoch ein Gewicht, das sie nicht verdient hatte. Eigentlich sollte ihm Trishs Meinung über ihn egal sein.

»Ach, ist egal. Sag Paul, dass ich ihm dankbar bin, dass er den Porsche hier hergeholt hat. Das war schon in Ordnung. Ich fahre in die Firma und treffe ihn da nachher.«

»Wie du meinst.«

7

Es hatte Ash wesentlich besser gefallen, mit dem Motorrad und vor allem zusammen mit Trish auf das Firmengelände zu fahren. Anders als bei seinem ersten Besuch standen heute einige wenige Fahrzeuge auf dem Parkplatz. Er stellte seinen Porsche in der Nähe des Eingangs direkt neben Trishs Motorrad ab. Ein schwarzer Mercedes fiel ihm auf. Das Modell kannte er aus Hollywood: S-Klasse, extrem teuer. Sofort dachte er an Trishs ungeliebten Vorgesetzten. Nicht einmal sein Vater hatte solch eine protzige Limousine gefahren – soweit er wusste jedenfalls.

Die Versuchung war groß, einfach weiterzufahren oder aber noch eine Stunde zu warten, bis auch Paul und Charles eintrafen – mittlerweile hatte er seine Nachrichten gecheckt. Doch das würde seine Probleme nicht lösen, nur aufschieben. Widerwillig stieg er aus und ging auf den Eingang zu. Zu seinem Ärger wurde ihm bewusst, wie viel leichter es ihm gefallen wäre, das Gebäude an Trishs Seite zu betreten, auch wenn er auf die kratzbürstige Art, die sie gerade an den Tag legte, ausgezeichnet verzichten konnte. Unwillkürlich musste er daran denken, wie oft er als Kind das Gebäude nur widerwillig und mit einem unguten Gefühl betreten hatte. Tief in seinem Inneren spürte er immer noch die gleiche Abneigung wie damals gegen die Firma, die ihm seinen Vater genommen hatte, obwohl er heute wusste, dass es andersherum gewesen war: Sein Vater hatte die Firma seinem Kind vorgezogen. Wenn einer schuld war, dann sein Vater und nicht die Firma. Er blieb stehen und starrte den schmucklosen Bau feindselig an, dann seufzte er. Sosehr er es sich auch wünschte, einfach zu gehen, er konnte nicht zulassen, dass etliche Familien ihren Lebensunterhalt verloren, nur weil der neue Firmeneigentümer wütend auf seinen toten Vater war. Und vielleicht wollte er auch beweisen, dass er, ausgerechnet er, die Firma retten konnte – selbst wenn sein Vater es niemals erfahren würde.

Er setzte sich wieder in Bewegung. Heute war der Empfangstresen besetzt: Ein grauhaariger, dunkelhäutiger Mann saß dort und sah ihm entgegen. Im nächsten Moment sprang er auf und kam eilig auf ihn zu.

»Mr Winterbloom. Trish hat Sie bereits angekündigt. Ich bin Rudy Garrisson und freue mich außerordentlich, Sie hier begrüßen zu dürfen. Wenn Sie Fragen oder Wünsche haben, wenden Sie sich bitte an mich, ich stehe Ihnen jederzeit zur Verfügung.«

»Vielen Dank. Ich habe tatsächlich eine Frage: Wem gehört der Mercedes da draußen?«

Das offene, freundliche Lächeln seines Gegenübers verschwand, als ob jemand eine Lampe ausgeschaltet hätte. »Das ist der *Dienst*wagen von Direktor Pearson.«

Wenn sich Ash nicht irrte, dann hatte Rudy sehr eigentümlich betont, dass es sich bei dem Mercedes um ein Firmenfahrzeug handelte.

»Gut zu wissen. Danke.« Ash überlegte, was er jetzt tun sollte. Weder eine Auseinandersetzung mit Pearson noch mit Trish war übermäßig reizvoll. Außerdem musste er dringend mehr über die Firma erfahren. Er deutete auf die Lagerhalle. »Haben Sie einen Schlüssel? Ich würde mich gern mal da drinnen umsehen.«

Rudy sah an ihm vorbei zum Eingang und lächelte. »Da kommt mein Kollege, der die Tagschicht ab neun Uhr hat. Wie wäre es, wenn ich Ihnen eine kleine Führung durch das Lager und die Ausstellung anbiete?«

»Aber Sie haben doch Feierabend …«

»Das mache ich doch gern. Eine Sekunde, Mr Winterbloom, ich stelle Sie nur kurz noch Caleb Nichols vor. Wir beide teilen uns die Betreuung des Empfangsbereichs.«

»In Ordnung, aber … Ash reicht. Bei *Mr Winterbloom* habe ich das Gefühl, mein Vater steht neben mir.«

Vermutlich war es für einen Firmeninhaber nicht angebracht, sich mit dem Vornamen anreden zu lassen, aber Rudys Freude über das Angebot war es ihm wert. Kaum hatte er auch Nichols begrüßt, kam Trish zu ihnen. Von ihrem Ärger war nichts mehr zu spüren, sie lächelte ihm flüchtig zu. »Ich habe schon auf dich gewartet. Was hast du jetzt vor?«

»Rudy hat mir angeboten, mir das Lager und die Ausstellung zu zeigen. Gegen zehn Uhr wollten Paul und Charles vorbeikommen. Dann geht es um deine Themen.« Er konnte nicht widerstehen, sie zu ärgern: »Das weiß ich aber nur, weil ich dann doch noch meine Mailbox abgefragt habe. Ich hatte ganz vergessen, dass ich gestern Abend das Handy stumm geschaltet hatte.«

Trish bemühte sich sichtlich um einen tadelnden Blick, musste dann aber doch lachen. »Du bist unmöglich. Aber das klingt nach einem guten Plan. Hast du was dagegen, wenn ich mich euch anschließe?«

»Natürlich nicht.« Ash ignorierte Rudys fragenden Blick. Ihm war auch so klar, dass sein freundschaftlicher Umgang mit Trish die Gerüchteküche weiter anheizen würde, aber das störte ihn nicht im Geringsten.

Rudy begann seine Führung im Ausstellungsraum. Dünne Trennwände teilten die kleine Halle in unzählige Badezimmer. Sie waren zwar klein, aber passend zu den ausgestellten Elementen dekoriert, sodass die einzelnen Produkte perfekt zur Geltung kamen. Ash staunte über die Vielzahl von Varianten. Von eleganten weißen Waschbecken bis hin zu Marmor, in dem

Kristalle schimmerten, war für jeden Geschmack etwas dabei. Das Angebot kam ihm fast ein bisschen übertrieben vor. Nachdenklich strich er über eine rosafarbene Wanne, die am Rand eine Wellenstruktur hatte. Ihm gefiel sie nicht, aber es gab bestimmt genug Frauen, die darauf standen.

Er wusste nicht, ob Rudy oder Trish ihm seine Fragen beantworten konnten, aber einen Versuch war es wert. »Ich bin von der Auswahl richtig erschlagen. Damit hätte ich nicht gerechnet. Aber ist Heart Bay für eine solche Ausstellung nicht zu abgelegen? Wo kommen denn die Interessenten her? Und wie sieht es eigentlich mit einem Online-Auftritt aus? Diese Deko würde sich auf Fotos doch prächtig machen.«

Trish hob beide Hände und ließ sie wieder fallen. »Mein Reden. Aber Pearson hat mir immer nur gesagt, ich sollte mich auf meine Zahlen beschränken und den Rest seinen Experten überlassen. Er hat einen Kumpel als Berater fürs Marketing mit ins Boot geholt. Übrigens verdient auch der sehr gut und treibt die Kosten zusätzlich in die Höhe. Genauso wie die Edelkarre draußen, die du bestimmt nicht übersehen hast.«

Unerwartet nickte auch Rudy heftig und schlug mit der flachen Hand auf die rosafarbene Wanne. »Genau das sagt mein Junior auch. Er studiert in Stanford und wunderte sich ebenfalls über die riesige Ausstellung und den fehlenden Online-Auftritt. Die Damen haben hier Großes geleistet, aber wenn niemand uns kennt, kommt auch keiner her.«

Vermutlich hatte sich sein Vater nicht für neue Vertriebswege wie das Internet interessiert. Genau konnte Ash das nicht sagen, aber es wäre typisch für ihn gewesen, allem Neuen abwehrend gegenüberzustehen. Wenn er diesen Pearson richtig einschätzte, dann hatte der seinen Vater durchschaut und die Schwächen des alten Herrn gnadenlos für seine Zwecke ausgenutzt.

Er hatte zu lange geschwiegen, Rudy und Trish sahen ihn besorgt an. Ash zwang sich zu einem Lächeln. »Ich würde sagen, dann haben wir schon einen ersten Anhaltspunkt, was wir ändern müssen. Wir könnten Sabrina fragen, ob sie diesen Ausstellungsraum und das Warenangebot mit dem Portal von Heart Bay verknüpfen könnte.« Und noch ein Gedanke kam ihm, er wandte sich direkt an Trish: »Du hattest gesagt, dass die laufenden Kosten ohne erkennbaren Grund explodiert sind. Könntest du herausfinden, wie viel von dem Geld auf solche Posten wie die Anstellung eines Kumpels fürs Marketing und Dienstwagen der Extraklasse entfallen?«

»Das habe ich schon einmal grob geschätzt, aber die eigentlichen Probleme liegen woanders.«

»Das mag sein, aber auch das sind Gelder, die wir an anderer Stelle dringend brauchen.«

Hatte er wirklich gerade *wir* gesagt? Darüber sollte er später nachdenken. Andererseits gab es keine Alternative dazu, die Firma wieder zurück auf einen gesunden Kurs zu bringen. Um sie dann zu verkaufen. Oder vielleicht doch nicht? Nachdem klar war, dass er die Firma erben würde, war das sein erster Gedanke gewesen. Das Geld konnte er gut gebrauchen, und natürlich würde er dafür sorgen, dass kein skrupelloser Geschäftsmann sie übernehmen würde, sondern jemand, dem die Belegschaft am Herzen lag. Aber vielleicht war er in der Hinsicht zu blauäugig gewesen, und vor allem war ihm mit einem Mal die Firma nicht mehr egal. Die liebevolle Art, wie die ganzen kleinen Badezimmer dekoriert worden waren, hatte etwas in ihm berührt. Er räusperte sich. »Wer ist denn für die Dekorationen in diesem Bereich zuständig gewesen?«

Seine Begleiter wechselten einen Blick, dann übernahm Trish die Antwort. »Pearson wollte die Elemente und die Fliesen allein wirken lassen. Nichts sollte von den Produkten ab-

99

lenken. Aber in diesem Fall konnte er sich mit seiner Meinung nicht durchsetzen. Dein Vater hat nicht auf ihn gehört.« Sie machte eine ausholende Bewegung mit dem Arm. »Das alles hier ist mehr oder weniger in Eigenregie entstanden.« Trish ging zu einem Wandregal, auf dem eine altmodische Vase stand, die jedoch perfekt zu den Elementen passte. »Die hier stammt zum Beispiel von meiner Grandma. Wir haben uns hier an einem Sonntag getroffen, weil Pearsons Bedingung war, dass es kein Geld kosten sollte.«

Trishs Erklärung verschlug Ash die Sprache. Er notierte sich innerlich zwei Dinge: Dieser Pearson war ein noch größerer Mistkerl, als er gedacht hatte, und die Firmentreue der Mitarbeiter war beeindruckend.

Offenbar sah Trish ihm an, was er dachte. Sie legte ihm eine Hand auf den Arm. »Als dein Vater das hier gesehen hat, war er begeistert und hat sich persönlich bei jedem Beteiligten bedankt. Vielleicht könnte man über das Internet und vielleicht noch Anzeigen in ein oder zwei Zeitungen so eine Art Neueröffnung bekannt geben und ein kleines Fest daraus machen, das Kunden aus der weiteren Umgebung anlockt. Wir bekommen bestimmt Unmengen an selbst gebackenem Kuchen und Salaten zusammen. Dazu noch ein paar Grills, und wir haben schon etwas, das wir den Leuten anbieten können.«

Rudy lächelte breit. »Mein Schwager ist selbstständiger Clown und reist mit einer Hüpfburg durch die Gegend. Der schuldet mir so viel, dass der dann auch hier sein wird. Damit sind die Kinder beschäftigt, während die Eltern einkaufen und hoffentlich unzählige Badezimmer oder Accessoires bestellen.«

Beide sahen ihn fragend an, warteten offensichtlich auf seine Entscheidung. »Das hört sich nach einer guten Idee an. Ich weiß zwar nicht, ob man auf einer solchen Veranstaltung auch wirklich Badezimmer verkauft, aber das können wir ja dann herausfinden. Was meint ihr mit Accessoires?«

Trish deutete auf eine Tür. »Die sind im nächsten Raum. Dahinter kommen das Lager und natürlich die Produktionshallen. Ich glaube, ich habe vorhin den Wagen von Harvey gehört. Mit dem solltest du unbedingt reden. Er ist der Produktionsleiter und kennt sich mit allem, was dazugehört, bestens aus. Ich weiß auch, dass er mit einigen Dingen, vor allem dem Lagerbestand, gar nicht glücklich war.«

Ash sah auf die Uhr. Die Zeit war wie im Flug vergangen. »Es ist fast zehn Uhr. Mit ihm reden wir, wenn ich mit Charles und Paul gesprochen habe. Lasst uns noch einen kurzen Blick auf die Accessoires werfen und dann zurückgehen.«

Sichtlich widerwillig stimmte Trish zu. »Mist, du hast recht. Außerdem sollten wir Rudy nicht noch weiter aufhalten.«

Der winkte sofort ab. »Das tu ich doch gern. So, dann wollen wir uns mal den letzten Teil ansehen. Es ist etwas ungünstig, dass der Raum so getrennt von der Ausstellung ist, aber vielleicht fällt uns da noch etwas ein.« Er ging eilig zur Tür, entriegelte sie und hielt sie einladend auf. Da Ash neugierig war und Trish ein ganzes Stück hinter ihm stand, ließ er ihr nicht den Vortritt, sondern eilte auf die offene Tür zu. Trish folgte ihm. Er hatte gerade die Schwelle übertreten, als etwas Dunkles auf ihn zuflog. Instinktiv wirbelte er herum, kollidierte mit Trish und brachte sie aus dem Gleichgewicht. Stolpernd stützte sie sich an der Wand ab. Ash sah noch Rudys weit aufgerissene Augen, dann ertönte hinter ihm ein lautes Krachen, Staub stieg ihm in die Nase und brachte ihn zum Husten. Steinsplitter flogen durch die Gegend. Instinktiv schloss er Trish fest in die Arme, um sie abzuschirmen. Etwas prasselte auf seinen Rücken, dann kehrte Ruhe ein.

Vorsichtig schnappte er nach Luft und musste niesen. Rudy

stand dicht neben ihm und sah ihn besorgt an. »Bist du in Ordnung?«

Ash musste kurz überlegen, aber außer einigen blauen Flecken dürfte er unversehrt geblieben sein. »Alles gut, aber was war das?«

»Du kannst mich wieder loslassen!«, beschwerte sich Trish.

Er gehorchte und bedauerte es sofort – ihr schlanker, sportlicher Körper hatte sich perfekt in seinen Armen angefühlt.

Sie funkelte ihn an. »Ich brauche keinen Ritter in glänzender Rüstung, trotzdem danke!« Aufgebracht stapfte sie an ihm vorbei, mitten hinein in das Chaos.

Verdutzt sah Ash Rudy an, der mit der Schulter zuckte. »Frauen. Das müssen wir nicht verstehen. Also, wenn ich das richtig sehe, hat sich im Nebenraum in einem der Regale ein Stapel Fliesen selbstständig gemacht und ist umgestürzt. Dabei hat er wohl noch einige andere Kartons mitgerissen. Du hast Glück gehabt, dass er dich nicht erwischt hat.«

Ash beobachtete Trish, die inmitten der Trümmer stand und sich einmal um die eigene Achse drehte. »Interessant wäre vor allem, warum der Mist ausgerechnet in diesem Moment umgekippt ist.«

Die Männer wechselten einen stummen Blick, ehe sie zu Trish gingen. Keiner von ihnen glaubte an einen Unfall.

Trotz der Verwüstung erkannte Ash sofort, dass an dem Konzept des Raums etwas nicht stimmte. An den Wänden standen Hochregale, die mit Kartons oder Fliesenstapeln gefüllt waren, in der Mitte waren Tische verteilt, auf denen verschiedene Dinge wie Vasen, Seifenspender, Zahnputzbecher und andere Behälter standen, deren Sinn er nicht erkannte. Vereinzelt waren Trennwände zwischen den Tischen aufgestellt worden. Es schien ihm, als wären diese Dinge, mit denen doch eigentlich zusätzliches Geld verdient werden sollte, absichtlich in eine unattraktive Umgebung verbannt worden. Das ergab für ihn keinen Sinn.

Er hob einen Becher aus Marmor, an dem im Licht einige Stellen glitzerten. Einen solchen Gegenstand präsentierte man in einem anderen Umfeld. »Wir müssen diesen Teil der Ausstellung verlegen. Hier ist es für Besucher zu gefährlich, und die Waren kommen nicht richtig zur Geltung.«

Sichtlich überrascht sahen seine Begleiter ihn an und nickten dann nahezu synchron. Rudy räusperte sich. »Ich glaube, dein Vater hatte das auch vor. So recht zufrieden wirkte er bei seinem letzten Besuch hier nicht.«

»Gibt es noch einen zweiten Zugang zu dem Raum?«

Rudy deutete auf eine Ecke. »Dort hinten. Die Tür sollte eigentlich abgesperrt sein.«

Trish erreichte den Seiteneingang als Erste. Sie drückte die Klinke herunter, knarrend öffnete sich die Tür. Neugierig folgte Ash ihr und befand sich inmitten der Lagerhalle. Auf den ersten Blick schienen sie allein zu sein, aber dann sah er am Ende eines Ganges eine Bewegung und glaubte einen kurzen Blick auf eine Gestalt zu erhaschen, die um die Ecke verschwand. Kurz überlegte er, hinterherzurennen, gab den Gedanken dann aber auf. Ehe er die Person erreicht hatte, konnte sie überallhin verschwunden sein, und er würde ihm oder ihr ohnehin niemals nachweisen können, absichtlich einen Karton oder einen Stapel Fliesen umgeworfen zu haben.

»Die Lagerbestände sind ja überraschend hoch«, stellte er fest.

Trish nickte. »Ja, ich habe das zwar auch anhand der Zahlen bemerkt, aber es so vor sich zu sehen ist noch mal etwas anderes.«

»Also gut, das ist dann noch ein Punkt, den ich mit Harvey

besprechen werde. Ich würde jetzt gern zurückgehen. Trish, könntest du bitte schon vorlaufen, um Paul und Charles zu empfangen? Ich würde sie ungern warten lassen.«

»Sicher, aber warum kommst du nicht mit?«

»Ich komme sofort nach. Ich möchte nur noch kurz mit Rudy klären, wie wir den Raum wieder in Ordnung bringen können.«

»Okay.« Trish ging eilig davon.

Rudy wartete, bis sie außer Hörweite war. »Entschuldige, wenn ich es dir direkt ins Gesicht sage, aber im Schwindeln bist du nicht besonders gut. Wie kann ich dir wirklich helfen, Boss? Obwohl ich es ahne.«

Ash grinste schief. Er mochte den Wachmann jetzt schon. »Ich will mir ansehen, ob jemand den Stapel Kartons auf uns geworfen haben kann.«

»Siehste, genau das habe ich vermutet, und genau das interessiert mich auch. Dann mal los.«

Als Rudy vor dem Hochregal stand, aus dem die Sachen herabgepoltert waren und vor dem sie nun als Scherbenhaufen am Boden lagen, presste er die Lippen fest zusammen. Den Kopf in den Nacken gelegt, knurrte er gereizt vor sich hin: »Wenn ich es richtig sehe, hat sich oben das Regalbrett gelockert, und dadurch wurde eine Art Lawine ausgelöst. Aber das kann einfach nicht sein.« Er drehte den Kopf wieder in eine normale Position, wobei seine Wirbel beängstigend knackten, und tippte auf eine Ecke des Regals. »Sieh dir das mal an. So sind die Bretter normalerweise gesichert. Da löst sich nichts mal eben. Und wenn, dann kracht da nur eins runter. Meiner Meinung nach war das sauber vorbereitet und muss irgendwie ausgelöst worden sein, als wir gekommen sind.«

»Das mag ja sein und deckt sich mit meinem Verdacht … es gibt da nur einen Haken: Niemand konnte wissen, dass ich mir diesen Bereich heute Morgen ansehen würde. Selbst wenn es jemand auf mich abgesehen haben sollte – wie hätte er eine solche Falle vorbereiten können? Auf bloßen Verdacht?« Er kratzte sich am Kopf. »Halt gerne die Ohren auf, aber kein Wort zu Trish. Sie würde sich nur noch mehr Sorgen machen.«

»Wie du meinst.« Rudy sah wieder an dem Regal hoch. »Wenn es nicht auf dich gezielt war, frage ich mich aber, für wen der Mist dann gedacht war.«

»Wer betritt denn den Raum häufig?«

Nachdenklich rieb sich Rudy übers Kinn. »Da fallen mir mehrere ein, aber als Letztes habe ich mitbekommen, dass sich dein Vater mit Trish den Raum ansehen wollte. Er hatte auch über eine Verlagerung nachgedacht und wohl eine Idee gehabt, die er mit Trish besprechen wollte.«

»Wieso mit Trish? Das gehört nicht gerade zu den Aufgaben einer Buchhalterin.«

Nun lächelte Rudy verschmitzt. »So eng sehen wir das hier nicht. Jeder bringt in die Firma ein, was er so kann. Deine Trish hat ein Händchen für Dekorationen. Ich glaube, darum wollte dein alter Herr das Thema mit ihr besprechen.«

Deine Trish? Das überhörte Ash lieber. Je mehr er sein Interesse an Trish abstritt, desto mehr interpretierte Rudy noch hinein. Aber ansonsten hatte Rudy recht. Ash musste nur an die Einrichtung ihres Hauses denken. Alles passte zusammen und war liebevoll arrangiert. Die Vorstellung, dass der Anschlag eigentlich ihr gegolten hatte, jagte ihm nachträglich einen kalten Schauer über den Rücken.

Er riss sich zusammen, schließlich war nichts passiert. »Na gut, mehr werden wir hier wohl nicht erreichen.«

»Wir könnten den Sheriff einschalten«, schlug Rudy wenig überzeugend vor.

Ash winkte ab. »Davon verspreche ich mir nichts, unser Verdacht ist so vage, und dann fehlt uns jeder Beweis. Außerdem war ich für den guten Sheriff schon früher immer grundsätzlich an allem schuld.«

»Das ist natürlich ein Argument. Aber du solltest dann besser gut auf dich aufpassen, und wenn du Hilfe brauchst, sagst du gefälligst was. Caleb und ich spielen hier zwar nur die Empfangsdamen, aber er war früher mal Cop und ich bei der Army. Wenn's drauf ankommt, wissen wir, was zu tun ist – auch nach Feierabend.«

Die Hilfsbereitschaft berührte Ash, auch wenn er hoffte, dass er nicht darauf zurückkommen musste. »Das klingt gut. Danke.«

8

Als sie den Eingangsbereich erreichten, wartete dort Trish zusammen mit Charles und Paul auf sie. Paul blickte ihnen entgegen, stutzte und eilte dann auf ihn zu. »Was zum Teufel ist denn mit dir passiert? Geht es dir gut?«

»Ja sicher. Was meinst du?«

Mittlerweile hatte auch Charles ihn erreicht und schüttelte ungläubig den Kopf. »Niemand würde dir Kleidungsvorschriften machen, Ash, aber du bist voller Staub. Dein T-Shirt hat auf der Schulter einige interessante Risse, und wenn du nicht mit roter Farbe gespielt hast, dann dürfte das Rote da Blut sein.«

»Blut?«, fauchte Trish und schubste Charles zur Seite. Sehr behutsam fuhr sie mit dem Finger über Ashs Schulter. »Das ist mir vorhin gar nicht aufgefallen. Und das alles nur, weil du unbedingt den Helden spielen musstest. Du spinnst wirklich.«

Verstand er das richtig? Sie meckerte, dass er ein paar unbedeutende Schrammen und Kratzer abbekommen hatte? Wäre es ihr wirklich lieber gewesen, die Scherben der Fliesen hätten sie getroffen? Er schüttelte fassungslos den Kopf. Allmählich machte sie ihn wahnsinnig. In der einen Sekunde war sie besorgt um ihn, und zwar so sehr, dass es ihn irritierte, dann benahm sie sich wieder wie die Nervensäge, als die er sie kannte. »Mach dir keine Sorgen, das sind nur ein paar Kratzer. Immer noch besser, als wenn du das Zeug auf den Kopf bekommen hättest. Können wir jetzt in dein Büro gehen, damit sich Charles einige Dinge ansehen kann?«

Trish murmelte etwas fast Unhörbares vor sich hin. *Fast* unhörbar. Hatte sie ihn gerade einen Neandertaler genannt? Ehe er nachfragen konnte, nickte sie. »Klar, machen wir. Und wenn du dann eine Blutvergiftung bekommst, brennst du die Wunde einfach aus. Das macht man so, habe ich bei *Rambo* gesehen.«

Sie drehte sich auf dem Absatz um und stolzierte davon. Ash räusperte sich. »Danke für deine Hilfe, Rudy. Genieß deinen Feierabend.«

Ash ignorierte Rudys und Pauls breites Grinsen und folgte Trish. Nach wenigen Schritten holte ihn Charles ein, der FBI-Agent wirkte besorgt. »Ich hätte dann später gern ein Update, was dir in den letzten Tagen so alles zugestoßen ist. Oder auch *fast* zugestoßen.«

»Das war doch nur …« Ash brach mitten im Satz ab und überlegte. Der Überfall am Strand, der Wagen, der sie verfolgt hatte, und nun noch der Stapel Fliesen, der ihn knapp verfehlt hatte … Für bloßen Zufall war das dann doch ein bisschen zu viel auf einmal. »Einverstanden, wir sollten tatsächlich nicht nur über Computersysteme und die finanzielle Lage reden. Irgendetwas stimmt hier nicht.«

Sichtlich zufrieden über Ashs Zustimmung lächelte Charles. »Die Firma ist so gut wie ausgestorben. War das geplant?«

»Nein, ich arbeite dran, das abzustellen.«

»Gut, denn auch Stillstand kostet Geld, und ich sehe keinen Grund dafür, dass der Betrieb nicht normal weiterlaufen sollte. Wer logiert hier vorne?« Charles deutete auf eine geschlossene Glastür, durch die ein opulenter Vorraum sichtbar war.

»Der Finanzchef.«

»Sehr schön, von dem hat Paul mir schon einiges erzählt. Sieht ja aus, als ob der da wäre. Dann nehmen wir uns den Herrn mal vor, nachdem wir bei Trish waren.«

Dieser Punkt hätte auch bei Ash auf dem Programm gestan-

108

den, aber er gab zu, dass er sich mit Charles und Paul an seiner Seite oder wenigstens im Hintergrund besser fühlte. Auch wenn Trish und Rudy positiv auf einige seiner Vorschläge reagiert hatten, kannte er sich in der Geschäftswelt einfach zu wenig aus.

Ungeduldig sah Trish ihnen entgegen und wartete, bis Charles die Tür zu ihrem Büro schloss, dann erklärte sie ihm im Stakkato die Probleme der Firma und ging dabei auch auf einige Besonderheiten der Computersysteme und des Buchführungsprogramms ein.

Es entging Ash nicht, dass Charles zunächst nachdenklich, dann aber zunehmend besorgt wirkte. Schließlich endete Trish, und der FBI-Agent verzog den Mund. »Ihr habt natürlich recht, das sieht aus, als ob jemand etwas verschleiert, zum Beispiel Geldabflüsse in die eigene Tasche. Es gibt genau zwei Möglichkeiten: Wir finden jemanden mit Administratorenrechten und kommen damit an sämtliche Informationen heran, oder ich hacke mich in das System ein und öffne euch die Türen. Mir wäre natürlich der erste Weg lieber. Hast du eine Ahnung, wer kompletten Zugriff auf die Daten haben könnte?«

Trish nickte heftig. »Klar, Pearson.«

Ash atmete tief durch. »Dann besuchen wir ihn doch mal. Das übernehmen Trish und ich, aber es wäre nett, wenn ihr euch als Backup für rechtliche oder technische Fragen bereithaltet.«

Paul zog die Augenbrauen zusammen. »Backup? Wir sollten uns den Herrn gleich zu viert vornehmen.«

Die Vorstellung hatte zwar einen gewissen Charme, aber Ash hatte das Gefühl, dass er dies selbst erledigen musste. Er kam jedoch nicht mehr dazu, es Paul zu erklären: Die Tür zu Trishs Büro wurde so heftig aufgestoßen, dass sie krachend gegen den Stopper am Boden prallte. Erschrocken fuhr Ash herum.

Drei Männer standen dort, blieben jedoch vor der Tür stehen: Der kleine Raum war bereits so gut wie überfüllt.

»Ich weiß nicht, was Sie hier zu suchen haben, aber Sie werden jetzt augenblicklich das Firmengelände verlassen!«, befahl ein Typ im dreiteiligen Anzug mit silberner Krawatte.

»Pearson«, zischte Trish Ash zu, aber darauf war er auch schon selbst gekommen. Er fand die Begleiter des Finanzdirektors viel interessanter – unter ihren T-Shirts waren deutliche Muskelpakete zu erkennen, es fehlte nur die Aufschrift »Bodyguard« oder noch besser »Rausschmeißer«. Glaubte Pearson wirklich, damit durchzukommen?

Aber der Anzugträger war noch nicht fertig. Wütend fixierte er Trish. »Und Sie verlassen ebenfalls das Gelände. Sie sind entlassen. Fristlos.« Nach einem Blick auf die Uhr sah er Charles an. »Sie haben fünf Minuten, danach helfen meine Begleiter Ihnen, den Weg nach draußen zu finden, und ich erstatte Anzeige wegen Hausfriedensbruch.«

Angesichts dieser herablassenden Art hätte Ash beinahe die Beherrschung verloren, aber die Blöße wollte er sich nicht geben. Stattdessen setzte er ein breites Grinsen auf. »Und wer wir sind, interessiert Sie überhaupt nicht, Pearson?«

»Nicht im Geringsten. Ich habe nicht vor, meine Zeit mit Leuten zu verschwenden, denen eine ehemalige Angestellte widerrechtlich Zugang zu unseren Räumen verschafft hat.«

Ash nickte langsam, als ob ihn Pearsons Worte überzeugt hätten. »Das verstehe ich. Ich mag auch keine Zeitverschwendung.« Er stand etwas ungünstig hinter dem Schreibtisch, schob sich an Charles und Paul vorbei und ging zur Tür. Einer der Bodyguards verfolgte jede seiner Bewegungen, aber Pearson sah ihm lediglich gelangweilt entgegen. Ash lächelte den Mann an, obwohl er ihn lieber angebrüllt hätte. »Sie hätten sich zunächst formell vorstellen sollen, Pearson. Aber zum Glück habe ich genug von Ihnen gehört, um Sie sofort zu erkennen. Bezahlen Sie Ihre Begleiter aus eigener Tasche oder mit Firmengeldern? Ich vermute Letzteres, daher sollten Sie Ihnen fairerweise mitteilen, dass Sie die Herren gerade aufgefordert haben, ihren Boss rauszuschmeißen. Das wiederum könnte empfindliche Auswirkungen auf meine Absicht haben, sie zu bezahlen.«

Pearson verengte die Augen etwas. »Nur weil Sie der Sohn Ihres Vaters sind, haben Sie noch lange nicht das Recht, sich in diesen Büros herumzutreiben und sich als Boss aufzuspielen.«

Ash winkte lässig ab. »Ich denke, das geht schon in Ordnung. Immerhin hat mein Vater mir die Firma überlassen.«

Die beiden Bodyguards waren unsicher geworden und warfen einander nervöse Blicke zu. Ash lächelte Pearson erneut an. »Wollen Sie vielleicht Ihr Auftreten mir und meinen Beratern gegenüber noch einmal überdenken? Ansonsten habe ich einiges mit Ihnen zu bereden. Ich treffe Sie in fünf Minuten in Ihrem Büro.«

Ash wandte sich ab, ohne Pearson oder seine Begleiter weiter zu beachten. »Hast du alles, was du brauchst, Charles?«

Der FBI-Agent nickte knapp, nur seine Augen verrieten, dass er sich amüsierte. Ash würde jede Wette eingehen, dass sein Freund nur darauf wartete, seinen Ausweis zu zücken. »Für den Anfang reicht es. Den Rest kläre ich dann mit dem Herrn direkt.« Er neigte den Kopf Richtung Pearson.

»Sekunde mal, wer sind Sie überhaupt? Und Sie, Mr Winterbloom, können sich doch bestimmt ausweisen und Ihren Anspruch belegen?«

Ash drehte sich nicht einmal um. »In fünf Minuten in Ihrem Büro. Dann können Sie mir auch erklären, warum Sie neben den äußerst fähigen Wachmännern Nichols und Garrisson noch weitere Männer zu Ihrem Schutz beschäftigen. So gut ist die finanzielle Lage der Firma ja nun auch nicht, dass wir

Funktionen überflüssigerweise doppelt besetzen können«, erklärte er bewusst beiläufig. Erst als er das Geräusch von Schritten hörte, die sich eilig entfernten, drehte er sich um. Die Tür stand zwar noch offen, aber von den drei Männern war nichts mehr zu sehen.

Paul schmunzelte. »Eins zu null für den Herrn im verdreckten T-Shirt. Vermutlich hat Pearson gedacht, er trifft dich alleine an und kann dich einschüchtern. Den hast du gekonnt abgeschmettert. Er hatte auf der Stirn eine interessante Ader, die wild pochte.«

»Meinst du, er ist gleich in seinem Büro?« Ash war nicht sicher, ob es nicht ein Fehler gewesen war, Pearson gehen zu lassen.

Statt Paul übernahm Charles die Antwort. »Ganz bestimmt. Er will und muss herausfinden, was du vorhast.«

Ash verengte die Augen. »Das, was ich vorhabe, wird ihm nicht gefallen.«

Charles rieb sich übers Kinn. »Heißt das, ich vergesse jetzt mal sicherheitshalber, dass ich für das Wirtschaftsdezernat des FBI arbeite, weil es gleich dreckig wird?«

»Das nun nicht, aber ich habe tatsächlich eine Frage: Verstehst du genug von Unternehmensführung und so einem Kram, um mir einen Crashkurs zu verpassen?« Neben ihm atmete Trish scharf ein, rasch legte er ihr eine Hand auf den Arm. »Natürlich meine ich: mir und Trish. Sie hat den Vorteil, dass sie die Firma kennt. Wenn wir es schaffen, ein paar Männer wie Rudy auf unsere Seite zu bekommen, müssten wir doch das Ruder eigentlich übernehmen und herumreißen können.«

»Bist du sicher, dass du das willst? Das wird für die nächsten Monate ein ganz schöner Klotz am Bein werden. Wenn nicht länger.«

Ash musste über die gerechtfertigte Frage nicht nachdenken. Ruhig erwiderte er den fragenden Blick seines Freundes. »Das ist mir klar, aber ich bin es gewohnt, Verantwortung zu übernehmen, und werde mich nicht sofort beim ersten Störmanöver zurückziehen. Ich wollte nie etwas mit der Firma zu tun haben, das ist wahr, aber ich kann doch die Menschen, die hier arbeiten, nicht einem Schwein wie Pearson überlassen. Wenn alles rundläuft, sehen wir weiter, aber so lange übernehme ich das Steuer.« Er grinste schief. »Sofern ihr mir helft, du und Trish.«

Paul räusperte sich. »Du hast mich hoffentlich nur deshalb nicht extra erwähnt, weil du sowieso weißt, dass ich dabei bin. Oder meinst du, ein FBI-Agent oder eine Buchhalterin kennen sich im Paragraphendschungel aus?«

»Sorry, natürlich bin auch für deine Hilfe dankbar, Paul. So war das nicht gemeint.«

»Dein Glück, mein Freund. Ich frage mich nämlich gerade, was dieser Pearson in seinem Büro nun gerade ausheckt. Der braucht nur ein paar Minuten, dann wird er versuchen, zurückzuschießen und dich loszuwerden. Das werden wir ihm natürlich vermasseln, aber trotzdem gefällt mir die Situation insgesamt nicht. So benimmt sich doch nur jemand, der ernsthaft was zu verbergen hat.«

Ash verkniff sich die Bemerkung, dass sie so weit auch schon vor Pearsons Auftritt gewesen waren.

Trish war nicht so rücksichtsvoll, sie rollte demonstrativ mit den Augen. »Hast du daran echt gezweifelt? Das war doch logisch. Was glaubst du denn, wer für diesen Mist hier verantwortlich ist?« Sie schlug mit der flachen Hand auf den Monitor, der bedrohlich wackelte.

Paul sah plötzlich angelegentlich auf die Decke. Das war natürlich auch eine Art, die Diskussion zu beenden. Schade – Ash hätte den beiden gern noch ein bisschen länger zugesehen, weil er es genoss, dass zur Abwechslung mal nicht er das Ziel von Trishs scharfer Zunge war. Aber er hatte ohnehin noch einiges zu erledigen, und mit Pearson würde er beginnen.

»Macht ihr ruhig weiter, ich besuche dann mal den *ehemaligen* Finanzchef«, schlug er beiläufig vor.

Trish funkelte zunächst noch Paul an, erst dann schienen seine Worte sie erreicht zu haben. »Sagtest du ›ehemalig‹?«

»Ja, sagte ich. Sein Auftritt hier hat mir gereicht. Oder meinst du, wir brauchen ihn?«

»Nein, natürlich nicht. Alles, was wir von ihm benötigen, sind seine Zugangsdaten.«

Ash nickte ungeduldig – das hatten sie doch schon längst besprochen. »Dann holen wir sie uns«, kündigte er ruhiger an, als er sich fühlte.

Seine Gereiztheit verflog schlagartig, als er Trishs Büro verließ, obwohl ihm Pauls spöttische Bemerkung über seine brandneuen Chefallüren ebenso wenig entging wie Charles Entgegnung, dass er nur hoffte, dass Ash das Problem nicht in Hollywood-Manier lösen wollte. Entschlossen steuerte er Pearsons Büro an. Schon das Vorzimmer bewies, dass hier jemandem Prestige wichtiger war als Funktionalität. Selbst das Büro seines Vaters war nicht so elegant eingerichtet wie der Arbeitsplatz von Pearsons Sekretärin. Jetzt war er auf das Zimmer des Finanzchefs neugierig. Goldene Wasserhähne würde er dort vermutlich nicht vorfinden, aber in die Richtung dürfte es schon gehen.

Die Tür stand offen. Etwas irritiert ging Ash näher, zögerte kurz und überlegte, auf seine Freunde zu warten. Wo blieben die eigentlich? Er hatte vermutet, dass sie ihm folgen würden. Egal, er klopfte leicht gegen den Türrahmen und betrat das Büro. Leer. Von Pearson war nichts zu sehen, aber mit der Ausstattung hatte er richtiggelegen. Schon der schwere Ledersessel hinter dem Schreibtisch musste ein Vermögen gekostet haben, von der Sitzgarnitur in der üppigen Besprechungsecke ganz zu schweigen.

Neben einem massiven Holzregal, in dem statt Aktenordnern nur unglaublich hässliche Dekoartikel standen, entdeckte er eine weitere Tür, die einen Spaltbreit offen stand. Neugierig ging Ash näher und hätte beinahe laut losgelacht. Ein privates Badezimmer, zwar klein, aber dafür tatsächlich mit einem goldenen Wasserhahn.

Trish, die aus einiger Entfernung laut seinen Namen rief, hielt ihn davon ab, sich weiter umzusehen. Er sprintete zurück auf den Flur und rannte dann zu dem Büro seines Vaters. Hier fand er nicht nur Trish, sondern auch Charles und Paul. Und Pearson, der am Schreibtisch seines Vaters vor einem Notebook saß, flankiert von seinen beiden Bodyguards. Bei dem Anblick macht sich wieder Wut in Ash breit, und diesmal riss er sich nicht zusammen. »Hatte ich mich nicht klar genug ausgedrückt? Ich wollte Sie in Ihrem Büro sehen. Hier haben Sie nichts zu suchen.«

Pearson sah nicht einmal vom Notebook auf. Charles kniff die Augen zusammen und eilte auf den Schreibtisch zu, drehte den Computer einfach zu sich um, seine Finger flogen über die Tastatur.

»Hey, was erlauben Sie sich?«, empörte sich Pearson.

»Verdammter Mist«, fluchte Charles, »der Kerl hat sich mit dem Account deines Vaters eingeloggt und löscht gerade große Datenmengen.«

Einer seiner Bodyguards machte Anstalten, Charles das Notebook zu entreißen. Ash blockte seinen Arm ab und stieß ihn beiseite. »Finger weg, das gilt sonst als Angriff auf einen Bundesagenten. Sie haben uns eben keine Möglichkeit gegeben, uns vollständig vorzustellen. Agent Snyder ist ebenso wie

Mr Wilson, mein Anwalt, auf meinen ausdrücklichen Wunsch hier.«

Pearson wurde schlagartig blass, fing sich aber sofort wieder. »Der blufft.«

Charles hämmerte kurzfristig mit nur einer Hand auf die Tastatur ein, zog mit der anderen Hand ein Lederetui aus seiner Hosentasche und klappte es auf. »Er blufft nicht. FBI. Lassen Sie mich hier meinen Job erledigen, oder sie bekommen ein Problem.«

Der Bodyguard wechselte einen Blick mit seinem Kumpel, in dem pures Entsetzen über die Entwicklung lag, dann sahen die beiden ihren Auftraggeber an. »Sorry, Mann, aber das war's für uns. Mit den Feds legen wir uns nicht an. Das ist was anderes, als einem Grünschnabel eine Lektion zu erteilen.«

Ash schnappte nach Luft. Die unverblümte Aussage verblüffte ihn ebenso wie die altmodische Bezeichnung ›Grünschnabel‹, mit der vermutlich er gemeint war.

»Paul, nimm doch bitte mal die Personalien der Herren auf«, bat Charles, ohne seine Tätigkeit zu unterbrechen.

Paul nickte knapp. »Meine Herren, folgen Sie mir bitte nach draußen. Ihre Dienste werden hier nicht mehr benötigt, allerdings hätte ich noch ein, zwei Fragen. Ich garantiere Ihnen, dass Ihnen bei vollständiger Aussage keinerlei Ärger droht.«

Ash musste sich ein Grinsen verkneifen, als sein Freund in den Anwaltsmodus umschaltete. Sie verließen das Büro, und Ash schob sich unauffällig dichter an Trish heran. Wenn er sich nicht sehr täuschte, war sie kurz davor, zu explodieren. Beruhigend berührte er sie am Arm, ehe er sich Pearson zuwandte. »Dann zu uns beiden, Pearson.« Mit Höflichkeiten würde er sich nicht länger aufhalten. »Sie haben ab sofort Hausverbot. Sämtliche Firmenschlüssel lassen Sie hier, das gilt auch für die Fahrzeugschlüssel. Und dann verlassen Sie das Gelände.« Ash beugte sich vor und stützte beide Hände auf den Schreibtisch. »Sofort!«

»Das können Sie nicht machen, und meinen Wagen bekommen Sie schon gar nicht.« Die Selbstsicherheit seines Gegenübers bekam deutliche Risse, seine Stimme klang unsicher.

»Ich kann, und ich werde«, erklärte Ash. »Und bei dem Mercedes handelt es sich um einen Dienstwagen. Der bleibt hier. Nichols wird Ihnen gern ein Taxi rufen. Sie können davon ausgehen, dass mein Anwalt noch Kontakt mit Ihnen aufnehmen wird, wenn wir uns einen Überblick verschafft haben, in welcher Form und in welchem Umfang Sie der Firma geschadet haben.«

Charles sah kurz auf. »Und ich empfehle Ihnen, den Staat nicht zu verlassen. Buchhaltungsdaten einer Firma zu löschen ist in vielerlei Hinsicht strafbar. Meine Kollegen von der Steuerbehörde werden wohl auch noch einige Fragen an Sie haben.«

Pearson erhob sich schwerfällig und warf einige Schlüssel auf den Schreibtisch. Ohne sie eines weiteren Blickes zu würdigen, ging er zur Tür. Dort drehte er sich um und betrachtete Ash herablassend. »Sie mögen glauben, dass Sie heute etwas erreicht haben.« Er schnaubte verächtlich. »Irrtum. Sie haben soeben die Firma erfolgreich in den Abgrund gesteuert. Herzlichen Glückwunsch zu dieser Glanztat. Verlassen Sie sich darauf, dass die Pleite dieses Unternehmens auch Ihr ganz persönlicher Untergang sein wird.« Damit ging er.

Als von Pearson nichts mehr zu sehen war, atmete Ash auf. Die hasserfüllten Worte ließen ihn nicht kalt. Er hatte plötzlich das Gefühl, einer gigantischen Bedrohung gegenüberzustehen, deren Ausmaß er nicht abschätzen konnte. Entschieden rief er sich zur Ordnung. Pearson war vermutlich nur stinksauer, dass er nicht mehr schalten und walten konnte, wie es ihm gerade passte. Außerdem befürchtete er offenbar wirklich, dass sie auf illegale Machenschaften stießen. Sonst ergäbe dieser Löschversuch ebenso wenig einen Sinn wie die Beschäftigung der Bodyguards, die Ash hatten einschüchtern sollen.

Charles war offenkundig fertig. Er sah kopfschüttelnd auf das Notebook. »Schwein gehabt. Wäre das Programm durchgelaufen, hätte es Tage oder vielleicht sogar Wochen gedauert, die Dateien wiederherzustellen. So konnte ich rechtzeitig verhindern, dass die gelöschten Daten überschrieben wurden, und sie wiederherstellen.« Die Erleichterung war ihm deutlich anzusehen, und er strich leicht über die Tastatur. »Es lässt tief blicken, dass Pearson so eine Löschaktion vorbereitet hat. Aber es gibt auch eine gute Nachricht: Er hat sich mit den Login-Daten deines Vaters angemeldet, und soweit ich das überblicke, hat er damit umfangreiche Administratorenrechte. Es wäre nett, wenn du etwas zu trinken auftreiben könntest, während ich mir das ansehe. Mit etwas Glück haben wir bald alle Berechtigungen, die wir brauchen, um uns den ganzen Mist anzusehen.«

Zu Ashs Erleichterung bot Trish sofort an, sich um Kaffee und Wasser zu kümmern. Er selbst hätte nicht gewusst, wo er die Sachen herbekommen sollte. Damit war er jedoch auch der Einzige, der keine konkrete Aufgabe hatte. Paul unterhielt sich im Vorzimmer noch mit den Bodyguards, da würde er nur stören. Trish war unterwegs, um Getränke zu besorgen, und Charles tippte auf dem Notebook herum. Er hatte sich nicht einmal hinter den Schreibtisch gesetzt, sondern sich lediglich einen Stuhl herangezogen.

Schließlich sah Ash sich im Büro um, durchstreifte es langsam. Als Kind hatte er es als furchteinflößend empfunden, heute war es einfach nur ein recht altmodisch eingerichtetes Arbeitszimmer. Die dunklen Möbel waren zwar schon einige

Jahre oder eher Jahrzehnte alt, aber immer noch top gepflegt und makellos. Kein Kratzer verunstaltete die Oberfläche des Mahagonitisches. Als er klein gewesen war, hatte die neue Sekretärin seines Vaters ihn einmal dort sitzen und malen lassen. Das hatte sie nur einmal getan, die Reaktion seines Vaters stand ihm heute noch vor Augen. Da Ash sowieso immer alles zerstören würde und keinerlei Rücksicht nahm, hatte sein Vater getobt, habe er im Büro nichts zu suchen.

Plötzlich glaubte er die Stimme seines Vaters zu hören, der ihm wie immer das Gefühl gab, nichts richtig machen zu können. Er hatte ihm eigentlich nie etwas zugetraut. Sein Glückwunsch zum Abschluss der Highschool hatte in einem Händedruck und dem verwunderten Kommentar bestanden, wie sehr es ihn erstaune, dass Ash die Schule tatsächlich beendet hatte. Mit Beginn seiner Collegezeit hatte Ash seinen eigenen Weg gesucht und gefunden. Sein Vater hatte sich nicht einmal erkundigt, was er eigentlich beruflich tat, es auch nur mit einem Nicken quittiert, als Ash darum bat, die monatlichen Überweisungen einzustellen, da er sich selbst versorgen konnte – lange vor Abschluss seines Studiums. Er war ihm schlicht und einfach egal gewesen, und es grenzte an ein Wunder, dass Ash genug Selbstvertrauen entwickelt hatte, um beruflich erfolgreich zu werden. Vielleicht war das aber auch dem Rückhalt durch seine Freunde zu verdanken. Paul hatte es mit seiner launischen Mutter und den ständigen Streitereien seiner Eltern auch nicht leicht gehabt. Nur die Ehe von Ricks Eltern war glücklich gewesen. Obwohl Ricks Elternhaus am kleinsten gewesen war, hatten sie dort am meisten Zeit verbracht, einfach weil die Stimmung am angenehmsten gewesen war. Dort hatten sie sich wohlgefühlt, auch wenn die Kekse vom billigen Discounter kamen und keine exquisiten Backwerke waren wie bei Pauls Mutter.

Ash stand vor dem Wandregal, in dem neben einigen Büchern auch ein paar Gegenstände standen, die er nicht kannte, die für seinen Vater aber wohl eine Bedeutung gehabt hatten. Immer noch kämpfte er gegen das Gefühl an, nicht gut genug zu sein, um die Firma zu retten. Verdammt, er war kein kleines Kind mehr, sondern über dreißig, erfolgreich und wohlhabend. Nachdenklich nahm er einen Stein aus dem Regal und strich über die glänzende Oberfläche. Wieso hatte sein Vater den aufbewahrt? Und dann noch an einem so exponierten Ort? Der antike Dolch, die schwarze Schale mit den goldenen Verzierungen oder der Aschenbecher aus Marmor passten zu der konservativen Einrichtung, aber dieser Stein war ein Fremdkörper.

»Dein Vater stand oft am Fenster und hatte dabei diesen Stein in der Hand. Als ich ihn einmal gefragt habe, was er ihm bedeutet, hat er unendlich traurig ausgesehen. Er sprach von Fehlern, die man nie wiedergutmachen könne und die einen das ganze Leben verfolgen.«

Langsam drehte sich Ash zu Trish um, die ein Tablett mit Gläsern, Bechern, einer Thermokanne, einer Wasserflasche und einem Teller mit Keksen in den Händen hielt. Er legte den Stein zurück, nahm ihr die Last ab und stellte das Tablett auf dem Schreibtisch ab. »Danke für die Erklärung, auch wenn ich sie nicht verstehe. Ich würde nicht ständig an einen Fehler erinnert werden wollen.«

»Hast du denn eine Ahnung, worum es überhaupt ging?«

Ash verzog den Mund, er ahnte, woran Trish dachte. »Jedenfalls ging es ihm nicht um sein Verhältnis zu mir. Ich habe unzählige Versuche unternommen, mit ihm zu reden oder ihn zumindest zu verstehen.«

Trish griff an ihm vorbei und füllte die Kaffeebecher. »Ich begreife einfach nicht, was das Problem zwischen euch war. Mir erschien er immer wie ein sehr angenehmer älterer Herr.

Ich mochte seinen Humor und seine etwas altmodische Art. Geistig war er auch noch völlig fit, er hat zwar viel an Pearson delegiert, aber auch einige seiner Entscheidungen kritisch hinterfragt, also die Zügel nicht völlig aus der Hand gegeben.« Sie zog ihre Unterlippe zwischen die Zähne. »Aber insgesamt wohl doch zu sehr. Viel zu sehr.«

Tief durchatmend nahm Ash einen Becher und trank einen Schluck des noch viel zu heißen Kaffees, aber der Schmerz an seinen Lippen war besser als das Stechen in seiner Magengegend. Man hörte also tatsächlich nie auf, sich nach der Liebe seiner Eltern zu sehnen. »Du glaubst gar nicht, wie oft ich das schon gehört habe. Mein Vater wäre ja ein so netter Typ. Dann war es wohl meine Schuld, dass er mit mir nichts anfangen konnte.«

Kaum hatte er die Worte ausgesprochen, wünschte er sich, er könne sie zurücknehmen. Das hatte viel zu bitter geklungen. Unerwartet wurde ihm eine Hand auf die Schulter gelegt: Paul war endlich mit den Bodyguards fertig, oder der Kaffee hatte ihn hergelockt. Die braunen Augen seines Freundes blitzten vor Ärger. »Vergiss es, Ash. Dein Vater konnte vielleicht im beruflichen Umfeld seine Umwelt täuschen, aber Rick, Sabrina und ich haben schon als Kinder bemerkt, was für ein Totalausfall der angeblich so tolle Herr als Vater war. Lass dir nichts anderes einreden. Was immer da auch zwischen euch gestanden hat, es war nicht deine Schuld!«

Paul wurde nur selten laut, aber die letzten Worte brüllte er fast. Charles hatte sich bisher auf das Notebook konzentriert, nun notierte er ein paar Wörter auf einem Zettel und sah Ash dann eindringlich an. »Ich kenne dich noch nicht besonders lange und bin daher vielleicht etwas objektiver als deine Freunde aus der Kindheit. Aber das, was ich gesehen und gehört habe, reicht mir. Sie haben recht, und wenn du wirklich vorhast, die Firma zu retten, dann hast du keine Zeit, dich mit Selbstzweifeln aufzuhalten.«

Abwehrend hob Ash die Hände. »Es reicht. Die Botschaft ist angekommen. Ich brauche drei Dinge: Einen Überblick über die finanziellen Verhältnisse, und zwar die komplette Variante, nicht nur den Ausschnitt, den Trish bisher kannte. Übernimmst du das, Trish?« Er wartete ihr Nicken ab. »Gut, nächster Punkt: Ich habe keine Ahnung, wie man eine Beerdigung organisiert, aber irgendetwas muss da ja geschehen. Außerdem muss offiziell kommuniziert werden, dass die Firma weitermacht.«

Paul hob eine Hand, als ob er in der Schule wäre. »Der Anwalt deines Vaters hat erwähnt, dass es da Wünsche oder Anweisungen gibt. Ich rede mit ihm. Und was den anderen Punkt angeht, das könnte vielleicht Sabrina übernehmen.«

»An Sabrina dachte ich auch, und es wäre wirklich eine große Hilfe, wenn der Anwalt da nähere Informationen hat.«

Fragend sahen ihn die drei an und warteten auf den letzten Punkt. Ash räusperte sich, denn seine nächsten Worte würden zweien von ihnen nicht gefallen. »Ihr seid ja erst einmal beschäftigt. Vielen Dank. Ich möchte dann noch kurz mit Charles reden.« Er betonte nicht extra, dass er dieses Gespräch unter vier Augen führen wollte, aber Trish und Paul verstanden ihn auch so. Paul wirkte amüsiert, weil er sich garantiert denken konnte, dass es ihm darum ging, Trish nicht weiter zu beunruhigen.

Charles signalisierte seine Zustimmung und sah dann Trish an. »Von deinem Rechner im Büro aus müsstest du nun unbegrenzten Zugriff auf sämtliche Daten haben. Als Nächstes richte ich dir noch einen Zugang ein, damit du und Ash auch von euren privaten Notebooks aus auf Mails und Buchhaltungsdaten zugreifen könnt. Dafür brauche ich aber noch etwas Zeit.«

Paul trank seinen Kaffee aus. »Ich mache mich dann mal an die Arbeit. Sabrina ist mit Joey bei Inga. Treffen wir uns mittags dort? Ich besorge was zu essen.«

»Gute Idee«, stimmt Ash sofort zu.

Trish sah zwischen Ash und Charles hin und her. Schließlich seufzte sie. »Na gut, wenn ihr unbedingt allein bleiben wollt, stelle ich mal alles zusammen, was ich finde, und fahre dann auch zu Inga.«

Ash wartete, bis sie beide gegangen waren, und hockte sich auf die Schreibtischkante. Er hatte etliche Fragen an Charles, aber sein Freund grinste ihn nur an. »Ich kann mir vorstellen, was du wissen willst. Aber zunächst bin ich dran. Das war eben verdammt professionell, wie du den Griff von dem Möchtegern-Bodyguard abgeblockt hast. Das lernt man nicht bei einer Kneipenschlägerei.«

»Stimmt, aber bei einem guten Wing-Tsun-Lehrer.«

Obwohl Charles ihn scheinbar weiter freundlich ansah, entging Ash nicht, dass der Blick des FBI-Agenten schärfer geworden war. »Verrätst du mir, was du in Hollywood eigentlich genau gemacht hast? Es kursieren einige nette Gerüchte im Ort, die sogar ich mitbekommen habe.«

»Lass mich raten: Da ging es um Fotos, auf denen ich gemeinsam mit bekannten Sängerinnen oder Schauspielerinnen abgebildet bin.«

»Richtig.«

Bisher hatte niemand von seinen Freunden Ash direkt gefragt, womit er sein Geld verdiente oder was hinter den Fotos in der Klatschpresse steckte – er hatte sich stets so vage ausgedrückt, dass sie begriffen hatten, dass er nicht darüber reden wollte. Ausgerechnet Charles, den er erst so kurz kannte, machte Schluss mit der Rücksichtnahme. Er schätzte den FBI-Agenten zu sehr, um ihn abzuwimmeln, aber dies war der falsche Zeitpunkt für ein offenes Gespräch, und außerdem fühlte er sich im Büro seines Vaters zunehmend unwohl.

»Lass uns das nachher bereden. Es wäre mir lieber, ich muss das nur einmal erklären, und vermutlich wird es Rick und Paul auch interessieren.«

»Das hört sich gut an. Wobei für mich eigentlich nur wichtig ist, ob und wie gut du auf dich aufpassen kannst. Der Rest ist Neugier.« Das offene Eingeständnis war typisch für Charles, der nun schon wieder grinste. »Andererseits weiß ich ja schon durch Joeys Entführung, dass du im entscheidenden Moment die Nerven behältst. Und das ist gut so, denn mein Gefühl sagt mir, dass es hier um wesentlich mehr geht als nur um ein paar einfache Unterschlagungen. Wenn es dir recht ist, nehme ich das Notebook mit und versuche, bis heute Mittag schon mal ein paar erste Hinweise oder Antworten auszugraben.«

»Klar, gern. Ich muss hier nur noch ein paar Dinge arrangieren und komme dann auch zu … warte, was hatten wir gesagt?« Ash hatte die Details der Verabredung kurzfristig vergessen. »Wir treffen uns bei Inga und essen dort, oder?«

»Ja, das war der Plan.« Charles grinste ihn boshaft an. »Gedächtnislücken? Das wird Rick interessieren. Da fällt die Beurteilung deiner Kopfverletzung doch gleich ganz anders aus.«

9

Ash parkte seinen Porsche vor Ingas Pension. Scout und Shadow kamen aus dem Garten heraus auf ihn zugelaufen. Er kraulte beide Hunde einen Augenblick.

»Ihr könnt euch aussuchen, ob ihr mitkommt oder zurück in den Garten lauft. Ich wollte noch einen kurzen Abstecher an den Strand machen.«

Scout kläffte einmal und schüttelte sich dann. Ash hatte keine Ahnung, was das bedeuten sollte, und ging über die Straße Richtung Strand. Die Hunde folgten ihm.

»Okay, ich habe verstanden, schütteln und kläffen heißt *Ja*.«

Scouts Schwanz schlug einen schnellen Rhythmus. Der Anblick vertrieb Ashs nachdenkliche, beinahe gereizte Stimmung. Anscheinend hatten Hunde tatsächlich eine positive Auswirkung auf die Verfassung eines Menschen. Vielleicht lag es daran, dass die Vierbeiner in den einseitigen Gesprächen niemals widersprachen.

Rechts lag der lange Sandstrand, an dem es nur wenige Felsen gab, aber links waren die Klippen, die eine natürliche Begrenzung der Bucht bildeten, schon recht nahe. Davor gab es jedoch noch einen Abschnitt mit unterschiedlich großen Felsen. Das war sein Ziel. Wellen, ein bequemer Sitzplatz und ein paar Minuten in Ruhe nachdenken, dann war er bereit, mit seinen Freunden zu essen und vor allem ihre Fragen zu beantworten. Der Vormittag war an ihm vorbeigerast, unzählige Informationen waren auf ihn eingeprasselt, und gefühlt hatte er im Sekundentakt wichtige Entscheidungen getroffen. Vermutlich wäre es vernünftiger gewesen, erst mit Trish zu reden, ehe er Dinge beschloss, die auch auf sie Auswirkungen hatten. Aber so weit hatte er in dem Moment nicht gedacht, sondern einfach gehandelt. Er war es eindeutig nicht gewohnt, im Team zu arbeiten. Das war einer der Punkte, an denen er arbeiten musste.

Ein großer grau gesprenkelter Stein, der im strahlenden Sonnenlicht an einigen Stellen glitzerte, lockte ihn an. Der würde eine perfekte Rückenlehne abgeben. Der Sand davor war trocken, die Wellen ausreichend weit entfernt. Ash setzte sich und genoss die Wärme, während die Hunde durch das flache Wasser jagten und die Wellen anbellten.

Müde rieb er sich über die Augen. Vermutlich sollte er vorerst zufrieden sein und sich ein bisschen entspannen, immerhin hatten sie für heute schon viel erreicht, aber er kam nicht zur Ruhe. Zu viele ungeklärte Fragen wirbelten in seinem Kopf durcheinander. Wieso stand das vor einiger Zeit noch gesunde Unternehmen jetzt so dicht am Abgrund? Wer steckte hinter den Angriffen auf ihn? Und vor allem: Wollte er sich wirklich um die Firma kümmern? Die Frage war eigentlich überflüssig, da er genau das schon tat. Dennoch stand er nicht mit ganzem Herzen hinter der Entscheidung, sondern handelte eher aus Pflichtgefühl gegenüber den Mitarbeitern. Und dennoch … irgendetwas an den Gesprächen mit Nichols, Rudy und vor allem mit Trish zog ihn mehr und mehr in den Bann. Sein Ehrgeiz war erwacht. Weil er es seinem Vater zeigen wollte? Das wäre Unsinn, schließlich war der tot und würde niemals davon erfahren, dass sein Sohn die Leitung des Unternehmens übernommen hatte. Ging es darum, sich selbst zu beweisen, dass er es konnte?

Verdammt, sein Leben war höllisch kompliziert geworden. Unerwünscht tauchte ein weiterer Gedanke auf: Trish. Bisher war sie nur eine Freundin der Lebensgefährtin eines Freundes gewesen, etwas nervig, aber durchaus mit einem gewissen vorlauten Charme. Nun ging sie ihm nicht mehr aus dem Kopf. Aber dafür hatte er keine Zeit. Aus gutem Grund hatte er sich bisher immer auf oberflächliche Beziehungen beschränkt – ohne gegenseitige Ansprüche. Wenn er sein Leben in eine neue Richtung bringen wollte, dann würde er das allein tun. Ohne Frau. Sonst käme als Nächstes womöglich noch der Wunsch nach einer Familie. Der Gedanke an eine Frau und ein Kind war so abstrus, dass er unwillkürlich auflachte. Er würde es zwar nicht für alle Zeit ausschließen, aber mindestens für die nächsten fünf bis zehn Jahre hatte er andere Pläne. Er wusste zwar nicht, wie die aussahen, aber ganz sicher waren sie nicht mit einem geregelten Familienleben kompatibel.

Ein lauter Pfiff riss ihn aus seinen Gedanken. »Kommt her, ihr Ausreißer!«, hallte Pauls lauter Ruf über den Strand.

Scout und Shadow beendeten ihr wildes Spiel und trotteten mit hängenden Köpfen davon. Seufzend richtete Ash sich auf. Er konnte ja kaum zulassen, dass die Hunde für etwas Ärger bekamen, was sie nicht zu verantworten hatten. »Sie sind mit mir hier.«

Überrascht kam Paul auf ihn zu und lächelte dann. »Mensch, hätte ich mir ja denken können. Schließlich steht dein Porsche vor Ingas Tür.«

»Genau, also lass die Fellbündel leben.«

Ash warf ein Stück Treibholz ins Wasser. Die Hunde hatten den drohenden Ärger bereits wieder vergessen und jagten dem neuen Spielzeug hinterher.

»Wie geht es dir?«, erkundigte sich Paul besorgt.

Ash zuckte mit den Schultern. »Ich weiß es nicht. Etwa so, als ob ich mitten in einen Hurrikan geraten wäre. Ich habe keine Ahnung, wohin der Wind mich wehen wird.«

Paul lächelte flüchtig. »Wie poetisch. Aber ich kann mir ungefähr vorstellen, was du meinst. Nur vergiss nicht, dass du nicht allein bist. Du hast uns.«

Ash wich seinem Blick aus und sah zu den Hunden hinüber. Scout war einen Sekundenbruchteil schneller als sein Bruder und kam mit dem Stück Holz im Maul auf ihn zugelaufen. Bereitwillig warf Ash das Treibgut noch einmal in die Wellen. Erst dann war er so weit, dass er seinem Freund ehrlich antworten konnte. »Ich weiß, dass ihr da seid, um mir zu helfen, und dafür bin ich auch dankbar. Wirklich. Ich bin es nur dummerweise gewohnt, allein zu arbeiten. Vorhin, als es darum ging, konkrete Aufgaben zu verteilen, war es leicht. Charles ist der Experte für alle IT-Fragen, du für rechtliche Angelegenheiten. Aber ansonsten … ich weiß ja selbst nicht genau, was ich tun soll. Da habe ich noch viel weniger einen Plan, wie ihr mir helfen könntet.«

»Das wird sich dann schon zeigen. Zunächst ist nur wichtig, dass du weißt, dass wir jederzeit für dich da sind.« Paul zögerte und schien mit sich zu kämpfen. »Du solltest das auch nutzen. Damit meine ich, dass du mit uns reden musst. Wir können dir nicht helfen, wenn du alles mit dir selbst ausmachst.«

Ash schmunzelte. Diesen lehrerhaften Ton hatte Paul schon als Kind gern angeschlagen. Auch damals war es häufig genug darum gegangen, dass Ash nicht offen über seine Probleme gesprochen hatte. Aber was hätten seine Freunde schon tun sollen? Einen neuen Vater hätten sie ihm nicht besorgen können, und ihr Mitleid hatte er nicht gewollt. Dennoch hatte Paul zielsicher eines seiner Hauptprobleme im Umgang mit anderen Menschen erkannt.

»Ich bemühe mich«, versprach Ash und grinste etwas schief. »Du hast da zielsicher einen Schwachpunkt gefunden. Mir ist zum Beispiel erst auf dem Weg hierher klar geworden, dass ich einige Entscheidungen getroffen habe, die ich besser vorher mit Trish besprochen hätte. Es klingt nach einer billigen Ausrede, aber ich muss wirklich erst noch lernen, wie sich ein Teamplayer benimmt.«

Mit dem Stock im Maul kam Shadow auf Paul zugerannt. Diesmal war der schwarze Hund schneller gewesen.

»Quälgeist«, begrüßte Paul ihn, kraulte ihn im Nacken und warf das Holz Richtung Meer. Ihm war anzuhören, dass er die Beschwerde nicht ernst meinte, aber als er sich wieder Ash zuwandte, war sein Blick ernst. »Selbsterkenntnis ist der erste Weg zur Besserung. Mach dir einfach erst einmal klar, dass du allein keine Chance hast. Den Mount Everest erklimmt man auch im Team. Rick und ich können dir bei einer ganzen Menge von Fragen helfen, aber was die Firma angeht, da wirst du auf Trishs Hilfe angewiesen sein. So wie ich sie einschätze, wird sie dir schon klarmachen, was sie davon hält, wenn du Entscheidungen über ihren Kopf hinweg triffst.«

Ash verzog den Mund. Auf einen von Trishs temperamentvollen Auftritten konnte er verzichten, aber er befürchtete, dass er bereits beim Mittagessen eine erste Dosis bekommen würde, und das leider verdientermaßen. Er hatte nicht einmal daran gedacht, ihr Bescheid zu sagen, dass er zu Inga fuhr. Besonders nett war das nicht gewesen.

Freundschaftlich legte Paul ihm einen Arm um die Schulter. »Du bekommst das schon hin. Weißt du noch, wie du die fällige Hausarbeit in Bio vergessen hast? Du hattest dir in den Kopf gesetzt hast, in zwei Tagen die komplette vierzigseitige Hausarbeit zu schreiben. Aber einen Tag später hast du dann eingesehen, dass du das allein nicht hinbekommst. Am Ende waren Rick und ich auch Experten für Ameisen und haben dir sämtliche Kopien gemacht und auch diese dämlichen Zeichnungen und Skizzen. Du hast dir dafür die beste Note in Biologie abgeholt, die du jemals bekommen hattest.«

»Stimmt, eine Eins plus, und ihr hattet zum Dank Bauchschmerzen von dem Rieseneisbecher, den ich euch bei Rosie spendiert habe.«

Paul lachte. »Das war es wert. Himmel, war das Leben damals einfach.«

Ash legte den Kopf etwas schief. »Nur dass wir das damals nicht wussten und deshalb gar nicht schätzen konnten, wie einfach unser idyllisches kleines Leben war.«

Pauls Blick schweifte zu den Klippen. »*Alles* war damals auch nicht einfach.«

Ash wusste sofort, woran sein Freund dachte. In unmittelbarer Nähe der Klippen war damals Iris umgebracht worden, die einige Klassen über ihnen gewesen war. Ihr Mörder war bis heute unbekannt, aber seitdem mieden die Einheimischen die Klippen, obwohl es dort im Sommer schattig war und die Brandung zum Toben einlud. Ein Gedanke kam ihm, den er nicht richtig zu fassen bekam. »Irgendwie komisch, dass man ihren Mörder niemals gefunden hat«, sagte er nachdenklich. »Hat man nicht am Ende gesagt, es wird wohl ein durchreisender Urlauber gewesen sein, also eine spontane Tat?«

Langsam nickte Paul. »Ja, aber das hat mich als Teenager schon nicht überzeugt und heute noch viel weniger. Die meisten Gewaltdelikte sind Beziehungstaten, und wenn ich mich richtig erinnere, hieß es doch damals, sie hätte einen festen Freund gehabt. Nur hat sich dann herausgestellt, dass niemand wusste, wer das war.«

Ash überlegte angestrengt. »Das war in der Tat seltsam, eigentlich weiß doch hier jeder alles über jeden.« Er seufzte. »Lassen wir die Vergangenheit ruhen, mir reicht im Moment die Gegenwart. Wenn wir da alles geklärt haben, können wir uns um den *Cold Case* von Heart Bay kümmern.«

Paul grinste bei der Anspielung auf eine Fernsehserie flüchtig. »Eigentlich passt die Bezeichnung. Soweit ich weiß, ist das die einzige Straftat von Bedeutung hier in Heart Bay, die nie geklärt wurde. Aber nun komm, ich habe Hunger und etliche Fragen.«

Falsch, dachte Ash. Bei *Joeys Entführung gab es auch noch offene Fragen.* Aber er sprach es nicht laut aus, sondern brummte nur etwas Zustimmendes. Ein Burger und ein kaltes Bier am Strand wären ihm zwar lieber gewesen als das Grillen bei Inga, aber man konnte nicht alles haben.

Er atmete auf, als die beiden Männer endlich gingen, und ließ seine Waffe sinken. Wenn die Frau nicht gewesen wäre, hätte er vermutlich abgedrückt, aber so war das Risiko einfach zu groß gewesen. Die zwei Männer hätte er erledigt, aber diese Nervensäge Trish Harvey stand zu ungünstig. Für eine Verfolgungsjagd über den Strand hätte es zu viele Zeugen gegeben. Der Wind hatte günstig gestanden, sodass die Hunde ihn nicht gewittert hatten, leider hatte er trotzdem nur wenige Gesprächsfetzen verstanden. Aber das wenige hatte ihm gereicht.

Das Verhalten der Frau warf einige Fragen auf. Wenn er die Situation richtig beurteilte, hatte sie zu den Männern gehen wollen, war dann aber in der Deckung einer Felsengruppe stehen geblieben und hatte das Gespräch ebenfalls belauscht. Als Paul und Ash aufbrachen, war sie schnell weiter zurückgewichen und sah den Männern nun sichtlich nachdenklich hinterher. Jetzt wäre es einfach, sie auszuschalten, aber dadurch würde er nichts gewinnen, sondern nur Aufmerksamkeit erregen, die er nicht gebrauchen konnte.

Mit Ash und Paul sah es schon anders aus. Seine Befürchtungen hatten sich bestätigt. Sie dachten noch an Iris, hatten sogar davon gesprochen, den Fall untersuchen zu wollen.

Selbst wenn die wenigen verständlichen Worte scherzhaft geklungen hatten, würde er das nicht riskieren. Die drei hatten mehr mitbekommen, als ihnen bewusst war. Wenn sie darüber sprachen und ihr Wissen kombinierten, hatte er ein Problem. So weit würde er es nicht kommen lassen. Er hatte inzwischen viel zu viel zu verlieren.

Trish wartete, bis Paul und Ash beinahe Ingas Pension erreicht hatten. Sie hatte nicht vorgehabt, die Männer zu belauschen, aber da es sich nun einmal so ergeben hatte, wollte sie nicht dabei ertappt werden. Besonders fair war ihr Verhalten nicht, aber erst hatte sie auf den geeigneten Augenblick gewartet, sich bemerkbar zu machen, und dann hatte ihre Neugier über ihr schlechtes Gewissen gesiegt.

Trotz der warmen Sonne war ihr plötzlich kalt. Das Meer war eigentlich wie immer, aber die Erinnerung daran, dass einige Meter entfernt ein junges Mädchen umgebracht worden war, gefiel ihr nicht. Außerdem hatte sie plötzlich das absurde Gefühl, beobachtet zu werden. Aufmerksam sah sie sich um. Möwen und Kormorane, aber kein brutaler Mörder, der nach über zwanzig Jahren plötzlich hinter den Felsen hervorkam. Sie musste über ihre Fantasie schmunzeln. Ihre Grandma würde ihr bestimmt eine Predigt halten und ihr erklären, ihr ungutes Gefühl sei eine Folge ihres schlechten Gewissens.

Statt wie die Männer am Meer entlangzugehen, stapfte Trish durch den tiefen Sand, bis sie die Straße erreicht hatte, und ging dann den Asphalt bis zur Pension entlang. Da die Männer durch die Hunde aufgehalten wurden, erreichte sie ihr Ziel schneller.

Sabrina erwartete sie bereits. »Hast du ihn gefunden und ihm die Meinung gesagt?«

Trish schüttelte den Kopf. »Er war so ins Gespräch mit Paul vertieft, dass ich ihn nicht stören wollte.«

Verdutzt sah Sabrina sie an, dann grinste sie schelmisch. »Und worüber haben die beiden sich unterhalten?«

Trish stritt gar nicht erst ab, dass sie aufmerksam zugehört hatte, sondern vergewisserte sich nur mit einem schnellen Blick über die Schulter, dass Ash und Paul noch außer Hörweite waren. »Darüber, dass Ash der geborene Einzelkämpfer ist und erst noch zum Teamplayer werden muss, und über den Mord an Iris damals.«

Sabrina pfiff leise durch die Zähne. »Das sind ja vielleicht Themen. Das mit dem Mord, daran denke ich auch manchmal, obwohl ich damals gar nicht hier war. Und was die Sache mit dem Teamplayer angeht, da kann ich nur zustimmen. Es ist typisch für Ash, dass er niemandem zur Last fallen will und deshalb lieber alles allein macht. Ich war schon erstaunt, dass er überhaupt Pauls und Charles' Hilfe akzeptiert hat. Wenn du mich fragst, hat er das nur getan, weil er von Buchhaltung, IT und Firmenrecht absolut keine Ahnung … oh, der Grill ist so weit. Wir essen im Garten.«

Sabrinas warnender Blick war überflüssig, Trish war auch so klar, dass der plötzliche Themenwechsel damit zusammenhing, dass die Männer sich näherten. Obwohl sie sich wegen ihrer Lauschaktion nicht besonders wohlfühlte, war sie immer noch über Ashs Verhalten verärgert. Ehe sie jedoch dazu kam, ihm die Meinung zu sagen, hatte er sie erreicht und berührte sie leicht am Arm.

»Entschuldige, dass ich einfach ohne dich gefahren bin. Ich war total in Gedanken, und mir ist erst hier klar geworden, dass das ziemlich daneben war.«

Das war schon mal ein Anfang, aber bei Weitem nicht genug. Trish verschränkte die Arme vor der Brust. »Und was ist mit dem Techniker, der in mein Büro gestürmt ist und begonnen hat, meinen Schreibtisch und meinen Computer abzubauen und in ein anderes Büro zu schleppen?«

Dass Ash den Kopf etwas einzog, gefiel ihr.

»Das hätte ich wohl auch mit dir absprechen müssen. Ich habe es für eine gute Idee gehalten, wenn wir direkt zusammenarbeiten, und die Aussicht auf den Wald aus deinem, also *unserem* neuen Büro ist wirklich fantastisch. Ich habe da vorhin sogar ein paar Rehe gesehen.«

Trish zielte mit dem Zeigefinger auf ihn. »Ich habe ja gar nichts dagegen, mit dir *zusammen*zuarbeiten. Aber ich bin mir nicht sicher, ob du weißt, was das Wort *zusammen* bedeutet!«

»Ich arbeite daran. Wirklich.«

Sie hätte noch einiges zu Ashs eigenmächtigem Handeln zu sagen gehabt, aber nun mischte sich Paul ein. »Hey, Einsicht ist der erste Weg zur Besserung.«

Trish schnaubte nur und funkelte den Anwalt an. »Sag deinem Mandanten, er ist auf Bewährung. Und das ist *nicht* gleichbedeutend mit einem Freispruch, im Gegenteil.«

Sie drehte sich auf dem Absatz um und stürmte in den Garten. Sabrina folgte ihr sofort. »Der Punkt geht eindeutig an dich, Trish«, flüsterte ihre Freundin ihr zu.

»Hoffentlich begreift er auch, was er falsch gemacht hat«, knurrte Trish.

»Er ist zwar ein Mann und damit von Natur aus manchmal ein Trottel, aber durchaus lernfähig«, gab Sabrina zurück, leider etwas zu laut, denn am Tisch saß bereits Charles mit seinem Notebook inmitten eines Chaos aus Geschirr, Brot und Salaten.

»Das habe ich gehört«, begrüßte der FBI-Agent sie.

Sabrina hob lediglich eine Augenbraue. »Auf dem Grill färbt sich die Wurst langsam schwarz. Und wolltest du dieses Chaos hier nicht eigentlich längst aufgeräumt haben, bevor wir essen?«

Charles schoss hoch. »Oh verdammt, ich habe völlig die Zeit vergessen, weil ich da eben auf was gestoßen bin. Wenn ich arbeite, bin ich … Das hat mir meine Frau, meine *Exfrau*, schon immer vorgeworfen. Entschuldigt bitte.«

Er wirkte so zerknirscht, dass Trish darauf verzichtete, in die gleiche Kerbe zu hauen. Stattdessen verteilte sie Teller und Besteck. »Wollte diese Victoria nicht ein paar Tage hier verbringen?«, erkundigte sie sich leise bei Sabrina, während Charles am Grill herumhantierte.

»Das hat sich etwas verschoben, aber ich glaube, morgen oder übermorgen ist es so weit. Dir ist es auch aufgefallen, oder?«

»Das ist nicht besonders schwer zu bemerken. Er liebt sie noch immer, und die Trennung tut ihm verdammt weh. Diese Tussi soll sich bloß warm anziehen. Er hat doch nun bewiesen, dass ihm seine Familie wichtiger ist als der Job. Sonst würde er kaum mit Steve fast die ganzen Ferien hier verbringen.«

Sabrina schmunzelte. »Willkommen im Verkupplungsclub von Heart Bay. Wir sehen sie uns genau an, und wenn sie gut genug für ihn ist, dann legen wir los.«

Trish nickte und seufzte dann. »Es muss an der Luft hier liegen. Dir ist schon klar, dass wir gerade Inga und Rosie Konkurrenz machen?«

»Das ist was anderes, das kannst du nicht vergleichen. Außerdem liegt es am Namen und nicht an der Luft. *Heart* Bay.«

»Oder an der Natur, die die Bucht wie ein Herz geformt hat.«

Sie sahen sich an und prusteten beide gleichzeitig los. Sichtlich irritiert kam Charles mit einem Teller voller Würstchen zu ihnen. »Habe ich was verpasst?«

Trishs Unschuldsmiene saß genauso makellos wie die ihrer Freundin. »Wir haben uns nur über die Natur unterhalten.«

Charles ungläubige Miene löste bei Sabrina den nächsten Heiterkeitsausbruch aus. Ehe er weiter nachfragen konnte, stürmten Joey und Steve heran, kläffend folgten ihnen die beiden Hunde, deutlich langsamer Ash und Paul. Nur von Rick war nichts zu sehen.

»Wo ist eigentlich Inga? Nicht dass sie allein in ihrer Küche isst, wenn wir ihren Garten übernehmen.«

Joey kaute zwar gerade an einem riesigen Stück Wurst, das hielt ihn aber nicht von einer Antwort ab. »Sie ist mit dieser alten Frau und ihrem verrückten Hund zu Rosie rüber, weil sie nicht wollte, dass ihr Gast allein essen muss.« Joey zog die Stirn kraus. »Also die Frau meine ich, nicht den Hund.«

»Mit vollem Mund spricht man nicht!«, ermahnte Sabrina ihn.

Trish dachte sich bei der Erklärung ihren Teil. Vermutlich hatte Inga dafür sorgen wollen, dass sie ungestört miteinander reden konnten – sobald die Jungs wieder am Strand herumtobten oder in Steves Zimmer mit ihren Tablet-PCs spielten.

Wie erwartet hielt die Geduld der beiden nur an, bis der größte Hunger gestillt war. Joey und Steve sprangen auf und baten darum, zum Strand gehen zu dürfen.

Als Paul zu einer Ermahnung ansetzte, unterbrachen die Kinder ihn im Chor: »Nur bis zu den Knien ins Wasser, weil die Brandung wieder zunimmt, und nur wenn ihr die Hunde mitnehmt.«

Sie stibitzten sich noch etwas Brot, dazu eine Wurst, und rannten davon. Amüsiert sah Paul ihnen nach. »Ich wüsste zu gern, ob die Wurst für die Jungs oder die Hunde gedacht ist.«

Charles schüttelte den Kopf. »Vermutlich teilen sie gerecht. Steve hat Shadow vorhin schon von seinem Wurstbrot abbeißen lassen. Ich gebe es auf, was dazu zu sagen, aber mich würde mal interessieren, wo der Besitzer des zweiten Hundes ist. Wir sollten auf Rick warten, ehe wir uns unserem Problem widmen.«

Unser Problem klang gut und richtig, aber Trish entging nicht, dass Ash bei der Formulierung leicht zusammenzuckte. Also gehörte *unser* bei ihm ebenso wie *zusammen* auf die schwarze Liste der Wörter, deren Sinn er nicht richtig begriff. Das waren ja großartige Aussichten.

Sabrina sah auf ihre Uhr. »Er müsste jeden Moment kommen, schon um sich nicht die letzte Wurst oder das letzte Steak entgehen zu lassen.«

Während Paul und Charles es abwechselnd übernommen hatten, Fleisch und Wurst zu grillen, hatten Sabrina und sie selbst lediglich Brot und Salate verteilt. Erst nachdem Trish ihre zweite Portion Weißkrautsalat verspeist hatte, kam ihr eine Frage in den Sinn. Fragend deutete sie mit ihrer Gabel auf die große Schüssel vor sich auf dem Tisch. »Hast du das alles in Rekordzeit gezaubert?«

Sabrina lächelte verschmitzt. »Dazu hätte ich gar keine Zeit gehabt, ich war viel zu sehr damit beschäftigt, die Zugriffe aufs Portal zu verfolgen.« Sie nahm sich ein Stück Brot, das köstlich nach Kräutern duftete. »Ich habe lediglich Inga gegenüber erwähnt, dass wir etwas mit dir und Ash besprechen müssen, und schon war das Essen gesichert.«

Trish hatte gerade von ihrem Brot abgebissen, nun verschluckte sie sich. Nach Luft ringend tastete sie nach ihrem Wasserglas, während ihr Ash sanft auf den Rücken klopfte. Er grinste sie frech an. »Dass dich unsere Damen mit ihren Verkupplungsversuchen immer noch aus der Fassung bringen.«

»Sei mir nicht böse, Ash«, krächzte Trish, »aber die Vorstellung von uns als Paar ist ebenso absonderlich wie …«

Jemand legte ihr unerwartet eine Hand auf die Schulter. »Wie die Vorstellung, dass sich unser Provinzanwalt eine Schönheit wie Sabrina angelt?«, erkundigte sich Rick anzüglich.

Mist, nun sahen Rick und Ash sie erwartungsvoll an. Ashs Augen funkelten herausfordernd, Rick hingegen schien wirklich gespannt auf die Antwort zu sein. Hilfe suchend wandte sie sich an Sabrina, die jedoch offensichtlich mit einem Lachen kämpfte und dann ihren Lebensgefährten zärtlich küsste. Da kam sie nicht so einfach raus. »Denkt doch, was ihr wollt«, sagte sie schließlich und merkte selbst, dass sie wie ein trotziges Kind klang. »Allein die Vorstellung ist lächerlich.« Sie zielte mit ihrem Stück Brot auf Ash. »Egal wie sehr die Damen uns mit Essen verwöhnen, aus uns wird ganz sicher kein Paar. Nur weil das einmal bei Paul und Sabrina geklappt hat, muss sich das ja wohl nicht wiederholen. Du bist eben einfach nicht mein Typ. Sorry.«

Schweigen breitete sich aus. Ashs Gesichtsausdruck konnte sie nicht interpretieren, aber die Farbe seiner Augen erinnerte mit einem Mal an den Himmel kurz vor einem Gewitter. Tiefgrau, fast schwarz. War er sauer oder amüsiert? So harsch hatte sie eigentlich nicht werden wollen – so deutlich vielleicht schon, aber nicht unbedingt so grob. Sie hätte die Botschaft wirklich geschickter verpacken können, sie hatte ihn schließlich nicht verletzen wollen.

Kaum merklich bogen sich Ashs Mundwinkel nach oben, sein Blick bekam etwas Laszives, das sie sofort fesselte. »Vorsicht, du kleine Raubkatze, sonst könnte ich das noch als Herausforderung verstehen.«

»Raubkatze?«, wiederholte sie perplex.

»Nun ja, du hast doch gerade deine Krallen ausgefahren und gefaucht wie eine Tigerin, der jemand auf den Schwanz getreten ist.«

»Ich habe doch nur … ach, vergiss es.« Sie lief knallrot an.

Rick ließ sich auf den freien Platz neben Paul fallen und schnappte sich die Wurst, die sein Freund sich gerade auf den Teller gelegt hatte. »Nur mal interessehalber – was wäre denn so dein Typ? Ash ja schon mal nicht, das war klar und deutlich zu verstehen.«

»Damit meinte ich ja nicht, dass Ash nicht gut aussieht oder nicht charmant wäre, sondern nur, dass das eben bei mir nicht wirkt«, erklärte sie. Okay, nun war sie sicher, dass Ash sich gerade auf die Lippen biss, um nicht laut loszulachen. Wann genau sollte eigentlich das große Erdbeben von Kalifornien bis Oregon stattfinden? Jetzt wäre der richtige Zeitpunkt.

Paul studierte plötzlich demonstrativ die Rillen im Holztisch, und Sabrina – bis eben noch ihre Freundin – kicherte wie ein kleines Mädchen. Lediglich Rick beschäftigte sich scheinbar ungerührt mit seinem Essen, blinzelte ihr aber zwischen zwei Bissen plötzlich zu. »Mädel, pass bloß auf – unser Sonnyboy ist noch nie einer Herausforderung ausgewichen.«

»Ich bin weder ein Mädel noch eine Herausforderung«, erwiderte sie steif. »Können wir jetzt bitte zum Thema kommen?«

Sabrina schüttelte den Kopf. »Nicht ehe du verraten hast, was denn nun dein Typ ist.«

Sie musste dringend mit Sabrina über die Definition des Wortes »Freundin« reden.

»Das würde mich auch interessieren«, hakte Ash ebenfalls nach, dann bewegte er fast lautlos die Lippen.

Misstrauisch beobachtete Trish ihn. Hatte er eben tatsächlich kaum hörbar noch ein »Raubkätzchen« nachgeschoben? Anscheinend waren ihre Freunde allesamt durchgedreht, aber da sich anscheinend alle gegen sie verbündet hatten, kam sie aus der Nummer wohl nicht mehr raus. »Na ja, so ein Mann

139

wie George Clooney oder …« Trish überlegte kurz. »Harrison Ford, also früher, als er noch Indiana Jones war oder mit dem Millennium Falcon umhergeflogen ist. Ihr seht also: Eine ganz andere Richtung als unser Bon-Jovi-Verschnitt hier.« Trish schlug erschrocken die Hand vor den Mund … das kam schon wieder völlig falsch rüber. Ash lachte nur leise, aber da war etwas in seinem Blick, das sie misstrauisch machte. Sie dachte lieber nicht darüber nach, ob er sich nun vielleicht doch herausgefordert fühlen könnte, und auf keinen Fall würde sie erwähnen, dass sie den Bon-Jovi-Look durchaus attraktiv fand. Diese zerzausten Haare und das jungenhafte Grinsen hatten ihre ganz eigene Anziehungskraft.

Sie räusperte sich entschieden. »Mir ist es aber neu, dass wir uns hier getroffen haben, um über meinen Männergeschmack zu diskutieren. Hatten wir nicht andere Themen? Ich könnte euch zum Beispiel einen kurzen Finanzstatus der Firma anbieten.«

10

Ein paar Minuten später wünschte sich Trish, sie hätte das Thema nicht gewechselt. Jedes Lachen war aus Ashs Gesicht verschwunden. Stattdessen hörte er scheinbar gelassen zu, während Paul schilderte, welche Vorkehrungen Ashs Vater für seine eigene Beerdigung mit seinem Anwalt getroffen hatte. Er ließ sich keine Gefühlsregung anmerken, sondern nickte nur knapp, als Paul zum Ende kam. »Wann genau ist mit dem Eintreffen von diesem Carl Weatherby zu rechnen?«

»Morgen oder übermorgen, er hat sich nicht festgelegt, nur der Termin für die Beisetzung der Urne auf hoher See steht fest.«

Trish knirschte vor Ärger über die Verfügungen von Ashs Vater mit den Zähnen. Wie konnte er so herzlos sein, auf jede Trauerzeremonie zu verzichten und lediglich die Anwesenheit seines Anwalts zuzulassen?

»Ich könnte ihn für so viel Rücksichtslosigkeit umbringen«, entfuhr es ihr.

Sabrina nickte so heftig, dass ihr Pferdeschwanz wild durch die Gegend flog. »Und ich würde dir sofort ein Alibi verschaffen. Ich hatte noch nie eine gute Meinung von dem alten Winterbloom, aber das hier … So was gehört sich einfach nicht. Unmöglich. Ein Jammer, dass ich ihm nicht mehr sagen kann, wie ich sein Verhalten finde!«

Damit hatte sich ihre Freundin bei nächster Gelegenheit doch wieder ein Gläschen von Grandmas Likör verdient, nachdem sie vorher schon fast auf der schwarzen Liste gelandet war.

Ash hörte sich ihre Schimpftiraden an und winkte scheinbar lässig ab, aber die Art, wie er sein Glas Wasser in einem Zug hinunterstürzte, verriet ihr einiges über seinen Gemütszustand. »Das wundert mich nicht wirklich«, begann er und räusperte sich kurz. »Regt euch nicht auf, sondern betrachtet es als ein Problem, das wir abhaken können.«

Auch Charles musterte Ash überraschend intensiv und lehnte sich schließlich mit gerunzelter Stirn zurück. »Was steht als nächster Punkt auf deiner Agenda? Der Bericht deiner Finanzexpertin oder eine erste Einschätzung deines Sicherheitsbeauftragten?«

Das lenkte Ash erfolgreich von dem Ärger über die Beerdigung seines Vaters ab. Er lächelte flüchtig. »Ich wusste gar nichts von deinem neuen Job, Charles.«

»Dann weißt du es ja jetzt. Also, wie geht's weiter … Boss?«

Ash rollte demonstrativ mit den Augen. »Fangen wir mit Trish an. Hat es mit dem Zugriff auf die vollständigen Daten geklappt? Und wenn ja, wie steht die Firma aktuell da?«

Trish holte tief Luft. »Charles' Basteleien waren anscheinend erfolgreich, ich komme überall ran, mir ist jedenfalls nichts aufgefallen, was fehlen könnte. Ich muss mir das aber noch sehr viel genauer ansehen. Erst einmal habe ich mich auf die liquiden Mittel und die kurzfristigen Verbindlichkeiten konzentriert, und da sieht es gar nicht so schlecht aus. Ich habe mal die nächsten beiden Monate prognostiziert, und die müssten wir auf jeden Fall überstehen, aber spätestens dann muss sich auf der Kostenseite einiges gravierend ändern, sonst war's das. Was ich mich aber auch gefragt habe … Entschuldige, das ist etwas pietätlos, aber das Haus deines Vaters ist ja recht wertvoll, und …« Trish zuckte mit der Schulter. »Ich glaube nicht, dass auf dem Haus eine Hypothek lastet. Das wäre zur Not vielleicht noch eine Möglichkeit, um sich etwas

Zeit zu verschaffen. Vermutlich käme man damit noch einen weiteren Monat über die Runden, wenn ich mir nur die Gehälter und die Energiekosten ansehe. Allerdings dauert es etwas, eine Hypothek aufzunehmen, wir müssten das so schnell wie möglich in Angriff nehmen, wenn du dich dafür entscheiden solltest.«

Ash nickte knapp. »Ist notiert. Charles?«

»Tja, ich hasse es, dich zu enttäuschen, aber ich brauche mehr Zeit. Erst mal zu den Fakten: Die beiden Helfer, die sich Pearson geholt hat, sind einschlägig vorbestraft, überwiegend wegen Körperverletzung, aber auch Erpressung und Diebstahl. Einer von ihnen war noch auf Bewährung draußen, deshalb war er so auffallend hilfsbereit. Sie haben sich gegenseitig darin überboten, mir zu versichern, dass sie mittlerweile auf legalem Weg ihr Geld verdienen wollen. Vielleicht stimmt es sogar. Immerhin haben sie sofort zugegeben, dass sie vor dir ein wenig Stärke demonstrieren sollten, um dich einzuschüchtern. Natürlich alles im Rahmen des Gesetzes.«

Ash lehnte sich zurück und rieb sich übers Kinn. »Das ist für mich ein weiteres Indiz dafür, dass Pearson ganz gewaltig Dreck am Stecken hat.«

»Ja, das sehe ich auch so«, stimmte Charles sofort zu. »Das Berechtigungskonzept deutet auch darauf hin. Es sollte eindeutig etwas vor Trish und ihren Kolleginnen versteckt werden. Dummerweise bin ich noch nicht dahintergekommen, was es sein könnte. Es sieht so verdammt normal aus, dass ich langsam sauer werde. Mein Bauchgefühl sagt mir, dass da was nicht stimmt, aber ich komme noch nicht drauf, was es ist.«

Ash winkte ab. »Setz dich nicht zu sehr unter Druck. Vielleicht stößt Trish auch noch auf etwas, wir haben den vollständigen Überblick ja erst seit ein paar Stunden. Seid nicht zu ungeduldig und erwartet nicht zu viel in der kurzen Zeit. Pearson und eventuelle Komplizen haben jahrelang Zeit gehabt, ihr ›Was-auch-immer‹ aufzuziehen.«

Charles grinste breit. »Hast ja recht, nur …« Er machte eine gekonnte Kunstpause, bis Ash fragend eine Augenbraue hob. »Nun klingst du echt wie ein Boss.«

»Nur an seiner Kleidung muss er noch arbeiten. Dieses verdreckte T-Shirt macht den ganzen Eindruck doch wieder kaputt«, stellte Paul fest.

Ash zeigte ihm einen Vogel, und allgemeines Gelächter brandete auf. Schließlich ergriff Sabrina das Wort: »Ich war natürlich auch nicht untätig und würde gern an drei Fronten aktiv werden. Erstens: Der Webauftritt der Firma ist eine Katastrophe. Wir reden hier über hochklassiges Porzellanzeug, das in elitären Kreisen angesagt und dennoch auch für die Mittelschicht erschwinglich ist. Das kommt in der Außenpräsentation überhaupt nicht rüber. Das ganze Design ist so altmodisch, dass es mich schüttelt. Damit würde ich morgen starten. Der nächste Punkt ist einfacher, damit habe ich schon begonnen – na ja, zumindest am Text bin ich dran, Fotos mache ich morgen. Wir stellen die Firma Winterbloom im Portal als eine Attraktion von Heart Bay dar. Der dritte und letzte Punkt ist der schwierigste: Wir müssen auch die Printmedien oder sogar einen regionalen Fernsehsender dazu bringen, über die tollen Produkte zu berichten. Bisher ist Winterbloom lediglich ein Geheimtipp und generiert Kunden ausschließlich über Mundpropaganda. Das ist auf Dauer zu wenig, denn niemand wechselt jedes Jahr sein Bad. Ich würde da ein wenig Input von dir brauchen, Ash. Hast du irgendwelche Hollywoodgrößen in deinem Bekanntenkreis, die ihre Badelemente von deinem Vater gekauft haben? Das wäre ein Aufhänger. Ansonsten habe ich mir überlegt, ob ich nicht mal ganz unverbindlich bei Robs Bruder anfragen kann, wie man solche Kontakte herstellt und nutzt.«

Ash blinzelte. »Du willst bei Dom DeGrasse, einem international bekannten Enthüllungsjournalisten, nachfragen, wie man richtig Zeitungswerbung macht?«

Ohne mit der Wimper zu zucken, erwiderte Sabrina den ungläubigen Blick. »Warum denn nicht? Er ist Robs Bruder. Rob ist ein guter Freund von Paul und kennt dich auch. Das nennt man *Networking*, Ash. Falls du es nicht begriffen hast: Du brauchst jede Hilfe, die du bekommen kannst, sonst geht bei Winterbloom das Licht aus.«

Im Gegensatz zu Ash sah Trish sofort, was sich hier für eine Chance bot. »Lass sie es doch versuchen. Im schlimmsten Fall holt sie sich eine Abfuhr, aber vielleicht hat er ein paar gute Tipps für uns. Zu verlieren haben wir doch nichts.«

Ash schüttelte den Kopf. »Macht doch, was ihr wollt.« Ein gequält wirkendes Lächeln milderte seine Worte.

»Das hatten wir sowieso vor«, murmelte Sabrina leise, aber nicht leise genug, denn natürlich hörten sowohl Paul als auch Ash ihren Kommentar und wechselten über ihren Kopf hinweg einen genervten Blick.

»Du solltest deine Freundin besser erziehen, Paul«, schlug Ash vor.

Gelassen nickte Paul. »Sicher, ich kümmere mich sofort darum, sobald du bei deiner Partnerin Erfolg hattest.«

Es dauerte einige Sekunden, bis Trish begriff, dass sie gemeint war. Empört schnappte sie nach Luft und setzte zu einer heftigen Erwiderung an. Da beugte sich Paul schon vor und sah sie betont unschuldig an. »Ich meinte natürlich nur im beruflichen Sinne. Du hast doch nicht an was anderes gedacht, Trish?«

»Du bist manchmal wirklich …« Lautes Gekläffe ließ sie mitten im Satz abbrechen.

»Mom, Pa? Kommt ihr mal nach vorn?«

»Das war Joey.« Paul wirkte einen Moment wie erstarrt. Dann stand er langsam auf. »Ich glaube, er hat mich gemeint.«

Sabrina stieß ihn liebevoll an. »Natürlich, wen denn sonst? Ich glaube, du solltest lieber mal nachsehen, was da los ist.«

In diesem Moment rief Joey wieder, lauter, drängender. Und auch Steve brüllte nach seinem Vater. Wie auf ein unsichtbares Startzeichen rannten alle los. Trish erreichte die Kinder sogar noch vor Paul, allerdings nicht weil sie so schnell war, sondern weil sie am günstigsten gesessen hatte.

Paul legte Joey einen Arm um die Schulter. »Was ist los, mein Junge?«

Joey starrte die Straße entlang. »Ich bin nicht sicher. Steve und ich hatten Durst und wollten uns was bei Inga aus der Küche holen. Als wir an Ashs Wagen vorbeigekommen sind, hat Scout wie blöd geknurrt und geschnüffelt. Shadow hat dann angefangen zu bellen. Wir dachten, das seht ihr euch lieber an.«

»Das hast du gut gemacht. Nicht nur dass ihr uns Bescheid gesagt habt, sondern auch dass ihr den Wagen nicht angefasst habt. Wieso guckst du so die Straße entlang?«

»Ich glaube, da war ein schwarzer Wagen, aber ich bin nicht ganz sicher. Ich habe zu lange auf Scout und Shadow und den Porsche geguckt.«

Steve nickte zerknirscht. »Ich auch. Das wäre Dad nie passiert.«

Charles zerzauste ihm die Haare. »Wäre es in deinem Alter und ohne meine Ausbildung doch. Dann sehen wir uns mal an, was die Hunde so wild macht. Kinder, ihr geht ein Stück weg vom Wagen. Rick, Paul, ruft eure Hunde zurück.«

Ash und Trish sahen sich an. Da Charles sie nicht direkt ansprach, blieben sie, wo sie waren. Trish bekam noch mit, dass Joey leise Paul fragte, ob es okay wäre, dass er ihn nun »Pa« nannte. Der Junge überlegte schon eine Weile, wie er Paul nennen sollte, da er seinen Vater »Dad« genannt hatte und nicht die gleiche Bezeichnung verwenden wollte. Sie verstand zwar nicht, was Paul antwortete, aber ihm war anzuhören, wie gerührt er war. Auch Sabrina wischte sich fahrig über die Augen. Kinder waren bestimmt etwas Schönes, aber in solchen gefühlvollen Momenten war Trish auf eigentümliche Weise froh, dass sie sich nur um ihre Grandma kümmern musste. Entschieden konzentrierte sich Trish auf Ashs Wagen. Sie konnte später darüber nachdenken, warum sie so empfindlich auf gefühlvolle Familienszenen reagierte.

Charles, der sich aufmerksam den Unterboden des Fahrzeugs angesehen hatte, sah auf. »Da ist nichts Auffälliges. Vielleicht im Wageninneren oder unter der Motorhaube.« Er schielte durchs Fenster.

»Er ist offen. In Heart Bay schließe ich eigentlich nie ab«, erklärte Ash und wollte den Türgriff anfassen.

»Stopp, das mache ich«, hielt ihn Charles zurück. Er studierte erst aufmerksam etwas im Wageninneren und zog dann wie in Zeitlupe am Griff. Trish hielt unwillkürlich den Atem an. Vor ihrem geistigen Auge explodierte der Wagen in einem gewaltigen Feuerball. Aber schließlich war die Tür offen, und es war nichts passiert.

»Komm mal mit Scout her«, bat Charles.

Der Schäferhund trottete langsam näher, blieb dann starr stehen und knurrte leise.

»Okay, er mag irgendwas nicht, was da drinnen ist. Hast du deine alten Sportschuhe auf dem Rücksitz vergessen?«, rief Rick ihnen aus sicherer Entfernung zu und erntete einen beleidigten Blick von Ash.

Charles rieb sich übers Kinn. »Ich finde keine Hinweise auf Sprengstoff oder etwas Ähnliches. Wir sollten uns dann einfach mal ansehen, ob wir etwas Ungewöhnliches finden.«

»Großartig«, knurrte Ash.

Da Trish am günstigsten stand, riss sie die Beifahrertür weit auf und kniete sich hin, um sich zunächst den Boden und den Platz unter den Sitzen vorzunehmen.

Als Erstes stieß sie auf einige Centmünzen, die sie Ash hinhielt. »Wie hoch ist der Finderlohn?«

»Behalte sie. Aber vielleicht lässt du das besser mich machen. Ich kann ja wohl kaum verlangen, dass du und Charles euch in meinem Wagen die Hände schmutzig macht.«

Trish verzog den Mund. »Klär das mit Charles, nicht mit mir. Sieh dir doch mal deine Riesenpranken an. Ich komme viel leichter überall ran als du.«

»Das ist doch …«, begann Ash empört, hob die Hände und ließ sie dann gegen seine Oberschenkel fallen. »Ach, mach doch, was du willst.«

»Hatte ich auch vor«, gab sie grinsend zurück und erntete wenigstens den Ansatz eines Lächelns, ehe sie mit ihrer Suche weitermachte. Unter dem Beifahrersitz ertastete sie einen Gegenstand aus Plastik, der sich weich anfühlte. »Hat jemand eine Taschenlampe? Da ist was, aber ich weiß nicht, was.« Ash hielt ihr sein Handy hin, bei dem die Taschenlampen-App eingeschaltet war. Trish legte den Kopf auf den Fußboden und dachte lieber nicht darüber nach, wie oft Ash den Innenraum wohl reinigte. Mithilfe von Ashs Handy konnte sie erkennen, was dort lag. Sie blinzelte, aber sie hatte richtig gesehen. Fassungslos fuhr sie mit dem Kopf hoch und prallte schmerzhaft gegen das Handschuhfach.

Gerade wollte sie Ash von ihrer Entdeckung erzählen, als sie bemerkte, dass seine Aufmerksamkeit nicht länger ihr galt: Er sah die Straße Richtung Heart Bay entlang. »Was will der denn hier, und dann noch mit eingeschaltetem Blaulicht?«, sagte er mehr zu sich selbst.

»Wer?«, fragte Trish. Und plötzlich ergab ihre Entdeckung einen Sinn, der ihr gar nicht gefiel.

Ash hörte ihr immer noch nicht zu. Dann eben anders. »Wer kommt da?«, brüllte sie ihn an. Selbst nachzusehen hätte viel zu lange gedauert.

Erschrocken zuckte Ash zusammen. »Der Sheriff. Was ist da wohl los, dass der mit Blaulicht …«

Trish antwortete nicht, sondern griff unter den Sitz. Etwas schrammte über ihren Handrücken, aber darauf konnte sie keine Rücksicht nehmen. Sie zerrte an dem Plastikbeutel und betete, dass er nicht riss. Er schien sich ein wenig verklemmt zu haben, aber dann löste er sich und rutschte ihr entgegen. Sie drehte sich auf die Seite und stopfte sich die Tüte in den Bund ihrer Jeans. Dann nahm sie rasch einen ihrer Ohrringe ab.

»Alle weg da von dem Wagen«, erklang die befehlsgewohnte Stimme von Winston, dem Sheriff.

Trish stand langsam auf und hielt Sabrina den Ohrring auf ihrer ausgestreckten Hand entgegen. »Hier ist er. Du hattest recht, ich habe ihn vorhin bei Ash im Wagen verloren, er war auf den Boden gefallen.« Sie tat, als würde sie Winston erst jetzt bemerken. »Huch, was ist denn hier los?«

»Das würde mich auch interessieren«, erklärte Paul. Scout sprang an Trish hoch und winselte leise.

»Hey, ich nehme mal deinen Hund etwas mit zur Seite«, bot sie an. »Dem wird ja offenbar langweilig.« Gelassen steckte sie sich den Ohrring wieder an und hoffte, dass der Sheriff nicht bemerkte, dass ihre Finger leicht zitterten.

Als nun auch Shadow wieder anfing zu kläffen, trat Rick zu ihr und hielt dabei seinen Hund fest am Halsband. »Ich schließ mich dir an. Was immer hier auch los ist, es macht die Hunde nervös.«

Freundschaftlich legte er ihr einen Arm um die Schultern,

149

und Trish war für die Berührung dankbar. Langsam schlenderten sie Richtung Strand. Scout benahm sich immer noch ungewöhnlich ungestüm, sprang an ihr hoch und umkreiste sie. Kaum waren sie außer Hörweite, gab Rick ihr unerwartet einen Kuss auf die Wange. »Das war ein perfekter Taschenspielertrick, Trish. Aber nun möchte ich wissen, was du da aus dem Wagen gezogen hast.«

Ihre Knie wurden schlagartig weich. »Ich weiß es nicht. Ein weißes Pulver. Als Krimifan tippe ich auf Drogen.«

»Ich auch. Und du glaubst keine Sekunde daran, dass das Zeug Ash gehören könnte?«

»Natürlich nicht«, fauchte sie ihn an. Schon in der nächsten Sekunde fragte sie sich, warum sie so sicher war, schließlich kannte sie ihn eigentlich gar nicht. Aber dann dachte sie an sein verwirrtes Gesicht, als sich der Sheriff mit Blaulicht genähert hatte, und war sicher, dass sie das Richtige getan hatte.

Lachend legte Rick ihr einen Arm um die Taille. »Ganz ruhig, ich doch auch nicht. Aber ich wollte wissen, was du denkst. Setz dich einen Augenblick hin. Wenn das Adrenalin verfliegt, spielt der Kreislauf gern mal verrückt.«

Als ehemaliger Soldat kannte er sich damit natürlich aus. Trish atmete tief durch und fühlte sich gleich deutlich besser. »Es geht schon wieder. Da wollte wohl jemand Ash was anhängen. Wenn der Sheriff den Mist bei ihm gefunden hätte, wäre sein Ruf als Geschäftsmann erledigt gewesen. Pearson! Da steckt bestimmt dieser Mistkerl dahinter.«

»Der Verdacht liegt nahe. Lass uns zu den Felsen da rübergehen. Ich möchte mir das Zeug mal ansehen, und wir müssen es loswerden, ehe Scout noch ganz durchdreht.«

Im Schutz einiger Felsen gab Trish ihm die Tüte. Rick zog ein Messer aus der Tasche seiner Shorts und schnitt eine kleine Kerbe in das Plastik. Anschließend roch er an dem Pulver und zog eine Grimasse. »Das riecht ziemlich intensiv nach Lösungsmitteln. Mir hat mal ein Armeepolizist erklärt, das sei typisch für gestrecktes Kokain. Könnte eine Erklärung sein, weshalb Scout fast durchdreht.«

Der Hund winselte leise und ließ Rick nicht aus den Augen. »Mist, es einfach ins Wasser zu schmeißen wäre wohl unverantwortlich. Wer weiß, was Scout dann tut.«

Trish sah auf die Brandung und gab Rick recht. Sollte der Dreck wieder an den Strand gespült werden, war er eine Gefahr für die Hunde. Immerhin schien es sich um mindestens ein Pfund Pulver zu handeln. Prüfend sah sie zurück zum Haus. »Paul und Winston diskutieren noch. Oder genauer gesagt, sie streiten sich.«

Rick fuhr sich durch die Haare. »Es wäre wohl zu einfach gewesen, wenn der Sheriff schon wieder weg wäre. Pass auf, ich habe eine Idee. Sieh mal, dahinten krachen die Wellen gegen die Felsen. Wenn wir da oben mit den Hunden stehen und das Zeug ins Wasser rieseln lassen, dürften hinterher nur ein paar Fische stoned sein.«

Trish nickte. Alles war besser, als die Tüte weiter mit sich herumzuschleppen. Der Felsen war kaum einen Meter hoch und durch die häufigen Überschwemmungen auf der Oberseite fast völlig eben.

Die Hunde sprangen das kleine Stück mühelos hoch und liefen neugierig bis an den Rand. Selbst Scout hatte für den Moment das Interesse an den Drogen verloren und bellte die Wellen unter ihnen an.

»Das ist der ideale Platz für ein Picknick«, stellte Trish fest.

»Aber nur wenn du ein paar Kissen mitnimmst. Der Stein ist höllisch hart.«

Trish grinste ihn frech an. »Du verweichlichst doch nicht etwa?«

Rick hob lediglich eine Augenbraue und setzte sich dann neben Scout an den Rand des Felsens. Er riss die Tüte auf und kippte den Inhalt ins Meer. Dann zerschnitt er mit seinem Messer die Tüte in kleine Fetzen und warf sie ebenfalls in die Wellen. Scout bellte einmal leise und sah von dem Felsen herab ins Meer. Sofort packte Rick den Hund am Halsband. »Komm gar nicht erst auf dumme Ideen, das Zeug ist nichts für dich. Aber du hast uns schön Bescheid gesagt, dass was nicht stimmt. Guter Hund.«

Scout bellte noch einmal leise, als wollte er Rick zustimmen. Trish atmete auf und kraulte den Hund im Nacken. »Das hast du wirklich gut gemacht. Ich mag mir gar nicht vorstellen, was sonst passiert wäre.«

Als sie zu Ingas Pension zurückkehrten, lieferten sich Paul und Winston immer noch ein Wortgefecht.

»Ich kann wirklich nicht fassen, dass du nur aufgrund eines anonymen Anrufers so eine Hektik verbreitest. Du hast dir Ashs Wagen doch angesehen und nichts gefunden! Nun lass es doch mal gut sein!«

Ash stand direkt neben Paul, deutlich blasser als bei ihrem gemeinsamen Mittagessen.

Trish brauchte einen Moment, bis sie verstand, warum sich Paul und der Sheriff, die eigentlich befreundet waren, wie zwei Kampfhähne gegenüberstanden: Der Sheriff nahm den Verdacht, dass Ash Drogen mit sich herumkutschierte, anscheinend ernst. Sie atmete tief durch und zwang sich zur Ruhe, obwohl sie am liebsten losgebrüllt hätte.

»Verstehe ich das richtig? Nur weil irgendein Idiot, der nicht mal seinen Namen genannt hat, behauptet hat, Ash hätte Drogen im Wagen, glaubst du das?«, fuhr sie Winston an.

Winston bedachte sie mit einem merkwürdigen Blick. »Ich

habe das Wort Drogen nicht gebraucht. Sehr interessant, dass du es verwendest. Wie genau kommst du darauf?«

So nicht, dachte Trish und spürte, dass sie kurz davor war, endgültig die Beherrschung zu verlieren. »Na, was denn bitte schön sonst? Ich bin doch nicht taub, ich habe sehr deutlich gehört, dass es um etwas geht, dass sich in Ashs Porsche befinden soll. Außer Drogen fällt mir nichts ein, aber meinetwegen kann es auch um nuklearen Sprengstoff oder russische Gewehre gehen. Fakt ist, dass ich nicht begreife, dass du ernsthaft glauben kannst, dass Ash mit so einem Dreck etwas zu tun haben könnte. Wie kommst du darauf? Weil er aus Hollywood kommt?«

»Nein. Weil es nicht das erste Mal wäre, dass ich ihn mit Drogen erwische«, konterte Winston gelassen.

Paul schnappte aufgebracht nach Luft. »Damals war er sechzehn Jahre alt! Damit fällt das unters Jugendrecht, das dürftest du überhaupt nicht mehr wissen, geschweige denn gegen ihn verwenden. Außerdem ging es damals um eine minimale Menge Marihuana, die eindeutig für den Eigenbedarf bestimmt war. Sollte es dir wirklich entgangen sein, dass der Besitz oder der Konsum von Hasch in Oregon mittlerweile legalisiert ist?«

»Nur innerhalb bestimmter Grenzen«, konterte Winston. »Und ich werde nicht zulassen, dass Drogen in meiner Stadt eine Rolle spielen. Und ich werde auch nicht zulassen, dass der wichtigste Arbeitgeber der Region durch die Launen eines Hollywoodcowboys in den Ruin getrieben wird.«

Pearson, dieser verdammte Bastard! Mit einem Satz brachte Trish sich zwischen Paul und Winston. »Das ist ja der größte Schwachsinn, den ich jemals von dir gehört habe! Ich gehe jede Wette ein, dass dieser schmierige Hund Pearson dich angerufen hat. Und *dem* glaubst du natürlich.« Trish schnaubte geringschätzig. »Das ist dann aber ein sehr dummer Fehler! Denn genau dieser Mann hat in den letzten Monaten die Firma heruntergewirtschaftet, und dank ihm steht sie jetzt kurz vor dem Ruin. Wirklich ganz großartig von dir, Sheriff. So etwas Blödes und Blindes habe ich von dir nicht erwartet. Seit Ash weiß, dass ihm die Firma gehört, tut er alles, um sie zu retten. Hast du das kapiert? Ash ist hier der Gute und Pearson der Böse. Klar? Oder soll ich dir eine Skizze machen.«

Sie war mit jedem Wort lauter geworden, den letzten Satz hatte sie gebrüllt, aber das störte sie nicht. Alles, was sie registrierte, war Ashs Blässe und wie unfair er attackiert wurde. Das würde sie nicht zulassen. Niemals.

Paul stand neben ihr und räusperte sich. »Ich denke, damit ist alles gesagt. Wenn du zukünftig etwas von Ash möchtest, wende dich bitte an mich. Und das nächste Mal kommst du bitte mit einem gültigen Durchsuchungsbeschluss, denn es war reines Entgegenkommen unsererseits, dass wir dir Zugang zum Wagen gestattet haben.«

Der Sheriff ignorierte Paul und sah stattdessen Trish durchdringend an. »Kannst du deine Behauptungen über Pearson belegen?«

»Selbstverständlich!«, erwiderte Trish sofort, ohne auch nur eine Sekunde zu zögern.

Winston fuhr sich durch seine vorzeitig ergrauten Haare und wandte sich direkt an Ash. »Also gut. Ich werde die nächsten Tage die Augen offen halten und versuchen, dahinterzukommen, was hier eigentlich gespielt wird. Sollte ich mich geirrt haben, gebe ich das gern zu. Sehr gern sogar.«

Ohne ein weiteres Wort drehte er sich um und ging zu seinem Streifenwagen. Trish wartete, bis er gewendet hatte und davongefahren war. Erst dann sah sie Ash an. »Was für ein Idiot!«

Obwohl Ash immer noch reichlich blass war, grinste er bereits wieder. »Ach was, das kenne ich schon. Ich war schon immer an allem schuld. Meinen alten Herrn mochte er, also war der Rest eine klare Sache.«

Rick neigte den Kopf zur Seite. »Ich weiß nicht. Mir gefiel sein Verhalten gar nicht, ich erkenne ihn nicht wieder. Paul gegenüber war er bisher immer äußerst fair, und selbst bei mir hat er beide Augen zugedrückt, als ich meinen dämlichen Auftritt im Trailerpark hatte. Er hätte mich problemlos festnehmen können, hat es aber nicht getan. Ich verstehe nicht, warum er so auf Ash losgegangen ist.«

Ash winkte ab. »Ich sagte es doch schon, es war schon immer so. Ich würde das jetzt nicht überbewerten. Vielen Dank für deine kleine Verteidigungsansprache, Trish. Aber nun hätte ich gern gewusst, was du da aus dem Porsche genommen hast. Da war doch was, oder?«

Weder sein Ton noch seine Ausdrucksweise gefielen ihr. *Kleine Verteidigungsansprache?* Mit einer derart herablassenden Reaktion hatte sie nicht gerechnet. Für wen hielt er sich eigentlich? Sie warf den Kopf in den Nacken. »Sicher war da etwas. Was immer es auch war, es hat Scout zum Durchdrehen gebracht und schwimmt nun im Meer. Hätte ich den Beutel mit dem weißen Pulver vielleicht unter dem Sitz liegen lassen sollen? Mach ich dann beim nächsten Mal.«

Sie drehte sich auf dem Absatz um, ging zu ihrem Motorrad und war froh, dass sie bei ihrer Ankunft Jacke und Helm einfach auf der Harley liegen gelassen hatte. Normalerweise war Heart Bay ein so friedlicher Ort, dass man weder Fahrzeuge noch Häuser abschloss, aber das hatte sich anscheinend geändert.

Sie verzichtete darauf, ihre Jacke zu schließen, stülpte sich den Helm einfach über, startete den Motor und fuhr mit durchdrehendem Hinterrad davon.

11

Rick sah der Staubwolke nach, die Trish verursacht hatte. »Na, das hast du ja sauber hinbekommen, Ash. Ist dir eigentlich klar, dass das Mädel dir gerade deinen Ar …« Er schielte schuldbewusst in Sabrinas Richtung. »… ähm, den Hintern gerettet hat?«

Ein solcher Spruch hatte Ash gerade noch gefehlt. »Im Moment weiß ich überhaupt nichts. Mir ist nur klar, dass unser Provinzsheriff mich wie einen dämlichen Teenager behandelt hat, aber diesem Pearson jeden Scheißdreck glaubt!«

»Ups, auch wenn ich das alles sehr interessant finde, gehen Steve und ich wohl besser wieder an den Strand. Die Hunde können wir ja mitnehmen.« Joey sah Ash eindeutig bewundernd an. »Hast du echt mal Gras geraucht?«

Nun schielte Ash unauffällig in Sabrinas Richtung. »Also … darüber reden wir dann später mal in Ruhe, es ist jedenfalls nichts, auf das ich heute übermäßig stolz bin.« Er wartete, bis die Jungs davongetobt waren. »Obwohl mir im Moment durchaus nach etwas Gras zumute wäre. Was ist hier eigentlich los? Fang damit an, dass du mir verrätst, was du und Trish da für ein Affentheater veranstaltet habt.« Unwillkürlich warf er einen Blick in die Richtung, in die Trish davongerast war. Von ihr war nichts mehr zu sehen, und er verspürte einen kurzen, aber heftigen Stich des Bedauerns.

Ricks Gesichtsausdruck verhieß nichts Gutes. »Dir ist aber klar, dass du schon wieder auf dem Holzweg bist? Wieso glaubst du eigentlich andauernd, auf Trish und mir rumhacken zu müssen? Ganz langsam für dich zum Mitschreiben: Trish hat einen Beutel mit weißem Pulver unter deinem Beifahrersitz gefunden und sehr geschickt verschwinden lassen. Ich bin kein Experte für das Zeug, würde aber auf Kokain tippen, und zwar mindestens ein Pfund. Das hat dann einen Wert von … ach, was weiß denn ich. Es schwimmt nun im Pazifik. Ist dir ungefähr klar, was dir geblüht hätte, wenn Winston das Zeug bei dir gefunden hätte? Da die Jungs einen schwarzen Wagen davonfahren gesehen haben und Scout ungefähr zur gleichen Zeit angeschlagen hat, werden das dann wohl die Leute gewesen sein, die dir das unterjubeln wollten.«

Der lehrerhafte Ton gefiel Ash überhaupt nicht. Auch wenn Rick eigentlich der falsche Adressat war und Ash nicht einmal wusste, auf wen er eigentlich wütend war, fauchte er ihn an: »Und du bist ganz sicher, dass das nicht mein eigenes Depot war?«

Rick kniff die Lider zusammen. »Ja, da bin ich ganz sicher. Und ich bin auch ganz sicher, dass du Hilfe brauchst und dich gerade wie ein Idiot aufführst. Setz dich in deinen verdammten Porsche und fahr Trish nach. Da ist eine fette Entschuldigung fällig.«

Das wurde Ash auch langsam klar, aber auch das gefiel ihm überhaupt nicht. Siedend heiß fiel ihm ein, was er – natürlich ebenfalls ohne Absprache mit ihr – veranlasst hatte.

»Was hast du noch getan?«, fragte Sabrina ihn.

»Sieht man es mir so deutlich an?«

»Ich habe dich schon als Kind durchschaut und glaube dir zum Beispiel bis heute nicht, dass du nicht weißt, wo mein geliebtes Pony geblieben ist.«

Ash zuckte zusammen. Das war nun *wirklich* verjährt. Als Kind hatte er sich Sabrinas heiß geliebtes Kuscheltier nur ausleihen wollen. Oder eigentlich für einen kurzen Zeitraum verstecken. Aber dummerweise hatte er es auf einen Felsen abgelegt, der von der Flut überspült worden war. »Es hat sich in ein Seepferdchen verwandelt und ist davongeschwommen«, erklärte er schließlich, weil ihn alle abwartend ansahen. Leise vor sich hinfluchend fuhr er sich mit beiden Händen gleichzeitig durchs Haar. »Ich kann Trish nicht nachfahren. Wenn sie zu Hause sieht, was ich noch getan habe ... Natürlich in bester Absicht, aber leider ohne mit ihr zu reden. Sie wird mich umbringen.«

Ash hatte auf etwas Anteilnahme von seinen Freunden gehofft, aber Sabrina starrte ihn böse an, vielleicht nahm sie ihm das Schicksal ihres Ponys übel, und die anderen wirkten auch nicht besonders mitfühlend. Nur Charles fragte amüsiert: »Was genau hast du getan?«

Als Ash es seinen Freunden erklärte, schlug Paul ihm auf den Rücken. »Wie heißt es noch? Das Gegenteil von gut ist nicht böse, sondern gut gemeint. Du kannst unser Gästezimmer haben, wenn sie dich rausschmeißt. Verstehen würde ich sie.«

Sabrina schüttelte den Kopf. »Hast du dich eigentlich auch nur eine Sekunde lang gefragt, wie deine Geste wirkt? Ich glaube dir ja, dass du es gut gemeint hast, aber das Ganze ist so gedankenlos von dir, dass ich mich frage, ob dein Kopf nicht doch noch etwas Schwerwiegendes abbekommen hat. Wenn sich jetzt noch rumspricht, dass du bei ihr wohnst, dann ...« Sabrina rollte mit den Augen. »Ich kann es echt nicht glauben.«

Hilfe suchend sah sie Rick an, aber der sah über seine Schulter und fragte: »Kennt jemand die Dame dort drüben? Sie scheint sich sehr für uns zu interessieren – oder, genauer gesagt, für Ash.«

Paul und Charles unternahmen nicht einmal den Versuch, ihre Neugier zu verbergen, und drehten sich sofort um.

Paul brummte etwas vor sich hin, aber Sabrina winkte sofort ab. »Das ist Maureen. Sie kommt aus Irland und wohnt einige Zeit bei Inga.«

Ash winkte ihr flüchtig zu. Auch wenn er sie bei ihrer Begegnung am Strand sympathisch gefunden hatte, stand ihm im Moment der Sinn nicht nach Small Talk. Aber es würde sich wohl nicht ganz vermeiden lassen, denn nun stürmte Inga auf ihn zu, und Maureen folgte ihr etwas langsamer.

»Was war hier los? Winston ist mit einem Affentempo an uns vorbeigerast. Und Trish auch.« Tadelnd sah Inga ihn an … natürlich, wen auch sonst.

Also war er wieder einmal der Schuldige. Und diesmal war nicht mal Trish in der Nähe, um für ihn Partei zu ergreifen. Schlagartig wurde ihm klar, wie sehr es ihm gefiel, wenn sie ihn ohne jedes Zögern verteidigte und es mit allem und jedem aufnahm. Sie ahnte vermutlich gar nicht, wie attraktiv sie war, wenn ihre grünen Augen förmlich Funken sprühten. Ihr Verhalten hatte wirklich etwas von einer Raubkatze. Trish kratzte und fauchte, aber irgendwie war es in dem Moment genau richtig.

Für sein eigenes Benehmen galt das leider nicht, er war ihr gegenüber eindeutig zu grob und abweisend gewesen.

Ärger über sich, über den Sheriff, über Pearson und eigentlich fast jeden drohte seine Beherrschung endgültig zusammenbrechen lassen. Er war kurz davor, Inga anzubrüllen, obwohl er die ältere Dame sonst sehr schätzte. Aber dann sprang Sabrina für ihn in die Bresche, wenn auch leider ohne blitzende grüne Augen. »Winston hat anscheinend zu lange in der Sonne gesessen. Ich weiß nicht, warum du ausgerechnet Ash ansiehst, er kann doch nichts dafür, dass sich unser Dorfsheriff plötzlich wie ein wilder Stier aufführt. Und was Trish angeht … sie wollte einfach nach Hause.«

Inga schnaubte sehr undamenhaft. »Vergiss besser nicht, dass ich euch von klein auf kenne. Ashs schuldbewusste Miene ist immer noch dieselbe wie damals mit zehn, als sein Fußball direkt durch meine Scheibe gesegelt ist. Aber gut … wenn es dabei nicht um Winston geht, dann wird es sich wohl um ein Problem mit Trish handeln.« Plötzlich wirkte sie sehr zufrieden und legte Ash vertraulich eine Hand auf die Schulter. »Keine Sorge, mein Junge. Ihr seid eben beide etwas hitzköpfig, das renkt sich schon wieder ein.«

Das machte ja Mut, ihr nachzufahren! Vermutlich kam er gar nicht dazu, aus seinem Wagen auszusteigen, sie würde ihn sofort steinigen.

Zu spät wurde ihm bewusst, dass er zu lange geschwiegen hatte. Ingas Lächeln gab dem Wort »selbstgefällig« eine völlig neue Bedeutung, und Paul hätte sich sein fieses Grinsen wirklich sparen können. Es war nichts zwischen ihnen, und es würde auch nichts zwischen ihnen sein, aber er verzichtete darauf, das klarzustellen. Einfach weil er keine Lust auf weitere dämliche Anspielungen hatte.

Wenigstens eine Entschuldigung schuldete er Trish, und zwar möglichst schnell. Und eine Erklärung für das, was sie zu Hause erwartet hatte, wäre vermutlich auch nicht schlecht. Auch wenn er die Begegnung mit ihr liebend gern aufgeschoben hätte, vielleicht bis zur nächsten Eiszeit. Da er keine Ahnung hatte, was er noch sagen sollte, ging er einfach um seinen Porsche herum und öffnete die Tür auf der Fahrerseite. Ganz ohne Abschied davonzufahren war ihm dann aber doch zu kindisch. »Wir sehen uns dann später oder morgen«, sagte er leichthin und stieg ein.

Als er die Tür ins Schloss zog, fühlte er sich gleich besser. Auch wenn er es nicht gern zugab, schon gar nicht Rick oder Paul gegenüber, war er noch nicht wieder in Bestform. Müdigkeit, leichte Kopfschmerzen und ein Höchstmaß an Ärger waren keine gute Kombination. Aber leider wartete noch mindestens ein Gewitter auf ihn.

Die Fahrt zu Trish dauerte mit dem Porsche keine fünf Minuten, obwohl er akribisch darauf achtete, das Tempolimit einzuhalten. Auf einen zweiten Zusammenstoß mit Winston konnte er verzichten.

Neben Trishs Haus stand nicht nur ihre Harley, sondern auch ein rotes Mercedes Cabrio. Ash parkte direkt daneben und nahm sich die Zeit, sich den Wagen genauer anzusehen. Der Zweisitzer war kleiner als erwartet, gefiel ihm aber auf den ersten Blick. Er passte perfekt zu Trish.

Was sie vermutlich anders sah.

Er wollte gerade an der Haustür klingeln, da bemerkte er, dass sie nur angelehnt war. Über diesen Leichtsinn musste er unbedingt mit ihr reden. Auch wenn Heart Bay sonst ein ruhiger Ort war, im Moment galt das offenbar nicht.

Er klopfte leicht gegen den Rahmen und stieß die Tür dann auf. »Trish?«

Keine Antwort. Damit hatte er nicht gerechnet, sondern sich innerlich auf einen Wirbelsturm vorbereitet, der sich sofort auf ihn stürzte. Er ging in die Küche und rief nochmals ihren Namen. Dann entdeckte er die rote Lache auf dem Fußboden und hatte für einen Moment das Gefühl, sein Herz bliebe stehen.

Er taumelte zurück und stieß gegen den Türrahmen. Überfall? Entführung? Die Gedanken jagten durch seinen Kopf. Sonst war er es gewohnt, unter Gefahr oder Stress ruhig zu bleiben, aber jetzt ging es um Trish, und mit einem Schlag wurde ihm klar, dass er es nicht ertragen würde, wenn ihr etwas zugestoßen war.

»Ash? Was hast du?«

Ihre ruhige Stimme direkt hinter ihm! Er wirbelte herum, brachte kein Wort hervor, sondern suchte nach Verletzungen, die das Blut auf dem Boden erklärten. Aber er entdeckte nur ein kleines Pflaster an ihrem Daumen. Erst allmählich begriff er, dass sie unverletzt war.

Sie sah an ihm vorbei und schlug die Hand vor den Mund. »Oh, verflixt, ich glaube, ich weiß, was du gedacht hast. Das ist Grandmas Grillsauce. Mir ist das Glas aus der Hand gerutscht. Ich habe die Scherben weggeräumt und mich dabei geschnitten und wollte gerade …«

Er ließ sie nicht ausreden, packte sie an den Schultern und zog sie an sich, bis er sein Gesicht in ihren Haaren vergraben konnte. »Tu das nie wieder«, forderte er mit heiserer Stimme.

Erst etliche Sekunden später war er bereit, sie wieder loszulassen. Der Ausdruck in ihren Augen … da war etwas, das … sein Denken schaltete sich aus. Wieder zog er sie an sich, aber dieses Mal trafen ihre Lippen aufeinander. Nach der ersten stürmischen Berührung wollte er mehr, viel mehr. Da neckte ihn auch schon Trishs Zungenspitze. Das betrachtete er als Einladung, die er sofort annahm. Der Kuss wurde leidenschaftlicher, seine Hand tastete über ihren Rücken, und er zog ihr das T-Shirt aus den Shorts. Endlich fühlte er ihre warme, nackte Haut. Sie schmiegte sich noch enger an ihn. Zum Glück war seine Hose weit genug, denn ein gewisser Körperteil von ihm meldete sich mit einem schmerzhaften Pochen zu Wort. Das zärtliche und zugleich leidenschaftliche Spiel ihrer Zungen brachte ihn um den Verstand. Er wollte nur noch eins: in ihr versinken und mit ihr zusammen einen Höhepunkt erleben, den sie niemals vergessen würden.

»Trish? Wem gehört denn der rote Flitzer?«, rief jemand mit lauter, durchdringender Stimme. Mit benommenem Blick und offenbar nur widerwillig löste sie sich von ihm.

»Wer immer das ist, ich erschieße ihn«, kündigte Ash an und meinte es auch so.

Trishs grinste frech. »Dann kann ich dich aber nicht länger vor Winston schützen.« Schlagartig wurde sie ernst, und ihr Zeigefinger tippte drohend auf seine Brust. »Über das Cabrio reden wir noch, Ash. Und das da eben, das … das sollten wir lieber als einmaligen Ausrutscher betrachten.«

Sie wandte sich ab. Ash verengte die Augen. »Vergiss es«, schickte er ihr leise hinterher.

Ihr Zusammenzucken verriet, dass sie seine Worte gehört hatte. Sehr schön. Er hatte nicht die geringste Ahnung, wie es so weit hatte kommen können, und noch viel weniger wusste er, wohin es führen sollte, aber eins wusste er genau: Er wollte eine Wiederholung, und nicht nur das. Er wollte noch viel mehr von dem, was da eben zwischen ihnen gewesen war.

Aber nun musste er erst einmal herausfinden, wer der Störenfried war, und vor allem, wie Trish auf den Wagen reagierte, den die Leasingfirma ihr im wahrsten Sinne des Wortes vor die Tür gestellt hatte.

Ash ging zurück zur Haustür. Da der ungebetene Gast weiterhin in durchdringender Lautstärke sprach, gab es keinen Grund, nach draußen zu gehen. Nach den ersten Worten rollte er mit den Augen. Das war dann also Trishs Nachbar, besonderes Kennzeichen: unglaublich neugierig.

Viel interessanter war jedoch Trishs Reaktion auf die Fragen, die einem Verhör glichen. Ash hätte vollstes Verständnis dafür gehabt, wenn sie den älteren Herrn einfach abgewimmelt hätte, stattdessen erklärte sie geduldig, dass es sich um einen Firmenwagen handelte, den sie für ihren Einsatz im Unternehmen vorübergehend zur Verfügung gestellt bekommen hatte. Als wenn das noch nicht reichen würde, beantwortete sie auch noch seine Fragen nach dem Fahrer des Porsches.

Ein Freund, der ein Pensionszimmer gesucht hatte? So sah er sich nun wirklich nicht. Gekonnt überhörte Ash die leise Stimme in seinem Kopf, die ihn daran erinnerte, dass er genau das war, von dem Kuss eben einmal abgesehen. Und von ihrem gemeinsamen Interesse an der Rettung der Firma. Aber wollte er wirklich, dass sie herumerzählte, dass ihr Boss bei ihr wohnte? Auch wenn es ihn selbst überhaupt nicht interessierte, dass sie praktisch seine Angestellte war.

Er war durch seine eigenen Überlegungen so abgelenkt, dass er erst bemerkte, dass das Gespräch zu Ende war, als Trish vor ihm stand. Ihre Miene konnte er nicht deuten, aber Angriff war im Zweifel immer noch die beste Verteidigung. »Das Cabrio trägt dazu bei, die Firma zu retten«, begann er.

Trish blinzelte. »Bitte was?«

»Der Wagen von Pearson war geleast. Ich habe an der Stoßstange den dezenten Aufkleber gesehen. Der Vertrag wäre noch drei Jahre lang weiter gelaufen, und eine Kündigung ist nicht so einfach. Aber ich konnte die Dame überzeugen, dass wir uns einen solchen Schlitten nicht mehr leisten können, und das Cabrio ist unser Kompromiss gewesen. Das kostet nur ein Viertel von Pearsons Luxuslimousine, und du brauchtest doch einen Wagen.«

»Aber doch nicht *so* einen! Und dazu noch auf Vermittlung von meinem Boss. Weißt du eigentlich, wie das wirkt?«

»Erst seit Sabrina und Paul mir das klargemacht haben. So war das aber nicht gemeint, und das weißt du auch. Außerdem will ich nicht, dass du uns als Boss und Angestellte siehst, das trifft unser Verhältnis nicht.«

In Trishs Augen blitzte etwas auf, das er nicht einordnen konnte. »Wir haben kein Verhältnis!«

Allmählich war er mit seinem Latein am Ende. »Ich dachte, wir wären Freunde, und wir haben immerhin ein gemeinsames

Interesse: die Firma und damit die Arbeitsplätze zu retten. Und vielleicht ist da auch noch mehr. Verdammt, du hast eine *Straftat* begangen, um mich vor Winston zu retten. Ich finde schon, dass wir ein *Verhältnis* haben.« Das war definitiv nicht das, was Trish hatte hören wollen. Schnell schob er nach: »Nicht *so* ein Verhältnis, sondern *irgendeins*. Ein anderes eben.«

Verdammt, das war dann wohl auch falsch gewesen. Er rechnete fest damit, dass sie ihn anbrüllte, aber stattdessen lachte sie laut los. »Du bist verrückt, Ash. Aber es war süß, dass du solche Angst um mich gehabt hast, als du den Fleck in der Küche gesehen hattest.«

Sie ging an ihm vorbei, berührte ihn flüchtig am Arm und gab ihm auch noch einen freundschaftlichen Kuss auf die Wange. *So* hatte er sich das dann doch nicht vorgestellt.

Seufzend half er ihr, die Sauerei auf dem Fußboden zu beseitigen. Ehe er ein Stück vollgesogenes Küchenpapier in den Mülleimer warf, roch er daran und stieß die Luft aus. »Was für eine Verschwendung, das riecht fantastisch.«

Trish nickte und überbot ihn mit einem abgrundtiefen Seufzer. »Und ich habe keine Ahnung, wann Granny das nächste Mal ihre Soße kocht. Sie ist sogar noch besser als das Zeug von Rosie, und das will schon was heißen.«

»Wenn Rosie hört, dass du ihre berühmte Soße als *Zeug* bezeichnet hast, droht dir das gleiche Schicksal wie uns damals.«

Wie erhofft schnappte Trish nach dem Köder. »Was meinst du?«

»Paul, Rick und ich haben ihre Tafel draußen vor dem Restaurant ein wenig umgestaltet. Sie hat sich nichts anmerken lassen, aber irgendwas an unsere Pommes gemischt. Erst haben wir nichts gemerkt, aber dann wären wir an dem Gewürz oder was immer sie da auch reinschmuggelt hat, fast erstickt. Das hat höllisch gebrannt.«

Statt Mitleid mit ihm zu haben, lachte Trish. Wieder fiel ihm auf, wie sehr es ihm gefiel, wenn sie so unbeschwert war. Bei ihrem ersten Treffen hatte er sie für durchschnittlich attraktiv gehalten, nicht weniger, aber eben auch nichts Besonderes. Aber wenn sie so übermütig lachte oder ihn herausforderte, dann zog ihr Anblick ihn mehr in den Bann als jede Hollywoodschönheit. Für einige Momente verlor er sich in ihren blitzenden grünen Augen und genoss es, wie die Sonne durch das Küchenfenster hindurch goldene Reflexe in ihrem schulterlangen braunen Haar aufleuchten ließ.

Das Vibrieren seines Handys zerstörte den Augenblick. Fluchend riss er das Mobiltelefon aus seiner Hosentasche. Da nur eine Handvoll Anrufer nicht auf der Mailbox landeten, musste es wichtig sein. Wenn nicht, würde derjenige, der ihn gestört hatte, sich einiges anhören müssen. Beim Blick aufs Display fluchte er. Das Bild der Anruferin wurde ihm angezeigt, eine bildschöne Blondine mit schulterlanger Haarmähne. Zu allem Überfluss wurde das Foto von einem kitschigen Herz umrahmt. Trishs Blick sprach Bände. »Du liegst komplett daneben, ich kann das erklären!«, sagte er und nahm den Anruf an. »Hey, Sherri. Was ist passiert?«

Als er seine Klientin, die schon längst zu einer guten Freundin geworden war, mit ihrem Vornamen anredete, riss Trish die Augen weit auf; anscheinend wusste sie durch das Bild und den Namen, wer die Anruferin war.

Obwohl ihre Reaktion ihn gehörig ablenkte, hörte er Sherri geduldig zu. »Ganz ruhig, du hast genau richtig gehandelt. Der FBI-Agent ist ein Idiot, den übernehme ich. Du bleibst, wo du bist. Ich rede mit dem FBI und sorge dafür, dass Leon zu euch zieht. Seine Tarnung kläre ich direkt mit ihm. Wenn es weiter eskaliert, fliege ich rüber, und wir inszenieren eine filmreife Versöhnung. Ich habe dir einmal versprochen, dass niemand dir oder meiner kleinen Prinzessin etwas antun wird, und das gilt auch noch heute. Wir haben immer noch die Möglichkeit, euch komplett untertauchen zu lassen.« Ash verdrehte die Augen, als er wieder einmal mit der Forderung ihres Managers konfrontiert wurde, sie solle an einer Preisverleihung teilnehmen. »Auch das kläre ich. Du wirst dort nicht allein sein, und Tanya wird auch bewacht werden. Ich melde mich gleich noch mal.« Er bedachte Trish mit einem ironischen Blick. »Ich muss mich erst einmal um mein Leben kümmern, sonst kann ich dich nicht mehr schützen. *Meine* Freundin fragt sich gerade, wieso der weibliche Superstar der Countryszene mich anruft und dein Foto auf meinem Handy von einem Herz umrahmt wird. Sag Tanya, dass ich darüber noch einmal mit ihr reden werde. Und wenn sie jemals wieder mein Handy auch nur zu scharf ansieht, lösche ich ihren WhatsApp-Account.«

Ein zweistimmiges helles Lachen drang aus dem Lautsprecher. Das gefiel ihm deutlich besser als Sherris besorgte Stimme zu Beginn des Telefonats. Verdammt, er hatte gedacht, das Kapitel wäre abgeschlossen. Er hatte doch nun wirklich schon genug Probleme … und eines davon sah aus, als würde es ihm gleich etwas an den Kopf werfen.

Er trennte die Verbindung und sah Trish ernst an. »Du wirst Sherri und Tanya lieben, wenn du sie triffst. Sie sind gute Freunde, mehr nicht, nebenbei ist Tanya gerade mal zehn Jahre alt. Sie hat das Herz um den Namen ihrer Mutter gezaubert und auf mein Handy geschmuggelt. Ich erkläre dir alles, wenn ich noch zwei Telefonate geführt habe. Hör einfach zu, dann verstehst du schon das meiste.«

Hatte Ash sie eben tatsächlich als *seine* Freundin bezeichnet? Und das auch noch gegenüber Sherri Evans, *dem* Superstar? Wenn sie sich richtig erinnerte, gehörte Sherri zu den Frauen, mit denen Ash laut den Klatschmagazinen eine innige Beziehung gehabt hatte. Merkwürdigerweise hatte sich der Drang, ihn umzubringen, in nichts aufgelöst, nachdem er ihr kurz beteuert hatte, dass Sherri nur eine gute Freundin war. Obwohl sie mittlerweile so viele Gründe hatte, sauer auf ihn zu sein, dass es für eine ganze Liste reichte, machte sie sich nun Sorgen um ihn. Einfach deshalb, weil er so besorgt wirkte.

Ihre Neugier wuchs ins Unermessliche, als sie sein Gespräch mit einem FBI-Agenten aus Los Angeles verfolgte. Offenbar war Ash mit diesem Agenten befreundet oder zumindest gut bekannt, denn er beschwerte sich mit harten Worten über das Verhalten eines anderen Agenten und bekam offenbar Zustimmung auf breiter Front. Als sich das Gespräch dem Ende zuneigte, wechselte Ash das Thema. »Ich weiß noch nicht, ob ich nach L. A. fliege. Wenn nicht, könnte es sein, dass ich hier ein wenig Unterstützung gegen einen Dorfsheriff gebrauchen könnte. Statt sich auf die wahren Verbrecher zu konzentrieren, hält er mich für die Quelle allen Übels. Es ist zwar ein Kollege von dir aus San Diego hier, der ein gutes Wort für mich einlegen könnte, aber den hält der kurzsichtige Idiot garantiert für befangen.«

Ash hörte kurz zu und schmunzelte dann. »Klar, du mich auch, Pete. Ich setze jetzt erst einmal Leon auf Sherri an.«

Kaum hatte er das Gespräch beendet, wählte Ash sofort die nächste Nummer. »Leon? Du musst sofort Sherri und Tanya übernehmen. Egal, was du auf dem Zettel hast, es kann warten. Sinclair ist untergetaucht und hat ihr eine SMS geschickt, obwohl wir dachten, ihr Handy sei sicher. Er muss jemanden in ihrer Nähe bestochen habe. Halte die Augen auf, und wenn es zu hart wird, ruf an, ich komme dann rüber. Das FBI hat Sherris Anruf erst ignoriert, aber jetzt kümmert sich Pete darum.«

Ash hörte kurz zu und verzog den Mund. »Wenn es möglich

wäre, dass ich jetzt rüberfliege, wäre ich schon da. Jetzt wach auf und fahr los! Sonst komme ich doch kurz rüber, aber nur, um dir in den Hintern zu treten und dich an deinen Job zu erinnern.« Er trennte die Verbindung und warf das Handy auf den Tisch. Müde rieb er sich über die Augen.

Eigentlich hatte Trish unzählige Fragen, aber die konnten warten. Sie steckte sich den Wagenschlüssel des Cabrios in die Hosentasche und griff nach Ashs Hand. »Komm mit. Ich habe genau das Richtige für dich.«

Statt sich mit Fragen aufzuhalten, ließ er sich bereitwillig mitziehen. Über das Dach des Cabrios hinweg grinste sie ihn an. »Willkommen im 21. Jahrhundert. Ich brauche bei diesem Flitzer nicht einmal die Türen per Fernbedienung zu entriegeln, der Kleine merkt es, wenn ich in seiner Nähe bin.«

Liebevoll strich sie über das Dach.

Ash schmunzelte. »Das nennt sich Keyless-Technik.«

»Banause«, schnaubte Trish. »Nun steig lieber ein, ehe ich ohne dich fahre.«

Ash ließ sich auf den Beifahrersitz fallen und sah sich aufmerksam um.

Trish drückte den Startknopf. »Weil du so ein Besserwisser bist, erkläre ich dir jetzt nicht, wie witzig ich es finde, dass der Wagen kein Zündschloss mehr hat. Und jetzt halt die Klappe und genieße die Fahrt. Geredet wird erst wieder, wenn wir unser Ziel erreicht haben.«

12

Trish öffnete das Verdeck und wendete auf der Straße vor ihrem Haus. Wie erwartet hatte sie den Wagen trotz der vielen PS sicher im Griff. Sie fuhren am Meer entlang bis nach Heart Bay und durchquerten den Ort, wobei Ash unwillkürlich tiefer in seinen Sitz rutschte, als sie am Diner vorbeifuhren.

Kurz hinter Heart Bay begannen die dichten Wälder. Ash liebte zwar seinen Porsche, aber das Cabriofeeling hatte etwas für sich. Er roch das würzige Harz der Bäume, die leichte Brise schien seine Probleme wegzuwehen, selbst seine Kopfschmerzen waren nach einigen Kilometern weg. Er lehnte sich zurück und schloss die Augen. Wenige Sekunden später erklangen die sanften Klänge eines Songs von Enya, einer irischen Sängerin.

»Ich wusste gar nicht, dass du solche Musik hörst«, sagte er, ohne die Augen zu öffnen.

»Du weißt vieles von mir nicht.« Trish war das Lachen anzuhören, aber er ignorierte die Herausforderung, die in ihren Worten mitschwang. Das würde er später klären, im Moment genoss er einfach nur den Augenblick. Wenn morgen sämtliche Angestellte an ihre Arbeitsplätze zurückkehrten, war ein freier Nachmittag für längere Zeit ein Luxus, den er sich nicht mehr gönnen konnte. Er würde die letzten Stunden genießen. Die Vorstellung jagte ihm einen Schauder über den Rücken, und er verdrängte den Gedanken, ehe sich seine Stimmung signifikant verschlechterte.

Aus Hollywood war er es gewohnt, dass sich Phasen voller Arbeit und freie Zeiten abwechselten. Ein geregeltes Arbeitsleben, in dem er morgens im Büro erschien und es am Abend wieder verließ, war ihm fremd. Er bezweifelte, dass es ihm gefallen würde. Aber es handelte sich ja nur um eine vorübergehende Phase, bis die Firma gerettet war. Gekonnt überhörte er die mahnende Stimme, dass er bei dieser Rechnung Trish vergessen hatte.

Er legte den Kopf in den Nacken und öffnete die Augen einen Spaltbreit. Die Baumkronen verwischten durch die Geschwindigkeit zu einem herrlichen grünen Wirbeln. Das Leben konnte so schön sein.

Ohne Vorwarnung wurde Trish langsamer und bog in einen unbefestigten Waldweg ein.

»Was hast du vor?«

»Erstens will ich wissen, ob der silberne Kleinwagen uns weiterhin folgt, der ist nämlich schon seit Heart Bay hinter uns. Und zweitens lass dich überraschen. Es wird dir gefallen.«

Der Wagen rumpelte durch Schlaglöcher und über Spurrillen, obwohl Trish sehr langsam fuhr. Aber das musste das Cabrio abkönnen.

»Jetzt kommt es bald, der Anblick wird dich umhauen.«

Ash konnte sich zwar nicht vorstellen, was an dem Waldweg außer den hohen Bäumen und der Sonne, die bizarre Muster durch die Blätter zauberte, noch beeindruckender sein sollte, aber er war gespannt.

»Und jetzt halt dich fest.«

Ash wollte gerade nachfragen, was das nun zu bedeuten hatte, als Trish das Lenkrad hart einschlug. Trotz all der technischen Raffinessen, mit denen der Wagen ausgestattet war, blockierten die Hinterräder kurz, dann vergaß er alles, was er sagen wollte und starrte auf das, was vor ihnen lag.

Trish lachte laut. »Habe ich dir zu viel versprochen?«

Stumm schüttelte Ash den Kopf. Vor ihnen, genauer gesagt,

unter ihnen, lag der Pazifik. Der Wald endete abrupt an einer Felsenküste, an der sich die Wellen brachen. Gischt wehte bis zu ihnen hoch und erfrischte sie. Ash hatte gedacht, die Gegend gut zu kennen, aber hier war er noch nie gewesen. Einige Sekunden lang beobachteten sie die Möwen und Pelikane, die dicht über der Wasseroberfläche jagten. Dann betrachtete er wieder die Wellen. Erst hatte es ausgesehen, als wäre Trish mit ihrem Bremsmanöver ein beachtliches Risiko eingegangen, aber es lagen noch einige Meter zwischen ihrem Standort und dem Beginn der Steilküste.

Ash stieg aus und trat bis an den Rand. Als Trish direkt neben ihm auftauchte, legte er ihr einen Arm um die Schultern. »Hier oben hat man das Gefühl totaler Freiheit, und doch merkt man erst an solchen Orten, wie klein und unbedeutend man als Mensch eigentlich ist.«

»So ähnlich empfinde ich es auch. Man möchte die Arme ausbreiten und davonfliegen. Das hier ist einer meiner Lieblingsorte, ich komme mit der Harley oft her, obwohl ich sie hinterher stundenlang putzen muss.«

»Das Problem hast du mit dem Cabrio nicht. Fahr einmal durch die Waschstraße, und es glänzt wieder. Warst du schon mal hier, wenn die Sonne untergeht?«

»Nein, das ist mit dem Motorrad zu riskant, und selbst mit dem Wagen kann man schnell im Abgrund landen. Eigentlich wundert es mich, dass der Weg nicht gesperrt ist.«

Ash holte sein Handy hervor und rief das Navigationsprogramm auf. »Ich möchte hier mit dir einen Sonnenuntergang erleben. Ich markiere diese Stelle per GPS, und wir parken ein Stück weiter hinten, gehen die letzten Meter einfach zu Fuß.«

»Das klingt gut. Wir könnten gleich direkt an der Küste weiter bis nach St. Ellis fahren. Ich lade dich zum besten Eis ein, das du in ganz Oregon findest. Okay? Dort können wir in der

Sonne sitzen und reden. Aber bis dahin genießt du einfach diese Tour. Weiter geht's.«

Wenig begeistert verließ Ash den Rand der Steilküste und kehrte zum Cabrio zurück. Er hätte hier noch stundenlang stehen und einfach auf die Wellen hinunterblicken können. Oder Trish küssen und … aber da für ihn offensichtlich war, dass sie ihm auswich, wollte er sie nicht unter Druck setzen. Zumindest jetzt noch nicht. Das, was sie mit dem Kuss begonnen hatten, würden sie noch fortsetzen, wenigstens das stand für ihn fest. Vorher sollte er nur noch klären, was er sich mit ihr eigentlich vorstellte. Bilder stiegen in ihm auf, die in eine völlig falsche Richtung liefen – so würde er jedenfalls nicht zu nüchternen, sachlichen Überlegungen imstande sein. Entschieden verschob er das Thema auf später.

»Wie hoch mögen die Klippen sein?«, überlegte er laut.

»Zu hoch zum Springen. Vielleicht fünfzehn, zwanzig Meter? Ich bin nicht gut im Schätzen, aber zum Baden sollte man sich eine andere Stelle aussuchen.«

Verspätet erinnerte sich Ash daran, dass Trish einen anderen Wagen erwähnt hatte, und sah sich um. Soweit er es einschätzen konnte, war ihnen niemand gefolgt.

Der Weg oberhalb der Klippen war erstaunlich breit und gut befahrbar, dennoch behielt Trish ihr langsames Tempo bei. Er merkte ihr an, dass sie die Fahrt genauso genoss wie er selbst. Rechts neben ihnen die hohen Bäume, links das Meer mit der krachenden Brandung. Der Wind, der ihnen durch die Haare fuhr. Manchmal war das Leben einfach perfekt. Nach einer guten halben Stunde stöhnte Trish auf. »Dahinten sehe ich schon die ersten Häuser. Der Weg biegt gleich wieder in den Wald ab und endet dann direkt auf der Straße, die auch zum Hafen von St. Ellis führt. Ein Jammer. Ich hätte ewig so weiterfahren können.«

Ash legte seine Hand auf ihre. »Ich auch. Danke, dass du dies mit mir geteilt hast. Aber dir ist schon klar, dass wir Rick und Paul gegenüber nichts davon erwähnen, oder? Es wäre sehr schade, wenn ich sie erschießen müsste, nur um den Ort vor weiteren Besuchern außer uns zu beschützen.«

»Na komm. Sie würden das bestimmt auch zu schätzen wissen.«

»Na sicher. Und wenn wir abends dort hinfahren, dann parken da schon zwei andere Wagen mit irgendwelchen Paaren, die es wild auf dem Rücksitz treiben, während vor ihnen die Sonne untergeht? Vergiss es.«

Trish funkelte ihn aufgebracht an, lachte dann aber. »Deine Fantasie möchte ich haben. Ich werde es dort bestimmt nicht mit dir auf einem Rücksitz treiben!«

Ash grinste breit. »Weiß ich doch.«

Rasch warf sie ihm einen misstrauischen Blick zu, während sie das Cabrio wieder über einen engen Waldpfad steuerte.

»Na ja«, sagte er, »weder mein Porsche noch dein neues Spielzeug haben eine Rückbank, darum müssen wir uns was anderes überlegen.«

Trish kicherte und hätte beinahe einen Busch gestreift. »Du bist unmöglich, aber dabei genauso süß wie Scout. Man kann dir einfach nicht böse sein.«

Süß? Mit dem Vergleich mit Scout konnte er leben, aber *süß*? Süß war ein kleiner Bruder oder ein Nachbarsjunge, und beides wollte er für Trish ganz bestimmt nicht sein. Es würde ihm ein Vergnügen sein, ihr zu beweisen, dass er alles Mögliche war – aber nicht süß. Leider war ein fahrendes Auto für solche Vorhaben nicht der geeignete Ort, aber der richtige Zeitpunkt würde kommen.

Zunächst war Ash gespannt, wo genau in St. Ellis sie ankommen würden. Es war zwar offiziell ein Nachbarort von Heart Bay, aber ansonsten nur über einen Umweg über den Pacific Coast Highway erreichbar, von dem aus eine Stichstraße in die kleine Stadt führte. Vor ihnen lichteten sich die Bäume, und genau die Straße, an die Ash eben noch gedacht hatte, lag vor ihnen. Trish ließ einen Sattelschlepper passieren, dessen Fahrer ihr gut gelaunt zuhupte, und bog dann mit durchdrehenden Reifen auf die Straße ein. Ihm kam ein Gedanke.

»Und hier fährst du sonst mit deiner Harley lang?«

»Hmmmm.«

»Das ist viel zu gefährlich.«

»Aha.«

»Ich meine es ernst.«

»Ich auch.«

Ash konnte gerade noch ein beleidigtes Schnauben zurückhalten. Vor ihnen lagen schon die ersten Häuser. Anders als Heart Bay trug St. Ellis eindeutig den Stempel »Touristenort«. Einige hässliche Wohnblöcke am Stadtrand waren für die eigentlichen Bewohner reserviert, danach gab es bis zum kleinen Strand und dem Hafen nur noch Hotels, Pensionen und kleine Läden, die alle das gleiche Sortiment anzubieten schienen.

»Ich mag den Ort nicht, da kann ich auch in Kalifornien bleiben. Ich begreife nicht, warum das Tourismusgeschäft hier besser läuft als in Heart Bay.«

»Weil du diese Hotels und Pensionen alle übers Internet buchen kannst. So ist doch Sabrina darauf gekommen, was Heart Bay fehlt.«

»Und du bist sicher, dass du hier ein Eis essen willst?«

Trish lachte nur. »Nun warte doch mal ab.« Sie durchquerten den Ort, und am Hafen angekommen ignorierte sie ein Schild, das die Durchfahrt für Fahrzeuge aller Art verbot.

Ein älterer Mann, der ein Netz flickte, stutzte kurz, winkte ihr dann zu und pfiff laut. »Nette Karre!«

»Danke, Walter. Ich parke wie immer.«

»Geht klar, aber stell mir nachher noch den jungen Mann vor, den du da mitgebracht hast.«

»Aber sicher.«

Langsam rollte Trish auf dem Pier entlang, bis sie direkt neben einem Holzhaus anhielt. Erst als Ash ausgestiegen war, bemerkte er, wie groß das Gebäude war. Im vorderen Bereich befand sich eine Mischung aus Café und Imbiss, in einem rechtwinkligen Anbau ein Geschäft für Bootsbedarf.

»Das hier ist der winzige Rest vom alten St. Ellis«, erklärte Trish. »Walter fährt immer noch morgens mit seinem kleinen Kutter raus. Einfach nur zum Spaß. Geld verdienen muss er nicht mehr.«

Trish deutete die Pier entlang, die sie gekommen waren. »Sieh mal, die meisten Touristen kommen gar nicht bis hierher. Die bleiben lieber dahinten bei ihrem Fast-Food-Mist und ahnen gar nicht, was sie hier versäumen. Warte mal, bis du meinen Lieblingsplatz gesehen hast. Bist du mutig genug, dass ich für dich bestellen darf?«

»Klar, ich liebe Überraschungen.«

»Sehr schön.«

Kaum hatten sie die Vorderseite erreicht, stieß Ash einen begeisterten Pfiff aus. Rechts das Hafenbecken mit den kleinen Kuttern, links der offene Pazifik. Tische und Stühle waren so platziert, dass sie ausreichend Privatsphäre boten und man dennoch die Aussicht genießen konnte.

Trish gefiel seine Reaktion. »Wusste ich doch, dass du es magst. Das einzig Sinnvolle, was die Stadtväter hier gemacht haben, war es, die Ausflugsdampfer aus dem alten Hafen zu verbannen.« Sie grinste schelmisch. »Obwohl das wenig mit

Vernunft und viel mit Tidenhub und Tiefgang der Schiffe zu tun hatte. Der Tisch da vorn ist mein Lieblingsplatz. Setz dich schon mal. Ich besorge uns etwas zu essen.«

Sie war davongeeilt, ehe er zustimmen oder protestieren konnte. Hier zu sitzen und die Sonne und ihre Gesellschaft zu genießen hätte ihm gefallen, stattdessen schwebte ihre Ankündigung, dass sie einiges zu bereden hätten, wie ein Damoklesschwert über ihm. Da gab es leider auch nichts zu beschönigen. Die Liste mit Entschuldigungen und Erklärungen, die er ihr schuldete, war schon beachtlich.

Ändern konnte er daran nichts, also machte er es sich auf dem Stuhl bequem und streckte die Beine aus. Überraschend schnell kehrte Trish zurück. Sie stellte ein voll beladenes Tablett auf dem Tisch ab. Zwei hohe Gläser waren mit Latte Macchiato oder etwas Ähnlichem gefüllt. Normalerweise trank er seinen Kaffee schwarz, aber aus dem Gefäß, das Trish ihm hinschob, duftete es köstlich nach Kaffee und Rum. In den zwei Schalen befanden sich lediglich jeweils drei Kugeln Eis, die jedoch ungewöhnlich groß waren.

Trish zuckte mit der Schulter. »Es gibt immer nur drei Sorten, und da ich deinen Geschmack noch nicht kenne, habe ich alle drei genommen: Erdbeere, Pistazie und Schokolade. Alles hausgemacht.« Sie grinste ihn schelmisch an, und wieder verzauberte ihn das Funkeln in ihren Augen. »Sabrina hat erwähnt, dass du auf Sahne, Soßen, Streusel oder so allergisch reagierst, also bekommst du nur die einfache Basisversion.«

»Hat sie dir auch von dem Ungetüm erzählt, dass sie mir bei unserem Spieleabend serviert hat?«

Lachend nickte Trish. »Jedes Detail. Wenn es nicht so schade um das Eis gewesen wäre, hätte ich dir etwas Ähnliches serviert.«

»Autsch.« Ash griff nach einem der Löffel und probierte das

Pistazieneis. Trish hatte nicht zu viel versprochen. Das Eis war cremig, schmeckte nach Pistazien pur und zerfloss auf der Zunge. »Also gut. Erster Punkt von der langen Liste, die wir abarbeiten müssen: Ich habe in Kalifornien eine Lizenz als Privatdetektiv, arbeite aber ein bisschen anders. Es gibt viele Stars dort, die privat ganz normale Menschen sind und ein ganz normales Leben führen möchten. Und es gibt Fans, die unnormal sind und sich wie Fanatiker aufführen. Die Polizei kann nur wenig unternehmen, solange nichts passiert, Bodyguards verschieben das Problem nur auf der Zeitlinie, denn niemand will ewig von Muskelpaketen umgeben sein. Bei solchen Fällen kommen ich und zwei Freunde ins Spiel. Wir treten als Verwandte oder Freunde auf, suchen die Verantwortlichen auf und machen ihnen klar, dass sie unsere Mandanten in Ruhe lassen sollen. Oft haben wir genug Beweise, dass auch das FBI tätig werden kann. Sherri ist mehr eine Freundin als eine Kundin. Tanya ist ihre Tochter, von der die Öffentlichkeit nichts weiß. Wir dachten, ihr Stalker sitzt im Gefängnis, aber er ist ausgebrochen, und es kann sein, dass ich ihr helfen muss.«

Trish runzelte die Stirn und leckte das Schokoladeneis von ihrem Löffel. Zum Glück ahnte sie nicht, dass bei dieser harmlosen Aktion sofort seine Hose eng wurde, sehr eng. »Du kannst nicht an zwei Orten gleichzeitig sein, und hier wirst du auch gebraucht.«

»Ich weiß. Ich sehe das Problem, aber keine Lösung. Bleibt nur die Hoffnung, dass Leon die Angelegenheit ohne mich regelt.« Er musterte sie prüfend. »Besonders überrascht bist du ja über meinen Job nicht.«

»So etwas in der Art dachte ich mir schon. Außerdem klingeln meine Ohren immer noch von Sabrinas Verteidigungsreden, wenn du mal wieder in den Klatschblättern aufgetaucht bist.«

»Na gut, dann zum nächsten Punkt. Ich bin es wirklich gewohnt, allein zu arbeiten, gelobe aber Besserung. Also zumindest will ich es versuchen. Ich hätte dich wegen des Cabrios fragen sollen, wegen der Zusammenlegung unserer Büros und wegen der Betriebsversammlung morgen früh.«

Trish riss die Augen auf. »Bei Punkt eins und zwei bist du schuldig. Aber was denn für eine Betriebsversammlung?«

»Ich dachte, ich rede morgen kurz mit allen, stelle mich und unsere Pläne vor. Mehr nicht.«

Jetzt starrte sie ihn mit leicht geöffnetem Mund an. Vermutlich wäre es unpassend, wenn er sie jetzt küsste. Aber er konnte nicht widerstehen, mit dem Finger sanft über ihre Lippen zu fahren. »Wieso bist du so entsetzt?«

Sie schnappte spielerisch nach seinem Finger und wurde dann leider wieder ernst. »Weil ich keine Ahnung hätte, was ich dort sagen sollte.«

»Ich habe nicht vor, mir eine seitenlange Rede auszudenken. Ich will nur, dass sie wissen, dass wir alles tun, um die Firma zu retten.«

Trish schüttelte den Kopf. »Bei dir klingt immer alles so leicht.«

»Und du machst dir zu viele Sorgen.«

»Kann sein. Vielleicht. Aber eigentlich nicht.«

»Was denn nun?«

»Egal. Ich bin es ja nicht, die morgen vor der versammelten Belegschaft stehen muss.«

Ash probierte zunächst in aller Ruhe sein Erdbeereis. »Wo würdest du denn bei dem Termin deinen Platz sehen?«

Trish sah an ihm vorbei Richtung Hafen, dann verzog sie den Mund. »Neben dir?«

Ernst sah er sie an. »Ganz genau. Ich brauche dich, Trish. Ohne dich schaffe ich es nicht.«

Statt ihn auszulachen, starrte sie ihn geraume Zeit wortlos an, dann zeigte sich der Anflug eines Lächelns in ihren Mundwinkeln. »Wow, erst die Einsicht, was du für einen Mist verzapft hast, und nun noch diese unerwartete Selbsterkenntnis. Du überraschst mich immer wieder.«

Ash nickte zwar, hatte ihre Worte aber nur am Rande mitbekommen. Viel mehr interessierte ihn der kleine Fleck Schokoeis neben ihrer Lippe. Er beugte sich so weit vor, dass er das Eis einfach wegküssen konnte. Zufrieden bemerkte er die Gänsehaut an ihrem Hals, und dass sie nicht zurückzuckte. Das war ein Anfang. Dass er sich allerdings extrem zusammenreißen musste, um das Spiel nicht hier und sofort fortzusetzen, erstaunte ihn. In Hollywood hatten ihn gefeierte Schönheiten kaltgelassen, und Trish war für ihn bisher nicht mehr als eine amüsante Nervensäge gewesen … aber nun konnte er kaum die Finger von ihr lassen. Der Abend mit ihr würde interessant werden. Wenn es nach ihm ginge, hatte er sehr genaue Vorstellungen, wo sie ihn verbringen würden. Allerdings ging er jede Wette ein, dass Trish es ihm nicht so leicht machen würde. Das machte die Herausforderung jedoch nur noch spannender.

Da schob sich ein störender Gedanke in den Vordergrund, der ihm überhaupt nicht gefiel. Sosehr er sich von ihr angezogen fühlte, er konnte sich einfach keine feste Beziehung vorstellen, nicht solange er keine Ahnung hatte, wohin ihn sein Leben in den nächsten Monaten führen würde. Und nebenbei war ihm auch völlig unklar, was Trish von ihm erwartete. Falls sie sich überhaupt auf ihn einließ – war es für sie nur ein kurzes, beiläufiges Zwischenspiel, oder ging es für sie um alles oder nichts? Er wollte sie nicht enttäuschen oder sogar verletzen.

»Du machst mir Angst, wenn du mich so anstarrst, als ob du dich gleich auf mich stürzen willst. Außerdem schmilzt dein Eis.«

Ash blinzelte. Kannte sie ihn schon so gut, oder war er so leicht zu durchschauen? »Ich habe nur nachgedacht«, verteidigte er sich.

»Und ich weiß nicht, ob ich wissen möchte, worüber.« In ihren Worten schwang eine Frage mit, die er geflissentlich ignorierte. Schließlich seufzte sie. »Bist du wirklich sicher, dass wir beide das ideale Rettungsteam für die Firma sind?«

Darüber musste er nicht eine Sekunde lang nachdenken. »Ja, bin ich. Und das nicht, weil uns die Alternativen fehlen, sondern weil ich das Gefühl habe, dass wir es zusammen schaffen können. Das, was ich bisher von der Firma gesehen habe, gefällt mir. Es wirkt auf mich, als ob alle an einem Strang ziehen wollen, und darauf kommt es an. Wenn der Rest der Mitarbeiter auch so tickt, haben wir so gut wie gewonnen.«

Nachdenklich drehte Trish ihren Löffel in der Hand. »Tun sie. Die meisten. Also die, auf die es ankommt. Der Rest wird wegen Gruppenzwang und aus Angst um den Job mitmachen.«

»Was ist mit Pearson, hat der irgendwelche guten Freunde, die man im Auge behalten müsste?«

»Eigentlich nicht, er war sich viel zu fein dafür, sich mit normalen Menschen abzugeben. Aber mir fällt spontan ein, dass unser IT-Mensch und der Leiter der Personalabteilung schon immer extrem nach seiner Pfeife getanzt haben.«

»Dann werden wir die ganz besonders im Auge behalten.«

Erstaunt stellte Ash fest, dass er sein Eis schon aufgegessen hatte. »Mist. Das Zeug ist wirklich lecker. Hier müssen wir öfter vorbeifahren.«

Trish schob sich genüsslich einen Löffel Schokoladeneis in den Mund. »Du hättest eben nicht so schlingen dürfen. Und leider passen die Öffnungszeiten nicht zu deinen Plänen.«

»Was meinst du?«

»Na ja, der Laden schließt gegen sieben Uhr, und du wolltest doch noch irgendwelche Spielchen bei Sonnenuntergang auf dem nicht vorhandenen Rücksitz unternehmen.«

Prompt entstanden Bilder in seinem Kopf, die ihn nach Luft schnappen ließen. Er verschluckte sich und brachte keinen vernünftigen Satz mehr hervor. »Das war fies«, hustete er schließlich mehr, als dass er verständlich sprach.

Scheinbar gelassen aß Trish ihr Eis weiter, nur ihre Augen funkelten vor Vergnügen, und ihre Mundwinkel entwickelten ein Eigenleben.

So einfach würde er sie nicht davonkommen lassen. »Wir können ja erst das Eis essen und danach den Zwischenstopp an den Klippen im Sonnenuntergang einlegen. Das müsste zeitlich passen.«

Mit halb offenem Mund starrte Trish ihn an, ihr Löffel schwebte über der Schale. Die Chance ließ er sich nicht entgehen – er schnappte sich ein Stück von ihrem Erdbeereis.

»Hey, du bist …« Lautes, schrilles Hundegebell unterbrach sie. Suchend blickte Ash sich um und entdeckte sofort die kleine Promenadenmischung, die auf ihn zujagte.

Irritiert runzelte er die Stirn. »Allmählich nehmen die Zufälle überhand, oder ich leide an Verfolgungswahn. Hattest du nicht erwähnt, uns sei ein Wagen gefolgt?«

»Ja, aber nur bis ich in den Waldweg abgebogen bin.«

Ash war nicht überzeugt, beugte sich jedoch herab und kraulte Polly. Der Hund drängte sich an sein Bein und kläffte. Unwillkürlich lächelte er, obwohl sich seine Gedanken überschlugen. Konnte Pollys Besitzerin, diese Maureen, sie wirklich verfolgt haben? Wie eine Verbrecherin wirkte sie nun nicht gerade. In diesem Moment entdeckte er sie: Aufgeregt lief sie auf ihren Tisch zu. »Es tut mir ja so leid. Wir sind dahinten spazieren gegangen, und plötzlich rannte sie los.«

Die ältere Frau war völlig außer Atem, und sofort meldete sich Ashs schlechtes Gewissen zu Wort. So benahm sich ganz bestimmt keine Kriminelle. Trish war schon aufgesprungen und rückte Maureen einen Stuhl zurecht. »Setzen Sie sich doch. Sie sind ja ganz außer Atem.«

Während sich ihr unangekündigter Gast setzte, befestigte Ash die Leine wieder an Pollys Halsband. Wenn er sich nicht sehr täuschte, sah der Hund ihn beleidigt an. Die Frauen unterhielten sich bereits über das Wetter und den Ort. Ash trank seinen Kaffee aus und stand auf. »Möchte noch jemand etwas zu trinken?«

Trish und Maureen bestellten je ein Wasser. Als Ash den Imbiss betrat, war er immer noch zu keinem Ergebnis gekommen. Er unterstellte Maureen keine üblen Absichten, glaubte aber auch nicht an einen Zufall. Eine Bemerkung von Inga kam ihm in den Sinn, bei der er ansetzen konnte. Entweder hatte er sich verhört, es gab eine harmlose Erklärung, oder er hatte Maureen bei einer Lüge ertappt. Wenigstens diesen einen Punkt konnte er klären. Aus einem Impuls, den er sich selbst nicht so recht erklären konnte, nahm er für Maureen eine kleine Portion Erdbeereis mit. Sie strahlte etwas Einsames aus, das ihn nicht kaltließ, dabei kannte er sie kaum.

Die Frauen redeten immer noch miteinander, nun über Ingas Pension, und waren schon beim vertrauten Du angekommen. Als Ash das Erdbeereis vor Maureen abstellte, lächelte er sie an. »Es wäre ein Verbrechen, wenn du hier nur ein Glas Wasser trinkst. Trish hat mir das Eis als Geheimtipp angepriesen, und sie hatte recht.«

Maureen Augen glänzten, fast als ob sie gegen Tränen ankämpfen müsste. »Ich danke dir, Ash. Du bist ein sehr netter junger Mann.«

Jung? Na gut, darüber würde er sich nicht streiten. »Ich

gehe noch mal kurz rein. Ich habe das Wasser für *deinen* Hund vergessen.«

Maureen zuckte etwas zusammen. Mit einer so offenen Reaktion hatte er nicht gerechnet, anscheinend war er auf dem richtigen Weg. Er holte für den Hund eine Schale Wasser und bemühte sich, jedes Anzeichen von Ärger aus seiner Stimme zu verbannen. »Wieso hast du gesagt, dass Polly Inga zugelaufen ist? Inga hatte vorhin nebenbei erwähnt, dass du sie auf dem Weg nach Heart Bay aufgelesen hast und mit ihr zusammen angekommen bist.«

Polly hatte sich auf das Wasser gestürzt, nun hob sie den Kopf und kläffte einmal leise. Maureen lachte leise. »Ich glaube, meine Kleine möchte, dass ich die Wahrheit sage. Entschuldige die kleine Flunkerei. Besonders erfolgreich war ich ja sowieso nicht, aber mein verstorbener Mann hat auch immer gesagt, dass ich einfach nicht lügen kann. Polly ist tatsächlich mein Hund. Sie ist mir vor vielen Jahren in Irland zugelaufen. Dass ich sie mal aufgelesen habe, stimmt also, nur der Zeitpunkt nicht. Ich wollte ganz spontan nach Amerika und hier Urlaub machen. Es musste einfach jetzt sein … und dann habe ich kurz vor der Abreise festgestellt, dass ich ihren Impfpass verloren habe, mein Tierarzt war im Urlaub, und ich konnte die notwendige Impfbescheinigung nicht mehr rechtzeitig auftreiben. Ich konnte sie aber auch nicht einfach zurücklassen, also habe ich sie reingeschmuggelt.«

Ash blinzelte und suchte in ihrem Gesicht nach einem Hinweis darauf, dass sie log, fand aber nichts. »Wie willst du das hinbekommen haben? Die Kontrollen beim Sicherheitscheck sind extrem streng, da entgeht denen doch kein ganzer Hund.«

Maureen hob eine Augenbraue. »Da hast du wohl recht. Ich hätte das alleine nie geschafft, aber Eileen schon. Sie ist die Tochter meiner Nachbarn und Flugbegleiterin. Sie kennt Polly und mich. Wir mussten nur warten, bis sie wieder Dienst hatte, und dann war es ganz einfach.« Sie zuckte mit den Schultern. »Ich hatte ein wenig Angst, dass jemand die fehlenden Papiere bemerken könnte, und habe mir deshalb diese kleine Geschichte ausgedacht.«

Ash schüttelte den Kopf. »Du solltest mit Paul reden. Der kann dir bestimmt sämtliche Unterlagen besorgen, die du benötigst, wenn du zurückfliegst. Oder wie hattest du dir das vorgestellt?«

Maureen wurde ein wenig kleiner in ihrem Stuhl. »Nun ja, Eileen fliegt ja die Strecke regelmäßig, und da dachte ich … Vielleicht sollte ich wirklich mit ihm reden.«

»Solltest du«, bekräftigte Trish, die sich bei der abstrusen Story ein Lachen kaum verkneifen konnte. »Bist du das eigentlich vorhin gewesen, die hinter uns hergefahren ist?«

»Wenn ihr das vor mir gewesen seid, dann ja. Fährst du ein schickes rotes Cabrio?«

Trish nickte und lachte nun offen. »Da haben wir unseren Verfolger. Also doch kein böser Verbrecher, der es auf uns abgesehen hat.«

Als Maureen sie entsetzt anstarrte, schlug Trish eine Hand vor den Mund. »Entschuldige, das war nur ein lockerer Spruch. Es gibt keinen Grund zur Sorge. Wie findest du denn St. Ellis im Vergleich zu Heart Bay?«

»Ganz fürchterlich. Viel zu unpersönlich und überlaufen. Das Eis ist köstlich, und dieser Platz hier ist sehr nett, aber ansonsten … ich denke, dies war mein erster und letzter Besuch.« Sie runzelte die Stirn. »Gibt es wirklich nichts, weshalb ich mir Sorgen machen muss?«

Ash und Trish schüttelten absolut synchron den Kopf, und schließlich widmete sich Maureen wieder ihrem Eis.

Anscheinend war nur Ash aufgefallen, dass es bei Maureens

Erklärung einen gravierenden Widerspruch gab: Sie hätte über den Pacific Highway nach St. Ellis fahren müssen, dem einzigen offiziellen Weg, damit fehlte die Erklärung, warum sie hinter ihnen her Richtung Waldweg gefahren war. Entweder war Maureen umgekehrt, nachdem sie ihren Fehler bemerkt hatte, oder sie hatte den gleichen Weg wie Trish genommen und auf gehörigen Abstand zu ihnen geachtet. Beide Möglichkeiten führten zu weiteren Fragen, auf die ihm keine einzige Antwort einfiel.

Die Rückfahrt nach Heart Bay verlief in angenehmem Schweigen. Der Fahrtwind, die irische Musik aus den Boxen und Trishs Anwesenheit reichten Ash, und er war froh, dass Trish seine Erklärungen relativ entspannt aufgenommen hatte. Erst als sie vor ihrem Haus hielt, aber keine Anstalten machte, auf ihr Grundstück zu fahren, wurde ihm klar, dass er sich anscheinend geirrt hatte.

»Im Kühlschrank findest du genug zu essen, aber ich wette, Rosie wird auch noch etwas vorbeibringen. Bei mir wird es heute Abend spät«, kündigte sie an.

Ihre Sonnenbrille verhinderte, dass er ihren Gesichtsausdruck richtig deuten konnte, aber dass er soeben gekonnt aus ihrer weiteren Tagesplanung ausgeschlossen worden war, begriff er.

»Ich hatte gedacht … also gehofft …«, weiter kam er nicht.

»Sorry, Ash. Ich habe noch etwas vor. Wir sehen uns dann morgen beim Frühstück.«

Dazu gab es nichts mehr zu sagen, und wie ein trotziges Kind im Wagen sitzen zu bleiben würde ihn auch nicht weiterbringen. Wortlos stieg er aus und ging auf das Haus zu, drehte sich auch nicht um, als Trish den Geräuschen nach mit durchdrehenden Reifen wendete. Er war sauer, stinksauer. Mit so einem Rausschmiss hatte er nach dem harmonischen Nachmittag nicht gerechnet. Nun ja, vielleicht traf *harmonisch* es nicht ganz, immerhin hatte er einiges verbockt, aber das gab ihr noch lange nicht das Recht, ihn einfach so stehen zu lassen wie einen dummen Jungen!

Jetzt wirbelte er doch herum. Zu spät. Von Trish war nichts mehr zu sehen. Keine Chance, ihr gehörig die Meinung zu sagen.

13

Trish atmete auf, als sie Sabrinas Wagen vor dem Haus entdeckte, in dem ihre Freundin zusammen mit Paul wohnte. Wenn sie nicht zu Hause gewesen wäre, hätte sie nicht gewusst, wo sie die nächsten Stunden verbracht hätte. Ganz bestimmt nicht zu Hause!

Müde ließ sie den Kopf aufs Lenkrad sinken. Was für ein Chaos! Als ob die Unsicherheit bezüglich ihres Jobs nicht reichen würde. Da ließ sie sich von dem Mann küssen, der ihr neuer Boss war. Und nicht nur das. Weder der Kuss noch seine verletzte Miene, als sie ihn mehr oder weniger aus dem Cabrio geschmissen hatte, das er ihr vor die Tür gestellt hatte, gingen ihr aus dem Kopf. Und schon gar nicht die Zeit dazwischen. Was hatte sie nur bewogen, ihm ihren Lieblingsplatz an den Klippen zu zeigen? Und dennoch hatte es sich so richtig angefühlt, dort mit ihm zu stehen. Mit einem Mann, den sie bis vor sehr kurzer Zeit nur mit dem Prädikat nervig bezeichnet hätte.

»Hey, das ist also die Kiste, die Ash dir besorgt hat. Wirklich nett. Wann drehen wir damit eine Runde?«

Trish hob den Kopf und sah Sabrina an. »Du wusstest von seiner Aktion?«

»Er hat es uns gebeichtet, ehe er zu dir gefahren ist. Manchmal benimmt er sich leider wie ein Idiot.« Bewundernd strich Sabrina über den Kotflügel. »Aber wenn du ihn nicht nimmst, nehme ich ihn.«

»Finger weg, meiner! Du darfst ihn dir aber mal ausleihen.«

»Das werde ich tun. Soll ich uns was zu trinken rausholen, oder kommst du mit rein?«

»Wo ist Paul?«

»Bei Rick, zusammen mit Joey und Scout. Ach ja, und Steve ist auch dabei, weil Charles sich noch was ansehen wollte. Die Jungs spielen nachher hier noch eine Runde, und Steve schläft dann auch bei uns.« Sabrina grinste verschmitzt. »Um ehrlich zu sein, habe ich sie vorhin rausgeschmissen, weil ich meine Ruhe brauchte, und sie waren so schlau, mir aus dem Weg zu gehen. Aber jetzt bin ich fertig, und mir wurde langweilig. Ich habe gerade überlegt, ihnen zu folgen, als ich dich durchs Küchenfenster gesehen habe. Du siehst aus, als ob du einen Drink gebrauchen könntest.«

Seufzend stieg Trish aus. »Nicht *einen* Drink, sondern eine ganze Flasche, meinetwegen auch eine Infusion.«

Sabrina sah sie zwar mitfühlend an, aber in ihren Augen blitzte kaum verborgen das Lachen. »So schlimm? Dann kann es sich nur um einen Mann handeln. Ash?«

Trish antwortete nicht, sondern folgte ihr wortlos auf die Terrasse. Auf dem Tisch lag Sabrinas zusammengeklapptes Notebook. Ihre Freundin tippte darauf. »Lass es mal wieder hochfahren. Ich muss dir etwas zeigen, das dich garantiert auf andere Gedanken bringt. Über Männer reden wir erst, wenn wir die richtige Basis geschaffen haben.«

Sabrina verschwand, ehe Trish nachfragen konnte, was sie mit »richtiger Basis« gemeint haben könnte. Sie klappte das Display auf und startete das Betriebssystem. Es wäre ja nett gewesen, wenn ihre Freundin ihr wenigstens verraten hätte, was sie sich ansehen sollte, aber darauf musste sie wohl selbst kommen. Trish ließ sich die letzten bearbeiteten Dateien anzeigen und stieß sofort auf ein Dokument, das *Winterbloom* hieß. Sie klickte mit der Maus darauf, und ein Programm startete, das

189

sie nicht kannte, aber dennoch sah sie sofort, was sie vor sich hatte. Sabrina hatte den Nachmittag offenbar damit verbracht, die Homepage der Firma zu modernisieren, und dabei ganze Arbeit geleistet. Dort, wo vorher massenhaft Informationen in kleiner Schrift gestanden hatten, waren nun Bilder von Produkten. Überschriften lockerten längere Textteile auf. Das gesamte Design war hell und modern. Es war ein Vergnügen, sich durch das Angebot, das Firmenporträt und die Umgebungsinformationen zu klicken.

Sabrina kehrte mit einem voll beladenen Tablett zurück und sah sie erwartungsvoll an. »Und wie findest du es?«

»Wahnsinn. Das ist ein Traum. Wie hast du das nur so schnell geschafft? Ist das schon online?«

Sabrina platzierte mit heller Flüssigkeit gefüllte Weingläser, eine Schale mit Nachochips und eine mit einem köstlich riechenden Dip rings um den Computer. »Ich fange mal mit der letzten Frage an. Wenn Ash und du einverstanden seid, kümmert sich Charles morgen früh darum, die Webseite hochzuladen. Mir fehlen die Zugangsdaten.«

»Ash wird bestimmt genauso begeistert sein wie ich. Ich finde es auch eine großartige Idee, dass du kein Wort über den … na, nennen wir es *plötzlichen Eigentümerwechsel* verloren hast, sondern die Tradition und die engagierten Mitarbeiter vorstellst. Tolle Idee. An der Seite hast du doch Stunden gesessen, oder?«

»Schon, aber es war nicht so schlimm. Ich konnte das Design des Portals zum größten Teil übernehmen, und du wirst es nicht glauben, aber die Texte und Bilder stammen überwiegend von der alten Homepage.«

Trish vergaß, in ihren Chip zu beißen. »Echt? Kann nicht sein, die wären mir doch aufgefallen.«

»Nö, die gingen in dem Wust an Informationen und dem

grottenschlechten Aufbau total unter. Im Prinzip habe ich fast nur auf- und umgeräumt, lediglich der Teil mit den Umgebungsfotos ist neu. Ich dachte, man könnte das Portal über Heart Bay und die Firmenseite vernetzen.«

»Superidee. Was ist das eigentlich in den Gläsern?«

»Probier mal. Ich habe das in San Diego bei Cat und Rob kennengelernt. Und die haben es aus Deutschland. Weißwein, schön kalt, mit etwas Wasser. Nennt sich *Weinschorle* und ist genau das Richtige, wenn es warm ist, man Durst hat, es ohne Alkohol nicht geht, man sich aber nicht völlig betrinken will. Obwohl die Option natürlich besteht. Man muss nur genug davon trinken.«

Die Beschreibung brachte Trish zum Lachen. Sie nippte an dem Glas und nahm sofort den nächsten großen Schluck. »Wirklich lecker.« Etwas entspannter lehnte sie sich zurück. »Damit sind wir bei Winterbloom einen riesigen Schritt weiter: Wir wissen, wo die Firma finanziell steht, nämlich nicht direkt am Abgrund, sondern nur knapp davor. Einige Kostenfaktoren wie Pearson und seine Luxuslimousine sind wir los, und wir haben neue Ideen und frischen Wind. Jetzt müssen wir nur noch für Werbung sorgen.«

»Stimmt, aber da bin ich auch schon erfolgreich gewesen. Ich habe mit Cat telefoniert und sie gefragt, ob es überhaupt Sinn hat, Dom DeGrasse anzusprechen.« Sabrina machte eine Pause und trank erst einmal einen Schluck. Als sie sich auch noch einige Chips nahm, reichte es Trish.

»Und was hat sie gesagt? Sie ist doch mit Doms Bruder Rob liiert, diesem Anwalt, oder?«

»Stimmt. Und Rob ist ein alter Studienfreund von Paul.«

»Das weiß ich. Also was sagt denn jetzt dieser wahnsinnig gut aussehende Enthüllungsjournalist? Ich meine, hast du ihn gefragt? Hast du seine Kontaktdaten bekommen?«

»Viel besser. Cat wollte es selbst übernehmen, ihn hierherzulocken!«

»Perfekt!« Trish hob ihr Weinglas, und die Freundinnen stießen klirrend ihre Gläser gegeneinander.

Sabrina beugte sich leicht vor, und Trish ahnte, dass sich das Gesprächsthema nun ändern würde. »Und nun zu dir und Ash. Was läuft da? Und komm mir gar nicht erst damit, dass du dich über das Cabrio ärgerst.«

»Nein, das habe ich nur ein paar Minuten lang getan. Der Wagen ist klasse, und dass Ash nicht darüber nachgedacht hat, wie das bei den Kollegen ankommen könnte, ist mir auch klar.« Sie zuckte mit der Schulter. »Das Gerede anderer hat mich noch nie interessiert. Ich finde es nur nervig, dass er dauernd Entscheidungen trifft, ohne mit mir vorher darüber zu reden.«

»Das gewöhnst du ihm schon noch ab.«

»Hoffentlich, sonst …« Ihr fiel keine überzeugende Drohung ein. »Ist ja auch egal.«

»Wenn es nicht der Wagen ist, was ist es dann?«

»Er hat mich geküsst«, platzte Trish heraus.

Sabrina hielt sich hastig eine Hand vor den Mund, aber Trish hatte ihr Grinsen noch gesehen. »*Das* ist natürlich ein Verbrechen.«

Trish leerte ihr Glas in einem Zug. »Das Verbrechen ist, dass er richtig gut küssen kann.«

Sabrina prustete los, stand dann auf und schnappte sich die leeren Gläser. »Ich hole uns Nachschub, und dann will ich alles wissen.«

Es dauerte nur Sekunden, bis sie wieder erschien. Anscheinend konnte sie manches in Lichtgeschwindigkeit erledigen. »Also, so richtig überrascht mich das nicht. Zwischen euch sind ja schon die Funken geflogen, als ihr euch noch nicht mal persönlich kanntet.«

»Bitte was?«

Sabrina zielte mit einem Chip so lange auf Trish, dass die Soße herunterzutropfen drohte. »Wer hat sich denn ständig wortreich über die Zeitungsartikel über ihn aufgeregt? Das warst doch du.«

»Schon, aber doch nur, weil ich …« Trish geriet ins Stocken und breitete entnervt die Hände aus. »Seine Art zu leben hat mich eben genervt.«

»Du hast geglaubt, es stimmt alles, was in diesen bunten Blättern und den tollen Internetportalen steht? Zumindest im Web ist es so, dass es nur darum geht, mit möglichst sensationsträchtigen Überschriften Klicks zu generieren, um Werbeeinnahmen abzugreifen.«

»So meine ich das nicht. Aber *irgendwas* Wahres wird ja schon dran sein, die saugen sich doch nicht einfach alles aus den Fingern.« Trish merkte selbst, wie lahm das klang.

Sabrina schmunzelte. »Na sicher doch. Die Mondlandung war ja auch ein Fake, und die Kondensstreifen der Flugzeuge sind Gift, das durch die Regierung verbreitet wird.«

Trish runzelte die Stirn. »Das ist was anderes, jedenfalls der zweite Punkt«, protestierte sie.

»Weil es wahr ist oder weil es unwahr ist?« Sabrina schüttelte belustigt den Kopf. »Können wir zu dem Punkt zurückkommen, der mich gerade wirklich interessiert?«

»Die Mondlandung?«, fragte Trish verwirrt.

Sabrina kicherte. »Nein! Die Frage, wieso es ein Problem ist, dass Ash so gut küssen kann.«

Da sie mit dem Thema angefangen hatte, konnte sie jetzt schlecht einen Rückzieher machen. »Weil mir dieser eine Kuss nicht aus dem Kopf geht. Wenn ich nicht zu dir geflüchtet wäre, weiß ich nicht, was passiert wäre.«

Sabrina schaffte es einige Sekunden lang, eine ernste Miene zu bewahren, dann lachte sie wieder und hob ihr Glas zu einem stummen Gruß. »Muss ich dir etwa erklären, was passiert wäre?«

Jetzt war es auch mit Trishs Beherrschung vorbei, sie lachte und prostete ihrer Freundin zu. »Ich weiß nicht, ob ich das wirklich will. Wohin soll das führen? Es wäre bestimmt … also, wenn er so, wie er küsst, auch … na du weißt schon, aber was ist danach?« Sie seufzte. »Was genau meintest du eigentlich mit Funken? Nur weil ich mich über diesen Klatschpressenkram aufgeregt habe?«

»Ach, ich dachte eigentlich eher an euren Schlagabtausch, als wir gemeinsam gegrillt haben. Sogar Paul hat gemerkt, dass da was zwischen euch knistert, und der ist schließlich ein Mann.«

Trish lachte. Vielleicht war es doch eine gute Idee gewesen, zu Sabrina zu fahren, es tat wirklich gut, darüber zu reden.

Ihre Freundin schob ihr die restlichen Chips zu. »Weißt du, ich glaube, es gibt diese Anziehung und dieses Prickeln nicht ohne Angst und Unsicherheit. Das ist wie mit den Chips – die sind so verdammt lecker, aber die Kalorien haben es in sich.«

Auf den ersten Blick war der Vergleich sonderbar, aber Trish wusste, was Sabrina meinte. »Ich weiß wirklich nicht, was ich will«, sagte sie nachdenklich. »Und ich weiß doch auch gar nicht, ob und wie lange er hierbleibt. Und ob er das Gleiche empfindet wie ich. Und ob … Ach, ich könnte diese Liste endlos lange fortsetzen.«

»Ich kann auf deiner Liste nur einen Punkt klären: Ash empfindet etwas für dich. Sonst hätte er vorhin nicht so gereizt auf deinen Taschenspielertrick reagiert, und er hätte sich nicht solche Sorgen gemacht, wie du auf seine kleinen Eigenmächtigkeiten reagierst. Wieso lässt du nicht einfach alles auf dich zukommen? Wenn du ihn dann wirklich haben willst, dann schnappst du ihn dir. Das ist doch genau das, was du mir bei Paul empfohlen hast.« Sabrina wartete, bis Trish genickt hatte. »Mir würde es gefallen, wenn ihr zueinander finden solltet. Und wenn es nicht klappt, ändert es auch nichts an unserer Freundschaft.«

»Das klingt bei dir so einfach.«

Sabrina stand auf. »Das ist es auch. Nach dem nächsten Glas wirst du es auch so sehen.«

Nachdenklich blickte Trish aufs Meer hinaus, während ihre Freundin schon zum zweiten Mal für Getränkenachschub sorgte. Vielleicht machte sie die ganze Angelegenheit tatsächlich nur unnötig kompliziert. Oder auch nicht. Endlich wurde ihr das eigentliche Problem klar: Auch wenn sie manchmal sehr spontan war, liebte sie normalerweise Ordnung und vernünftige Strukturen, und eins war ganz sicher: Ash bedeutete Chaos, sich auf ihn einzulassen würde alles, wirklich alles verändern. Er zog sie an, sogar sehr, aber diese Anziehung verunsicherte sie auch. Es wäre, als ob sie jede Ordnung und damit jeden Halt verlieren würde und nur noch Chaos und Unsicherheit um sich hätte.

Andererseits war da die gemeinsame Rettungsaktion für die Firma, die ihr nicht nur wegen des Jobs und der Angestellten wichtig war. Es war schön, so eng mit Ash zusammenzuarbeiten und sich gemeinsam auf dasselbe Ziel zu konzentrieren. Und dann war da das Cabrio. Dieser Wagen hatte genau die Seite in ihr angesprochen, die sie sonst mit ihrer Harley auslebte. Sosehr sie sich auch über seine Eigenmächtigkeit geärgert hatte, zugleich hatte sie doch geahnt, dass er genau gewusst hatte, was der Wagen in ihr auslöste, und das hieß, dass er sie schon überraschend gut kannte. Diese Überlegung gefiel ihr, jagte ihr aber auch Angst ein.

Eigentlich hatte sie nie einen Mann in ihrem Leben vermisst.

Aber wenn sie ganz ehrlich zu sich selbst war … sie gönnte Sabrina das Glück mit Paul von Herzen, hatte aber doch ab und zu einen kleinen Anflug von Neid verspürt oder sich die Frage gestellt, ob sie jemals auch jemanden finden würde, der so gut zu ihr passte. Aber Ash war der Letzte, der ihr dabei in den Sinn gekommen wäre. Vielleicht war genau das ihr Problem: Sie wollte alles, nicht nur einen kleinen Vorgeschmack auf das, was vielleicht sein könnte. Oder anders ausgedrückt, sie hatte Angst vor einer möglichen Enttäuschung. Die Anziehungskraft, die Ash auf sie ausübte, konnte sie nicht leugnen, aber seine lässige Art war nicht gerade vertrauensfördernd.

»Kann das Leben denn nicht einmal einfach sein?«, überlegte sie laut.

»Nö«, antwortete Sabrina, die natürlich ausgerechnet dann zurückkehrte, wenn Trish ein Selbstgespräch führte.

Sie funkelte ihre Freundin an. »Es wäre nett gewesen, wenn du mir in diesem Fall mal nicht zugestimmt hättest.«

»Ich soll dich anlügen?«

»Das auch nicht. Aber ich finde das trotzdem unfair, denn ich bleibe dabei: Er ist überhaupt nicht mein Typ.«

Sabrina schmunzelte. »Aber einer, der gut küssen kann.«

Trish verdrehte die Augen und widerstand der Versuchung, ihrer Freundin die leere Chipsschale an den Kopf zu werfen.

Auch nach der zweiten Flasche Bier war Ash noch sauer. Er würde Frauen nie verstehen und Trish schon gar nicht. Vorhin noch hätte er jeden Cent seines gut gefüllten Bankkontos darauf gewettet, dass zwischen ihnen etwas sehr Vielversprechendes lief und sie ihm seine kleinen Eigenmächtigkeiten verziehen hatte. Anscheinend hatte er sich geirrt. Hinzu kam, dass er sich in ihrem Haus nicht wohlfühlte. Nicht, wenn sie nicht anwesend war. Er schnappte sich die dritte Flasche und eine

Tüte Salzbrezel. Das galt als Ersatz fürs Abendessen und würde nach dem Grillen am späten Mittag und dem Eis in St. Ellis locker ausreichen. Ehe er die Küche wieder verlassen konnte, klingelte es.

In der irren Erwartung, dass Trish es sich überlegt hatte, riss Ash die Haustür auf. Als er den Besucher erkannte, verzog er enttäuscht den Mund. »Hallo. Komm rein«, begrüßte er Charles kurz angebunden.

Der FBI-Agent hob eine Augenbraue. »Nette Begrüßung. Störe ich?«

»Nein, entschuldige. Ich bin nur gerade genervt. Frauen sind doch einfach …« Ihm fehlte die richtige Bezeichnung, alles, was ihm einfiel, wäre dann doch zu beleidigend.

Ein kurzer Anflug von Schmerz zeigte sich in Charles' Miene. »Egal, worum es geht, ich stimme dir zu. Nur eins kannst du mir glauben: Ohne sie ist man auch nicht besser dran.«

Freundschaftlich legte Ash ihm auf dem Weg in die Küche eine Hand auf den Rücken. Jeder von ihnen wusste, wie sehr Charles unter der Scheidung von seiner Frau litt.

»Darauf sollten wir trinken. Wollte Victoria nicht heute ankommen?«

»Das hat sich noch einmal verschoben. Irgendwas mit einer kranken Freundin.« Charles hob eine Schulter, als würde er frieren. »Ich glaube erst, dass sie herkommt, wenn sie hier ist.«

Es war unverkennbar, welche Hoffnungen Charles mit dem Besuch seiner Exfrau verband. Ash befürchtete jedoch, dass dem Mann, den er mittlerweile als Freund betrachtete, eine weitere Enttäuschung drohte. Allein die Tatsache, dass Victoria ihren Besuch bei Mann und Sohn immer weiter aufschob, war schon kein besonders gutes Zeichen.

»Wollen wir uns auf die Terrasse setzen?«, bot er an und holte aus dem Kühlschrank eine weitere Flasche Bier. Langsam schwand der kleine Vorrat dahin, den Trish dort aufbewahrte, aber er konnte ja morgen Nachschub kaufen.

Charles nickte und ging vor. Der kleine gepflasterte Platz schloss sich direkt an die Küche an und war sowohl von dort als auch vom Wohnzimmer aus erreichbar. Beete voller bunt blühender Blumen und einige große grüne Büsche rahmten die Terrasse ein.

»Sehr schön hier, aber es fehlt der Blick aufs Meer«, stellte Charles fest und betrachtete die Fassade des Hauses. »Könnte man nicht vorne eine Dachterrasse anbauen? Dann stört auch die Straße nicht mehr.«

»Klingt nach einer guten Idee. Man hört hier zwar das Rauschen der Wellen, aber die direkte Aussicht fehlt. Wobei … wir könnten ja nach vorne umziehen. Vor dem Haus steht eine ganz gemütliche Bank.«

Charles nickte und grinste entschuldigend. »Wenn es dir nichts ausmacht? Ich genieße jede Minute mit Blick aufs Meer. Wenn es so weitergeht, bringe ich es am Ende der Sommerferien nicht mehr fertig, Heart Bay zu verlassen.«

»Steve würde sich freuen.«

»Ich weiß. Aber ich habe immer noch keine Ahnung, was Victoria dazu sagt. Ich hatte es schon mal angesprochen, aber da kam überhaupt nichts.«

Gut, dass Charles vor ihm durch den Flur ging, so konnte Ash ungehindert eine Grimasse ziehen. Er hielt überhaupt nichts von den Verkupplungsversuchen, für die Rosie und Inga berühmt waren, aber hier könnten die beiden älteren Damen mal etwas Sinnvolles tun und Victoria Vernunft beibringen. Die Umgebung war für den Jungen perfekt und viel besser geeignet als die Großstadt. Ash hatte mitbekommen, wie einsam

Joey und Steve dort gewesen waren, und auch die Schule, die die Jungs dort besucht hatten, war eine mittlere Katastrophe gewesen. Erst in Heart Bay hatten die Kinder entdeckt, dass es eine Welt jenseits ihrer geliebten Computerspiele gab, und verbrachten nun jeden Tag freiwillig viele Stunden an der frischen Luft. Sicherlich war das nicht zuletzt auch den beiden Hunden zu verdanken.

Ash ließ die Haustür angelehnt und setzte sich neben Charles, der bereits die Beine ausgestreckt hatte und über die Straße hinweg auf den Pazifik sah. »Viel besser.«

»Verrätst du mir denn, warum du hier bist? Du wirst ja kaum vorbeigekommen sein, damit wir unseren Frust über die Frauen ablassen können.«

Charles lächelte. »Wo steckt Trish eigentlich? Und womit hat sie dich auf die Palme gebracht?«

»Ich habe nicht die geringste Idee, wo sie sein könnte. Wir haben den Nachmittag miteinander verbracht, es lief großartig – dachte ich jedenfalls.« Ash trank einen Schluck Bier und wünschte, Trish hätte was Stärkeres im Haus. Aber außer dem Likör ihrer Großmutter hatte er nichts Alkoholisches gefunden, und der war keine Alternative. »Sie ist davongerast.«

»Ohne Streit? Das klingt nicht nach Trish«, stellte Charles fest.

»So weit war ich auch schon«, knurrte Ash. Obwohl Charles sich schnell abwandte, hatte Ash das flüchtige Grinsen noch bemerkt. »Das ist nicht witzig«, beschwerte er sich.

»Eigentlich schon. Trish ist niemand, der einem Streit ausweicht. Entweder hatte sie noch etwas zu tun, oder du hast sie mit irgendwas in die Flucht geschlagen.«

Ash dachte an den Kuss, und plötzlich sah er ihr Verhalten in einem ganz anderen Licht. »Wenn du damit richtigliegst, würde mir der Gedanke sogar gefallen.«

Jetzt grinste Charles offen und prostete ihm mit der Bierflasche zu.

Ash erwiderte den Gruß, auf einmal deutlich besser gelaunt.
»Weshalb bist du denn nun eigentlich hier?«

14

Nach Ashs Frage herrschte eine Zeit lang Schweigen. Er wollte gerade nachfragen, als Charles sich sichtlich einen Ruck gab. Er setzte sich gerader hin. »Hör mir aber bitte erst bis zum Schluss zu, ehe du mir unterstellst, dass ich an berufsbedingter Paranoia leide.«

»Das würde ich nie tun, dafür schätze ich deine Meinung zu sehr. Aber ich glaube langsam, dass mir der eigentliche Grund deines Besuchs nicht gefallen wird. Wolltest du dir nicht eigentlich die Umsätze der Firma ansehen?«

»Ich habe mir die Daten bereits angesehen, und mein Ergebnis wird dir ganz sicher nicht gefallen. Aber das hat Zeit, es gibt Dringlicheres. Lass uns mal kurz ein paar Wochen zurückgehen, zum Beginn der Sommerferien. Erinnerst du dich daran, dass auch nach der Festnahme von Joeys Entführer und Sabrinas Exmann einige Fragen offen geblieben sind?«

Da musste Ash nicht lange überlegen, denn Paul und er hatten lange darüber geredet. »Die Schüsse auf Paul und Rick und der Versuch, die Hunde zu vergiften. Beides haben die Verbrecher vehement abgestritten. Darauf willst du hinaus, oder?«

»Stimmt genau. Die Beweislast gegenüber den Mistkerlen ist erdrückend, es gibt für sie keinen Grund, etwas zu verschweigen. Im Gegenteil, vor Gericht könnten sie mit vollständigen Aussagen punkten. Oder, anders ausgedrückt: Ich glaube ihnen.«

»Das wäre nicht gut. Paul und ich haben überlegt, ob es irgendeinen Grund für eine weitere Partei geben könnte, sauer auf ihn zu sein, aber uns ist nichts eingefallen. Du siehst da eine Verbindung zu den Ereignissen rund um die Firma?«

»Auch. Vielleicht. Ich bin mir nicht ganz sicher.«

Charles Ratlosigkeit beunruhigte Ash mehr als seine Worte. Mit Gefahren konnte er umgehen – auch wenn er normalerweise rechtzeitig Polizei oder FBI einschaltete, hatte er vor einer direkten Konfrontation keine Angst. Aber normalerweise wusste er relativ genau, aus welcher Richtung eine Gefahr drohte, und konnte sich darauf einstellen.

Er musste sich fast zwingen, nachzufragen: »Was genau ist dir aufgefallen?«

»Eigentlich sind es vor allem zeitliche Diskrepanzen. Pearson wusste nicht, was im Testament deines Vaters stand. Seine Überraschung, als du ihn rausgeschmissen hast, schien mir echt zu sein. Daher glaube ich nicht, dass er dir die nette Beule verpasst und darauf spekuliert hat, dass der Pazifik den Rest erledigt. Nach dem Rausschmiss: ja. Davor? Sehr unwahrscheinlich.«

»Das klingt logisch. Leider.« Ash betrachtete seine Flasche Bier. Leer. Auch Charles hatte seine bereits fast ausgetrunken. »Sekunde, ich hole Nachschub, dann ist der Mist leichter verträglich. Ich sehe dir ja an, dass das noch nicht alles ist.«

Als Ash mit zwei neuen Flaschen zurückkehrte, bemerkte er einen Wagen, der in ihre Richtung fuhr. Er gab Charles eine Flasche. »Ich könnte mir vorstellen, dass da gerade unser Abendessen kommt.«

Charles drehte sich um. »Rosie? Ich wusste gar nicht, dass sie einen Lieferservice hat.«

»Den hat sie auch nicht. Ich hätte nicht gedacht, dass sie für ihren kleinen Nebenjob sogar ihr Diner kurz alleine lässt.« Eine Idee kam ihm, zwar ein bisschen gemein, aber andererseits hatten die Damen es mit ihren ewigen Verkupplungsversuchen auch nicht anders verdient.

Charles hatte ihn beobachtet und sah ihn misstrauisch an. »Dein Grinsen gefällt mir nicht.«

Und ihm gefiel nicht, dass er so leicht zu durchschauen war. Rosie hielt am Straßenrand vor dem Haus. Statt ihr entgegenzugehen, setzte Ash sich wieder neben Charles auf die Bank. »Hallo, Rosie. Wenn du zu Trish willst, muss ich dich enttäuschen. Sie ist nicht da.«

Rosie runzelte die Stirn. »Nanu, wo ist sie denn hin? Ich bin davon ausgegangen, dass ihr diesen wunderschönen Abend gemeinsam verbringt, und wollte euch das Kochen ersparen. Ihr habt ja nun weiß Gott genug um die Ohren.«

Ash legte Charles einen Arm um die Schultern. »Trish wollte uns nicht stören. Charles und ich hatten nämlich auch die Idee, diesen wunderschönen Abend gemeinsam zu verbringen.«

Sein Freund erstarrte zwar neben ihm, widersprach aber nicht. Rosie sah völlig verdattert zwischen ihnen hin und her. »Also das hätte ich ja nun nicht … aber gut. Dann, äh, lasst euch mal die Hamburger, die Kartoffelecken und den Krautsalat schmecken. Sie sind noch warm und mit einer Extraportion knusprigem Speck. Zur Not könnt ihr sie ja auch noch für einen Augenblick auf den Grill packen.« Rosie reichte Ash die Tüte.

»Vielen Dank, Rosie. Ich weiß das sehr zu schätzen.«

Die Besitzerin des Diners murmelte etwas Unverständliches vor sich hin, drehte sich um und ging zwei Schritte. Dann drehte sie sich wieder um, so schnell, dass ihr graublonder Pferdeschwanz durch die Luft wirbelte. »Nicht dass hier ein falscher Eindruck entsteht … ich bin nur überrascht, aber freue mich, dass ihr euch gefunden habt! Ich wünsche euch einen schönen Abend.«

Von Charles kam ein erstickter Laut. Erst als Rosie gewendet hatte, schüttelte Charles die lockere Umarmung ab. »Sehr schmeichelhaft, aber danke, kein Bedarf.«

Ash sah das Lachen in den Augen des FBI-Agenten, der natürlich genau wusste, wie er die kleine Show einzuordnen hatte.

»Ich konnte nicht widerstehen. Dieser ewige Versuch, Trish und mich zu verkuppeln, nervt total.«

»Wirklich? Was war das noch vorhin …« Charles grinste von einem Ohr zum anderen.

Ash quittierte die Anspielung mit einem abfälligen Schnauben. »Ja, es nervt. Wirklich. Noch ein Wort, und du bekommst nichts von dem Hamburger ab.«

»Okay. Bleib sitzen. Ich besorge uns Besteck und Teller.« Charles stand auf und zögerte dann. »Eigentlich ist der Hamburger ja für Trish gedacht.«

»Es ist garantiert genug für drei Personen in der Tüte, und es ist ja nicht deine Schuld, wenn Madam verschwindet. Es wäre doch jammerschade, wenn wir Rosies Essen kalt werden lassen.«

»Stimmt auch wieder. Und bei dem köstlichen Geruch, der aus der Tüte kommt, hält sich mein schlechtes Gewissen sowieso in Grenzen.«

Das Essen hielt Charles nicht davon ab, das zuvor begonnene Thema fortzusetzen. Seiner Meinung nach war Pearson wahrscheinlich nur für den Stapel umgekippter Fliesen und eventuell für die Verfolgung durch den Geländewagen verantwortlich, also musste noch ein weiterer Unbekannter hinter Ash her sein. Derjenige hatte ihn am Strand niedergeschlagen.

Ash genoss erst ein Stück von Rosies Speck, ehe er antwortete. »Und da siehst du den gleichen Typen, der auch auf Paul und Rick geschossen und die Giftköder ausgelegt hat?«

Charles nickte mit vollem Mund. »Genau. *Zwei* verschiedene zusätzliche Gegner halte ich für unwahrscheinlich.«

»Klingt logisch, auch wenn mir weder ein Motiv noch ein Täter einfällt. Ich denke drüber nach.«

»Gut, mehr wollte ich nicht. Und nun wäre es nett, wenn du mich mal aufklärst, was du eigentlich beruflich machst. Vorhin ging das ja leider unter. Falls du nicht darüber reden willst, ist das auch kein Problem. Ich bin nur neugierig.«

Während sie ihre Hamburger aßen und dabei auch den Inhalt der Salatschüssel deutlich verringerten, erklärte Ash zum zweiten Mal an diesem Tag, womit er in Hollywood sein Geld verdiente. Charles wirkte nicht besonders überrascht, sondern nickte lediglich einige Male. »Wenn du das mal beiläufig gegenüber dem Sheriff fallen lässt, könnte sich Winstons Meinung über dich ändern.«

»Vergiss es. Wenn alle Stricke reißen, habe ich neben dir noch ein, zwei Leute beim FBI, die ein gutes Wort für mich einlegen können, aber das mit Winston und mir war schon immer schwierig. Ich bin eben der verwöhnte, leichtsinnige Typ, der für jeden Mist verantwortlich ist.«

Charles kniff die Augen etwas zusammen. »Und das liegt nicht vielleicht auch daran, dass du immer bereitwillig die Schuld für Dinge auf dich genommen hast, die eigentlich Rick und Paul verbockt hatten?«

Überrascht vergaß Ash, von seinem Hamburger abzubeißen. »Das haben sie dir erzählt?«

»Nö, darauf bin ich selbst gekommen, das passt irgendwie zu dir. Sobald irgendwer einen Schuldigen für irgendetwas sucht, machst du ein Gesicht, als ob du gleich brüllen würdest: *Ich war's.*« Er grinste ihn an. »Ich wette, Paul und Rick haben damals das Gras auch probiert.«

Kurz fühlte sich Ash unangenehm durchschaut, dann grinste

er schief zurück. »Na klar. Ich hätte doch gar nicht gewusst, wo ich es herbekomme. Rick kannte da jemand im Trailerpark, der das Zeug selbst angebaut hat.«

Lachend schob sich Charles den letzten Rest des Hamburgers in den Mund. »Ein Jammer, dass ich euch da noch nicht kannte«, erwiderte er kaum verständlich.

»Finde ich auch. Aber was ist denn nun mit Pearson? Bist du auf Unterschlagungen gestoßen?«

Charles nickte und schüttelte gleichzeitig den Kopf. Seufzend wartete Ash, bis sein Freund den Riesenbissen heruntergeschluckt hatte und endlich fortfuhr: »Nur in geringem Umfang, so im Stil von falschen Spesenabrechnungen. Wird schwierig, es ihm nachzuweisen. So was wie Geschäftsessen, die in einer Sexbar stattgefunden haben. Dann ist da eine Innenarchitektin, die wohl für ihn privat tätig geworden ist. Alles Kleinkram und nichts, was die finanzielle Lage der Firma erklären würde, geschweige denn den Versuch, dir Drogen mit einem so hohen Marktwert unterzuschieben. Das ist der nächste Punkt, der mir Sorgen macht: Pearson müsste eigentlich still und leise in der Versenkung verschwinden. Dass er das nicht tut, sondern anscheinend verhindern will, dass wir auf irgendetwas stoßen, legt nah, dass wir es mit etwas Größerem zu tun haben. Dummerweise etwas, das ich noch nicht sehe. Und das ärgert mich. Ich würde jetzt gerne zwei Dinge tun.«

»Und was?«

»Zum einen brauche ich Hilfe von Trish. Sie kennt die Zahlen des Unternehmens und stößt vielleicht eher auf etwas Brauchbares. Und dann hatte Jay noch einen Kumpel erwähnt, der eine Nase für solche Dinge hat. Den würde ich gern inoffiziell einschalten.«

»Sekunde. Jay? Du meinst Jay DeGrasse? Der ist doch auch beim FBI. Willst du jetzt das FBI hinzuziehen?«

»Nein. Wenn ich ihn privat frage, dann antwortet er auch privat.« Charles sah ihn ernst an. »Wenn sich das Ganze wirklich zu einer größeren Sache entwickelt, wäre es möglicherweise besser, wenn wir alle Informationen selbst zusammentragen. Offizielle Ermittlungen, zum Beispiel wegen Geldwäsche oder Steuerbetrug im großen Stil, könnten das Ende deines Ladens bedeuten. Der normale Weg wäre, alles dichtzumachen, und eine stattliche Anzahl Agenten dreht alles und jeden durch den Wolf.«

»Verdammter Mist. Mit so etwas habe ich nie im Leben gerechnet. Was ist denn das für ein Kumpel?«

»Ein deutscher Wirtschaftsprüfer. Ich weiß nur, dass er Jay geholfen hat, einen Drogenring zu sprengen, weil er als Einziger hinter dessen Finanzsystem gekommen ist. Der muss also einiges draufhaben, und wenn Jay ihm vertraut, können wir das auch.«

Ash schnaubte. »Eine andere Wahl haben wir doch gar nicht. Denn das, was du da andeutest, geht doch in Richtung schwere Kriminalität.«

»Richtig. Wer dir Drogen im Wert von ungefähr zwanzigtausend Dollar unterschiebt, meint es ernst und hat bestimmt mehr Dreck zu verbergen als ein paar Nutten auf Firmenkosten.«

Ash stellte seine Bierflasche weg, die erstaunlicherweise schon wieder leer war. »Nächstes Mal kannst du gefälligst einen ordentlichen Whisky mitbringen, ehe du solche Kaliber auffährst. Jetzt wäre ich fast so weit, sogar den Likör von Trishs Großmutter zu trinken.«

»Und warum tust du es nicht?«

»Weil der von ihr für besondere Gelegenheiten aufgespart wird und ich an meinem Leben hänge.«

»Das verstehe ich. Du bist also einverstanden, wenn ich Jay frage?«

»Ja, klar. Sagte ich doch.«

»Gut, dann regst du dich ja bestimmt nicht auf, wenn ich das schon getan habe.«

Ash rollte mit den Augen. »Also, das ist …« Etwas in Charles Miene machte ihn misstrauisch. »Ist das alles?«

»Alles, was ich im Moment sagen kann und möchte. Du solltest übrigens im Umgang mit Trish eine neue Taktik beginnen. Ich bin zwar offenbar kein Experte dafür, wie man Frauen hält, aber in der Anfangsphase bin ich ganz gut. Du solltest Trish immer mal wieder überraschen, das mögen Frauen.« Er grinste kurz. »*Positiv* überraschen, meine ich.«

Das Ausweichmanöver war offensichtlich, aber ebenso klar war, dass Charles freiwillig nichts mehr sagen würde. Es lohnte sich wohl auch nicht, darauf zu bestehen, dass zwischen ihm und Trish nichts war. Ashs Neugier siegte: »Du meinst Blumen und so ein Zeug?«

Charles schüttelte den Kopf. »Die rammt Trish dir nur in den Hals. Aber weißt du, sie wird davon ausgehen, dass du wütend auf sie bist, Erklärungen verlangst. Verlier einfach kein Wort über ihre Flucht heute Abend. Streite nicht mit ihr. Sei nett zu ihr. Das ist das Letzte, was sie jetzt erwartet.«

Der Gedanke gefiel Ash sofort. »Wollen wir die letzten beiden Flaschen auch noch austrinken?«

»Ehe sie schlecht werden … waren da nicht vorhin auch noch Salzbrezeln?«

Ash runzelte die Stirn und betrachtete bedeutungsvoll Charles' flachen Bauch. »Solltet ihr FBI-Agenten nicht auf euer Gewicht achten?«

Charles hob eine Augenbraue. »Hast du Angst um meinen Job, oder bist du vielleicht doch an mehr interessiert?«

Ash wollte etwas Schlagfertiges erwidern, öffnete den Mund und stellte fest, dass ihm nichts einfiel. Ihm ging einfach zu viel anderes im Kopf herum. Also beschränkte er sich auf ein kurzes Schnauben und ging in die Küche.

Als er mit den letzten Flaschen Bier und einer Schüssel voller Salzbrezeln zurückkam, erwartete ihn eine Überraschung. Auf seinem Platz saß Rick, vor ihm auf dem Boden standen ein Sixpack Bier und eine Flasche in einer braunen Papiertüte.

»Ich wollte nur sehen, wie es dir geht«, begrüßte er Ash.

»Gut, jedenfalls wenn du dir einen eigenen Stuhl holst und mir meinen Platz wieder überlässt.«

Rick sah ihn prüfend an. »Du siehst tatsächlich wieder fit aus. Hast du noch Kopfschmerzen? Schwindelgefühle?«

Ausnahmsweise antwortete Ash ehrlich: »Ab und zu leichte Kopfschmerzen, aber das liegt an dem Chaos hier.«

»Gut. Wenn du einen Schädelbruch hättest, würdest du nicht von leichten Schmerzen reden und hier vor allem nicht herumrennen, sondern still in der Ecke liegen. Wenn du den Stuhl holst, bekommst du was von meinem Bier.«

»Das ist Erpressung!« Er sah Charles Hilfe suchend an.

Der FBI-Agent schüttelte den Kopf. »Sorry, aber du hast nur noch eine Flasche zu bieten, Rick sechs Stück und dazu noch den Whisky.«

»Whisky? Sag das doch gleich. Dafür hole ich auch noch einen Tisch.«

Wenige Minuten später hatten sie gemeinsam einige Gartenmöbel nach vorne geholt, und der gemütliche Teil des Abends konnte beginnen.

Samira Winter verkniff sich ein Lachen, als ihr Lebensgefährte Dom DeGrasse mit einer Flasche Bier an ihr vorbeistürmte, ohne sie eines Blickes zu würdigen. Es war doch immer wieder schön, wenn Männer so reagierten, wie man es erwartet hatte.

Sie wartete, bis sie ihren Heiterkeitsausbruch im Griff hatte, und folgte ihm dann auf die Terrasse.

Gegen das Holzgeländer gelehnt betrachtete Dom den Sonnenuntergang.

»Es ist immer noch ein Traum, hier mit dir zu stehen und auf den Pazifik hinauszusehen«, begann Samira und fühlte sich nur ein klein wenig mies dabei, weil sie genau wusste, was sie sagen musste, um durch seinen Ärger zu ihm durchzudringen.

Dom brummte etwas Unverständliches, legte ihr aber einen Arm um die Taille und zog sie an sich. »Ich brauche keine Beschäftigungstherapie«, beschwerte er sich.

Und ob er die braucht! Samira biss sich auf die Lippen, um ihr aufsteigendes Lachen zurückzuhalten. Sie liebte ihn, aber das hieß nicht, dass sie seine kleinen Macken nicht sah. Wenn er sich in einen Artikel vergrub, war er nicht ansprechbar, bis er das letzte Wort geschrieben hatte. Damit konnte sie leben. Aber wenn sich keine neue Story abzeichnete, dann wurde es nach einer kurzen Erholungszeit, die sie gemeinsam genossen, schwierig. Erst fing er an, sich als Handwerker auszutoben, insbesondere an Orten, an denen es nichts zu renovieren gab, dann ging er jedem mit seiner schlechten Laune auf die Nerven. Seine Brüder hatten gelernt, ihm dann einfach aus dem Weg zu gehen, aber das war keine brauchbare Option, wenn man mit ihm zusammenlebte.

»Denkst du immer noch daran, dich als Thrillerautor auszutoben?« Sein Knurren interpretierte sie als Zustimmung. »Hast du eigentlich zugehört, als Cat erzählt hat, womit ihr ehemaliger Kamerad bei den Marines sein Geld verdient?«

Dom runzelte die Stirn. »Warte mal, da war doch was … Richard P. Ashley? Daran habe ich überhaupt nicht mehr gedacht.«

»Das solltest du auch besser nicht laut erwähnen, denn Cat

ist nicht sicher, ob Rick seinen Freunden inzwischen endlich mal gebeichtet hat, womit er sein Geld verdient.«

»Wie kann er denen das denn verschweigen? Er war mit sämtlichen Büchern unter den Top fünf der New-York-Times-Bestsellerliste.«

»Frag ihn das, wenn du ihn triffst. Und noch etwas …«

Dom trank einen Schluck Bier und schüttelte den Kopf. »Egal, was du sagst, nichts macht es besser, dass ich einen Werbeartikel für Klos schreiben soll. Und das nur, weil Cat und du es euch in den Kopf gesetzt habt.«

Nun war es endgültig mit ihrer Beherrschung vorbei, und sie lachte so sehr über seinen empörten Blick, dass sie sich verschluckte. Die Vorstellung, dass ein Reporter, der international für seine investigativen Artikel berühmt und ausgezeichnet worden war, Werbetexte für Sanitärbedarf schrieb, war einfach zu komisch. Wie gut, dass er nicht wusste, dass auch sein Bruder Rob mit ihnen unter einer Decke steckte. »Du wirst das bestimmt prima hinbekommen. *Das edle Design der vorliegenden Kollektion passt sich perfekt der Form ihres Hinterns an …*«

Immerhin zeigte sich der Ansatz eines Grinsens in seinen Mundwinkeln. »Ehe es so weit kommt, frage ich Phil, ob er einen Job für mich hat.«

Diese Idee gefiel ihr. Durch seine Arbeit war Dom ein Genie in Sachen Recherche und Datenauswertung und wäre bei ihren Aufträgen für die Regierung eine wertvolle Unterstützung. »Das steht dir jederzeit offen. Du weißt, wie er sich freuen würde, wenn du auch in die Firma einsteigst. Warum tust du es nicht?«

»Ich weiß es nicht. Es käme mir vor, als ob ich die Seiten wechseln würde. Außerdem weiß ich nicht, ob ich es so gut wegstecke wie Rob, dass ihr die Profis seid und ich im Hintergrund arbeiten müsste.«

Sie schätzte seine Ehrlichkeit, sagte aber nicht sofort etwas dazu, sondern merkte es sich für später. Sie hatte schon geahnt, dass es damit zusammenhing. Er brauchte sich nicht zu verstecken, was seine Nahkampffähigkeiten betraf, und konnte auch mit einer Waffe umgehen, war aber letztlich kein Profi wie sie selbst, sein Bruder Phil oder die anderen Teilhaber der Firma.

»Übertreib nicht so. Denke mal an Cassie, die als Deputy Sheriff aus Texas bei uns ›mitspielt‹. Aber darüber reden wir ein anderes Mal. Jetzt geht es um den Ausflug nach Heart Bay.«

»Aber keine Badezimmerwerbung!«, beschwerte er sich, lächelte dabei aber schon wieder. »Eher würde ich wohl doch noch ein Buch schreiben, also diesmal keinen Tatsachenroman, sondern was Fiktives. Aber ich will nicht, dass man das nur wegen meines Namens kauft.«

Samira unterdrückte gerade noch ein ungeduldiges Seufzen. »Das ist doch Blödsinn. Auch wenn dein Name auf dem Cover steht, muss zwischen den Seiten Qualität stecken, sonst würde sich ein Buch nicht durchsetzen. Und als völlig unbekannter Autor zu starten wäre doch Schwachsinn. Ich glaube, du solltest ganz dringend mit Rick reden.«

»Muss ich sowieso. Ihr habt doch den Flug schon gebucht, oder?«

»Haben wir. Kann ich dir denn jetzt endlich das sagen, was ich dir eigentlich sagen wollte?«

»Wenn es etwas ist, das mir den Zwangsausflug in dieses langweilige Kaff schmackhaft macht …«

»Du bist wirklich unmöglich. Rob und Cat hat es gefallen, und langweilig ist es dort nun wirklich nicht. Außerdem ist die Landschaft ein Traum, sagt Cat.«

»Das Meer habe ich jeden Tag vor der Haustür.«

»Aber nicht den Wald. Oregon ist schon etwas anderes, und ich wollte dort schon immer mal hin.« Sie konnte den Hauch

Wehmut nicht verbergen, der sich in ihre Stimme geschlichen hatte. Auch wenn sie mit Dom glücklich war und ihren Großvater in Deutschland regelmäßig besuchte, vermisste sie ihn. Er lebte mitten im Wald, und bei Cats Schilderungen der Landschaft hatte sie an ihn denken müssen.

»Das ist dann allerdings ein Grund, hinzufliegen«, lenkte Dom sofort ein.

Seine Einfühlsamkeit war so typisch für ihn. Sie kuschelte sich enger an ihn. »Das ist lieb, aber darum ging es mir gar nicht. Charles, das ist dieser FBI-Agent, der Robs Freund geholfen hat, als das Kind entführt worden ist, hat sich bei Jay gemeldet.«

Zum ersten Mal, seit sie den Ausflug nach Heart Bay erwähnt hatte, glomm Jagdfieber in Doms blauen Augen auf. »Und?«

»Er wollte die Kontaktdaten von Dirk haben, weil er bei der Analyse der Zahlen nicht weiterkommt. Er, also der FBI-Agent, befürchtet, dass was Größeres dahintersteckt. Was ganz Großes.«

Doms Augen funkelten, sein Jagdtrieb war definitiv erwacht. Kein Wunder, schließlich war Dirk – ein guter Freund von ihnen, der als Wirtschaftsprüfer für die deutsche Polizei arbeitete – dafür bekannt, dass er nur bei den richtig großen Fällen tätig wurde. Jay würde niemals leichtfertig einen Kontakt herstellen. »Hat Jay Dirks Daten rausgerückt?«

»Ja, hat er.«

Dom pfiff leise durch die Zähne. »Wieso geht dieser Charles nicht offiziell vor? Es kommt mir ziemlich unlogisch vor, dass er diesen Weg wählt.«

»Das liegt daran, dass er Angst hat, dass bei einer offiziellen Untersuchung die Firma sofort geschlossen wird und pleitegeht, und …«

»Und was? So eine Rücksichtnahme ist ja nett, aber doch bestimmt nicht der einzige Grund.«

»Es könnte ja sein, dass ein Name aufgetaucht ist, den man besser erst einmal inoffiziell unter die Lupe nimmt, weil derjenige beste Beziehungen hat und die Gefahr gigantisch wäre, dass er von den Ermittlungen erfahren würde. Glaubst du ernsthaft, Jay hätte sonst die Verbindung hergestellt?«

»Okay, du hast mich nun endgültig am Haken.«

Sie hob eine Augenbraue. »Jetzt erst? Ich dachte, das hätte ich schon seit unserer ersten Begegnung in Hamburg, als ich dich zu Boden geschlagen habe.«

Ihr Lachen ging in seinem Kuss unter.

Gegen Mitternacht hielt Paul mit seinem Pickup vor Trishs Haus. Gähnend stieg Trish aus. »Danke für den Taxiservice. Das Frühstück morgen früh bei Rosie geht dann auf mich.«

»Das muss nicht sein. Es reicht, dass Sabrina dein neues Spielzeug bis zum Diner fahren darf.«

Sie zog die Stirn in tiefe Falten. »Mir kommt da ein Verdacht: Meinst du, sie war mit der Schorle nur deshalb so großzügig, weil sie das Cabrio fahren will?«

Paul zwinkerte ihr zu. »Gut kombiniert, Sherlock. Bis morgen.«

Von der Ladefläche aus bellte Scout einmal. Wenn Trish es nicht dämlich gefunden hätte, Tiere zu vermenschlichen, hätte sie vermutet, dass auch er ihr einen Gutenachtgruß hinterherschickte. Sie wartete, bis Paul gewendet hatte, und winkte ihm zu. Statt loszufahren, ließ er das Fenster runter. »Ich warte, bis du im Haus bist.«

Das erschien ihr zwar übertrieben, aber eine Diskussion würde nichts bringen. Sie hatte kaum den Vorgarten betreten, da schalteten Bewegungsmelder einige geschickt verteilte

Lampen ein. Das Licht war hell genug, um den Weg und vor allem das Türschloss zu finden, blendete sie aber nicht. Etwas irritiert bemerkte sie einen Tisch und einen Stuhl, die eigentlich auf die Terrasse gehörten, nun aber neben ihrer Lieblingsbank standen. Warum war sie bisher nicht selbst auf die Idee gekommen? Verkehr gab es auf dieser Straße kaum, weil sie an den Klippen endete und es neben ihrem eigenen nur noch wenige weitere Häuser gab. Der Blick auf den Sonnenuntergang war von hier aus fantastisch. Sie sollte wirklich mehr Möbel hier und weniger in dem umwucherten Garten aufstellen.

Sie schloss die Tür auf, winkte Paul noch einmal zu und betrat dann das Haus. Lauschend blieb sie stehen. Alles ruhig. Was hatte sie erwartet? Ein Empfangskomitee? Ash hatte einen anstrengenden Tag hinter sich, und sie konnte froh sein, dass er genügend Schlaf fand. Dennoch war sie etwas enttäuscht. Wirklich, eine großartige Logik, nachdem sie vor ihm davongefahren war.

Gähnend ging sie in die Küche. Obwohl Paul kurzfristig noch den Grill angeheizt hatte, würde ein kleiner Snack nicht schaden. Kaum hatte sie das Licht eingeschaltet, glaubte sie ihren Augen nicht zu trauen: Neben der Spüle stand eine Batterie leerer Bierflaschen. Zehn oder zwölf Stück. Die hatte Ash hoffentlich nicht alleine getrunken? Aber das war wohl eher ausgeschlossen, wenn sie an den Stuhl dachte, den jemand zusätzlich zur Bank nach vorn geschleppt hatte. Noch viel interessanter war jedoch der Teller, der mitten auf ihrem Tisch platziert worden war. Darauf ein köstlich riechender Hamburger, ein paar Kartoffelecken und direkt daneben eine Schale Krautsalat. Neugierig nahm sie den Zettel, der unter dem Besteck lag. *Willkommen zurück, du Nachtschwärmerin. Ich hoffe, du hattest einen schönen Abend. Falls du noch Hunger hast, habe ich dir etwas übrig gelassen. Vielleicht solltest du den Ham-*

burger kurz in den Backofen oder die Mikrowelle schieben. Bis morgen, Ash

Seine Schrift passte zu ihm, schnörkellos, gut lesbar, ausdrucksstark. Der Smiley unter seinem Namen, der ihr ein Herz zuwarf, brachte sie zum Schmunzeln. Damit hatte sie nicht gerechnet, und sein Stil gefiel ihr. So sehr, dass ihr in der Magengegend warm wurde.

Wie sollte das nur weitergehen? Sie hätte nicht zu Sabrina fliehen sollen, sondern bis zum Südpol. Dagegen sprach aber ihre Neugier, wie es mit ihnen beiden weitergehen würde. Und die Hoffnung auf ein Happy End? Das Gespräch mit Sabrina hatte ihr mehr geholfen, als sie erwartet hatte. Was hatte sie schon zu verlieren, wenn sie sich auf Ash einließ? Sie konnte ja kaum schon im Vorwege von ihm erwarten, dass er ihr ewige Liebe schwor. Aber irgendwie hatte ihr logisches Denkvermögen sie zeitweise im Stich gelassen. Natürlich war das ganz allein seine Schuld.

Sie setzte sich auf den Küchenstuhl und knabberte an ein paar Kartoffelecken. Ehe sie sich versah, hatte sie auch den Salat und die Hälfte des Hamburgers aufgegessen. Nun wusste sie immerhin, dass Rosies Burger auch kalt und mit leicht aufgeweichten Brötchen immer noch verdammt lecker schmeckten. Eigentlich war es schade, den Rest wegzuwerfen. Alleine der Speck und die Röstzwiebeln waren einen Mord wert.

Trish nahm den Teller mit ins Schlafzimmer und verfluchte zum ersten Mal ihren Entschluss, die Gästezimmer im Erdgeschoss einzurichten. Es wäre schön gewesen, wenn Ash nicht ein halbes Haus von ihr entfernt schliefe, sondern vielleicht …
Sie rief sich zur Ordnung. Es musste an diesem köstlichen weinhaltigen Getränk liegen, dass der Gedanke plötzlich unwiderstehlich war, Ash würde sie in ihrem eigenen Bett erwarten.

Deutlich vorsichtiger als gewöhnlich stieß sie ihre Schlafzimmertür auf. Leer. Was denn auch sonst? Bis zum nächsten Morgen musste sie einiges in ihrem Kopf wieder geraderücken.

Sie setzte sich aufs Bett, sah hinaus in den sternenklaren Nachthimmel und knabberte an dem Rest ihres Hamburgers. Obwohl sie sich nicht einmal gesehen hatten, fühlte es sich an, als ob jemand sie zu Hause erwartet hätte. Und das stimmte ja schließlich auch. Ihr das Essen hinzustellen war eine nette Geste gewesen, die sie zu schätzen wusste. Sie war gespannt, was die nächsten Tage bringen würden. Egal, wohin es sie und Ash führen würde, langweilig würde es nicht werden. Auch wenn sie sonst eine gewisse Ordnung liebte, freute sie sich auf die Herausforderung. Das würde interessant werden.

15

Ash widerstand erfolgreich der Versuchung, sein Handy aus dem Fenster zu werfen. Noch nicht einmal acht Uhr, und das blöde Ding plärrte mit einem durchdringenden Weckton los. Er zog sich die Bettdecke über den Kopf und versuchte weiterzuschlafen. Ging nicht. Dann fiel ihm ein, dass er den Wecker seines Handys absichtlich gestellt hatte, und vor allem, *warum* er das getan hatte. Mist! An Schlaf war nicht mehr zu denken, dabei war er hundemüde, und der vor ihm liegende Tag würde nicht gerade besonders erholsam werden. Er warf die Bettdecke von sich und ging ins Bad. Seine Dusche fiel kälter aus als sonst, erfrischte ihn aber ausreichend. Ratlos betrachtete er den kleinen Stapel Kleidung im Schrank. Nichts davon war geeignet, um vor einer Belegschaft eine Rede zu halten. Er konnte dort kaum wie ein Tourist auftreten.

Fluchend suchte er nach seinem Handy und fand es unter dem Kopfkissen. Das war ein Fall für Paul. »Kannst du mir ein weißes Hemd leihen?«, fragte er per SMS.

Die Antwort ließ nur Sekunden auf sich warten und bestand aus einem Smiley, der sich lachend über den Boden rollte. Das hieß dann vermutlich Ja. Manchmal hätte er seine Freunde umbringen können.

Ein weißes Hemd zu einer ordentlichen dunklen Jeans müsste reichen. Siedend heiß fiel ihm ein, dass er nur ausgeblichene oder kurze Hosen eingepackt hatte. Verdammt. Paul schied aus, der war in der Taille dünner. Rick zu kräftig. Charles! Fragen kostete ja nichts. Wenigstens antwortete der

FBI-Agent mit einem einfachen »geht klar« und einem normalen Smiley. Um neun Uhr wollten sie gemeinsam bei Rosie frühstücken, um halb elf stand dann die Betriebsversammlung auf dem Programm.

Wie schön wäre es, den Tag am Strand oder mit Trish im Bett verbringen zu können! Sofort setzte sein Kopfkino ein, und ein gewisser Körperteil begann schmerzhaft zu pochen. Für noch eine kalte Dusche fehlte ihm die Zeit, aber ein kurzer Abstecher ans Meer war noch drin.

Ash war nicht erstaunt, am Strand Trish zu entdecken. Der Wind wehte ihre Haare durcheinander, und sie genoss sichtlich die frühen Sonnenstrahlen und die angenehme Brise. Wellen umspülten ihre nackten Füße.

»Guten Morgen. Bist du die örtliche Meerjungfrau und für den Kaffee zuständig?«, begrüßte er sie und stellte sich so dicht neben sie, dass sich ihre Schultern berührten. Dass sie ihm nicht auswich, verbuchte er als erstes positives Ereignis des Tages.

»Klar, sobald ich mich überwinden kann, das Paradies hier zu verlassen. Den Kaffee schulde ich dir schon wegen des Abendessens.«

»Ach was. Das war doch nichts.«

»Ich fand es nett.« Flüchtig lächelte sie ihm zu. »Es ist morgens einfach zu herrlich hier draußen, oder? Diese Ruhe, nur die Wellen und der Wind.«

»Ich hoffe, ich störe dich nicht.«

Trish widersprach nicht sofort, sondern runzelte die Stirn. Schließlich schüttelte sie den Kopf. »Nein, es ist okay, wenn du hier bist. Nur bitte niemals wieder als Fastwasserleiche!«

Ash musste lachen und war erleichtert über ihre Antwort. »Einverstanden. Aber ich habe eine Idee. Bleib du hier, ich bin gleich mit zwei Bechern wieder da.«

Ehe sie protestieren konnte, ging er eilig davon. Als er mit zwei gefüllten Bechern zurückkehrte, stand sie immer noch so in den Wellen, wie er sie verlassen hatte. Dankbar lächelnd nahm sie ihm einen der Becher ab und trank genüsslich einen Schluck.

»Perfekt.«

»Danke. Ohne Kaffee bin ich morgens nicht richtig ansprechbar. Weißt du, was deinem Haus fehlt? Eine Dachterrasse, auf der man frühstücken und abends essen könnte. Wir waren uns da gestern einig.«

»Ach, deshalb habt ihr vor dem Haus gesessen. Wer war denn hier?«

Siedend heiß fiel ihm ein, dass sie in Trishs perfekter Ordnung einiges durcheinandergebracht hatten. »Charles und Rick. Die leeren Flaschen und die Gartenmöbel räume ich nachher weg.«

»Das ist nicht so wichtig. Mit der Dachterrasse habt ihr recht, aber da habt ihr das liebe Geld vergessen. Man könnte vor meinem Schlafzimmer auf Holzbalken durchaus so ein Ding hinstellen, aber das ist im Moment nicht bezahlbar.«

Die Versuchung war groß, ihr anzubieten, die Kosten dafür zu übernehmen, aber er ahnte, wie sie darauf reagieren würde. »Ich schlage dir einen Deal vor. Wenn du das Geld für die Terrasse zusammenhast, übernehme ich den Whirlpool. Hast du das Teil bei Rick gesehen?«

»Na klar. Paul hat auch schon einen bestellt, er wird wohl nächste Woche geliefert.«

»Siehst du, das brauchen wir auch.«

Sie hob beide Augenbrauen. »Hast du gerade *wir* gesagt?«

Völlig unbeeindruckt legte Ash ihr einen Arm um die Taille, obwohl er sich tatsächlich fragte, was ihn bei der Formulierung geritten hatte. Über eine ernste Beziehung hatte er nicht nachgedacht und wollte es auch nicht – oder doch? »Sicher«, bestätigte er dennoch.

Trish öffnete den Mund, schloss ihn aber wieder, ohne zu protestieren. Wenn das kein Anfang war! Nun musste er nur noch die Bilder von ihr und ihm, nackt im Pool, aus dem Kopf bekommen – und sich überlegen, was er eigentlich wirklich wollte, und zwar möglichst schnell. Ehe er alles versaute und Trish am Ende doch noch verletzte.

Trish blieb neben seinem Porsche stehen und sah bedauernd zu ihrer Harley. »Ich kann ja leider nicht zwei Fahrzeuge gleichzeitig fahren. Nimmst du mich mit?«

Ash tat, als ob er sich die Antwort überlegen müsste, und kassierte einen ordentlichen Rippenstoß. »Aua! Also gut, ehe du noch gewalttätiger wirst, nehme ich dich lieber mit. Wir müssen aber noch einen Zwischenstopp bei Inga einlegen.«

»Warum?«

»Meine Garderobe war nicht für eine Betriebsversammlung geeignet. Ich habe mir zwei Sachen geliehen.«

Trish musterte ihn von oben bis unten. »Ich würde eine ordentliche Jeans und ein vernünftiges Hemd empfehlen. Mit Anzug und Krawatte siehst du verkleidet aus.«

»Dann bin ich ja beruhigt, denn dafür habe ich mich auch entschieden. Nur leider fällt meine Jeans nicht mehr in die Kategorie ordentlich.«

Trish legte den Kopf etwas schief und ließ ihren Blick langsam über seine Jeans wandern. So langsam, dass ihm heiß und die Hose verdammt unbequem wurde. »Stimmt. Die ist eher sexy als ordentlich.«

Ash musste sich erst räuspern, ehe er seiner Stimme wieder traute. »Damit könnte ich dann vielleicht bei dem weiblichen Teil der Belegschaft punkten.«

Sie kniff die Augen zusammen. »Vergiss es.«

Irrte er sich, oder schwang da ein bisschen Eifersucht mit? Für den Moment reichte es ihm schon, dass sie seine Hose »sexy« fand. Er wandte sich ab und ging zur Fahrerseite, ehe sie ihm noch ansah, was sie in ihm auslöste.

Charles erwartete ihn auf der Veranda vor Ingas Pension. »Komm schnell mit hoch, damit du dich umziehen kannst. Pauls Hemd wartet auch schon auf dich«, bot ihm sein Freund an.

In diesem Moment kam Inga aus der Tür geschossen, ihr Blick huschte misstrauisch zwischen Charles und Ash hin und her. »Guten Morgen, Ash. Was wollt ihr?«

Schlagartig fiel ihm der kleine Streich vom Vorabend ein, den er Rosie gespielt hatte. Er wusste nur zu gut, wie schnell die beiden älteren Frauen sich austauschten. »Ich wollte mich nur rasch bei Charles umziehen.«

Inga sah noch ein letztes Mal auffällig zwischen ihnen beiden hin und her, rieb sich dann übers Kinn und schüttelte den Kopf. »Ihr haltet mich wohl schon für senil, was?«

Sie drehte sich auf dem Absatz um und verschwand. Ash schielte zu Trish hinüber, die den Auftritt verständnislos verfolgt hatte. »Was war das denn?«

»Keine Ahnung«, wich Ash aus.

Charles seufzte tief. »Mein Radar meldet, dass sich da ein Gewitter zusammenbraut. Aber das wirst du gefälligst allein ausbaden.«

Trish sah nun so verständnislos aus, dass Ash es vorzog, sich sofort um die neue Jeans zu kümmern.

Als er zurückkehrte, sah Charles ihm schon gespannt entgegen. »Soll ich eigentlich mitkommen? Die Jungs könnten zusammen bei Inga bleiben, aber ich weiß nicht, ob du mich überhaupt dabeihaben willst. Andererseits brauche ich auch noch ein paar Informationen, um die neue Webseite hochzuladen.«

Seine Unsicherheit überraschte Ash – eigentlich sollte Charles doch klar sein, dass sie alle ihn als guten Freund betrachteten. Es war schließlich nicht selbstverständlich, dass ein FBI-Agent für einen entführten Jungen sämtliche Vorschriften außer Acht ließ, und auch ansonsten hatte sich Charles in den letzten Wochen als verlässlicher Kumpel erwiesen. Aber zunächst war der andere Punkt interessanter. »Welche neue Webseite?«

»Ups, die wollte Sabrina eigentlich mit dir abstimmen. Ich kann dir nur sagen, dass sie genial geworden ist.«

»Dein Wort reicht mir. Und ich wäre froh, wenn du mitkommen könntest.« Er legte Charles freundschaftlich einen Arm um die Schulter. »Du gehörst doch zu unserer ehemaligen Dreiergang dazu. Spätestens, seit du Joey …«

»Du kannst mit dem Theater aufhören, Ash. Egal, was du hier abziehst, ich durchschaue dich. Du hast offenbar vergessen, dass ich dich schon kannte, als du noch in die Windeln gemacht hast.«

Ash zog seinen Arm so schnell zurück, dass er Charles beinahe aus Versehen geschlagen hätte. »Ich habe doch nur … Du übertreibst es, Inga, wirklich.«

Inga schnaubte nur und stolzierte zum zweiten Mal davon. Charles wackelte mit dem Kopf. »Sei froh, dass du bei Trish untergekommen bist. Ich fürchte, Inga hätte die nächsten hundert Jahre kein Zimmer für dich. Hängt das mit deiner Show für Rosie zusammen?«

»Ich fürchte schon, aber normalerweise nimmt Inga so schnell nichts krumm. Ich weiß nicht, warum sie so empfindlich reagiert. Lass uns lieber frühstücken fahren, ehe ich noch nervöser werde und überhaupt nichts mehr herunterbekomme.«

Trish hatte die Gespräche bisher stumm verfolgt, jetzt hielt sie Ash am Arm fest, als er zu seinem Porsche gehen wollte. »Womit habt ihr die beiden denn verärgert?«

Charles setzte sofort eine überzeugende Unschuldsmiene auf. »Ich habe nichts getan und fahre dann schon mal vor.«

»Okay, dann warst du also derjenige, Ash. Nicht dass mich das wirklich wundert. Was hast du getan?«

»Keine Ahnung, was Inga hat.« Das war noch nicht einmal komplett gelogen, weil er ja tatsächlich nicht sicher wusste, was eigentlich los war. Er konnte ja lediglich *vermuten*, dass Rosie und Inga sich über seine angebliche Beziehung zu Charles ausgetauscht hatten. Da Trish nicht im Geringsten überzeugt schien, sprach er schnell weiter: »Lass uns mal lieber losfahren, ehe Paul und Rick uns alles wegessen.«

Das Argument zog. Trish stieg in den Porsche ein. Kaum saß er auf dem Fahrersitz, schnaubte sie abfällig. »Die Hose ist zwar formeller und für deine kleine Rede besser geeignet, aber nicht im Geringsten so sexy wie die andere. Außerdem ist sie einen Tick zu weit.«

Zu weit? Unter ihrem prüfenden Blick wurde sie schon wieder zu eng.

Sie erreichten das Diner als Letzte, ihre Freunde hatten schon zwei Tische zusammengeschoben und waren bereits beim Essen. Vor Joey und Steve lag jeweils ein beachtlicher Berg Pfannkuchen. Zwischen Rick und Paul hatten sie ihnen zwei Stühle freigehalten.

Trish lächelte. »Eine große Auswahl haben wir ja nicht.«

Ash legte ihr eine Hand auf den Rücken, ehe sie sich setzte.

»Ich sehe da keinen Grund zur Beschwerde, außer dass der Sirup am falschen Ende des Tisches steht.«

Joey lachte laut und zog die Flasche noch dichter zu sich heran. »Wenn du den haben willst, musst du mir ein gutes Angebot dafür machen.«

Bisher hatte Scout dösend am Boden gelegen, nun hob er den Kopf und kläffte einmal. Joey wollte sich ausschütten vor Lachen. »Das ist übrigens mein Anwalt.«

»Dein Anwalt?«, begehrte Paul gespielt beleidigt auf. »Was ist mit mir?«

»Du hast nicht so ein kuscheliges Fell und so einen schönen Schwanz.«

Prompt verschluckte sich Sabrina. Joey und Steve sahen sich kurz an und prusteten dann laut los. »Sorry, Pa, so war das nicht gemeint.«

Joeys Entschuldigung war kaum verständlich, und auch Trish kicherte wie ein Mädchen. »Was für ein Trubel! So und nicht anders muss ein Familienfrühstück sein.«

*Familien*frühstück? Vermutlich hatte Trish gar nicht gemerkt, was sie da gesagt hatte, aber der Gedanke gefiel Ash. Schließlich standen ihm seine Freunde näher als seine Familie, die nun nicht mehr existierte und eigentlich auch nie richtig existiert hatte.

»Irrenhaus«, beschwerte sich Rick leise, aber ihm war anzusehen, dass er es nicht ernst meinte, sondern sich amüsierte. Lediglich Charles wirkte ein wenig überfahren.

»Na, hier ist ja eine Stimmung«, stellte Rosie, die an den Tisch getreten war und dabei vier Teller mit Rührei balancierte, sichtlich zufrieden fest.

Zwei landeten vor Trish und Rick, die beiden restlichen stellte sie vor Charles und Ash ab. Eigentlich hatte Ash ebenfalls auf Pfannkuchen spekuliert, aber die konnte er auch nach Rosies berühmtem Rührei essen. Unzählige Kräuter durchzogen die Eimasse, die von einigen Scheiben krossem Speck gekrönt wurde.

Trish testete bereits eine Gabel voll und stieß dabei einen Laut aus, der an ein Schnurren erinnerte. Ash probierte ebenfalls und verstand sie sofort. Das Ei war einfach perfekt.

Charles hatte schon ein erstaunlich großes freies Stück auf seinem Teller freigeschaufelt, als er plötzlich seine Gabel fallen ließ, die mit einem lauten Klirren auf dem Porzellan landete. Er beugte sich über den Tisch und leerte mit hochrotem Kopf Joeys Colaglas in einem Zug. In der einen Sekunde fragte sich Ash noch, was in seinen Freund gefahren war, im nächsten Moment explodierte eine ungeheure Schärfe in seinem Mund. Tränen flossen seine Wangen hinab, und er rang nach Luft. Halb blind tastete er nach seinem Kaffeebecher und schüttete das noch viel zu heiße Getränk in sich hinein. Er stellte den Becher ab, ignorierte das Klirren und streckte die Hand aus. Rick drückte ihm ein Wasserglas in die Hand, das Ash ebenfalls sofort leerte. Aber die Schärfe blieb. Abwechselnd hustete er und rang nach Luft.

Trotz des Tränenschleiers erkannte er, dass Rick sein Lachen kaum in den Griff bekam. Paul versuchte nicht einmal, sein Grinsen zu unterdrücken, lehnte sich zurück und musterte ihn vergnügt. »Was habt ihr denn ausgefressen, dass Rosies Rache über euch kommt?«

Nun war es auch mit Trishs Beherrschung vorbei. Bisher hatte sie eher besorgt reagiert, nun lachte sie. »Das will ich auch wissen. Sofort.«

Paul winkte ab. »Zehn Minuten wirst du noch warten müssen. Vorher bringt keiner der beiden einen vernünftigen Satz hervor.«

Charles bewies ihm das Gegenteil. »Ich bringe dich um«, drohte er Ash einigermaßen verständlich an.

Sabrina drückte ihm ein Stück Brot in die Hand. »Vergiss die Getränke, dagegen hilft nur trockenes Brot. Ordentlich kauen.«

Dankbar befolgte Charles ihren Rat. Ash hob eine Hand. »Ich auch.«

Sabrina schüttelte den Kopf. »Das war der Rest, und irgendetwas sagt mir, dass Charles unschuldig in dieses Chaos reingeschlittert ist.«

Joey sprang auf, einen halben Pfannkuchen in der Hand, rannte um den Tisch herum und drückte ihn Ash in die Hand. »Probier das mal.«

Zu verlieren hatte er nichts, und tatsächlich verminderte sich die Schärfe auf ein halbwegs erträgliches Maß. »Danke, Joey. Damit hast du dir das größte Eis des Ortes verdient.«

»Gern geschehen. Aber mal ehrlich, ich dachte, du würdest dich noch an das letzte Mal erinnern. Da habt ihr drei doch die Tafel draußen verschmiert und wurdet mit megascharfen Pommes bestraft.«

Paul zielte mit einer Gabel auf Ash. »Das nennt sich unbelehrbar, Joey. Rick und ich haben unsere Lektion gelernt. Während bei Ash … na ja, du siehst ja, was passiert ist.«

»Und was hast du getan, Dad?«, erkundigte sich Steve bei seinem Vater.

Charles warf Ash einen Blick zu, der bittere Rache versprach. »Ich habe es verpasst, im richtigen Moment zuzuschlagen«, knurrte er und brachte die anderen zum Lachen.

Natürlich tauchte nun auch Rosie auf, und ihre Augen blitzten vor Vergnügen, als sie vor Charles eine Schüssel Schokoladenpudding abstellte und den Teller mit dem restlichen Rührei wegnahm. »Dann hast du ja hoffentlich etwas für die Zukunft gelernt, Charles. Eine alte Frau so durch den Kakao zu ziehen! Das gehört sich einfach nicht! Aber du bekommst mildernde Umstände, ich weiß genau, wer hier der Verantwortliche ist.«

»Ich habe doch nur …« Ash brach ab, als sich alle Blicke erwartungsvoll auf ihn richteten. Es war wohl besser, auf jeden Erklärungsversuch zu verzichten. »Ist ja auch egal.«

Trish seufzte. »Irgendwann bekomme ich raus, was du angestellt hast, und dann ziehst du dich besser warm an.« Sie sah Rosie an. »Ist eigentlich der Speck auf Ashs Teller genießbar?«

»Aber sicher, mein Kind.«

Ehe Ash protestieren konnte, schnappte sich Trish die beiden Scheiben. Ohne dass er sagen konnte, wo sie den hergezaubert hatte, hielt Rosie plötzlich einen Apfel in der Hand. »Falls du etwas Gesundes essen möchtest, Ash.«

»Was ist denn mit Pfannkuchen?«

»Die haben die Jungs aufgegessen.«

»Aber …«

Ihre unnachgiebige Miene verriet ihm, dass es aussichtslos war. Er nahm ihr den Apfel aus der Hand und knurrte etwas vor sich hin, das als Dank durchging. Hungrig betrachtete er Charles Pudding. »Zu viel Zucker ist ungesund«, belehrte er den FBI-Agenten.

»Dann sei froh, dass ich dich davor bewahre!«

Rick hatte lediglich einen leeren Teller vor sich, Paul schüttelte den Kopf, ehe Ash auch nur eine Frage formulieren konnte, und die Jungs hatten ihre Pfannkuchen tatsächlich schon verputzt. Anscheinend blieb ihm tatsächlich nur der Apfel. Da tauchte eine Gabel mit einem Stück Speck vor seinem Mund auf. Trish!

»Danke«, sagte er genüsslich kauend.

»Verdient hast du es nicht.« Sie schob ihm ihr restliches Rührei zu und schnappte sich stattdessen nach einem fragenden Blick eine halbe Waffel mit Ahornsirup von Sabrinas Teller.

Eigentlich hätte er sich über Trishs Geste gefreut, aber leider hatte auch Rosie die kleine Aktion von ihrer Lieblingsposition direkt neben dem Durchgang zur Küche aus beobachtet und wirkte sehr zufrieden, schon fast erschreckend selbstgefällig. Das wiederum gefiel ihm überhaupt nicht. Obwohl er eigentlich doch auch wollte, dass Trish und er ... verdammt, er wusste nicht mehr, was er wollte.

Als Ash seinen Porsche auf dem Firmenparkplatz abbremste, wusste er immer noch nicht, ob das gemeinsame Frühstück nun ein Erfolg oder ein Reinfall gewesen war. Außer ihm hatten sich offenbar alle köstlich amüsiert. Dafür brannte sein Mund immer noch. Ein kleiner Trost war Charles' Verschwiegenheit. Der Spott seiner Freunde wäre gnadenlos, wenn sie von seinem im Nachhinein ziemlich bescheuerten Manöver erfahren würden.

Neben ihm hielt Trish und riss ihn aus seinen Gedanken. Es gefiel ihm, dass sie direkt neben ihm parkte. Dann trafen auch schon Rick und Charles ein und natürlich Paul und Sabrina.

Sabrina starrte einen Augenblick gedankenverloren auf die leere Ladefläche von Pauls Pickup, und Ash wusste sofort, woran sie dachte. Er ging zu ihr und legte ihr einen Arm um die Schulter. »Meinst du, du hältst es einige Stunden ohne die Chaoten aus?«

Ihr Grinsen war etwas wackelig. »Meinst du die mit Fell oder die ohne? Ich weiß ja, dass die Jungs mit den Hunden bei Inga sicher sind, aber trotzdem ist es immer noch merkwürdig. Ich will sie ja bestimmt nicht einengen, aber was spricht eigentlich gegen eine Überwachung per GPS und Satellit?«

Ash legte die Stirn in Falten. »Mir fällt nichts ein. Soll ich mal bei der NSA nachfragen?«

Sabrina schüttelte den Kopf. »Vielleicht besser doch nicht. Ich möchte eigentlich gar nicht wissen, was die alles ausfressen.«

»Aber genau deswegen bist du doch nach Heart Bay gekommen, oder? Raus aus der Großstadt, weg von den Computerspielen.«

»Natürlich. Aber ich hatte nur positive Dinge in Erinnerung, und überhaupt keine Gefahren.«

»So ist es eben als Kind. Aber ein so gefährliches Pflaster ist Heart Bay ja nun auch nicht. Na ja, mal abgesehen von Rosies Rührei.« Endlich lächelte Sabrina wieder.

»Charles kann die Webseite gerne schon mal hochladen«, bot er an, »mir reicht es, dass sie dir gefällt. Aber zeigst du sie mir trotzdem mal?«

»Sicher. Lass uns schnell reingehen, damit wir uns nicht so beeilen müssen.«

Hinter Sabrinas Rücken warf ihm Paul einen dankbaren Blick zu. Sie wussten beide, dass Sabrina noch mit den Folgen von Joeys Entführung zu kämpfen hatte und den Jungen am liebsten vierundzwanzig Stunden am Tag unter Beobachtung gehalten hätte. Normalerweise hatte sie ihre Angst ganz gut im Griff, nur in Augenblicken wie diesem mussten sie eben für Ablenkung sorgen.

Trish wollte gewohnheitsmäßig in ihr Büro und bog erst im letzten Moment richtig ab. »Daran denke ich morgens doch nie«, murmelte sie vor sich hin und riss die Tür zu ihrem gemeinsamen Büro auf.

Sie blieb mitten im Raum stehen und drehte sich einmal um die eigene Achse. »Nicht schlecht, Ash. Das gefällt mir sogar sehr. Was ist mit den ganzen dunklen, edlen Möbeln von Pearson passiert?«

»Keine Ahnung. Ich habe beschrieben, was ich hier gern drin stehen hätte, und gesagt, dass jeder sich nehmen kann, was ihm gefällt. Ich konnte mit dem Angeberkram nichts anfangen.«

»Schon, aber wäre nicht das Büro deines Vaters für dich …«

»Nein!« Das war viel zu heftig aus ihm herausgebrochen, aber er wollte darüber nicht weiter diskutieren, nicht einmal nachdenken. »Geh doch mit Charles noch mal die Zahlen durch. Ich möchte mir die neue Webseite ansehen.«

Trish salutierte, aber in ihrer Geste lag keinerlei Spott, sondern nur ein liebevolles Necken, das Ash völlig aus dem Gleichgewicht brachte. Ihre Blicke trafen sich, und für einige Sekunden schien es nur noch sie beide zu geben. Nicht nur ihre anwesenden Freunde, auch sämtliche Probleme verschwanden für ein paar kostbare Augenblicke.

Dann räusperte sich Trish und deutete auf das Notebook, das auf dem Schreibtisch stand. »Ist das meins?«

Ash nickte. »Ja. Es ist unglaublich, aber der Typ von der IT hat mir gestern erzählt, dass zehn Stück von den Geräten bestellt worden sind und ungenutzt herumlagen. Angeblich sollten sie sogar zurückgeschickt werden, und man hätte dabei ordentlich draufgezahlt. Ich dachte, wir nehmen uns zwei, und die anderen stellen wir Mitarbeitern zur Verfügung, die vielleicht auch mal von zu Hause aus arbeiten möchten.«

Trish starrte ihn an, als ob ihm plötzlich zwei Köpfe gewachsen wären.

»Du kannst auch deinen alten PC zurückhaben«, bot er rasch an.

»Da wäre ich doch bescheuert. Das ist es nicht. Etwas, das du eben gesagt hast … aber ich bekomme es nicht zu fassen.«

Charles breitete die Hände aus. »Willkommen im Club. So geht es mir, seit ich gestern die Zahlen durchgesehen habe. Ich habe das Gefühl, es liegt direkt vor mir, und ich sehe es nicht. Ich weiß immer noch nicht, ob es nun um Unterschlagungen geht oder doch um was anderes. Egal, was ich mir ansehe, ich finde keine konkreten Hinweise.«

Trish trommelte mit den Fingerspitzen auf dem Schreibtisch herum. »Genau das ist auch mein Problem. Ich *hasse* so etwas. Dann hoffen wir mal auf eine Eingebung von Jays Freund. Was für ein Mist!«

Als die beiden anfingen, sich über irgendwelche Kosten zu unterhalten, klinkte sich Ash aus und sah Sabrina fragend an.

Sie deutete stumm auf ihr Notebook, das sie auf seinen Schreibtisch gestellt hatte.

»Das hier?« Ash zog es zu sich heran und hielt sich nicht damit auf, sich hinzusetzen. Das, was er sah, hatte er zunächst für den Startbildschirm gehalten, nicht für die neue Firmenhomepage. Im Stehen klickte er sich durch die einzelnen Seiten und konnte es nicht glauben. »Genial. Können wir das gleich bei der Versammlung an die Wand projizieren? Das ist die Überleitung, nach der ich gesucht habe.«

»Sicher«, antwortete Charles, dem es anscheinend keine Probleme bereitete, sich auf zwei Dinge gleichzeitig zu konzentrieren.

Wenig später waren noch einige zusätzliche Daten, die Charles und Trish für sinnvoll gehalten hatten, unterwegs nach Deutschland zu Jays Freund. Ein Blick auf die Uhr verriet Ash, was er schon geahnt hatte: Es war Zeit, dass er den Mitarbeitern – *seinen* Mitarbeitern – erzählte, wie es um die Firma stand und wie er sich die Zukunft vorstellte. Unerwartet wurde er nervös. Sehr nervös. Sein Mund fühlte sich staubtrocken an, und sein Puls raste.

Plötzlich stand Trish neben ihm. »Für jemanden, der sonst Hollywoodstars beschützt, ist das doch eine Kleinigkeit. Komm schon, Ash. Tief durchatmen, und dann geht's los.«

Er wollte sie angrinsen, spürte aber, dass es zur Grimasse geriet. Ehe es noch weiter ausuferte, gab er ihr ein Zeichen, vorzugehen. Ihr Grinsen war frech wie immer, als sie einen Knicks andeutete und sich zum Gehen wandte.

Seine Anspannung verflog, aber im nächsten Moment hielt er entsetzt die Luft an: Ein roter Punkt wanderte über Trishs Rücken. Ohne nachzudenken, brachte er sich zwischen sie und das Fenster, um sie abzuschirmen, und wirbelte herum. Konzentriert suchte er die Waldgrenze ab, sah aber nichts. War da wirklich etwas gewesen? Falls ja, konnte es auch ein harmloser Laserpointer gewesen sein. Wobei: Wer sollte von dort aus mit einem solchen Gerät in den Raum hineinzielen? Wer oder was auch immer es gewesen sein mochte, durch Ashs auffällige Reaktion war er nun gewarnt.

»Ash?« Charles sah ihn besorgt an.

»Kannst du die Jalousien runterlassen und einen der Jungs vom Empfang bitten, sich *vorsichtig* am Waldrand umzusehen?«

»Das übernehme ich lieber selbst. Was hast du gesehen?«

»Eventuell den Punkt eines Laservisiers. Vielleicht habe ich mich aber auch getäuscht.«

»Das glaube ich kaum.« Charles vergewisserte sich, dass sich Sabrina und Trish schon an der Tür und damit außer Hörweite befanden. »Wer war das Ziel?«

»Trish. Aber als ich sie abgeschirmt habe, war da nichts mehr.«

Charles atmete heftig ein. »Abgeschirmt? Du bist doch … egal. Konzentrier du dich auf deine kleine Antrittsrede, den Rest übernehme ich – nachdem ich dein Notebook an einen Beamer angeschlossen habe, damit du mit der neuen Homepage glänzen kannst.«

Der lockere Ton reichte Ash, um sich wieder auf die vor ihm liegende Aufgabe zu fokussieren. »Danke.«

16

Ash war nicht sicher, ob er eine ausreichend neutrale Miene hinbekam, aber zur Not würde Trish hoffentlich vermuten, dass er einfach nervös war. Er folgte ihr durch den Ausstellungsraum, den er schon kannte, in den Produktionsbereich. Zwischen den Maschinen und dem Auslieferungsbereich, an den Trucks zum Beladen rückwärts heranfahren konnten, gab es eine freie Fläche, die für die Betriebsversammlung groß genug war. Dort waren Klappstühle aufgestellt worden. Charles sah sich rasch um und deutete auf eine weiße Wand neben einer der Ausfahrten. »Ich lasse da das Bild hinwerfen, wenn das in Ordnung ist.«

»Passt gut.« Ash fragte sich zwar, warum bereits ein Tisch mit Beamer auf ihn wartete, aber er würde sich deswegen sicher nicht beschweren. Zahlreiche Stühle waren schon besetzt, aus allen Richtungen trafen noch Angestellte ein. Die meisten kannte er nicht, aber er registrierte die mehr oder weniger offenen neugierigen Blicke, mit denen er gemustert wurde, und war froh, auch einige wenige bekannte Gesichter zu sehen. Die beiden Wachleute kannte er, mit dem Leiter der Produktion hatte er am Vortag gesprochen, ein paar Techniker, die den Umzug von Trishs Büro arrangiert hatten … wenigstens sie sahen ihn freundlich an. Hoffentlich konnte er die Erwartungen erfüllen. Plötzlich erschien ihm sein Vorhaben wie der reinste Wahnsinn. Andererseits hatte er jetzt zum ersten Mal den Grund, warum er nicht kneifen konnte, tatsächlich direkt vor sich: die Mitarbeiter.

Trish stand neben ihm und boxte ihm leicht in die Rippen. »Ganz ruhig. Schnapp sie dir, Tiger. Mich hast du ja auch überzeugt.«

Er hätte liebend gern nachgefragt, wovon genau er sie überzeugt hatte, aber dies war der falsche Zeitpunkt für ihr übliches Geplänkel.

Tief Luft holend zwang er sich zur Ruhe. Charles legte ihm eine Hand auf den Rücken. »Du wirst das schon rocken. Ich bin dann mal weg.«

»Sekunde. Nimm Rick mit. Ihr seid doch schon ein eingespieltes Team.«

Paul und Rick hatten sich bisher im Hintergrund gehalten, jetzt kam Rick auf sie zu. »Habe ich meinen Namen gehört?«

Charles nickte. »Hast du. Ich erkläre dir gleich, worum es geht. Guter Punkt, Ash. Kommst du mit, Rick?«

»Sicher.«

Die Neugier war seinem Freund anzusehen, aber er stellte keine Fragen. Auch Paul beschränkte sich darauf, die Stirn zu runzeln.

Mittlerweile war kaum noch ein Stuhl frei. Es wurde Zeit, anzufangen.

Ash klickte auf die Tastatur des Notebooks. Die Startseite der neuen Homepage wurde direkt neben ihm an die Wand geworfen. Das leise Stimmengemurmel verstummte.

Er atmete ein letztes Mal tief durch. »Guten Tag, danke, dass Sie alle sich kurz Zeit nehmen. Ich werde Sie nicht mit einem stundenlangen Vortrag langweilen, sondern mich auf die Fragen beschränken, die Sie im Moment bewegen. Für die, die mich nicht kennen: Ich bin Ash Winterbloom, und mein Vater hat mir die Firma vererbt. Damit sind auf dem Papier die Besitzverhältnisse geklärt, aber ein Unternehmen ist kein Stück Papier. Es lebt und überlebt durch Sie alle – durch Ihre Arbeit, durch Ihr Engagement.« Ash hielt gern mit seinen Gesprächspartnern Blickkontakt, aber da das bei so vielen Leuten nicht möglich war, ließ er den Blick über die Menge schweifen, dabei fiel ihm ein älterer, dunkelhäutiger Mann auf, der ihn noch intensiver zu beobachten schien als die anderen. Er würde später Trish fragen, um wen es sich handelte.

Er räusperte sich. »Sie alle haben sich gewundert, warum nach dem Tod meines Vaters die Firma für zwei Tage geschlossen worden ist. Nun, auch ich habe mich gefragt, was das sollte, und mir ist kein vernünftiger Grund eingefallen.«

Vereinzelt und noch sehr vorsichtig ertönte leises Gelächter.

»Sie alle kennen die Gerüchte, dass Winterbloom kurz vor der Pleite steht. Nach Prüfung der Unterlagen kann ich Ihnen glücklicherweise sagen, ganz so schlimm ist es nicht.« Er machte eine Pause. »Es könnte zwar durchaus dramatisch werden, aber nicht, wenn wir alle an einem Strang ziehen und einige Dinge in Ordnung bringen. Die zweitägige Schließung der Firma war eine der Entscheidungen, die sachlich nicht nachvollziehbar sind, aber es gibt noch andere Dinge, die ich nicht verstehe. Wenn beispielsweise ein Unternehmen keine tiefschwarzen Zahlen schreibt, dann muss man sich auch nicht unbedingt eine tiefschwarze Luxuslimousine auf den Hof stellen.« Das Gelächter wurde lauter. »Ich habe den Fehler korrigiert und das Fahrzeug an die Leasingfirma zurückgegeben. So ganz sind wir aus dem Vertrag nicht herausgekommen, aber das kleine rote Cabrio, das mir stattdessen angeboten wurde, passt besser zur momentanen Situation und spart eine Menge Geld.« Wieder wurde vereinzelt gelacht. Ash breitete eine Hand aus. »Für mich selbst ist das Spielzeug nichts, darum habe ich es Trish Harvey überlassen. Die meisten von Ihnen kennen sie. Sie hilft mir, die finanzielle Lage des Unternehmens zu analysieren. Vor zwei Jahren war die Welt noch in Ordnung, nun ist die Lage angespannt, aber nicht aussichtslos. So weit können wir schon ein erstes Fazit ziehen. Das Haus meines Vaters ist schuldenfrei. Ich habe bereits mit einer Bank gesprochen, um es entweder zu verkaufen oder mit einer Hypothek zu belasten, um den finanziellen Spielraum zu vergrößern. Neben Trish Harvey hilft mir Paul Wilson, der nicht nur ein brillanter Anwalt, sondern auch ein guter Freund ist, dabei, die Firma wieder auf Kurs zu bringen.« Ash nickte Paul zu.

Eine junge Frau, deren asiatische Abstammung unverkennbar war, hob eine Hand und redete sofort los. »Was ist mit Mr Pearson?«

»Zwischen ihm und uns …« Ash machte eine Handbewegung, die Trish und Paul miteinschloss. »… bestanden unterschiedliche Auffassungen in Bezug auf die Firmenführung. Er hat das Unternehmen verlassen.«

Großes Bedauern schien nicht zu herrschen, aber es breitete sich eine leise Unruhe unter der Belegschaft aus. Paul ergriff das Wort. »Im Fall von Mr Pearson gab es zudem einige erhebliche Unstimmigkeiten, was die Spesenabrechnungen und andere Kostenpunkte betrifft. Deshalb haben sich unsere Wege getrennt.«

Ash hob eine Hand. »Bevor sich Gerüchte über mögliche weitere Entlassungen ausbreiten: Das steht nicht zur Debatte. Sie alle werden dringend gebraucht. Entlassungen gehören nicht zu unserem Sanierungsplan für die Firma.«

Beifälliges Gemurmel erklang.

Ash wartete, bis wieder Ruhe einkehrte. »Ich hatte es am Anfang schon erwähnt: Wir wissen nicht genau, warum sich die finanzielle Situation so dramatisch verschlechtert hat, aber wir sind dabei, es zu untersuchen.« Er stockte, als ihm eine Frau mit langem blondem Haar und ein Mann auffielen, die neu hinzugekommen sein mussten. Beide waren ihm unbekannt, aber während die Frau freundlich und interessiert wirkte, sah der Mann ihn grimmig an. Großartig. »Mir sind allerdings in den Gesprächen mit einigen Mitarbeitern schon ein paar Dinge aufgefallen.« Ash deutete auf die Produktionshalle. »Es gibt hohe Lagerbestände von Dingen, die nicht nachgefragt werden, aber lange Lieferzeiten bei Badezimmerausstattungen, die gerade gut laufen. Ich habe gestern mit Mitchell, dem Leiter der Produktion, besprochen, dass er mehr Freiraum bei der Entscheidung bekommt, was bestellt und produziert wird. Und wo wir gerade beim Thema Nachfrage sind: Wir versuchen natürlich, die Kosten in den Griff zu bekommen, müssen aber auch dringend den Absatz weiter ankurbeln. Ein erster Schritt ist der Relaunch der Webseite. Sabrina, führ das doch mal kurz vor.«

Überrascht sah sie ihn an, dann übernahm sie es, die neue Homepage vorzustellen. Vermutlich wäre eine Vorwarnung fair gewesen, aber ihm war der Gedanke eben erst gekommen. Die Resonanz der Mitarbeiter war jedenfalls uneingeschränkt positiv, sogar begeistert. Vor allem als sie den Ausstellungsraum ansprach und erwähnte, dass das Konzept bleiben würde, er aber größer und besser positioniert werden sollte. An der Stelle übernahm wieder Ash: »Und genau hier brauche ich eure Hilfe. Ihr kennt das Unternehmen, die Kunden, die Produkte. Bringt euch mit euren Ideen ein, sprecht uns an. Ich bin sicher, gemeinsam schaffen wir es, die Firma wieder in sicheres Fahrwasser zu bringen. Hat jemand noch Fragen?«

Ein älterer Mann schoss hoch. »Mich würde interessieren, ob das für Sie ein längerfristiges Projekt ist oder nur ein kurzer Zwischenhalt.«

Schweigen senkte sich über die Halle. Ash zuckte mit den Schultern. »Das ist alles eine Frage der Interpretation. Die Menschheit selbst ist auf dem Planeten auch nur ein kurzes Zwischenspiel.« Wieder wurde leise gelacht, aber er sah auch besorgte Gesichter. »Ich weiß nicht, was die Zukunft bringt, aber ich werde so lange bleiben, bis die Zahlen wieder tiefschwarz sind. Das kann ich schon jetzt versprechen.«

Die nächsten Antworten überließ er Trish, da es konkrete Fragen zur wirtschaftlichen Situation waren. Etliche Angestellte wollten wissen, wieso es um das Unternehmen trotz relativ voller Auftragsbücher so schlecht stand. »Wir sind an der Frage dran, wo das Geld geblieben ist«, versprach Trish.

»Na, bei uns ist es jedenfalls nicht angekommen«, beschwerte sich ein junger Mann im weißen Kittel.

Trish grinste ihm zu. »Das gehört zu den wenigen Dingen, die ich schon sicher weiß. Für den Rest brauchen wir etwas Zeit.«

Ash überließ ihr das Gespräch und beobachtete die Reaktionen ihrer Zuhörer. Die meisten wirkten nun eher neugierig, nicht mehr so sorgenvoll wie zu Beginn der Versammlung. Der ältere Herr, der ihm aufgefallen war, sah ihn jedoch beinahe entsetzt an. Bei dem Pärchen, das später hinzugekommen war, hatte sich die Stimmung ebenfalls gewandelt: Der Mann sah nicht mehr gelangweilt oder gar genervt aus, sondern verfolgte Trishs Ausführungen konzentriert. Seine Begleiterin flüsterte ihm etwas zu, das ihrer Miene nach in Richtung »habe ich dir doch gesagt« gehen konnte.

Schließlich war die letzte Frage beantwortet, und die Versammlung löste sich auf. Viel zu langsam für Ashs Geschmack. Obwohl er mit dem Verlauf zufrieden war, fiel es ihm schwer, sein Lächeln oder wenigstens eine freundliche Miene beizubehalten. Zu viele wollten ihn noch persönlich sprechen und ihm ihr Beileid aussprechen. Darauf hätte er gut verzichten können. Ihn interessierte viel mehr, wo Rick und Charles geblieben waren. Nach seiner Einschätzung hätten die beiden von ihrer kleinen Erkundungstour schon längst wieder zurück sein müssen. Ein ungutes Gefühl machte sich in ihm breit, und Ash konnte seine Erleichterung kaum noch verbergen, als er endlich der letzten Dame die Hand geschüttelt hatte, die ihm begeistert mitteilte, dass sie für die kleine Kantine zuständig sei und sich noch daran erinnerte, wie gern er als Kind kalten Kakao getrunken habe.

Ehe er sich mit der Frage beschäftigte, wer die drei unbekannten Zuschauer waren und was sie von ihm wollten, brauchte er eine kurze Auszeit. Und vor allem musste er wissen, was mit Rick und Charles war.

Er hielt sich nicht mit Erklärungen auf, sondern ging eilig den Gang entlang, der zurück in den Bürotrakt führte. Nur am Rande bekam er mit, dass Paul und Sabrina noch blieben, während Trish ihm folgte. Er behielt sein Tempo bei, bis er ihr gemeinsames Büro erreicht hatte, und grinste sie dann etwas schief an. »Sorry, aber fünf Minuten Pause müssten drin sein.« Einladend hielt er ihr die Tür auf.

Trish lächelte ihm zu. »Na sicher. Du hast dich übrigens prima …«

Ihre nächsten Worte hörte Ash nicht mehr, sein Gehirn war mit der Verarbeitung der Fakten beschäftigt: Die Jalousien waren wieder offen. Ein roter Punkt huschte über Trishs Brust. Ash warf sich auf sie. Gemeinsam gingen sie zu Boden, während Kugeln über ihnen einschlugen.

Kreidebleich starrte Trish ihn an. Durch die Schreibtische hatten sie ausreichend Deckung, und der Schütze konnte ihre Position nicht länger bestimmen, geschweige denn sie anvisieren. Er dachte lieber nicht daran, was passiert wäre, wenn er nicht so schnell reagiert hätte.

»Bleib unten«, befahl er, während die Sorge um seine Freunde übermächtig wurde. »Charles und Rick sind irgendwo da draußen. Ich muss zu ihnen.«

»Aber …«

»Bleib einfach unten. Wenn du an dein Handy kommst, ruf Winston an. Aber geh kein Risiko ein! Hier unten bist du sicher, wenn du aufstehst, nicht.«

Sein bestimmter Ton wirkte, sie blinzelte und nickte dann. »Mach ich, aber pass du auf dich auf.«

Ash nickte, richtete sich auf und sprintete zur Tür. Neben ihm schlug eine Kugel in die Wand ein, verfehlte ihn aber um ein ganzes Stück. Ein bewegliches Ziel war nicht einfach zu treffen, darauf hatte er gesetzt. Erst als er das Vorzimmer erreicht hatte, atmete er auf.

Sabrina und Paul kamen auf ihn zugerannt, dicht gefolgt von dem Paar, das ihm aufgefallen war. »Waren das Schüsse?«, fragte Paul außer Atem.

»Ja. Irgendwo da draußen ist ein Scharfschütze. Rick und Charles wollten sich eigentlich darum kümmern. Trish ist im Büro, so weit erst einmal in Sicherheit. Ich sehe mich draußen um.«

Paul fasste nach seinem Arm. »Hey, du kannst nicht …«

Er riss sich los. Die unbekannte Blonde hielt plötzlich eine Waffe in der Hand. »Ich komme mit.«

Ihr Begleiter stöhnte auf. »Ihr seid …«

Den Rest bekam Ash nicht mehr mit, für eine Diskussion fehlte ihm die Zeit, er rannte bereits los.

»Ich bin übrigens Samira Winter. Sam reicht«, stellte sich die Frau im Laufen vor. »Eine Freundin von Rob und Cat.«

Jetzt verstand er auch, warum sie eine Pistole trug. »Ash. Ist dein Begleiter Dom DeGrasse?«

»Richtig.« Sie grinste flüchtig. »Er hat sich vor wenigen Minuten noch darüber beschwert, dass es hier doch so langweilig ist wie erwartet.«

Dicht nebeneinander jagten sie durch die Empfangshalle und umrundeten das Gebäude. Obwohl alles in ihm danach schrie, direkt auf den Wald zuzulaufen, wurde er langsamer und stoppte an der Ecke des Bürotrakts. »Vor uns liegt der Wald. Ich hatte vorhin geglaubt, den Laserzielpunkt eines Scharfschützen zu sehen, war aber nicht ganz sicher. Rick und Charles wollten das überprüfen. Seitdem fehlt jede Spur von ihnen.«

»Das sind der FBI-Agent und der Ex-Marine?«

»Ja.«

»Okay, dann wissen sie, was sie zu tun haben. Mach dir um sie keine Sorgen.« Sam spähte vorsichtig um die Ecke. Nichts passierte. Sie deutete auf den Wald. »Jeder normale Mensch wird damit rechnen, dass wir uns auf der Rückseite des Gebäudes umsehen und von dort aus Richtung Bäume blicken.«

Ash nickte. »Und darum tun wir genau das nicht, sondern laufen direkt auf den Wald zu und scheuchen den Schützen auf.«

Sam warf ihm einen neugierigen Blick zu. »So ganz unerfahren bist du in diesen Dingen aber auch nicht.«

»Geht so, aber leider bin ich im Moment unbewaffnet. Das bedeutet, ich laufe vor, und du übernimmst die Absicherung.«

Wortlos entsicherte Sam ihre Pistole.

»Aber schieß mir bitte nicht in den Rücken«, ermahnte er sie.

Sie wechselten ein grimmiges Grinsen, dann sprintete Ash in einem wilden Zickzackkurs los. Seine Wahl war goldrichtig, denn zweimal wirbelten Kugeln Staub neben ihm auf, verfehlten ihn aber wieder deutlich. Dann feuerte Sam und zwang den Schützen in Deckung. Unversehrt tauchte Ash in den Schutz der Bäume ein und wartete angespannt lauschend auf Sam. Er zuckte zusammen, als sie plötzlich neben ihm stand. »Hast du seinen Standort?«

»Ungefähr zwanzig Meter dort entlang.« Sie deutete mit einem Nicken in die Richtung. »Besonders gut ist er nicht.«

»Deshalb werde ich mich bestimmt nicht beschweren! Gehen wir diskret oder direkt vor?«

»Ich würde sagen, direkt, wobei du ihn gern in meine Richtung scheuchen darfst.«

Ash rollte mit den Augen und rannte dann einfach los. Der Wald war zu dicht, um weite Entfernungen überblicken zu können. Er hoffte darauf, dass er den Schützen entweder genug ablenkte, damit Sam an ihn herankam, oder dass er vor ihm floh und ihr in die Arme lief. Er gab sich keinerlei Mühe, seine Anwesenheit zu verbergen. Äste knackten laut, wenn er darauf trat oder sie so heftig zur Seite schob, dass sie abbrachen.

Er rechnete jeden Augenblick damit, dass jemand auf ihn schoss und ihn dann dank seiner ständigen Richtungswechsel hoffentlich wieder verfehlte oder vor ihm floh. Nichts dergleichen geschah. Schließlich erreichte er eine Stelle, an der das hohe Gras plattgedrückt war. Er blieb stehen und sah sich um. Das musste der Standort des Schützen gewesen sein, von hier aus hatte man perfekte Sicht auf das Büro, das Ash seit Neuestem mit Trish teilte. Ein lauter Pfiff, dann trat Sam hinter einem Baum hervor.

»Er ist weg. Von wegen aufscheuchen, der Mistkerl hat sich still und leise aus dem Staub gemacht. Damit hätte ich nicht gerechnet«, schimpfte sie. »Der kann sich überall verstecken. Wir sollten lieber verschwinden, nicht dass er …«

Im nächsten Moment hechtete sie auf ihn zu und riss ihn zu Boden. Kugeln schlugen direkt hinter ihnen in einen Stamm ein, und ein Regen aus Splittern ging auf sie nieder.

»Jetzt werde ich aber echt sauer«, kündigte Sam an und feuerte in die Richtung, in der auch er den Schützen vermutete.

Deutlich hörte er das Krachen von Ästen. Da haute jemand ab. Instinktiv wollte er dem Kerl folgen, aber Sam hielt ihn zurück. »Viel zu riskant. Der kann sich überall auf die Lauer legen und erwischt dich am Ende doch noch. Wenn er nicht so bescheuert gewesen wäre, auf die kurze Distanz sein Laservisier einzusetzen, hättest du jetzt ein Loch in der Brust.«

Widerwillig sah Ash ein, dass sie recht hatte. »So ein verdammter Mist. Wir waren so dicht dran.«

»Stimmt, aber wir wissen nun, dass er kein Vollprofi ist. Ich weiß zwar nicht, ob uns das weiterhilft, aber es könnte ein Ansatz sein.«

»Ash?«

Die Stimme kannte er. Das war Rick. »Ja, hier sind wir.«

»Alles in Ordnung bei dir?«, kam es aus überraschender Nähe zurück, und Ash wäre jede Wette eingegangen, dass sein Freund ihn bereits sehen konnte und sich nur wegen Sam bedeckt hielt.

»Ja, die Freundin von Cat ist eingetroffen und hat mir bei der Jagd nach dem Scharfschützen geholfen.«

Wie erwartet knackte es ganz in ihrer Nähe, dann standen Charles und Rick vor ihnen. Die Vorstellungsrunde dauerte nur Sekunden, dann ergriff Charles das Wort. »Wer hat denn hier geschossen? Wir haben den Kerl doch bis zu seinem Wagen verfolgt. Er ist uns zwar entkommen, aber wir haben sein Kennzeichen und erkennen ihn auch garantiert wieder.«

Sam riss die Augen auf. »Sekunde. Was habt ihr? Der Kerl ist doch erst vor wenigen Sekunden abgehauen.« Sie drehte sich langsam um die eigene Achse. »Warte. Dann waren es also zwei. Unserer ist dorthin weggerannt, und ihr seid von da drüben gekommen. Richtig?« Sie zeigte in die jeweilige Richtung und wartete das bestätigende Nicken von Charles ab.

244

Zwei Scharfschützen hatten ihn aufs Korn genommen? Das ergab doch keinen Sinn. Wobei … er sah Charles an, der bereits nickte. »Also gut, zwei Täter. So weit waren wir ja gestern schon, ich hätte nur nicht damit gerechnet, dass wir so schnell mit ihnen konfrontiert werden. Ich würde sagen, wir reden drinnen weiter. Ihr geht zurück, und Rick und ich sehen uns noch kurz hier um und sorgen für ein wenig Backup.«

Sam sah aus, als ob sie widersprechen wollte, nickte dann jedoch.

Nach Luft ringend blieb er stehen und lauschte angespannt. Aus einem vermeintlich perfekten Plan war plötzlich ein Albtraum geworden. Er hatte innerlich jubiliert, als Rick und Charles den Scharfschützen vertrieben hatten. Es war eine Sache von wenigen Minuten gewesen, zu seinem Wagen zu sprinten und mit dem Gewehr zurückzukehren. Ungeduldig hatte er auf Ashs Rückkehr von dieser ominösen Versammlung gewartet. Aber dann ging alles schief. Statt seinem Ziel hatte er plötzlich Trish vor der Mündung gehabt. Eigentlich hätte sein Kaliber genug Durchschlagskraft haben müssen, um beide mit einer Kugel zu erledigen … aber dann hatte er sie verfehlt. Das war ihm bisher nur selten passiert, und ausgerechnet heute hätte es nicht sein dürfen. Fuck! Und dann war diese Blonde aufgetaucht. Wer war sie? Es war fast beängstigend gewesen, wie lautlos sie sich bewegt und an ihn herangepirscht hatte. Dennoch hatte er auf seine zweite Chance gewartet, und auch die hatte sie ihm vermasselt. Als er dann hörte, dass Rick und Charles zurückkehrten, gab es nur noch eine Möglichkeit: Flucht! Das alles hatte er sich ganz anders vorgestellt, und anscheinend hatte er auch Ash unterschätzt. Was hatte der Junge die letzten Jahre getrieben, dass er unter Beschuss so cool reagierte? Damit hatte er nicht gerechnet.

Sein Atem beruhigte sich, und auch seine Gedanken waren wieder klar wie immer. Als Erstes musste er sich um den Mann kümmern, der ebenfalls auf Ash gezielt hatte. Es wäre ein Albtraum, wenn sie ihn erwischten und zum Reden brachten, denn er war ziemlich sicher, dass der Mistkerl bei der Einfahrt in den Wald seinen Wagen gesehen hatte. Allerdings hatte auch er selbst das in der Nähe geparkte Fahrzeug erkannt und sich das Kennzeichen gemerkt. Damit ließ sich doch etwas anfangen.

Langsam, immer wieder lauschend und sich aufmerksam umsehend, arbeitete er sich durch den Wald zu seinem Wagen vor, den er direkt am Anfang des Forstwegs stehen gelassen hatte.

Schon von Weitem hörte er zwei Stimmen und erstarrte innerlich. Dann lief er schnell weiter.

»Und wenn er der Kaiser von China ist, hier hat er nicht so zu parken. Wie lange soll ich denn noch warten?«

»Nun reg dich ab. Das eben klang wie Schüsse. Besonders wohl fühle ich mich hier nicht. Lass uns zurückfahren.«

»Witzbold. Wenden kann ich hier nicht. Viel zu eng.«

Mit ehrlichem Bedauern brachte er sein Gewehr in Anschlag. Er kannte und mochte die beiden Männer, aber sie waren zur falschen Zeit am falschen Ort. Das war nicht seine Schuld. Er wartete, bis er sicher sein konnte, nicht aus Versehen sein eigenes Fahrzeug zu beschädigen, und drückte zweimal schnell hintereinander ab.

Sie sackten zu Boden, und einen Augenblick beneidete er sie fast. So schnell und unerwartet war der Tod ein Segen. Wer weiß, was sie sonst erwartet hätte? Nun ging es nur noch darum, auch die letzten Spuren zu verwischen, die auf seine Anwesenheit hindeuten könnten.

Er hielt das Gewehr weiterhin schussbereit in der Hand, als

er zu den Männern ging, die am Boden lagen. Verdammt, der Ältere lebte noch. Die Augen weit aufgerissen sah sein langjähriger Bekannter ihn ungläubig an, versuchte etwas zu sagen.

Er zielte und zog den Abzug ein weiteres Mal durch. Problem gelöst.

17

Ausnahmsweise war Ash komplett ratlos. Das zerschossene Fenster ließ sich ebenso wenig schönreden wie die Schussgeräusche, die nicht zu überhören gewesen waren. Die drängenden Fragen der Deputys waren eine Sache, aber was sollte er den Mitarbeitern sagen?

Trish hatte die Unterlippe zwischen die Zähne gezogen, plötzlich schoss sie auf Sam zu und flüsterte ihr etwas zu. Beide sahen zu Ash rüber, dann nickte Sam, lächelte und signalisierte Ash mit erhobenem Daumen, dass sie ein Problem gelöst hatten. Es wäre nur nett gewesen, wenn die Frauen ihm auch verraten hätten, worüber sie sich eigentlich unterhalten hatten. Da Trish jetzt jedoch beinahe fluchtartig den Raum verließ, würde er wohl so schnell keine Antwort bekommen.

Paul und Charles hatten es übernommen, die Fragen des Polizisten zu beantworten, und Ash fühlte sich überflüssig. Bisher hatte er keine drei Worte mit Dom DeGrasse gewechselt, der fast direkt neben einem der Einschusslöcher stand und nach draußen sah. Ash sah dem Reporter an, dass er mittlerweile auch genervt war. Er ging zu ihm rüber. Und erkannte dann seinen Irrtum – er war nicht genervt, sondern nachdenklich.

Zur Begrüßung hob Dom eine Augenbraue. »Gleich zwei Scharfschützen? Da muss ja jemand richtig sauer sein.«

Fast hätte Ash gelacht, aber nur fast. »Mir hätte auch einer gereicht. Ich sollte mich wohl für euren Besuch hier bedanken, aber so ganz ist mir eigentlich nicht klar, was sich Sabrina dabei gedacht hat.«

Dom grinste breit. »Willkommen im Club, so ging es mir auch. Werbetexte für eure Badezimmerausstattungen zu schreiben ist eigentlich nicht so mein Ding. Aber jetzt … mal sehen, wie sich das hier entwickelt. Wenn die Hintergründe klar sind, könnte sich tatsächlich eine Story ergeben, die auch ein nettes Firmenporträt mit einschließt. Im Moment versuche ich noch zu verstehen, was eigentlich los ist.«

»Das geht mir auch so.« Ash wollte eigentlich noch mehr sagen, aber da brach Hektik aus.

Paul kam zu ihm, deutlich blasser als zuvor. »Winston hat gerade angerufen. Einer der Deputys wollte sich im Wald umsehen und ist auf zwei Leichen gestoßen. Anscheinend sind sie einem der Scharfschützen zu nahe gekommen. Der Sheriff ist jetzt auf dem Weg hierher.«

Ash atmete tief durch. »Jemand, den wir kennen?«

Paul rieb sich über die Augen. »Du vielleicht nicht mehr, ich schon. Der eine hat eine fünfjährige Tochter, der andere hatte Rick und mir den Bagger geliehen, mit dem wir den Pfad zwischen unseren Häusern freigemacht haben. Vermutlich wollten sie im Wald etwas Wild schießen, und jetzt sind sie tot. Das … das ist für Heart Bay eine ganz neue Dimension. Unglaublich.«

Vielleicht konnte Ash seinen Freund etwas ablenken. »Wo ist eigentlich der Sheriff? Ich dachte, die Gelegenheit lässt er sich nicht entgehen.«

»Er war auf dem Weg zu einem Termin nach St. Ellis, ist jetzt aber umgekehrt und müsste bald eintreffen. Kann aber auch sein, dass er sich erst noch den Tatort ansieht.«

Trish und Samira kehrten zurück. Trish pustete sich eine Strähne aus dem Gesicht. »So ein Mist, wir haben schon gehört, was passiert ist.« Sie schüttelte den Kopf. »Es wird vielleicht nicht viel bringen, aber vielleicht für etwas Ruhe sorgen:

Wir haben verbreitet, dass nicht Ash das Ziel war, weil uns dafür einfach kein Grund einfällt, sondern es vermutlich um Dom ging.«

»Um mich?« Dom starrte Sam an.

Seine Lebensgefährtin zuckte mit der Schulter. »Warum nicht? Genug Feinde hast du dir mit deinen Berichten jedenfalls gemacht, und Hauptsache, die Gerüchteküche kocht nicht über. Ash hat schon genug Probleme.«

Da gab Ash ihr zwar recht, trotzdem gefiel ihm das Vorgehen nicht. Außerdem machte es ihn allmählich rasend, dass er keine Ahnung hatte, was los war – außer natürlich, dass ihn offensichtlich jemand tot sehen wollte. Wobei der Gedanke noch schlimmer war, dass es fast Trish getroffen hätte und dass ... seine Überlegungen gerieten ins Stocken, als ihm aus dem Nichts ein neuer Gedanke dazwischenschoss. »Verdammt, wartet mal.« Alle starrten ihn gespannt an, aber er durchdachte seine Theorie noch einmal rasch, ehe er zu einer Erklärung ansetzte. »Charles geht von zwei Tätern aus, und ich bin mir sicher, dass einer davon hinter mir her ist und der andere es auf Trish abgesehen hat. Die Sache mit dem Geländewagen, die umgestürzten Kartons, aber vor allem dieser rote Punkt vorhin. Der Kerl hätte mich mühelos treffen können, aber er hat auf Trish gezielt, und als ich mich dazwischengeschoben habe, hat er nicht abgedrückt. Dabei wäre das nun wirklich kein Problem gewesen.«

»Du hast ... *was*? Bist du eigentlich total verrückt geworden?«, brüllte Trish ihn unerwartet so laut an, dass seine Ohren klirrten. Damit hatte er nun auch die volle Aufmerksamkeit der beiden Polizisten. Er ignorierte Trish und wiederholte seine Überlegung.

Der Jüngere, Martens laut seinem Namensschild, nickte sofort. »Das klingt schlüssig, das sollten Sie mit Winston besprechen.«

Rick und Charles hatten sich von Trishs Ausbruch nicht stören lassen und schienen sich auch jetzt nicht weiter für ihr Gespräch zu interessieren. Stattdessen blickten sie auf Charles' Handy, als würde dort der Super Bowl übertragen. Ash wäre zu gern zu ihnen gegangen, wollte aber nicht das Interesse der Polizisten auf sie lenken. Irgendetwas an ihrer verstohlenen Art sagte ihm, dass es besser war, wenn die Beamten nichts mitbekamen.

Da der Deputy immer noch auf eine Antwort zu warten schien, nickte Ash. »Klar werde ich das auch Winston so sagen.«

Mit einem beiläufigen Winken in seine Richtung verließen seine Freunde das Büro. Neben ihm knurrte Samira etwas in einer Sprache, die er nicht kannte. Als er sie fragend ansah, lächelte sie jedoch nur. Erst als der Polizist zu seinem Kollegen zurückgekehrt war und offenbar alle auf den Sheriff warteten, sah sie erst Dom, dann Ash an. »Die beiden haben garantiert das Kennzeichen überprüft und wissen nun, wo sie einen der Schützen finden.«

Dom grinste sie an. »Und du bist beleidigt, weil du nicht dabei bist?«

Samira setzte zu einer Antwort an, holte aber dann ihr vibrierendes Handy hervor und überflog eine Nachricht. »Charles fragt, ob wir als Backup dabei sein wollen. Das ist doch deutlich besser als hier weiter herumzustehen.«

»Und besser, als wenn du mich wieder einfach stehen lässt«, zog Dom sie auf.

Ash beneidete ihn und hätte zu gern selbst Samira begleitet, aber leider sah er keine Chance, wie er das Büro verlassen konnte. Anscheinend hatte man als Opfer nur geringfügig mehr Bewegungsspielraum als ein festgenommener Täter. Wehmütig sah er den beiden nach, die ungehindert aus dem

Büro eilten. Als ob das nicht reichen würde, blitzte ihn nun auch noch Trish wütend an.

Abwehrend hob er die Hände. »Ich wette, du hättest für mich das Gleiche getan! Außerdem hatte ich nicht übermäßig viel Zeit, um nachzudenken, sonst hätte ich dich direkt zu Boden gerissen. Was«, räusperte er sich verlegen, »vermutlich sogar sinnvoller gewesen wäre.«

Sekundenlang blickten sie sich stumm an, dann überraschte ihn Trish ein weiteres Mal: Statt ihn wütend anzufauchen, trat sie dicht an ihn heran und legte ihren Kopf an seine Schulter. »Was für ein Chaos! Aber zusammen werden wir es schaffen. Und was ich schon die ganze Zeit sagen wollte: Deine Rede war super. Du hast die Belegschaft hinter dir, und nach den Ereignissen heute werden sie nur noch entschlossener sein, für dich und die Firma einzustehen.«

»Meinst du wirklich? Ich möchte niemanden gefährden und war vorhin kurz am Überlegen, den Laden doch zu schließen.«

»Vergiss es. Dann hätten sie gewonnen, wer immer sie auch sind. Außerdem haben sie uns nun etwas verraten.«

»Und was ist das?«

»Wer auf mich schießt, muss Angst haben, dass ich in den Buchhaltungsunterlagen etwas entdecke. Sie haben ja zum Glück keine Ahnung, dass ich zu dämlich bin, um dahinterzukommen.«

Als sie sich aufgebracht von ihm lösen wollte, hielt er sie zurück. »Du bist zu streng zu dir. Charles ist ja auch nicht weitergekommen. Gemeinsam mit diesem Wirtschaftsprüferfreund von Jay werdet ihr schon darauf kommen, und dann wird zumindest eine Gefahr gebannt sein.«

Trish schmiegte sich noch einmal an ihn, ehe sie ihn losließ. Nun hielt er sie nicht länger zurück. »Zwei Dinge«, begann sie. »Zum einen muss ich dringend etwas arbeiten, denn die Rechnungen zahlen sich nicht von allein, und meine Kolleginnen sind … nun ja, ihre Aufgaben waren bisher begrenzt, ich muss da mal nach dem Rechten sehen. Und dann solltest auch du nicht länger hier herumstehen und dich ärgern. Eigentlich ist das hier doch dein Spezialgebiet. Wenn ich dich richtig verstanden habe, spielst du in Hollywood so eine Mischung aus Bodyguard und Privatdetektiv. Dann ist das hier doch perfekt für dich. Wie würdest du vorgehen, wenn es jemand auf mich abgesehen hat?«

Sie verschwand, ehe er ihr zustimmen konnte. Sie hatte vollkommen recht, die Warterei machte ihn wahnsinnig.

Unter Pauls amüsiertem Blick ging er zu den Polizisten. »Eigentlich ist doch alles geklärt, und wir müssen erst einmal auf Winston warten. Was halten Sie davon, wenn Sie sich vorn im Empfangsbereich einen Kaffee und vielleicht eine Kleinigkeit zu essen geben lassen? Hier herumzustehen bringt uns alle nicht weiter.«

Martens lächelte flüchtig. »Gute Idee, dann stören wir Sie auch nicht länger. Ich wollte sowieso noch mit dem Herrn dort reden. Manchmal bekommen die Wachleute oder Pförtner mehr mit, als ihnen bewusst ist.«

Wenige Augenblicke später waren außer Ash nur noch Paul und Sabrina im Büro. Sabrina zwinkerte ihm zu. »Mich brauchst du nicht rauszuwerfen, ich gehe von allein. So lange wollte ich Joey und Steve nämlich nicht allein lassen. Kann ich mir deinen Porsche leihen?«

»Na klar.« Ash warf ihr die Schlüssel zu und wurde erst mit viel zu großer Verspätung misstrauisch. »Wieso nimmst du dir nicht Pauls Pickup, und er fährt bei mir mit?«

»Weil ich schon immer mal deinen Porsche fahren wollte und du ja bei Trish mitfahren kannst.«

Ash stöhnte auf, aber Sabrina hatte den Raum schon verlassen. »Die fängt auch schon an, uns zu verkuppeln. Du solltest sie besser erziehen«, warf er Paul vor.

»Träum weiter. Was machen wir jetzt?«

»Das tun, was Trish mir vorgeworfen hat. Wenn ich in Hollywood nicht weiß, aus welcher Ecke die mögliche Bedrohung stammt, sammle ich Informationen. Hier sind wir ja schon einen Schritt weiter. Ich habe das nur irgendwie aus den Augen verloren.«

Ash suchte im Intranet der Firma die Telefonnummer des Leiters der Personalabteilung, Liam Scatterfield, und rief ihn an. Freundlich bat er darum, dass man ihm sämtliche Unterlagen über Pearson vorbeibrachte. Statt einer Zustimmung folgte die geknurrte Ankündigung, dass Scatterfield selbst gleich vorbeikommen würde.

Irritiert legte Ash den Hörer zurück. Er hatte Paul gerade über die merkwürdige Reaktion informiert, als schon die Tür aufflog. Ein Mann mit deutlichem Bauchansatz und Halbglatze stürmte herein. »Personalakten sind vertrauliche Unterlagen«, fuhr er Ash an.

Über den unerwarteten Angriff war Ash so verblüfft, dass er Paul ansah, der jedoch sofort den Kopf schüttelte. Tief durchatmend zwang er sich zur Ruhe. Dieser Idiot wäre der ideale Blitzableiter, aber damit konnte er auch einiges kaputt machen.

»Sie sind Mr Scatterfield?«

Sein Gegenüber nickte. »War's das dann jetzt?«

»Nicht ganz. Einen Moment bitte.« Ash drehte sich zu seinem Schreibtisch um und wählte eine andere Nummer, die ihm vorher im Intranet aufgefallen war. »Könnten Sie bitte kurz in mein Büro kommen? Sie finden mich da, wo früher Mr Pearson saß.«

Diesmal bestand die Antwort aus einem bemühten »Sofort, Sir«.

»Was soll das?«, knurrte Scatterfield.

Langsam schlug Ashs Ärger in Belustigung um, und er musste beinahe lachen. »Sie wissen aber schon, wer ich bin, Mr Scatterfield?«

»Natürlich.«

»Dann ist ja gut.«

Da Mr Scatterfield die Tür nicht geschlossen hatte, klopfte der blonde Mann Mitte vierzig, der kurz darauf auftauchte, an den Rahmen, ehe er eintrat. Unsicher blieb er in leicht gebeugter Haltung vor Ash stehen. Ash lächelte ihm zu. »Sie sind Mr Blackthorne?«

»Der bin ich, Sir.«

»Den ›Sir‹ können Sie weglassen, sonst fühle ich mich wie beim Militär. Haben Sie Zugang zu sämtlichen Personalakten?«

»Ja, die Pflege der Akten gehört zu meinen Aufgaben.«

»Prima. Und können Sie die nächsten Lohnzahlungen problemlos veranlassen?«

»Selbstverständlich. Das tu ich jeden Monat.«

»Noch besser. Dann wäre ja alles geklärt. Sie, Scatterfield, sind gefeuert. In dreißig Minuten haben Sie die Firma verlassen. Mein Anwalt wird darauf achten, dass Sie nichts einpacken, das Ihnen nicht gehört. Sie, Mr Blackthorne, sind sein Nachfolger. Entwerfen Sie bitte einen Vertrag, damit Sie nicht nur die Pflichten Ihres ehemaligen Bosses übernehmen, sondern auch sein Gehalt und seine Gratifikationen. Und dann hätte ich gern sämtliche Unterlagen über Pearson.«

Blackthorne strahlte über das ganze Gesicht. »Sehr gern, Sir. Ich meine, Mr Winterbloom. Die Akte kommt sofort.«

Scatterfield stürmte davon, ehe sein bisheriger Stellvertreter sich in Bewegung setzen konnte. Eilig folgte Paul ihm. »Nicht dass noch was von Pearsons Daten im Schredder landet«, rief er Ash über die Schulter zu.

Blackthorne zögerte noch, lächelte Ash unsicher an. »Vielen Dank. Um ehrlich zu sein ...« Er zögerte.

»Na kommen Sie, sagen Sie schon, was Ihnen auf dem Herzen liegt.«

»Ich möchte eigentlich nicht schlecht über Kollegen reden, aber ... Pearson und er ... Also ... ursprünglich hatte ich den Job, den Pearson dann Mr Scatterfield übertragen hat, und bin froh, ihn nun wiederzubekommen. Scatterfield wurde von Pearson eingestellt, und niemand hat so recht verstanden, warum, Sir.«

»Danke für Ihre Offenheit, Bart. Und wenn es Ihnen leichter fällt, nennen Sie mich Ash statt Sir. Wenn Sie noch mehr loswerden wollen oder Ihnen irgendwelche seltsamen Dinge oder Unstimmigkeiten aufgefallen sind, sprechen Sie mich gern an. Wenn ich nicht da bin, können Sie sich auch an Paul oder Trish wenden. Gemeinsam bekommen wir das schon hin.«

»Daran glaube ich jetzt auch ganz fest.«

Mit geradem Rücken verließ er das Büro, und erstmals seit einer Ewigkeit hatte Ash das Gefühl, etwas Gutes getan zu haben. Was war nur mit seinem Vater los gewesen, dass er Pearson derart freie Hand gelassen hatte? Nachdenklich sah er aus dem Fenster.

»Sehr kluge Entscheidung, mein Junge«, wurde er unerwartet gelobt.

Ash zuckte zusammen und wirbelte herum. Vor ihm stand der dunkelhäutige ältere Mann, der ihm bei seiner Rede aufgefallen war.

»Ich wollte warten, bis sich der größte Wirbel etwas gelegt hat. Mein Name ist Carl Weatherby.«

Der Name kam Ash bekannt vor, aber er konnte ihn so schnell nicht zuordnen. »Ash Winterbloom. Ihren Namen habe ich schon gehört, aber ich weiß im Moment leider nicht, in welchem Zusammenhang.«

Weatherby lächelte nachsichtig. »Ich war der Anwalt Ihres Vaters. Früher hatte ich in Heart Bay eine Praxis, aber als Sie ungefähr acht Jahre alt waren, bin ich nach San Francisco gegangen. Vorher war ich Onkel Carl für dich.«

Eine Erinnerung kam Ash in den Sinn. »Sie sind … du bist mit mir zum Ponyreiten nach St. Ellis gefahren.«

Weatherby schmunzelte. »Das war reine Notwehr, sonst hätte ich wieder stundenlang mit dir auf dem Rücken im Flur herumgaloppieren müssen.«

»Setz dich doch. Ich hoffe, es geht in Ordnung, wenn wir auf Förmlichkeiten verzichten.«

»Aber selbstverständlich.« Weatherby ließ sich mit etwas Mühe auf einem Stuhl vor Ashs Schreibtisch nieder. Auf Ashs besorgten Blick hin winkte er ab. »Ganz normale Alterserscheinungen. Die Knochen wollen nicht mehr so, wie ich es gern hätte.«

Ash rückte seinen Stuhl so zurecht, dass sie sich gegenübersaßen. »Kann ich dir einen Kaffee oder Wasser anbieten?«

»Nein, vielen Dank. Ich habe mich schon etwas umgesehen und wurde bestens versorgt.« Der Anwalt betrachtete die Einschusslöcher. »Das da gefällt mir gar nicht.«

Ash grinste schief. »Mir auch nicht. Hat mein Vater irgendetwas erwähnt, das uns bei der Suche nach einem Motiv oder einem Täter helfen könnte?«

»Leider nicht direkt. Ich weiß nur, dass er sich große Sorgen gemacht hat. Und das schon seit Längerem. Er war vollkommen ratlos und suchte nach einem Anhaltspunkt. Ich schlug vor, dass er sich Hilfe besorgt. Zum Beispiel einen Wirtschaftsprüfer. Aber leider war er nicht gut darin, Ratschläge anzunehmen.« Der Anwalt sah an ihm vorbei in die Ferne und wirkte, als würde er sich plötzlich unwohl fühlen.

Ash beeilte sich, ihm zuzustimmen, denn der Mann strahlte etwas Trauriges aus. »Das weiß ich. Ich habe den Eindruck, du warst der Einzige, der ihm nahestand. Mir sind außer dir keine Freunde meines Vaters bekannt.«

»Das denke ich auch.« Nun war er es, der Ash prüfend musterte. »Was brennt dir auf der Seele?«

Ash schluckte hart. »Ich frage mich, warum er mir die Firma hinterlassen hat. Ich hätte damit nicht gerechnet und verstehe es nicht.«

»Auch wenn er es nicht zeigen konnte, wusste er dennoch, dass er sich falsch verhalten hatte.« Carl atmete tief durch, und wieder hatte Ash den Eindruck, dass er nicht alles sagte. »Weißt du, er war einfach kein Mann, der offen mit anderen reden konnte. Das hatte viel mit deinen Großeltern zu tun, an die du dich vermutlich nicht mehr erinnerst. Ich glaube, dass seine Entscheidung, dir die Firma zu hinterlassen, so etwas wie ein spätes Zeichen der Einsicht ist. Am Ende hat er sich wirklich bemüht, einiges wiedergutzumachen.«

»Oder er hat vergessen, das Testament zu ändern«, schlug Ash zynisch vor.

Weatherby schüttelte den Kopf. »Nein, ganz im Gegenteil. Er wusste, was ihm bevorstand, und hat sehr viel Wert darauf gelegt, dass du das Haus und die Firma bekommst.«

»Na gut, dann wird das wohl eine weitere ungeklärte Frage bleiben.«

»Nicht unbedingt, aber …«

Die Bürotür stand immer noch offen, sodass die Schritte schwerer Stiefel nicht zu überhören waren. Carl brach mitten im Satz ab. Winston war anscheinend endlich eingetroffen.

Ash war aber noch nicht bereit, den einzigen Freund seines

Vaters einfach ziehen zu lassen. »Bist du noch ein paar Tage in Heart Bay? Ich würde mich gern noch in Ruhe mit dir unterhalten, wenn es dir recht ist.« Er deutete auf die Tür. »Da droht nämlich Ärger.«

»Ich bleibe bis zur Beisetzung und bei Bedarf auch gern länger. Ich könnte ja mal nachsehen, ob es Ingas Pension noch gibt.«

»Die gibt es noch! Und im Moment sind auch nur zwei Zimmer belegt.«

Im nächsten Moment stürmte der Sheriff ins Büro und baute sich vor Ash auf. »Was zum Teufel treibst du hier eigentlich, dass nun auch schon Unschuldige sterben?«

Weatherby fuhr für sein Alter erstaunlich schnell hoch. »Was erlauben Sie sich eigentlich, Sheriff? Falls Sie nicht korrekt informiert wurden, weise ich Sie daraufhin, dass auf Mr Winterbloom geschossen wurde. Seit wann ist es strafbar, Opfer einer Straftat zu werden?«

»Das würde mich allerdings auch interessieren«, mischte sich Paul ein, der hinter Winston eintrat, und warf einen Aktenordner auf Ashs Schreibtisch. »Da bin ich ja gerade noch mal rechtzeitig gekommen.«

Ash stand nicht einmal auf, sondern grinste nur. »Tja, Winston. Dass ich mit gleich zwei Anwälten aufwarten kann, hast du wohl nicht gedacht. Und zum allerletzten Mal: Ich weiß weder, womit wir es hier zu tun haben, noch habe ich irgendetwas getan, um diese Verbrechen zu provozieren. Wir haben jetzt zwei Möglichkeiten: Du redest nur noch mit meinen Anwälten, oder aber du greifst zum Handy, lässt dir vom LAPD und dem FBI-Büro Los Angeles bestätigen, dass ich auf der richtigen Seite des Gesetzes stehe, und wir arbeiten zusammen. Aber ich lasse dir weder weitere Verdächtigungen, unterschwellige Anschuldigungen noch dein Benehmen mir gegenüber durchgehen.«

Paul war sichtlich beeindruckt und lächelte, wenn auch reichlich angestrengt. »Und falls es dein Bild von Ash ändert – mittlerweile ist es ja verjährt: Rick und ich haben damals auch Gras geraucht. Ash war nur so dämlich, alles auf seine Kappe zu nehmen, dabei war er der Erste, der fast gekotzt und den Joint weggeschmissen hat. Leider ist das Mistding dabei eben im Fußraum des Wagens gelandet.«

Winston starrte ihn ungläubig an, dann nahm er seinen Hut ab, warf ihn auf den Schreibtisch und fuhr sich durchs Haar. »Fakt ist, dass ich die Opfer kenne und schätze. Und dass ich vielleicht zu vorschnell auf Pearson gehört habe.« Er breitete die Hände aus. »Lasst uns den Tag gestern vergessen und uns gemeinsam auf die Suche nach den Tätern konzentrieren. Und dafür muss ich verstehen, was hier los ist.«

Das war zwar keine Entschuldigung, aber immerhin ein gewisses Entgegenkommen. Ash nickte knapp. »Das wenige, was wir wissen, kann ich dir gern sagen. Deine Deputys haben auch ein Kennzeichen, das Charles und Rick besorgt haben.«

»Ich weiß. Die Halterfeststellung läuft, das ist nicht ganz so einfach, weil der Wagen in Kalifornien zugelassen ist und wir erst herausfinden müssen, wo der Kerl sich hier bei uns in der Nähe verkriecht. Aber wir sind dran.«

Da sich nun auch Carl wieder setzte, begann Ash mit einer Zusammenfassung der Ereignisse. Lediglich einige Details wie Darth Vader und den Beutel, den Trish gekonnt aus seinem Porsche geborgen hatte, verschwieg er.

18

Unter Missachtung des Tempolimits fuhr Rick mit Höchstgeschwindigkeit Richtung St. Ellis. Charles' nachdenkliche Miene gefiel ihm nicht. Schließlich seufzte er. »Nun sag schon, was du denkst. Dass wir die Sache dem Sheriff überlassen sollten?«

Charles presste die Lippen zusammen. »Das wäre sinnvoll.«

»Da klingt ein Aber mit.«

»Es ist eher ein merkwürdiges Gefühl. Mir hat es nicht gefallen, wie Winston auf Ash reagiert hat. Außerdem war er schon bei Joeys Entführung nicht begeistert darüber, wie wir vorgegangen sind. Ich hätte keine Lust gehabt, ihm zu erklären, durch welche Tricks wir an die Adresse des Schützen gekommen sind.«

»Okay … wenn es nicht unser Vorgehen ist, was hat dir denn dann die Laune verdorben?«

»Ich habe das Gefühl, etwas übersehen zu haben, das direkt vor mir lag. Zwei Scharfschützen. Wie abgedreht ist das denn? Das ist so abstrus, und doch … irgendwas klingelt da bei mir, das ich nicht richtig zu fassen bekomme. Aber es macht mir Sorgen!«

»Hast du deshalb Sam und Dom als Backup eingeplant?«

»Ja. Was ich von Sam gesehen habe, zeigt mir, dass sie ein absoluter Profi ist. Wenn sie mit Rob und Cat zusammenarbeitet, ist das ja auch nicht überraschend. Und Dom weiß im Zweifel auch, was er zu tun hat. Wenn wir es hier mit einem hochprofessionellen Killer zu tun haben, können wir nicht genug gute Leute auf unserer Seite haben.«

Rick nickte zustimmend. Vor ihnen lag die Stadt, und er ging widerwillig vom Gas. »Sag mir gleich, wie ich fahren muss.«

Charles nickte, sah in den Kosmetikspiegel an der Sonnenblende und pfiff leise. »Sie sind schon hinter uns.«

»Habe ich längst gesehen.« Rick tippte auf den Innenspiegel. »Ich habe nämlich das hier.«

Charles' vernichtender Blick gefiel ihm. Der FBI-Agent setzte zu einem Kommentar an, der bestimmt nicht nett ausgefallen wäre, da klingelte sein Handy. Sichtlich verwundert nahm Charles das Gespräch an und hörte eine Weile zu. Am Ende bedankte er sich überschwänglich.

Ratlos sah Rick ihn an. »Hast du gerade eine Waschmaschine gewonnen?«

»Nein, besser, ich bekomme gleich die Handyortung unseres Verdächtigen aufs Smartphone gespielt. Direkt in mein Navigationsprogramm. Wie findest du das?«

»Im höchsten Grade suspekt. Hast du deine Kollegen eingeschaltet?«

»Nein, der Freund von Rob hat auf eigene Faust ein wenig weiterrecherchiert und ist auf ein Prepaidhandy gestoßen, das zur Tatzeit in der Nähe von Ashs Firma war und sich nun in St. Ellis in der Nähe unseres Ziels befindet. Die Wahrscheinlichkeit ist gigantisch hoch, dass das der Schütze ist.«

Jetzt war Rick wirklich beeindruckt und lehnte sich zurück. »War also schon richtig, dass ich Cat angerufen habe.«

Charles verdrehte die Augen. »Wenn du ein schriftliches Lob haben willst, sag es.«

»Nö, mir reicht die durchklingende Anerkennung.« Er dachte daran, dass sich der Freund von Rob und Cat mithilfe des Kennzeichens nicht nur die Kreditkartennummer des Fahr-

262

zeugbesitzers besorgt hatte, sondern auch auf die Nutzung der Karte in einer Pension in St. Ellis gestoßen war. Vielleicht konnte er solche Verbindungen in einem seiner Bücher verwenden. »Die Möglichkeiten dieser Firma sind gewaltig. Wenn ich mir deren Technik in den falschen Händen vorstelle, wird mir schlecht«, überlegte er laut.

Charles winkte geringschätzig ab. »So viele Hacker gibt es nicht, die das können, was Robs Kumpel draufhat.« Er schwieg kurz. »Hoffe ich. Und eigentlich traue ich denen sogar insgesamt mehr als einigen offiziellen Vereinen mit drei Buchstaben.«

»Und das aus deinem Mund, Special Agent. Darüber sollten wir uns irgendwann noch mal genauer unterhalten.«

»Können wir machen. Jetzt haben wir aber erst mal ein anderes Problem als deine Überlegungen zum Datenschutz. Da vorn abbiegen und dann einen Parkplatz suchen.«

Rick nickte knapp. »Wo steckt denn der Kerl?«

»Zwei Häuser von seiner Pension entfernt. Der Laden nennt sich *Meeresblick*. Eine Art Café.«

»Mist, das kann kompliziert werden. Ich will nicht, dass Unschuldige ins Kreuzfeuer geraten.«

Charles schnaubte. »Denkst du, ich? Mir wäre es wesentlich lieber, wir schnappen ihn uns an einem ruhigen Ort und stellen ihm ein paar Fragen, ehe wir ihn den Behörden übergeben.«

»Du wirst mir immer unheimlicher, Mr FBI. Allerdings auch sympathischer.«

»Das muss der Einfluss von Heart Bay und seinen Bewohnern sein, die lassen keinen Platz für Vorschriften. Aber ärgere mich nur weiter, dann fallen mir vielleicht doch noch die Dienstvorschriften ein. Würdest du bitte einen Parkplatz suchen?«

Fünf Minuten später standen sie zu viert vor Ricks Wagen

und blickten auf Charles' Handy. Weder Dom noch Sam wirkten über die Handyortung überrascht.

»Er bewegt sich«, stellte Sam fest.

»Glaube ich nicht, eher …« Rick brach mitten im Satz ab, als sich der blinkende, rote Punkt, der den Standort des Schützen kennzeichnete, deutlich nach unten verschob. »Glaub ich doch. Er hat den Laden verlassen und ist unterwegs zum Hafen.«

Sam tippte auf eine Parallelstraße. »Wir können ihn hier überholen und dann an der Kreuzung abfangen. Wenn wir schnell genug sind. Im Hafen wimmelt es doch bestimmt von Touristen.« Sie wartete keine Bestätigung ab, sondern sprintete sofort los, Dom folgte ihr. Rick und Charles sahen sich an und starteten dann ebenfalls durch. Sie ernteten zwar ein paar erstaunte und auch missbilligende Blicke von Passanten, aber niemand hielt sie auf. Eine solche Jagd wäre in Heart Bay nie möglich gewesen, ohne Aufsehen zu erregen, aber St. Ellis war zwar nicht wesentlich größer, jedoch deutlich anonymer.

Schlitternd kam Sam an einer Kreuzung zum Stehen und war nicht hörbar außer Atem. »Was sagt dein Handy?«

Charles atmete tief durch. »Dass wir einen schönen Vorsprung herausgeholt haben. Der Kerl ist fast zwanzig Meter hinter uns.«

Dom griff nach Sams Hand. »Okay, wir sind das harmlose Paar und halten ihn auf. Ihr schnappt ihn euch.«

»Einverstanden«, bestätigte Rick überflüssigerweise, denn für eine Diskussion fehlte ihnen ohnehin die Zeit.

Mit ausreichend Abstand folgten sie Sam und Dom. Während die beiden überzeugend ein verliebtes Paar spielten, das ihre Umwelt komplett ausgeblendet hatte, überlegte Rick, wie sie auftreten sollten, ohne den Verdächtigen gleich zu alarmieren. »Mist, wie Touristen wirken wir nicht, und als verliebtes Paar gehen wir auch nicht durch.«

Charles zuckte zusammen. »Bloß das nicht. Mir hat Rosies Rührei heute gereicht.«

»Also *das* musst du mir nachher erklären.«

Charles betrachtete ein Haus, das irrsinnigerweise in schreiendem Rosa gestrichen war. »Eher nicht. Sieh mal, wer da die Straße runterkommt. Den Typen haben wir doch schon mal gesehen.«

Rick blieb stehen und sah auf sein Smartphone, obwohl es dort außer der aktuellen Uhrzeit nichts zu sehen gab. »Stimmt. Wie gut, dass er hinten keine Augen hat und uns vorhin nicht erkennen konnte. Ich würde sagen, wir …«

Zweimal krachte es laut. Schüsse! Ein Motor wurde hochgejagt, Reifen drehten durch. Beißender Gummigestank. Ihr Ziel lag am Boden, unter ihm breitete sich ein Blutfleck aus. Ein weißer Pickup raste davon. Sam hatte bereits ihre Pistole in der Hand und feuerte auf das Fluchtfahrzeug. Rick und Charles sprinteten los. Der Pickup geriet ins Schlingern, prallte gegen einen parkenden Kombi und kam dann quer auf der Straße zum Stehen.

Dom war als Erster an der Fahrertür, riss sie auf und zerrte einen Mann aus dem Wagen. Als der Fahrer versuchte, sich zu wehren, landete er auf dem Boden, und der Reporter hielt ihn mit dem klassischen Polizeigriff unten.

»Lass mich los. Bist du bescheuert?«, beschwerte sich der Mann mit ausgeprägtem spanischem Akzent, der zu seinem Aussehen passte. Dom erwiderte etwas auf Spanisch, und er stellte jede Gegenwehr ein. Charles hielt mittlerweile vorsorglich seine FBI-Marke in der Hand, um eventuelle neugierige Passanten zu beruhigen.

Sam hatte sich das Wageninnere vorgenommen und pfiff nun laut. »Pistole im Fußraum, das muss die Tatwaffe sein.«

Rick drehte sich kurz zu dem Niedergeschossenen um, der

immer noch reglos am Boden lag, aber Sam schüttelte schon den Kopf. »Vergiss es. Zwei Treffer im Kopf, da kannst du jede Erste Hilfe vergessen.«

Da ihr gesuchter Scharfschütze nun selbst Opfer eines Killers geworden war, würde sich Rick ersatzweise eben diesen Killer vornehmen. Er baute sich über ihm auf, die Stiefel nur Zentimeter vom Gesicht des Liegenden entfernt. »Wer hat dich bezahlt?«

Angst flackerte in der Miene des Mexikaners auf. »Nix verstehen.«

»Und ob du mich verstehst!« Rick schob seinen Fuß noch dichter an die Nase des Mannes heran. »Rede, oder ich werde sauer. Dein netter Mordanschlag garantiert dir die Todesstrafe, wenn du mir nicht sofort etwas lieferst, das mir weiterhilft.«

»Sie haben keine Ahnung, mit wem Sie sich anlegen. Er ist der Teufel persönlich, niemand legt sich mit ihm an.«

»Ich schon«, erwiderte Rick kalt.

Sam hatte sich auf der Fahrerseite umgesehen, nun atmete sie so scharf ein, dass Rick sich zu ihr umwandte. »Was ist?«

Sie kletterte so eilig aus dem Wagen, dass sie stolperte, fast rückwärts zu Boden ging und sich erst im letzten Moment wieder fing. »Weg hier. Sprengstoff!«, brüllte sie los.

Ehe Rick richtig begriff, warf sie sich schon auf ihn und riss ihn und Dom zu Boden. Er kollidierte schmerzhaft mit dem Asphalt, kam aber nicht dazu, sich zu orientieren. Ein ohrenbetäubender Knall, gefolgt von einer Hitzewelle, die über ihn hinwegfauchte und jeden Sauerstoff aus der Luft sog. Er rang nach Luft, da drang der Geruch nach verbranntem Plastik in seine Lungen, und er kämpfte gegen einen Würgereiz, rappelte sich hoch und half Sam auf die Beine. Dom rieb sich mit schmerzverzerrtem Gesicht über die Stirn, stand aber auch schon wieder auf.

In Ricks Ohren klingelte es. Suchend blickte er sich um. Charles kümmerte sich um eine Passantin, die am Boden lag, ein Stück neben dem Wagen lag der Mörder, dem der Anschlag gegolten hatte. Anscheinend war es in Heart Bay und Umgebung heutzutage üblich, dass Täter selbst zu Opfern wurden. Der Mexikaner blutete aus einer Kopfwunde. Ein Metallteil, das vermutlich vom Kotflügel stammte, schien ihn an der Schläfe getroffen haben. Rick überprüfte den Puls. Deutlich spürbar und regelmäßig, allzu gefährlich war die Verletzung dann wohl nicht.

»Rick!« Charles' Ruf klang sehr besorgt. Rick sprintete zu ihm und hockte sich fluchend neben den FBI-Agenten und die Passantin. Die junge Frau hielt sich mit verzweifelter Miene den Bauch. Dem Umfang nach musste sie im achten oder neunten Monat schwanger sein.

Selbst unter feindlichem Feuer war er immer ruhig geblieben, aber nun musste er die aufsteigende Panik niederkämpfen. Das schrille Geräusch von etlichen Martinshörnern kam schnell näher. Er räusperte sich. »Okay, Charles. Übernimm du die Cops. Nicht dass die uns noch erschießen oder festnehmen. Ich kümmere mich um die Frau. Ruf einen Krankenwagen!« Er konnte nicht verhindern, dass seine Stimme bei den letzten Worten etwas rauer als gewöhnlich klang.

»Das habe ich schon, die sind unterwegs«, teilte ihm eine Frau mit auffallend tiefschwarzem Haar mit, die sich neben ihn hockte und die Hand der Schwangeren ergriff. »Es ist alles gut. Sie müssen sich beruhigen. Denken Sie an Ihr Kind.«

Die Atmung der Frau normalisierte sich nicht, aber endlich funktionierte Ricks Sanitäterverstand wieder. »Haben Sie eine Tüte in Ihrem Rucksack?«

Die Schwarzhaarige hielt sich nicht mit Fragen oder der Suche in ihrem Rucksack auf, sondern drehte nur den Kopf etwas zur Seite, wo sich inzwischen etliche Gaffer eingefunden hatten. »Eine Tüte. Egal, ob Plastik oder Papier. Sofort!«

Ihr Ton zeigte Wirkung. Eine Touristin drückte ihrem Mann den Inhalt einer über und über mit Seehunden bedruckten Papiertüte in die Hand und reichte sie der Schwarzhaarigen.

Rick ließ die Schwangere in die Tüte atmen. Endlich verlangsamten sich ihre Atemzüge, und ihre Gesichtsfarbe normalisierte sich wieder. Die ganze Zeit redete die Schwarzhaarige weiter beruhigend auf sie ein. Er ertappte sich dabei, dem melodischen Klang ihrer Worte zu lauschen. Mit einem schnellen Seitenblick sah er sie zum ersten Mal genauer an. Ihre gebräunte Haut in Verbindung mit dem dichten, langen schwarzen Haar war sehr attraktiv. Er wünschte sich, er könnte ihre Augenfarbe erkennen. Vermutlich braun, jedenfalls bestimmt dunkel.

Als ob sie sein Interesse gespürt hätte, erwiderte sie seinen Blick, und er blinzelte verblüfft: Sie hatte strahlend blaue Augen, aus denen sie ihn ebenso forschend betrachtete wie er sie. Plötzlich weiteten sich ihre Augen, und sie schüttelte leicht den Kopf. »Na, das ist eine Überraschung«, murmelte sie vor sich hin.

Er verstand den Sinn ihrer Bemerkung nicht, denn wenn sie sich jemals getroffen hätten, würde er sich daran erinnern. Leider hatte er im Moment keine Zeit, um nachzufragen. Die Schwangere krümmte sich leicht.

»Bleiben Sie ganz ruhig liegen, ich möchte nur kurz ihren Bauch abtasten«, kündigte Rick an.

»Sind Sie Arzt?«, brachte sie keuchend hervor.

»Sanitätsausbildung bei den US Marines. Der Notarzt kommt jeden Moment. Es ist alles in Ordnung, Sie und ihr Baby sind nicht in Gefahr«, stellte er bewusst beiläufig fest, dann fuhr er behutsam über ihren Bauch, der viel zu hart und angespannt war. Als er eine deutliche Kindsbewegung spürte, stieß er den Atem aus, den er unwillkürlich angehalten hatte. »Hey, da hat aber jemand ein ordentliches Temperament.«

»Das hat sie vom Vater«, erklärte die Frau und lächelte zum ersten Mal.

Endlich kam ein Rettungswagen angerast und hielt direkt neben ihnen.

»Puls und Atmung wieder einigermaßen normal, vorher beides stark erhöht. Kindsbewegungen spürbar, aber der Bauch ist extrem angespannt. Keine sichtbaren Verletzungen, war wohl in erster Linie der Schreck«, erklärte Rick dem Notarzt, der nur knapp nickte.

»Danke, dann übernehmen wir mal.«

»Gern«, bestätigte Rick, und die Schwarzhaarige grinste ihm flüchtig zu. Als die Frau auf einer Trage gebettet war und zum Wagen geschoben wurde, schmunzelte sie immer noch. »Geburtsheilkunde ist wohl nicht ganz Ihr Gebiet«, zog sie ihn auf.

»Stimmt. Ein Glück, dass es nicht zur Geburt gekommen ist.«

Er hätte das Gespräch nur zu gern fortgesetzt, aber mittlerweile wimmelte es von Polizisten, und er fing einige ungeduldige, vielleicht sogar misstrauische Blicke auf. Siedend heiß fiel ihm ein, dass er und seine Freunde noch ein paar verdammt gute Erklärungen abliefern mussten. Charles diskutierte bereits mit einem uniformierten Polizisten, und einen Augenblick lang hatte Rick das Gefühl, die Lage würde trotz Charles' FBI-Ausweis eskalieren. Aber dann mischte sich Samira in das Gespräch ein. Er blinzelte erstaunt. So wie sie jetzt auftrat, würde er ihr nicht einmal zutrauen, eine Waffe festzuhalten, geschweige denn damit zu schießen. Sie bot das vollkommen überzeugende Bild einer unschuldigen, etwas naiven Blondine. Unauffällig, um keine weitere Aufmerksamkeit auf sich zu lenken, schob er sich näher heran, bis er ihre Erklärungen verstehen konnte.

Die Story, die sie den Polizisten auftischte, war verdammt gut und vor allem so dicht an der Wahrheit, dass sie sofort plausibel klang. Angeblich war Dom einer Story auf der Spur, die ihn nach Heart Bay geführt hatte, der Ausflug nach St. Ellis hatte rein touristische Beweggründe, weil man in Heart Bay rein gar nichts unternehmen konnte. Gemeinsam mit zwei Freunden wollten sie sich den Hafen ansehen und dort was essen. Es war reiner Zufall, dass sie vor Ort gewesen waren, als erst vor ihren Augen ein Mann erschossen wurde und dann der nächste fast in die Luft flog.

Solange es keinen Augenzeugen gab, der erwähnte, dass sie den Pickup durch Schüsse aufgehalten hatten, würden sie damit glatt durchkommen. Er war gespannt, wie sie diese Klippe umschiffen wollte. Der Gedanke war ihm kaum gekommen, da mischte sich auch schon Dom ein und schilderte anschaulich, wie *er* den Wagen durch Treffer in die Hinterreifen gestoppt hätte. Einen Waffenschein hatte er natürlich, da er als investigativer Reporter schon öfter in Gefahr geschwebt hatte. Die beiden waren ein absolut eingespieltes Team und Sams Wandlungsfähigkeit enorm. Rick wäre jede Wette eingegangen, dass sie umfangreiche Erfahrung als Undercoveragentin hatte. Die Frau faszinierte ihn, und er nahm sich vor, sie später gründlich auszufragen. Da er mit Cat befreundet war, rechnete er sich gute Chancen auf ein paar Antworten aus. Ein Jammer, dass sämtliche interessanten Frauen, die er traf, in festen Händen waren.

Unwillkürlich fiel ihm die Schwarzhaarige ein. Er sah sich um, aber sie war verschwunden. Schade, irgendetwas an ihr hatte ihn neugierig gemacht, und er verspürte einen ungewohnt heftigen Stich des Bedauerns, dass sie sich nur so flüchtig getroffen hatten.

Entschlossen konzentrierte er sich wieder auf Sam und Dom. Vielleicht hatte er bei der Explosion mehr abbekommen, als er bemerkt hatte, denn ganz normal waren seine Gedanken über diese Zufallsbegegnung nicht … und für ihn, der sonst absichtlich jeder möglicherweisen interessanten Frau aus dem Weg ging, schon gar nicht.

Sams Beschwichtigungstaktik schien erfolgreich zu sein – die Stimmung entspannte sich spürbar, als die Polizisten sich überzeugen ließen, dass es eine harmlose Erklärung für ihre Anwesenheit gab. Charles' Unschuldsmiene stand Sams nur minimal nach. Nachdem sie versprochen hatten, die Stadt nicht zu verlassen, ehe sie ihre Erklärungen offiziell zu Protokoll gegeben hatten, ließen die Polizisten sie in Ruhe und wandten sich anderen Zeugen zu.

Rick ging zu Sam und vergewisserte sich, dass kein Polizist ihnen zuhörte. »Dir ist klar, dass ein Satz von Winston deine wunderschöne Geschichte platzen lässt?«

»Nö, wieso denn? Der bekommt das Gleiche zu hören. Der kann ja gern versuchen, uns etwas anderes zu beweisen, aber das wird ihm nicht gelingen. Selbst dann nicht, wenn er darauf kommt, dass Opfer Nummer eins unser Scharfschütze Nummer eins ist.« Sie zog ihr Smartphone hervor und lächelte Dom flüchtig zu. »Ich suche uns mal eine Übernachtungsmöglichkeit, unseren geplanten Flieger bekommen wir nie. Außerdem gibt es ja noch einiges zu klären.«

Rick legte ihr eine Hand auf den Arm. »Das ist Blödsinn. Ich habe genug Platz.«

Dom grinste breit. »Darauf hatte ich gehofft. Ich hätte da nämlich noch so ein, zwei Fragen zu deinem Job. Aber nur, wenn es dich nicht stört.«

»Natürlich nicht. Ganz im Gegenteil. Ich brenne schon darauf, mich mit dir zu unterhalten. Du wirst dich doch jetzt bestimmt hinter diesen Mist klemmen, oder?«

»Natürlich. Niemand jagt einen Wagen in die Luft, wenn Sam danebensteht. Ich neige dazu, so was persönlich zu nehmen.« Er rieb sich geistesabwesend über eine Stelle an der Hüfte, an der seine Jeans einiges abbekommen hatte. »Das hier riecht nach einer ganz großen Sache. Von wegen Unterschlagungen.« Er schielte zu den Sanitätern hinüber, die den Mexikaner versorgten. »Ein Jammer, dass der uns keine Auskunft über seinen Auftraggeber geben wird. Allerdings hatte Charles gegenüber Jay schon gewisse Andeutungen gemacht, die wir uns mal genauer erklären lassen sollten.«

Sam stupste ihn leicht an. »Das sollten wir aber nicht ausgerechnet hier vertiefen. Außerdem habe ich das Handy unseres Killers. Ich habe Kalil schon gebeten, sich das mal anzusehen.«

»Das ist doch der Computerexperte, der uns mit dem Tablet-PC von Sabrinas Exmann geholfen hatte und uns heute die Informationen besorgt hat, oder?«, hakte Rick nach.

Sam nickte. »Stimmt.«

»Und der kann sich das Handy einfach so ansehen?«

»Nachdem ich ihm die Nummer per SMS rübergeschickt habe, ist das kein Problem für ihn.«

Rick rieb sich über die Stirn. »Ich weiß nicht, ob ich das gut oder beängstigend finden soll.«

Dom zwinkerte ihm zu. »*Big brother is watching you.*« Er legte den Kopf in den Nacken und starrte in den Himmel. »Vielleicht können wir das Wetter nutzen, um die Angelegenheit zu beschleunigen. Ich will endlich an den PC und ein paar Dinge überprüfen.«

Rick folgte seinem Blick und stutzte. Er hatte nicht einmal

gemerkt, dass die Sonne hinter dicken Wolken verschwunden war. Eines der typischen kurzen, aber heftigen Sommergewitter war im Anmarsch.

Trish parkte ihr Cabrio vor Ingas Pension direkt neben dem Wagen von Sabrina und atmete auf. Also hatte sie richtig vermutet, dass ihre Freundin hier war. Sie stieg aus, blickte auf den Pazifik und überlegte, noch kurz ans Meer zu gehen, aber das Gespräch mit Sabrina war wichtiger. Sie wollte sich schon abwenden, da sah sie etwas, stutzte und überquerte doch die Straße. Dort, wo die ersten Felsen den Sandstrand begrenzten, standen sich zwei Personen gegenüber, die miteinander zu streiten schienen: Carl Weatherby, der Anwalt von Ashs Vater, und Maureen, die Touristin aus Irland. Das ergab doch keinen Sinn. Misstrauisch beobachtete Trish die beiden und überlegte, zu ihnen rüberzugehen. Doch da kläffte der kleine Hund laut, und Maureen stapfte an Weatherby vorbei. Die Show war offensichtlich zu Ende. Vermutlich gab es eine ganz harmlose Erklärung, vielleicht hatte die freche Promenadenmischung den Anwalt belästigt. Allmählich fing sie wohl an, Gespenster zu sehen.

Sie wandte sich ab und ging um die Pension herum. Wie erwartet traf sie dort auf die zwei Hunde, die mit den beiden Jungs spielten, und ihre Freundin, die auf ihr Smartphone starrte. »Hi«, begrüßte Trish sie und ließ sich auf den Stuhl neben Sabrina fallen.

Sabrinas Mundwinkel zuckten nach oben. »Ebenfalls hi. Bist du auf der Flucht?«

»Bin ich so leicht zu durchschauen?«, gab Trish zurück.

»Für mich schon. Was habe ich versäumt?«

»Endlos lange Gespräche mit Winston und seinen Jungs und endlos viel zu tun.«

Sabrina schob ihr ein Glas zu und schenkte ihr etwas Wasser aus einer Karaffe ein, in der Zitronenscheiben schwammen. »Das klingt nach Stress, aber so besonders fertig siehst du nicht aus. Eher, als ob dich etwas anders beschäftigt. Wo steckt Ash?«

Durstig trank Trish das halbe Glas in einem Zug leer. »Er ist noch in der Firma geblieben und fährt später bei Paul mit. Ich hätte auch noch kurz warten können, aber es ist kompliziert.« Sie schenkte sich nach. »Du hast recht, es war abartig viel zu tun, aber es hat unglaublich viel Spaß gemacht. Vor allem Ash … er ist … also, wie er sich reinhängt, das ist schon großartig.«

Sabrina musterte sie forschend. »Wie lange ist es eigentlich her, dass du zu mir gesagt hast: *Wenn du ihn willst, schnapp ihn dir!*?«

Noch nicht lange. Trish hielt kurz inne und staunte darüber, wie vertraut sie in der kurzen Zeit mit Sabrina geworden war – als würden sie sich seit Jahren kennen. Dann antwortete sie: »Das war was anderes. Ich habe Angst.«

»Vor Ash?«

»Vor mir, vor dem, was er in mir auslöst, vor der Zukunft.«

Sabrina schüttelte den Kopf. »Du denkst entschieden zu viel. Ich dachte, das hätten wir gestern schon geklärt. Mit deinem Ordnungswahn kommst du hier nicht weiter, sieh es wie eine Fahrt auf deiner Harley – schwing dich in den Sattel und gib Gas. Sei gespannt, wohin dich der Weg führt, und genieße die Fahrt.«

Völlig entgeistert starrte Trish ihre Freundin an. Die Worte trafen voll ins Schwarze. »Ich übertreibe es wirklich manchmal mit meiner Sucht nach Ordnung und Struktur, was?«

»Yep, tust du. Willst du noch einen kostenlosen Tipp?«

»Klar, der erste war ja schon Gold wert.«

»Mach es so wie ich bei Paul. Ash ist viel zu ehrenhaft, um von sich aus den ersten Schritt zu machen, egal, wie oft er dich ansieht, als ob er sich im nächsten Moment auf dich stürzen will.«

»Das tut er?«

»Das tut er!«, bekräftigte Sabrina. »Aber er macht nicht den ersten Schritt. Schnapp ihn dir, Tigerin. Die Frage, ob du ihn willst, stelle ich gar nicht erst, das sehe ich dir an der Nasenspitze an.« Sabrina stand auf und zog Trish hoch. »Wann kommt er nach Hause?«

»Bestimmt bald, aber ich traute mich bis eben nicht, hinzufahren. Ich habe sogar überlegt, mir hier ein Zimmer zu nehmen oder bei euch unterzukriechen.«

Spöttisch grinste Sabrina sie an. »Als ob Inga dir ein Zimmer vermietet hätte. Aber unser Haus steht dir immer offen, wenn du es brauchst.«

»Brauche ich nicht. Ich meine, jedenfalls nicht heute.« Obwohl ihre Stimme ruhig klang, raste ihr Puls.

Als es plötzlich donnerte, zuckte sie zusammen und sah nach oben. Schwarze Wolkenberge türmten sich über ihnen auf. Es war zwar nicht kühler geworden, aber es lag etwas Elektrisches in der Luft. Als ob ihre eigene Anspannung nicht gereicht hätte, spielte nun auch noch die Natur verrückt.

Paul kam um die Ecke gestürmt. »Pack besser deine Sachen zusammen. Ich habe Charles eine SMS geschickt, dass wir mit den Jungs zu uns fahren. Ach so, und mit den Hunden natürlich. Rick ist ja auch noch unterwegs.«

Trish musterte ihn misstrauisch. »Ist irgendetwas passiert?«

Paul sah an ihr vorbei. »Ich hole mal die Jungs und die Hunde.«

Seufzend sah Sabrina ihm nach. »Ich melde mich bei dir, wenn ich ihn ausgequetscht habe. Er hat viele tolle Eigenschaften, aber lügen und pokern kann er nicht. Es muss schon wieder etwas passiert sein.«

Nachdenklich nickte Trish. »Glaube ich auch. Schreib einfach eine Mail, ja? Ich finde, Ash hat eine kleine Auszeit verdient, und … also … ich meine … nicht dass nachher noch das Handy im falschen Moment klingelt.«

Sie sahen sich an und kicherten gleichzeitig los. Sabrina brachte sie noch bis zum Cabrio.

»Viel Glück. Nicht dass du es brauchen würdest.«

Trish lächelte etwas gequält. Trotz ihrer eben neu gewonnenen Entschlossenheit nagten schon wieder leise Zweifel an ihr.

Sie hatte gerade gewendet, da vibrierte ihr Handy. Eine SMS von Sabrina. *»Hör endlich auf, an dir zu zweifeln!«*

Trish musste lachen. Genauso hatte sie vor wenigen Wochen Sabrina ermuntert, sich Paul zu schnappen. Nun hatten sich die Vorzeichen gedreht. Sie rammte den nächsten Gang rein und beschleunigte. Winston und seine Deputys hatten im Moment hoffentlich andere Probleme, als eine Radarfalle in Heart Bay aufzustellen.

19

Erst der Anblick des Polizeiwagens einige Meter vor ihrem Haus brachte Trish dazu, die Geschwindigkeit zu drosseln. Schlagartig fiel ihr ein, dass sie sich nicht nur wegen Ash Gedanken machen musste – es hatte jemand auf sie geschossen! Das hatte sie sowohl in der Firma als auch bei Sabrina erfolgreich verdrängt. Aber gut, von vorn konnte niemand kommen: Der Sheriff hatte versprochen, die Straße bewachen zu lassen, und sein Versprechen auch gehalten, wie der Polizeiwagen bewies. Und ihre Terrasse und die gesamte Rückseite des Hauses waren sicher, dort würde sich niemand unbemerkt nähern können – die Bewegungsmelder und Scheinwerfer hatte sie zwar eigentlich angebracht, um die allzu neugierigen Waschbären zu vertreiben, aber nun erfüllten sie eben auch einen anderen Zweck. Also waren sie zu Hause wohl hinreichend sicher, und außerdem waren ihre Freunde dem Täter offenbar schon auf der Spur.

Ihr war noch immer ein wenig unwohl, aber sie rief sich zur Ordnung. Wenn sie wirklich in Gefahr schweben würde, hätten der Sheriff und vor allem ihre Freunde niemals zugelassen, dass sie nach Hause fuhr, also konnte sie sich auf ihr eigentliches Problem konzentrieren: Ash.

Ihr Carport war schon mit Ashs Porsche besetzt, der neben ihrer Harley parkte. Der Anblick ihrer beiden Fahrzeuge nebeneinander berührte etwas tief in ihr, aber darüber wollte sie jetzt nicht näher nachdenken. Sie stellte das Cabrio quer hinter Motorrad und Sportwagen ab und sprang aus dem Wagen. Vor ihrer Haustür stand eine Styroporbox mit dem Logo von Rosies Diner auf dem Deckel. Fürs Abendessen war also gesorgt.

Sie nahm die Box hoch, stürmte in die Küche und blieb wie angewurzelt stehen. Das Haus war leer. Das spürte sie.

In der Ferne grollte wieder Donner. Trish stellte die Box ab und musste keine Sekunde überlegen, wo sie Ash finden würde. Sie rannte in ihr Schlafzimmer und tauschte ihre Jeans, die sie zur Arbeit trug, gegen Shorts und ein knappes Top, das kaum etwas der Fantasie überließ. Ihr Handy vibrierte wieder. *Go, Trish, go.*

Trish antwortete mit einem Smiley, der die Zunge rausstreckte. So langsam übertrieb Sabrina es. Dann rannte sie die Treppe runter, hielt sich nicht damit auf, die Haustür abzuschließen, und lief über die Straße zum Strand hinunter. Es war noch früh am Abend, aber durch die dunklen, tief hängenden Wolken dämmerig. Ein erster Blitz zuckte über den Himmel.

Die Luft schmeckte wie elektrisch aufgeladen, und das passte perfekt zu ihrer Stimmung. Die Brandung nahm zu, aber das schien Ash nicht zu stören. Er stand bis zu den Knien im Wasser und blickte aufs Meer hinaus.

Sie kickte sich ihre Sneakers von den Füßen und ging zu ihm. Er sah sie nicht an, aber kaum stand sie neben ihm, legte er ihr einen Arm um die Schultern und zog sie eng an sich.

»Guck dir diese Farben an. Wahnsinn. Ich wünschte, ich könnte malen, um diesen Augenblick festhalten.«

»Wir wäre es mit einem Foto?«

»Mein Handy ist …«

Trish rollte mit den Augen, nicht weil er sein Handy mal wieder irgendwo liegen gelassen hatte, sondern weil er die einzigartige Stimmung zerstörte. »Schon klar.«

Widerwillig löste sie sich von ihm und schoss mit ihrem Smartphone einige Aufnahmen. Schon auf dem Display sahen die Fotos fantastisch aus. Die Wolkenberge türmten sich über dem Wasser auf, von tiefschwarz bis hin zu unterschiedlichsten Rottönen. Vereinzelt lugten letzte Sonnenstrahlen hervor und sorgten für weitere Farbspiele, die von Violett bis zu einem sanften Goldton reichten. Sie steckte das Handy weg, sicher, eine bleibende Erinnerung an diesen Moment auf die Speicherkarte gebannt zu haben.

Jetzt reichte es mit der Technik, sie wollte nur noch genießen. Das wilde Wetter – und Ash. Der Wind kam in Böen, zerrte an ihren Haaren, und die Wellen wurden höher, reichten ihr jetzt schon fast bis zur Taille. Das Wasser war jedoch so warm, dass es sie nicht störte.

Als sie durch die Wucht eines Brechers etwas schwankte, legte Ash ihr einen Arm um die Taille. »Ich glaube, wir gehen lieber etwas weiter zurück.«

»Ich mag das aber«, protestierte sie.

»Aber dein Handy vielleicht nicht.«

»Laut Hersteller ist es wasserdicht.«

Oh Gott, sie redeten über Handys, während die Natur ihnen ein Schauspiel bot, wie man es selbst in Heart Bay nicht oft zu sehen bekam. Als ob ein verärgerter Wettergott ihr zustimmen wollte, zuckten nun schnell hintereinander Blitze über den Himmel, sofort gefolgt von dröhnendem Donner. Erschrocken zuckte sie zusammen und fand sich im nächsten Moment in einer engen Umarmung wieder, mit ihrer Nase direkt an seinem Hals.

Ash sagte kein Wort, streichelte ihr nur stumm über den Rücken. Jeder Gedanke, ihn darauf hinzuweisen, dass sie diese Naturgewalten liebte und keineswegs fürchtete, verflog. Stattdessen genoss sie die Nähe, seinen Geruch, einfach alles.

»Die Gewitterfront ist gleich über uns. Wir müssen aus dem Wasser raus.«

Trish knurrte etwas Protestierendes. Ash lachte, rau und tief. Dann hob er sie einfach hoch. »Ich wette, du bist in einem früheren Leben Nixe gewesen.«

Sie biss ihn leicht in den Hals. »Nein. Raubkatze.«

Wieder lachte er, und sie spürte das Vibrieren seines Brustkorbs an ihrer Wange. Noch nie hatte ein Mann sie einfach durch die Gegend getragen. Aber Ash tat es und setzte sie erst vor einem Felsen ab. Gemeinsam sanken sie in den feuchten, noch warmen Sand. Wieder kuschelte Trish sich an ihn, während ringsum mit aller Gewalt das Gewitter losbrach. Blitze, Donner, die unglaublichsten Wolken. Es würde nicht lange dauern, bis der Regen einsetzte, und dann würde es ungemütlich werden.

»Willst du rein?«, fragte Ash. Seine Stimme war nur ein Hauch, der sanft über ihre Haut strich.

Trish schüttelte stumm den Kopf. »Ich mag es hier.«

»Gut. Ich habe schon als Kind Gewitter geliebt und mir vorgestellt, dass dort oben Elfen, Orks und Trolle miteinander kämpfen.«

Überrascht fuhr Trish hoch, aber er zog sie sofort wieder nach unten.

»Bei mir waren es Götter. Die griechischen oder die nordischen. Ich konnte mich da nie entscheiden. Ich hätte nicht gedacht, dass es noch jemanden mit einer so schrägen Fantasie gibt.«

Sein Mund war nur Zentimeter von ihrem entfernt. Aber er machte keine Anstalten, sie endlich zu küssen. Trish dachte an Sabrinas Warnung, umfasste seinen Hinterkopf und zog ihn dichter an sich heran, bis sich ihre Lippen berührten. Er zögerte, wich aber nicht zurück. Gut. Aber sie musste wohl noch etwas deutlicher werden. Sanft biss sie ihm in die Unterlippe und fuhr dann mit der Zunge über die Stelle. Endlich öffnete er den Mund ein wenig, dann war jede Zurückhaltung vergessen, und der Kuss entwickelte sich vom vorsichtigen Vortasten zu einem leidenschaftlichen Ringen.

Sie hatte keine Ahnung, wie er es geschafft hatte, aber plötzlich lag sie auf ihm. Ash hielt sie eng umschlungen, und sie spürte genau an der richtigen Stelle, dass er das Gleiche wollte wie sie.

Etwas traf sie am Rücken. Erst ignorierte sie die Störung, dann riss der Himmel auf, und der Regen fiel so dicht und schwer, als stünden sie direkt unter dem starken Strahl einer Dusche. Ash zog sie hoch, und beim nächsten Blitz erkannte sie an seinem Gesichtsausdruck, dass er es ebenso sehr genoss wie sie. Sie küssten sich erneut, während das Wasser auf sie herunterprasselte. Erst dann sprinteten sie los. Ihre Schuhe würde sie abschreiben oder am nächsten Morgen suchen. Jetzt gab es Wichtigeres. Ash.

Der Weg in ihr Schlafzimmer schien nicht zu enden, was vermutlich daran lag, dass sie unzählige Zwischenstopps einlegten. Auf der Treppe wurden ihre Knie durch Ashs zärtliches Streicheln so weich, dass sie Angst hatte, hinabzustürzen, aber er war da, hielt sie.

Ohne die Umarmung zu lösen, fielen sie schließlich auf ihr Bett. Ihre nassen Klamotten landeten in wildem Chaos auf dem Fußboden. Das war etwas, das sie sonst nie tat, aber mit Ash war eben alles anders. Vor dem Fenster tobte das Unwetter, aber ihr Schlafzimmer war wie ein sicherer Kokon, in dem es nur sie und Ash gab. Durch die Dunkelheit empfand sie seine Liebkosungen noch intensiver. Er schien genau zu wissen, wo er sie berühren musste, seine streichelnden Hände waren überall. Trish bog sich ihm entgegen, als er erst mit den Lippen ihre Brust neckte und sich dann einen Weg über ihren Hals zu ihrem Mund suchte.

Immer wieder wurde das Zimmer von Blitzen erleuchtet. Das, was sie dann in Ashs Miene sah, machte sie atemlos. Er wollte sie genauso sehr wie sie ihn. Wieso hatte sie daran nur je gezweifelt?

Sie wollte ihn ebenfalls streicheln, aber Ash hatte andere Pläne. »Oh nein, erst einmal bin ich dran«, kündigte er mit rauer Stimme an. Er griff nach ihren Handgelenken, zog sie über ihren Kopf und hielt sie dort mit einer Hand fest, während er sie mit der anderen weiter streichelte und neckte, dabei zielstrebig immer wieder weiter nach unten wanderte, aber niemals die Stelle erreichte, die sich nach ihm sehnte. Als sie protestieren wollte, küsste er sie, bis sie über dem Spiel seiner Zunge alles andere um sich herum vergaß. Wieder strich er zärtlich über ihren Hals bis zu ihrer Brust hinunter, umfasste sie und reizte erst die eine, dann die andere Spitze.

Zitternd bog sie sich ihm entgegen. Sie wollte mehr. Jetzt. Sein leises Lachen strich über sie, und er ließ ihre Hände los. »Du bist so schön und so ungeduldig«, neckte er sie.

Sosehr sie sonst die Wortgefechte mit ihm schätzte, jetzt wollte sie etwas anderes. Trish schlang Beine und Arme um ihn und schmiegte sich an ihn. Sie wollte ihn in sich spüren und noch viel mehr von dem bekommen, was er ihr mit seinen Zärtlichkeiten versprochen hatte. Einen Moment schien er nachzugeben, dann wich er zurück. »Sekunde. Was ist mit …?«

»Egal«, erwiderte Trish und zerrte an seiner Schulter. Dann ging ihr auf, wie das wirken musste. »Ich meine, ich nehme die Pille. Könntest du jetzt vielleicht …«

Diesmal lachte er laut auf. »Wird das Raubkätzchen ungeduldig?«

Trish grollte leise, packte ihn fest an den Schultern und biss ihn sanft in den Hals. »Davon kannst du ausgehen.«

»Na dann …« Mit einem tiefen Stoß kam er zu ihr. Draußen

entlud sich im gleichen Augenblick ein heftiger Donner. So intensiv, so innig hatte es sich für Trish noch nie angefühlt. Es war viel mehr als Sex und Leidenschaft, und die Natur schien ihr zuzustimmen. Ashs langsamer Rhythmus, den sie aufnahm, indem sie sich ihm entgegenbog, das Prasseln des Regens, seine Nähe, sein Geruch, der grollende Donner, alles zusammen war einfach perfekt. Das war es, was sie immer gesucht hatte, fuhr ihr noch durch den Kopf. Dann vergaß sie endgültig alles andere. An Ash geklammert erreichte sie mit ihm gemeinsam den Höhepunkt.

Irgendwann danach setzte ihr Denken allmählich wieder ein. Sie genoss seine Nähe, ihre Haut schien zu glühen, und innerlich bebte sie immer noch, aber was war mit ihm? Wie würde er nun reagieren, nachdem sie … Im nächsten Moment verschwanden ihre Befürchtungen. Ash rollte sich zusammen mit ihr auf die Seite und hielt sie fest. Wieder ein Blitz, und sein Gesichtsausdruck fuhr ihr direkt ins Herz. So viel Zärtlichkeit …

Sein Mund befand sich dicht an ihrem Ohr. »Wenn du schon wieder anfängst zu denken, dann muss ich wohl für Ablenkung sorgen.«

»Du kannst doch nicht schon wieder …«

Er lachte heiser. »Das nehme ich als Herausforderung. Denk nicht so viel, Trish. Genieße.«

Herausforderung? Er hatte recht, zum Grübeln war es der falsche Zeitpunkt, aber genau der richtige, um ihm zu zeigen, dass auch sie ihn zum Wahnsinn treiben konnte! Dass er tatsächlich schon wieder »konnte«, war nicht zu übersehen. Sie wich etwas zurück, um mehr Platz zu haben, streichelte und küsste ihn. Nach der ersten Überraschung tat er nichts, um sie zurückzuhalten, wurde aber nach und nach ungeduldiger, weil sie gezielt eine ganz bestimmte Region nur kurz reizte und sich sofort wieder Hals und Brust widmete.

Er griff nach ihr. »Hey, es reicht, ich …«

Lächelnd wich sie zurück. »Es reicht noch lange nicht, ich habe doch gerade erst angefangen!« Energisch drückte sie ihn zurück, versuchte es vielmehr, aber er war eindeutig kräftiger als sie und wusste genau, was er nun wollte.

»Du machst mich verrückt. Aber du hast recht, das hier ist erst der Anfang«, versprach er ihr.

Die Worte, seine raue Stimme … in ihr wuchs die Hoffnung, dass es Wirklichkeit werden konnte.

Diesmal drang er langsam in sie ein, ließ sie immer wieder warten. Erst als sie vor Ungeduld zitterte, gab er ihrem Verlangen nach, und wieder vergaß sie alles um sich herum.

Dom beneidete Samira um ihren festen Schlaf. Ihm ließen die ungeklärten Fragen keine Ruhe. Wenigstens hatte er es versucht. Er blickte auf sein Handy: halb eins. Da er sowieso nicht schlafen konnte, würde er eben arbeiten, was in diesem Fall nichts anderes hieß, als nach weiteren Informationen über die Firma, Pearson und allem zu suchen, was ihnen helfen konnte, diese komplizierte Angelegenheit zu klären. Langsam schob er sich aus dem Bett. Eigentlich war diese Rücksichtnahme überflüssig. Beim geringsten ungewöhnlichen Geräusch wäre Samira nicht nur sofort hellwach, sondern auch kampfbereit, aber bei normalen Störungen schlief sie weiter oder brummte höchstens etwas Unverständliches vor sich hin.

Er betrat das Wohnzimmer und stutzte. Das Haus lag im Dunkeln, aber von dem großen Balkon, der die Ausmaße einer Terrasse hatte, drang ein Lichtschimmer durch die bodentiefen Fenster. Mit dem Notebook in der Hand ging er nach draußen. Rick saß dort, vor sich ebenfalls ein Notebook, in der Hand eine Flasche Bier.

»Sorry, ich wollte dich nicht stören.«

»Tust du nicht. Ich hänge gerade fest. Willst du auch ein Bier?«

»Gern. Aber bleib sitzen, ich hole mir eins aus dem Kühlschrank.«

»Ich habe ja auch nicht gesagt, dass ich aufstehe.«

Dom grinste nur und kehrte in die Küche zurück. Der Autor gefiel ihm.

Als er sich neben Rick setzte, hob der seine Flasche zu einem stummen Gruß. Dom genoss den ersten Schluck, ehe er fragte: »Ist nachts deine bevorzugte Schreibzeit?«

»Eigentlich nicht. Ich kann immer schreiben, es sei denn, mein Kopf ist voll mit anderen Dingen. Mir geht der Mist mit Ashs Firma nicht aus dem Kopf. Ein Killer, der gekillt wird? Das klingt nach einem schlechten Hollywoodfilm und nicht nach Heart Bay.«

»War ja auch in St. Ellis. Rückt das dein Weltbild wieder zurecht?«

Rick schnaubte und trank ebenfalls einen Schluck. »Wenigstens dürfte der Fall nun allmählich deine Kragenweite sein.«

»Lass mich überlegen. Gleich zwei Scharfschützen, explodierende Autos in einem Touristenort ... ja, es wird langsam interessant. Mir fehlt im Moment aber noch die passende Theorie, was dahinterstecken könnte.«

»Nicht nur dir. Unterschlagungen, die aber keine wirklichen Unterschlagungen sind. Mir schwirrt langsam der Kopf. Wir kommen an dem Punkt nicht weiter, sondern müssen auf den Freund von deinem Bruder setzen.«

Dom setzte sich gerader hin. »Sekunde mal, habt ihr Dirk schon eingeschaltet? Ich wusste nur, dass Charles Jay nach seinen Kontaktdaten gefragt hatte.«

»Ich kenne keinen Namen, weiß nur, dass Jay mit jemand

befreundet ist, der sich mit Wirtschaftsdingen ganz gut aus-
kennen soll.«

»Das ist Dirk!« Dom fischte sein Smartphone aus der Hosentasche und überprüfte den Zeitunterschied. »Perfekt, der
müsste schon wach sein, und wenn nicht, ist er es gleich.«
Er wollte schon eine Nummer wählen, da fiel ihm etwas ein.
»Sag mal, hast du schon Vorabexemplare von deinem nächsten Buch? Und wenn ja, würdest du mir eins davon überlassen?«

Sichtlich ratlos nickte Rick, aber die Erklärung konnte Dom
sich sparen, denn das Telefonat würde sämtliche offenen Fragen beantworten. Er wählte die Nummer seines deutschen
Freundes und wartete ungeduldig darauf, dass die Verbindung
hergestellt wurde.

»Moin. Ist es bei dir nicht noch mitten in der Nacht?«, meldete sich Dirk auf Deutsch und klang hellwach.

»Ist es. Macht es dir was auf, auf Englisch umzuschalten,
oder ist es dir noch zu früh dafür? Neben mir sitzt jemand, den
der Mist auch interessiert.«

Dirk knurrte etwas, sprach dann aber auf Englisch weiter.
»Dann ist es wohl kein reiner Freundschaftsanruf. Was ist los?«

»Uns fliegen hier gerade Kugeln und explodierende Autos
um die Ohren, darum wollte ich wissen, ob du mit der Auswer-
tung für Jay schon weiter bist.«

»Für Jay? Wieso … ach, du meinst das Zahlenmaterial, das
ich von Charles Snyder bekommen habe?«

»Genau. Ich wusste nicht genau, wie der Kontakt gelaufen
ist, nur dass du auch schon involviert bist.«

»Bin ich. Sitzt Charles neben dir und hört zu?«

»Nein, der schläft hoffentlich. Ich schlage mir hier mit Rick
Grayson die Nacht um die Ohren. Uns fehlt immer noch ein
Motiv für den Mist, der hier abläuft.«

Rick knurrte etwas, das entfernte Ähnlichkeit mit einem Gruß hatte.

Dirk schwieg einen Augenblick und Dom konnte förmlich hören, wie er nachdachte und die richtigen Schlüsse zog. »Wow, ein amerikanischer Topreporter und ein Bestsellerautor rufen bei einem deutschen Wirtschaftsprüfer an.« Rick sah Dom fragend an, der stumm das Wort »Rob« mit den Lippen formte. »Ihr habt Glück«, fuhr Dirk fort. »Ich wollte heute Morgen noch ein paar Details überprüfen, aber ich denke, ich weiß, worum es geht. Allerdings dürfte euch das nicht gefallen, denn wenn ich richtigliege, ist das eine ganz große Nummer.«

»Verrätst du es uns, oder veranstalten wir eine Fragestunde? Ich glaube, Rick würde für die Informationen ein Vorabexemplar seines neuen Buchs rausrücken.«

Dirk lachte, es klang sehr erfreut. »Ich hätte euch das auch so verraten, aber das Buch nehme ich trotzdem. Adressiert es aber unbedingt an mich, nicht, dass meine Frau es zuerst in die Finger bekommt.« Er räusperte sich. »Na gut, zurück zum Thema. Dann hört mal gut zu – so richtig überrascht bin ich nämlich nicht, dass euch gerade die Kugeln um die Ohren fliegen.«

Rick setzte sich gerader hin, und auch Dom wurde schlagartig ernst, als Dirk anfing, es ihnen rasch zu erklären. Es war eine seiner Stärken, komplizierte wirtschaftliche Sachverhalte so darzustellen, dass jeder sie verstand. Im Prinzip war das Vorgehen einfach: In die Firma wurde über Bareinzahlungen und fiktive Rechnungen Geld reingespült, aber wesentlich mehr auch wieder entnommen. Die Firma war zu einer hocheffektiven Geldwäscherei umfunktioniert worden. Als Dirk zum Ende kam, fehlten Dom kurz die Worte. Er beschränkte sich auf ein »Ach du Scheiße«.

»Treffende Zusammenfassung, Dom. Das Ganze ist so verdammt heiß, dass ihr euch daran leicht die Finger verbrennen könnt. Das FBI ist den Leuten schon seit Ewigkeiten auf der Spur, hat aber bisher nie eine Firma rechtzeitig ausfindig gemacht, in der die Verbrecher dieses Prinzip abgezogen haben. Das Problem ist, dass sie keine Strohfirmen dafür aufbauen, sondern renommierte Familienunternehmen umstrukturieren. Meistens sind die Firmeninhaber verstorben, ehe das FBI die Firma auf dem Schirm hatte, meist auf natürlichem Weg oder gar durch Selbstmord, weil vor ihren Augen ihr Lebenswerk zerstört wurde und sie nicht verstanden, was da lief.«

»Du meinst, es steckt ein richtiges System dahinter?«, hakt Dom nach.

Wieder schwieg Dirk kurz. »Frag das mal besser Jay. Wir haben uns vor gar nicht allzu langer Zeit über das Thema unterhalten. Nur am Rande, weil er nicht gerade für Wirtschaftsverbrechen zuständig ist, aber den Fall ganz interessant fand. Aber ich meine, er hatte da auch einen Namen, den Charles nun auch ins Spiel gebracht hat.«

»Und der steckt hier dahinter?«

»Ja, es handelt sich um eine recht große Organisation, die mit Bandenkriminalität, Waffenschmuggel, Drogenhandel und Prostitution ein Vermögen verdient und das Geld nicht so ohne Weiteres ausgeben kann. Der Name, den ich von Charles bekommen habe, deutet mal wieder auf jemanden mit scheinbar weißer Weste und Topverbindungen zu Politik und Wirtschaft hin. So wie es aussieht, hatten Charles und vorher schon Jay den richtigen Riecher, und das bedeutet, dass damit der Zeitpunkt gekommen ist, die Behörden einzuschalten und den offiziellen Weg zu gehen.«

»Schon, aber die würden doch den Laden dichtmachen, oder?«, fragte Rick nach.

Dirk schwieg kurz. »Ich bin kein Experte fürs FBI, das wüsste Jay besser, aber ich denke schon.«

»Hast du eine Idee, wie wir das verhindern können?«

Wieder schwieg Dirk, dann atmete er tief durch. »Wenn ihr alle Beweise wasserdicht zusammenhabt, also hundertprozentig beweisen könnt, wer dahintersteckt, und damit zum FBI geht, müsstet ihr halbwegs gute Chancen haben, die Firma glatt aus der Nummer rauszubekommen. Meine Auswertungen sind ein Anfang, aber das reicht noch nicht ganz. Da solltet ihr aber besser Jay und Charles fragen, sie wissen das genauer. Kann ich von hier aus noch etwas für euch tun?«

Dom rieb sich übers Kinn. Sein Bruder Phil hatte mindestens die gleichen Möglichkeiten wie Dirk, aber der würde im Zweifel erst endlos lange Fragen stellen, und für lange Erklärungen fehlte ihm nicht nur die Geduld, sondern auch die Zeit. »Kannst du diesen Pearson checken? Ich meine nicht offiziell, sondern, du weißt schon … du hast doch Zugriff auf die Datenbanken, die auch Phil und Kalil nutzen?«

»Sicher. Betrachte das als erledigt. In einer Stunde hast du sämtliche Informationen über ihn, inklusive seiner Schuhgröße und seinem Grundschulzeugnis, sofern es online verfügbar ist. Ist das alles?«

Rick beugte sich vor. »Nicht ganz. Die Polizei von St. Ellis hat gestern einen Killer festgenommen, der einen anderen Killer umgebracht hat. Wir kommen nicht mehr an ihn ran, wüssten aber zu gern, für wen er gearbeitet hat. Kannst du den auch durch die Datenbanken jagen?«

»Wenn du mir den Namen besorgst, ist das so gut wie erledigt.«

Hilfe suchend sah Rick Dom an. »Wie hieß der Mistkerl noch? Manolo irgendwas.«

»Rodriguez«, half Dom aus.

Dirk stöhnte. »Leute, das ist kein Name, sondern ein Sammelbegriff. Da verspreche ich euch nichts. Aber ich sehe mal, was ich tun kann. Aber, habe ich das richtig verstanden? Dieser Mexikaner hat einen anderen Killer umgelegt?«

Dom bestätigte es, erklärte ihm den Zusammenhang mit den Schüssen auf Ash und wie sie ihm auf die Spur gekommen waren.

»Dann ist euch schon klar, dass der Auftraggeber von diesem Rodriguez alles tun wird, damit er unerkannt bleibt? Steht der Typ unter Polizeischutz?«

Dom fluchte leise vor sich hin.

»Das heißt dann wohl nein«, mutmaßte Dirk.

Rick seufzte. »Stimmt. Er wurde mit einer leichten Kopfverletzung ins Krankenhaus gebracht. Verdammt. Wenn dem was passiert, ist es indirekt unsere Schuld, wir waren gegenüber der Polizei nicht ganz ehrlich.«

»Blödsinn, schuld ist immer der, der abdrückt. Niemand sonst. Ich werde mal meinem Partner den Papierkram überlassen, der heute auf dem Programm stand, und mache mich an eure Auswertungen.«

Dom wusste genau, wie sein Freund die formelle Seite der Polizeiarbeit hasste, und grinste. »Grüß Sven von mir. Er wird begeistert sein.«

»Denke ich auch, aber ich schiebe euch die Schuld zu. Du kannst es ja nächsten Monat mit ihm klären. Es bleibt doch dabei, dass ihr zu Besuch kommt?« Dirk war das Lachen anzuhören.

»Klar, das ist fest eingeplant. Danke, Dirk.«

»Dafür nicht. Passt auf euch auf.«

Dom trennte die Verbindung. Rick sah ihn nachdenklich an. »Nette Freunde hast du.«

»Stimmt. Er ist ein absoluter Wirtschaftsexperte, der für die deutsche Polizei arbeitet. Er merkt sofort, wenn irgendwo was

Unsauberes abläuft. Aber er kann auch verdammt gut mit einer Waffe umgehen.«

»Ich glaube, seinen Namen merke ich mir. Vielleicht kann er mir noch mal bei einem Plot helfen.«

»Das würde er bestimmt tun. Er hat mal erwähnt, dass er deine Bücher verschlingt, und zwar schon bevor Rob dich kennengelernt hat, und du kannst mir glauben, dass er in Sachen Bücher und Filme ziemlich anspruchsvoll ist.«

Rick lächelte flüchtig, aber die Freude über das Lob war ihm anzumerken. »Ich bin gespannt, was er noch ausgräbt.«

»Für den Anfang war das mehr als genug. Damit hätte ich nicht gerechnet, und ich bezweifele auch, dass das FBI so schnell darauf gekommen wäre, schließlich hat Charles den Mist auch nicht bemerkt. Dann ist nur noch die Frage offen, wer Ash und Trish erklärt, was da hinter ihrem Rücken läuft.«

»Wir gemeinsam. Morgen früh.« Er sah auf die Uhr. »Ich meine, heute.«

Dom trank einen Schluck Bier und gähnte. »Dann bleibt nur noch die Frage, was ich so lange mache. Eigentlich wollte ich selbst nachforschen, was es mit Pearson auf sich haben könnte, aber das wäre ja jetzt Zeitverschwendung.«

»Das geht mir genauso. Sag mal, wieso hast du eigentlich noch keinen Unterhaltungsroman geschrieben? Sogar dein Sachbuch war so spannend, dass ich es nicht weglegen konnte.«

Bei dem Gesprächsthema vergaß Dom jeden Gedanken an Schlaf.

20

Trish wurde nur langsam wach. Verschlafen tastete sie über das Bett und fuhr dann hoch. Wo war Ash? Erst dann hörte sie das Rauschen der Dusche aus dem benachbarten Badezimmer. Kurz malte sie sich aus, wie es wäre, ihn dort zu überraschen und dann gemeinsam mit ihm … aber so weit war sie noch nicht. Vielleicht kam es irgendwann dazu. Das wäre traumhaft, aber heute Morgen war sie zu schüchtern und überlegte stattdessen krampfhaft, wie sie ihm begegnen sollte.

Das Wasser wurde abgestellt. Ihr blieb nur noch eine kurze Gnadenfrist, dann würde sie ihn wiedersehen. Im hellen Tageslicht. Nach einer Nacht, die all ihre Erwartungen übertroffen hatte.

Die Tür wurde langsam geöffnet. Nur mit einem Handtuch bekleidet kam Ash ins Schlafzimmer, sah sie und stutzte. »Mist, habe ich dich geweckt? Das tut mir leid.«

»Nein, hast du nicht. Wie spät ist es?«

Seine Augen funkelten, als er an ihr Bett herantrat. »Halb sieben und damit früh genug für ein ausgiebiges Frühstück.« Er setzte sich neben ihr auf die Matratze und knurrte leise. »Ich habe da auch schon etwas entdeckt, das mir schmecken wird.«

Lachend versuchte sie auszuweichen, hatte aber keine Chance gegen ihn. Er war viel zu schnell, und ehe sie sich versah, lag sie schon wieder unter ihm, und er knabberte an ihrem Hals. »Süß«, murmelte er.

Ihre Angst vor dem gemeinsamen Morgen, ihre Befangenheit waren völlig überflüssig gewesen. Die kleine Balgerei gefiel ihr. Sie überraschte ihn mit ihrer plötzlichen Gegenwehr, und schon lag er unter ihr. »Ich bin für Gleichberechtigung. Du wirst nun mein Frühstück sein«, kündigte sie an.

Sie kam noch dazu, ihn sanft ins Ohrläppchen zu beißen. Dann klingelte es an der Haustür Sturm, und sie erstarrte vor Schreck.

Ash schob sie sanft zur Seite. »Wer immer es ist, er ist tot.«

»Beeil dich damit, ihn umzubringen und die Leiche verschwinden zu lassen!«, forderte Trish, ahnte aber schon, dass der zärtliche Teil des Tages vorbei war. Wer immer frühmorgens so stürmisch klingelte, würde einen guten Grund dafür haben. Sie hörte Ash die Treppe runtersprinten und schwang sich ebenfalls aus dem Bett. Jogginghose und T-Shirt mussten für die ungebetenen Besucher reichen. Als sie die Stimmen von Rick und Dom erkannte, verwarf sie den Gedanken an eine Dusche endgültig. Das konnte warten, jetzt wollte sie erst einmal wissen, was dieser Überfall zu bedeuten hatte. Sie folgte Ash nicht wesentlich langsamer und stürmte in die Küche.

Ash sah ihr bereits entgegen. »Ein Glück, dass du da bist. Ich verstehe nur Bahnhof. Was war das? Doppelte Kreditoren mit gleichen Namen, aber unterschiedlichen Konten?«

Trish blieb wie angewurzelt stehen. »Natürlich, das ist es! Ein absolut geniales System, das kaum jemandem auffällt. Damit kann man Geld abziehen oder aber … warte mal.« Sie schob Rick zur Seite, um zur Kaffeemaschine zu gelangen, und schaltete sie ein. Während sie einen Becher aus dem Schrank holte, überschlugen sich ihre Gedanken. »Das ist keine reine Unterschlagung, das wird nur ein kleiner Nebeneffekt sein. Es geht um was Größeres: um Geldwäsche.«

Sie stellte einen Becher in die Maschine und wartete ungeduldig, dass das Mahlwerk fertig war und endlich Kaffee in ihren Becher floss. »Das passt auch zu den Einnahmen. Klar, die bleiben weitestgehend konstant, aber parallel wird der Aufwand so lange erhöht, wie die Firma es verkraften kann und …« Endlich war der Kaffee da, wo er hingehörte. Genießerisch sog sie den Duft ein. »Also, dazu passen auch die Retouren, von denen ich gehört habe. Die Rechnung wird bezahlt, die Ware zurückgegeben, ein Teil erstattet, und wieder ist schwarzes Geld sauber.«

Ash fasste sie bei den Schultern und bugsierte sie zu einem der Stühle. »Setz dich. Und danke für die Übersetzung, jetzt habe ich auch kapiert, wie sie das machen. Das Stichwort Geldwäsche fiel zwar schon, aber die beiden frischgebackenen Experten hatten selbst überhaupt nicht verstanden, wovon sie da eigentlich reden.« Er gab ihr noch einen Kuss auf die Wange und drückte sie dann auf den Stuhl, ignorierte dabei Ricks erst empörte, dann wissende Miene.

Dom winkte lässig ab und setzte sich ebenfalls. »Als ob es auf die Details ankommt. Sonst könnte ich jetzt noch was von durchaus erhöhten Einnahmen in den Ring werfen, die aber nicht auffallen, weil sie die Verrechnungskonten nicht verlassen.«

Ash starrte ihn an. »Sag mal, weißt du überhaupt, was ein Verrechnungskonto ist?«

»Nö, ich habe nur aus einem ziemlich langen Telefonat mit einem echten Experten zitiert. Wichtig ist doch nur, dass wir wissen, worum es geht. Geldwäsche nämlich. Organisiertes Verbrechen. Bekomm ich auch einen Kaffee?«

Ash nickte. »Klar, aber wo steckt eigentlich Sam?«

»Die schläft noch.«

Rick hatte die Stirn gerunzelt und lauschte. »Ups, da wird jemand ungeduldig.«

Nun hörte auch Trish das leise Winseln. »Hol ihn doch rein.

Im Kühlschrank ist bestimmt noch ein Stück Wurst. Draußen ist es sicher langweilig.«

Im nächsten Augenblick rannte Shadow auch schon in die Küche und legte sich zu Trishs Füßen. Sein Schwanz klopfte einen schnellen Rhythmus auf den Boden. Ash seufzte und schob zwei Becher über die Tischplatte zu ihren dankbaren Empfängern. »Zwei Kaffee. Die Wurst kommt sofort. Hat noch jemand einen Wunsch?«

Vor dem Haus hupte es. Ash sah aus dem Fenster. »Okay, das war Rosies Frühstücksservice. Mal sehen, ob es für vier …« Er sah zu Shadow. »… sorry, für fünf reicht, sonst habt ihr leider Pech gehabt.«

Ash ignorierte das unwillige Brummen der beiden Besucher und sprintete zur Haustür. Mit zwei Tüten kehrte er zurück. »Rührei und Pancakes, dazu Speck.« Als Trish aufstehen wollte, hielt er sie zurück. »Trink in Ruhe deinen Kaffee, Teller und Besteck kann ich auch verteilen.«

Das erste Stück knusprigen Speck bekam erwartungsgemäß Shadow. Dann teilte Ash mehr oder weniger gerecht das Frühstück zwischen ihnen auf, wobei ein Großteil auf Trishs Teller landete.

»Wenn es dir zu viel ist, kann ich dir was abnehmen«, bot Dom an und erntete einen vernichtenden Blick von Ash.

Ash aß nur eine Gabel Rührei, dann sah er Trish fragend an. »Ich habe das Prinzip verstanden, aber nicht die Details. Wie wurde das Geld aus der Firma rausgebracht?«

»Das hier ist das ganze Geheimnis: Du nimmst eine real existierende Firma, zum Beispiel den Wasserlieferanten«, Trish nahm einen Pancake, »und verpasst ihm im System zwei Kontonummern.« Sie drapierte demonstrativ zwei Stücke Speck darauf. »Einmal sein reguläres Konto und einmal ein Konto, das in Wirklichkeit auf einen ganz anderen Namen lautet und irgendwo in der Karibik angesiedelt ist.«

Rick nickte. »Genauso hat uns Dirk das auch erklärt.«

Jetzt hatte Trish den Überblick verloren. »Wer?«

»Der Wirtschaftsprüfer. Der ist recht schnell darauf gestoßen.«

Trish verzog den Mund, und hastig sprach Dom weiter: »Weil er wusste, wonach er suchen musste. Er ist ein Experte für solche Dinge, und er hat uns auch erklärt, wie clever das eingefädelt worden ist. Das war aber noch nicht alles.«

Trish war bereits wieder besänftigt. »Lass mich raten. Er hat euch den Tipp gegeben, dass mindestens einer, eher zwei Leute aus der Buchhaltung davon wussten.« Dom und Rick nickten absolut synchron. »Pearson hatte als Einziger die Berechtigung, die Stammdaten zu ändern«, fuhr Trish fort. »Damit hätten wir den Ersten. Dann gibt es noch drei Mitarbeiterinnen, die Rechnungen erfasst haben. Eine von ihnen wird die Zahlungen angewiesen haben, die auf die merkwürdigen Konten gehen. Das bekommt man leicht heraus. Ich brauche mir nur anzusehen, wer welche Belege gebucht hat.«

»Dann tu das«, schlug Ash vor.

Trish sah ihn ratlos an und schlug sich dann leicht gegen die Stirn. »Na klar. Das geht ja dank Charles auch vom Notebook aus.«

Einen Becher Kaffee und unzählige Mausklicks später schüttelte sie den Kopf. »Das glaube ich nicht. Angeblich soll Susan die Buchungen durchgeführt haben. Ich kenne die drei Frauen nicht so gut, weil unsere Arbeitsgebiete sich nicht überschnitten haben, aber ihr traue ich das nicht zu. Außerdem bin ich ziemlich sicher, dass sie an dem Tag hier frei hatte, weil ihre Tochter krank war. Ich habe da einen anderen Verdacht: Clarissa hatte immer ein sehr gutes Verhältnis zu Pearson. Ich muss mich doch in der Firma umsehen.«

»*Wir* müssen uns in der Firma umsehen und diese Clarissa näher unter die Lupe nehmen«, korrigierte Ash sofort. Dann sah er Rick und Dom forschend an. »So, und nun spuckt den Rest aus. Das war doch noch nicht alles.«

Die beiden kauten an ihrem Rührei und fochten ein stummes Blickduell aus, das der Reporter schließlich verloren gab. »Pearson ist absolut sauber. Glänzender Lebenslauf. Kein Stäubchen an ihm dran. Nicht mal ein Ticket wegen Falschparken. Und wir haben einige Datenbanken angezapft, die *wirklich* tief graben.«

Trish schüttelte sofort den Kopf. »Dann habt ihr was falsch gemacht. Allein schon die getürkte Spesenabrechnung mit den Prostituierten sagt doch was anderes. Ich kenne ihn, der hat Dreck am Stecken, und zwar ordentlich.«

Rick nickte und kaute gleichzeitig. »Ich dachte mir, dass du das sagst. Es gibt da eine Möglichkeit, die wir überprüfen wollen.« Statt sein Vorhaben zu erklären, nahm er sich ein weiteres Stück Rührei. Da Ash aussah, als ob er gleich über den Tisch springen würde, mischte sich Trish schnell ein. »Es wäre ganz nett, wenn du uns auch verrätst, was du vorhast.«

»Wir warten auf Sam und Charles und statten Pearson dann einen Besuch ab. Es könnte sein, dass er gar nicht Pearson ist und dem *echten* Pearson die Identität geklaut hat.«

Bei der Vorstellung lief Trish ein Schauer über den Rücken. »Das ist gruselig.«

Rasch legte Ash ihr einen Arm um die Schulter. »Wenn das so ist, wird er dafür bezahlen und für lange Zeit im Gefängnis landen.«

Seine Nähe vertrieb ihre merkwürdigen Ängste sofort – nicht nur in Bezug auf Pearson. So fürsorglich verhielt sich niemand, der nur an einem One-Night-Stand interessiert war. Es war mehr zwischen ihnen, und darüber wollte sie mit ihm reden. Allein.

Verspätet realisierte sie Ricks nächste Erklärung. »Sekunde, was hast du gerade gesagt? Der Killer, der den Killer gekillt hat, ist auch gekillt worden?«

Dom verschluckte sich prompt, und auch Rick grinste breit. »Ich hatte es etwas anders formuliert, aber du hast den Kern getroffen. Dieser Mexikaner ist auf der Krankenstation des Gefängnisses verstorben. Warum, wissen wir nicht, nur dass er tot ist. Sehr praktisch, denn nun haben wir keine Möglichkeit mehr, herauszufinden, wer ihn angeheuert hat.«

»Aber das ergibt doch keinen Sinn. Wieso beauftragt man denn einen Scharfschützen und legt ihn um, ehe er seinen Auftrag erfüllt hat?«

Die Männer wechselten einen Blick, der ihr nicht gefiel. »Was?«

Ash übernahm die Erklärung: »Wir hatten gestern schon vermutet, dass es zwei unterschiedliche Täter gibt. Es könnte sein, dass der eine den anderen gesehen hat. Deshalb hat dann der zweite den ersten beseitigt oder wohl eher beseitigen lassen.«

Trish musste die Informationen erst sortieren – *zwei* mögliche Täter? Davon hatte sie nichts gewusst. Ash offensichtlich schon, sonst würde er nicht so schuldbewusst ihrem Blick ausweichen und an die Decke starren. »Okay, verstanden. Sogar ohne Skizze. Mein Mitleid mit den Killern hält sich in Grenzen, aber trotzdem, das alles gefällt mir gar nicht. Das klingt eher wie aus dem Kino als nach unserem Leben. Und das ist doch ganz sicher eine ganze Liga zu groß für uns. Seid ihr sicher, dass ihr das alles ohne Polizei angehen wollt?«

Dom nickte, ohne zu zögern. »Wir können die Polizei gar nicht einschalten, weil wir unsere ganzen Informationen auf nicht ganz offiziellen Wegen bekommen haben. Theoretisch könnten wir vom Tod des Mexikaners noch gar nichts wissen. Außerdem ist es wohl sinnvoll, wenn wir der Polizei oder eher dem FBI einen komplett gelösten Fall übergeben. Es wäre nicht schön, wenn die Behörden die Firma vorsorglich schließen, um sich dort in Ruhe umzusehen. Genau das ist nämlich durch die Verstrickung von Pearson nicht ausgeschlossen.«

Sie wollte instinktiv gegen das Vorgehen protestieren, zögerte dann aber. Letztlich hatten Rick, Ash und Paul auch bei der Befreiung von Joey Erfolg gehabt. Außerdem konnte das FBI der Firma tatsächlich den Todesstoß versetzen. Plötzlich hatte sie die Worte ihrer Freundin wieder im Ohr: Anscheinend kollidierte wieder einmal ihre ordnungsliebende Seite mit der Harley-Fahrerin. So beschränkte sie sich schließlich auf ein: »Dann passt aber bitte auf euch auf. Was ist mit Paul?«

Rick gähnte erst ausgiebig, ehe er antwortete. »Wir hatten gedacht, dass er euch unterstützt. Dann haben wir uns einigermaßen gerecht aufgeteilt. Wir halten es für besser, wenn Sam mit Shadow bei Sabrina und den Jungs bleibt. Damit müssten wir auf der sicheren Seite sein.«

Fragend sah sie Ash an, der nickte. »Klingt gut. Wann legen wir los?«

Rick sah auf die Uhr. »Sobald wir mit dem Frühstück fertig und die restlichen Herrschaften aufgestanden sind. Wir haben also noch ein paar Minuten. Falls wir euch irgendwie gestört haben sollten, könntet ihr jetzt …«

Trish warf einen Salzstreuer nach ihm, den er lachend auffing.

Ash zog sie enger an sich. »Nimm was Schwereres. Er ist ein Ex-Marine und muss das abkönnen.«

Ricks empörte Miene brachte sie zum Schmunzeln, und der Ärger über die frühe Störung, der immer noch im Hintergrund gelauert hatte, verflog endgültig. Schließlich hatten die Männer einen guten Grund gehabt. Sie beugte sich dichter an Ashs Ohr. »Du hättest sie doch erschießen sollen.«

»Diesmal lassen wir es ihnen durchgehen, aber sollten sie es wiederholen, sind sie fällig.«

Rick hatte sich natürlich kein Wort entgehen lassen. »Hast du überhaupt eine Waffe?«

»Nein, aber ich setze darauf, dass du mir eine leihst.«

»Solange ich nicht befürchten muss, dass du dir damit aus Versehen in den Fuß schießt …«

Ash warf ihm einen vernichtenden Blick zu, und Rick widmete sich mit betont unschuldiger Miene seinem letzten Stück Rührei.

Es dauerte dann doch noch fast eine Stunde, ehe Ash und Trish vor der Firma standen. Keiner von ihnen hatte die gemeinsame Nacht, geschweige denn die Zukunft angesprochen, aber Ash berührte sie immer wieder und zeigte damit ganz offen, dass sie ein Paar waren. Außerdem waren sie gemeinsam in Ashs Porsche zur Firma gefahren. Das reichte Trish – für den Augenblick. Sie konnte es kaum erwarten, bis sich alle anderen Probleme aufgeklärt hatten und sie sich ganz auf die Frage konzentrieren konnten, was genau zwischen ihnen eigentlich war und wohin es führen würde.

Ash grinste schief und gab ihr noch einen Kuss auf die Wange. »Irgendwie hatte ich mir unseren ersten gemeinsamen Morgen etwas anders vorgestellt.«

Seine Offenheit und das deutliche Bedauern fuhren ihr direkt ins Herz. »Wie heißt es so schön? Aufgeschoben ist nicht aufgehoben.«

Ihre Blicke trafen sich, und für einen Moment schien die Zeit stillzustehen. Dann fuhr sich Ash durchs Haar. »Ach, verdammt. Von hinten kommt Paul, und von vorne sieht uns Rudy schon äußerst interessiert entgegen. Ich wünschte, ich könnte sie alle wegbeamen.«

Trish lächelte nur und sagte nichts, weil sie ihrer Stimme nicht traute. Sie hatten die Empfangshalle kaum betreten, als Ash schon stehen blieb und laut pfiff. »Das sieht ja schon verdammt gut aus.«

Sichtlich zufrieden eilte Rudy auf sie zu. »Wir haben ja nachts nicht viel zu tun, da haben wir schon mal weitergemacht.«

»Danke, Rudy. Das weiß ich wirklich zu schätzen. Ich würde sagen, wir können schon am Wochenende die neue Ausstellung eröffnen.«

Trish schüttelte nur den Kopf. Sie war viel zu verblüfft, um den Anblick zu kommentieren. Von der weitläufigen Empfangshalle waren nur der Tresen und eine gemütliche Sitzecke übrig geblieben. Den restlichen Raum nahmen Accessoires und die kleinen, durch dünne Stellwände abgetrennten Ausstellungräume ein.

»Wir haben den alten Ausstellungsraum integriert. Man merkt beim Schlendern kaum, dass man ihn betritt, und in der Lagerhalle ist nun nichts mehr. Weitere Unfälle sind ausgeschlossen.«

»Das habt ihr wunderbar gelöst. Noch viel besser, als ich es mir hätte träumen lassen«, kommentierte Trish die Neugestaltung. »Das ist perfekt. Die Kunden werden gar nicht anders können, als hier bei uns zu kaufen. Wir brauchen Sabrina, damit sie das alles fotografiert und im Internet präsentiert.«

Paul hatte bisher geschwiegen, nun nickte er. »Das nehmen wir uns für morgen vor. Eins nach dem anderen. Heute ist unser Programm schon ganz gut gefüllt.«

»Aber …«, begann Trish und brach dann ab. Natürlich, Sabrina war ja bei Inga und passte gemeinsam mit Sam und Shadow auf die Jungs auf. »Du hast natürlich recht. Ich hatte gar nicht dran gedacht, was wir noch alles auf dem Schirm haben.«

Scout kläffte einmal, als ob er ihr zustimmen wollte. Paul schmunzelte. »Genau. Aber wer weiß, vielleicht sind wir ja mittags schon so weit, dass wir heute doch noch Fotos machen können. Eins nach dem anderen.«

Ash nickte und seufzte zugleich. »Ich fürchte, die Herrschaften dort drüben warten auf mich.«

Trish folgte seinem Blick und stöhnte, als sie die drei Männer erkannte, die auf Ash zustürmten. Der Produktionsleiter war zwar in seinem Job erstklassig, konnte sich aber nicht kurzfassen. Das Gleiche galt für den Kollegen aus der Personalabteilung, dessen Namen sie vergessen hatte. »Verflixt, das kann dauern. Überlass Paul die rechtliche Argumentation. Ich sehe mir inzwischen die Unterlagen aus der Buchführung an.«

Ash hielt sie zurück. »Sekunde. Geh bitte kein Risiko ein und nimm wenigstens Scout mit.«

»Das ist doch völlig überflüssig.«

Beide Männer sahen sie unerbittlich an.

»Einverstanden«, kürzte sie seufzend die Diskussion ab, die sie sowieso verlieren würde.

Nach einem Befehl von Paul folgte Scout ihr bis zu ihrem ehemaligen Nachbarbüro, das mit den drei Schreibtischen recht vollgestellt war. Wie erhofft war es noch leer, und Trish würde hoffentlich genug Zeit haben, um die entsprechenden Buchungsbelege zu suchen und sich anzusehen.

In einem Sideboard standen die Aktenordner nach Datum geordnet, leider war der Schrank abgeschlossen. Trish fluchte leise vor sich hin, und prompt winselte Scout, den sie fast vergessen hatte.

»Na komm, von Paul kennst du doch schlimmere Ausdrücke, oder?«

Scout setzte sich, legte den Kopf schief und gähnte. Das interpretierte sie als *Ja*. Eigentlich schade, dass sie einen Wachhund an ihrer Seite hatte und keinen professionellen Einbrecher. Sie hatte zwar selbst schon staunend zugesehen, wie Scout eine Tür geöffnet hatte, aber bei verschlossenen Schränken musste er leider kapitulieren.

Andererseits hatte sie vor etlichen Monaten einmal den Schlüssel zu ihrem eigenen Sideboard verloren und die abgeschlossene Schiebetür mit einem einfachen, aber gezielten Tritt überlistet, den sie davor bei einem der Technikjungs beobachtet hatte. Sie wäre ihrer Kollegin dann zwar eine Erklärung schuldig, könnte aber ungestört in den Unterlagen stöbern.

»Also, Scout. Es wird einmal kurz laut. Ich würde dir ja raten, dir die Ohren zuzuhalten, aber das geht wohl nicht. Alles ist gut. Okay?«

Scout gähnte erneut.

»Du bist vielleicht so ein Wachhund«, warf sie ihm grinsend vor. Er sprang auf und reckte sich. »Hey, war nicht so gemeint. Pass auf, ich trete jetzt dagegen.«

Da sie es von Sabrina und Paul gewohnt war, dass sie mit dem Hund redeten, fand sie nichts dabei, die Angewohnheit zu übernehmen. Und obwohl sie nicht direkt glaubte, dass Scout jedes Wort verstand, war sie doch sicher, dass er durch den Ton einiges an Gefühlen richtig interpretierte. Erstaunlich oft passte sein Verhalten sogar zu dem, was man sagte.

Scout sah ihr gespannt zu, das hieß wohl, dass er bereit war. Trish holte aus und trat gegen dieselbe Ecke wie damals der Techniker. Ihr Fuß protestierte zwar, aber die Tür sprang tatsächlich aus der Führungsschiene und ließ sich leicht zurückschieben.

Scouts Schwanz schlug einen schnellen Rhythmus, und er

machte sich ganz lang, aber es war nicht das bisschen Lärm, was ihn so aufgeregt hatte. Er schnüffelte und kläffte dann leise. Nun entdeckte auch Trish die offene Packung Schokoladenkekse auf einem der Schreibtische. »Tut mir leid, Scout. Ich habe zwar das Recht, mir die Belege anzusehen, kann mich aber nicht einfach bei den Keksen bedienen. Wenn wir hier fertig sind, finden wir bestimmt etwas für dich.«

Der Hund legte sich wieder hin, und Trish suchte den richtigen Ordner heraus. Dank der akribischen Ordnung war es ein Kinderspiel, die Rechnung zu finden. Schon auf den ersten Blick bestätigte sich, was sie schon am Notebook gesehen hatte: Die Rechnung war zwar angeblich von Susan gebucht worden, aber das handschriftlich notierte Datum und der Haken waren typisch für Clarissa. Das reichte Trish als Beweis, aber sie hatte noch eine Idee: Susan notierte sich immer auf einem kleinen Kalender ihre jeweilige Arbeitszeit. Trish ging zu ihrem Schreibtisch und blätterte zu dem fraglichen Tag zurück. Genau, wie sie es sich gedacht hatte: Dort, wo sonst Anfangszeit und Beginn des Feierabends gestanden hätten, hatte Susan notiert: *Katie krank*.

Theoretisch würde auch die dritte Dame aus der Lieferantenbuchhaltung als Täterin infrage kommen, aber Miss Michaelsen war schon Ende fünfzig und nur noch einige Stunden pro Woche aushilfsweise in der Firma tätig. Wenn Trish es richtig mitbekommen hatte, erledigte sie eher Hilfstätigkeiten als das Tagesgeschäft. Egal, was ein Polizist oder Staatsanwalt zu ihrem raschen Urteil sagen mochte, Trish war sicher, dass Clarissa die Schuldige war. Schließlich war sie auch diejenige, die sich als Einzige gut mit Pearson verstanden hatte und ab und zu in sein Büro gegangen war. Erst jetzt wurde Trish klar, dass es dafür eigentlich keinen Grund gegeben hatte. Als ob Pearson sich fürs Bezahlen von Rechnungen interessiert hätte.

Scouts leises Knurren riss sie aus ihren Überlegungen. Im nächsten Moment wurde die Tür schwungvoll aufgerissen. Als Clarissa ins Büro stürmte und sich plötzlich dem Schäferhund gegenübersah, blieb sie wie versteinert stehen. Ihr Blick huschte durch den Raum, von dem Sideboard über den geöffneten Ordner zu Trish, die noch hinter dem Schreibtisch stand und überlegte, wie sie reagieren sollte. Ehe sie sich entschieden hatte, kickte Clarissa die Tür mit einem Fußtritt wieder ins Schloss und griff in ihre Handtasche. »Na, das ist ja eine Überraschung. Halte den Hund zurück, wenn du an ihm hängst.«

Trish starrte fassungslos auf die Pistole, die Clarissa aus ihrer Tasche geholt hatte und nun auf Scout gerichtet hielt. »Du bist ja verrückt.«

»Und du bist tot, wenn du nicht genau tust, was ich dir sage. Als Erstes beruhigst du den Köter.«

Scout war zwar schnell, aber Trish konnte nicht abschätzen, ob er in der Lage war, einem bewaffneten Menschen die Waffe zu entreißen. Langsam ging sie zu Scout. »Alles gut, mein Junge.«

Der Hund blieb angespannt, war offenbar nicht überzeugt, griff aber nicht an. Nur ein dumpfes Grollen war tief aus seiner Kehle zu hören. Clarissa tastete nach der Klinke und überzeugte sich, dass sie eingeschnappt war. »Du hast Glück, dass ich Hunde mag, sonst wäre er schon tot.«

Trotz der Waffe überwog bei Trish die Wut. »Ich denke, du hast eher Angst, dass jemand den Schuss hört. Was hast du dir denn jetzt vorgestellt?«

»Ich wollte in aller Ruhe ein paar Unterlagen verschwinden lassen, aber dafür ist es ja nun zu spät. Geh rüber ans Fenster. Du hast Glück, dass mein Partner sich überlegt hat, dass er dir gern noch ein paar Fragen stellen würde. Sonst wärst du schon tot. Immerhin bist du eindeutig mitverantwortlich dafür, dass plötzlich alles aus dem Ruder gelaufen ist. Los jetzt, ehe ich es mir anders überlege.«

Allmählich bekam Trish doch Angst. Clarissa war so kühl und beherrscht, dass sie wie eine Fremde wirkte. Sie ging zum Fenster und sah ihre Kollegin abwartend an. »Und jetzt?«

»Durchs Fenster, dann ums Gebäude herum zum Parkplatz. Wir machen einen netten kleinen Ausflug, aber der Hund bleibt hier.«

Scout war ihr gefolgt und sah sie grollend an. Er spürte offenbar genau, dass irgendwas nicht stimmte. »Ganz ruhig, Scout. Sitz!«

Sie musste den Befehl wiederholen, bis er gehorchte. Erst dann öffnete sie das bodentiefe Fenster, das eher einer Terrassentür glich. Clarissa hatte die Hand mit der Waffe in ihrer Tasche verborgen, zielte aber anscheinend inzwischen nicht mehr auf den Hund, sondern auf Trish. »Sehr schön, und nun raus da.« Trish trat ins Freie und wartete darauf, das Clarissa ihr folgte.

»Hol Paul«, flüsterte sie dem Hund fast lautlos zu. Hoffentlich stimmte es, dass Hunde viel besser hörten als Menschen. Sie war schon ziemlich weit weg.

Scouts Ohren zuckten, und er stand auf. Clarissa runzelte zwar die Stirn, schloss jedoch das Fenster und signalisierte Trish, loszugehen.

Trish verzichtete darauf, sich umzudrehen, um ja keine Aufmerksamkeit auf Scout zu lenken, sondern hoffte einfach, dass Scout sie verstanden hatte – und dass er den Trick mit dem Türöffnen wirklich so gut beherrschte, wie es ausgesehen hatte.

Obwohl es anscheinend stimmte, dass Clarissa mit Pearson unter einer Decke steckte, hatte sie mit ihrer Einschätzung trotzdem gründlich danebengelegen: Sie hätte nie gedacht, dass die Frau so abgebrüht und gefährlich war.

21

Rick stieß einen bewundernden Pfiff aus. Er war zwar mit seinem Haus zufrieden und würde auf die Lage direkt am Meer niemals verzichten wollen, aber das Gebäude, das vor ihnen lag, hatte einen ganz eigenen Charme. Der Winkelbungalow war von hohen Nadelbäumen umgeben, lediglich eine relativ kleine Rasenfläche behauptete sich gegen den Wald. Der Doppelcarport war leer, auch vor dem Haus parkte kein Fahrzeug. Da eine Stichstraße zu dem Grundstück führte, war die Wahrscheinlichkeit groß, dass der Besitzer nicht zu Hause war.

Dom zuckte mit der Schulter. »Wollen wir hier parken und uns die Hütte mal genauer ansehen? Die Haustür sieht nicht besonders solide aus.«

Auch wenn das exakt seine eigenen Überlegungen waren, konnte Rick nicht widerstehen, den Moralapostel zu spielen. »Hast du eine Ahnung, was für eine Strafe auf Einbruch steht?«

»Nur wenn man sich erwischen lässt, und das habe ich nicht vor. Siehst du irgendeinen Hinweis auf eine Alarmanlage? Ich nicht.«

Rick legte den Kopf schief. »Wenn Pearson der Verbrecher ist, für den wir ihn halten, wird er kein Interesse daran haben, dass plötzlich die Polizei vor der Tür steht, nur weil ein Waschbär an einem Fenster kratzt. Wir sollten trotzdem besser genau hinsehen und vielleicht erst einmal die Stimmung bei unserem FBI-Agenten checken.«

Charles hatte sich entschieden, mit seinem eigenen Wagen

zu fahren, und parkte direkt hinter ihnen. Ricks Handy vibrierte und zeigte Charles' Nummer an.

»Wartet ihr auf eine schriftliche Einladung?«, erkundigte sich der FBI-Agent spöttisch.

Schmunzelnd schüttelte Rick den Kopf. »Wir waren nur nicht sicher, wie du dazu stehst, dass wir uns das Haus genauer ansehen wollen.«

»Ich hätte schwören können, dass ich aus dem Inneren ein verdächtiges Geräusch gehört habe, als ich vor der Tür stand, um mit Pearson über einige finanzielle Transaktionen zu reden«, gab Charles zurück und lieferte damit gleichzeitig die offizielle Begründung, wenn man sie erwischen würde.

Grinsend nickte Rick. »Auf so ein Startsignal habe ich gewartet.«

Die Haustür war wesentlich massiver, als sie zuerst gedacht hatten. Das Sicherheitsschloss war mit ihren Kenntnissen und Hilfsmitteln nicht zu knacken, selbst Charles runzelte die Stirn. »Wartet hier mal kurz«, bat er Rick und Dom, ehe er ums Haus herumging.

Seufzend sah Dom ihm nach. »Es wäre nett gewesen, wenn er uns verraten hätte, was er vorhat.«

»Aber das wäre dann offensichtlich zu viel verlangt gewesen. Ich frage mich, was …«

Rick kam nicht dazu, den Satz zu Ende zu sprechen. Die Haustür wurde aufgerissen, und Charles bat sie grinsend, einzutreten.

»Es ist immer das Gleiche: Bei der Haustür wird ein Vermögen ausgegeben, aber die Terrassentür lässt sich mit einem Fußtritt aushebeln. Kommt rein, seht euch um und sucht nach Hinweisen, wo und wer er sein könnte.« Jedes Anzeichen von Humor verschwand aus Charles' Miene. »Wenn unser Verdacht sich bestätigt, dass wir erstmals jemanden von dem Geld-wäschering im Visier haben, hinter dem das FBI seit Ewigkei-ten her ist, dann kann es haarig werden. Also passt auf.«

Rick und Dom wechselten einen irritierten Blick, aber da Charles sich schon wieder umgedreht hatte, würden wohl kei-ne weiteren Erklärungen folgen.

Dom pfiff leise durch die Zähne. »Anscheinend glauben einige beim FBI, dass dieser Geldwäschering ein Phantom sein könnte.«

»Oder es steckt jemand vom FBI mit drin, der sie deckt«, überlegte Rick, der durchaus etwas für Verschwörungstheorien übrig hatte und sich noch an Dirks Bemerkungen von dem mög-lichen Hintermann mit der scheinbar weißen Weste erinnerte.

»Könnte sein. Auf jeden Fall sollten wir loslegen.«

Rick nickte.

Der Flur hätte ebenso gut in ein Krankenhaus gepasst, kah-le Wände, helle Fliesen, keine persönlichen Gegenstände, nur eine weiße Kommode oder vielleicht ein Schuhschrank, dessen Türen offen standen, sodass sie die leeren Regalböden sehen konnten.

»Der hat sich abgesetzt«, überlegte Dom laut.

Rick betrat die Küche und öffnete den Kühlschrank. Leer. »Du hast recht. Aber das wirft jede Menge Fragen auf.«

»Finde ich nicht. Im Gegenteil, das *beantwortet* eine ganze Reihe offener Fragen.«

Rick machte eine Handbewegung, die die Küche umfasste. »Dann übersetz das mal für mich.«

»Er kann nicht ahnen, wie dicht wir ihm auf den Fersen sind. Aus seiner Sicht hat ihn lediglich ein überheblicher Juniorchef vor die Tür gesetzt. Das Ganze hier sieht nicht nach einer pa-nischen Flucht aus, sondern nach geplantem Vorgehen. Nie-mand, der flieht, entsorgt erst mal seine Lebensmittel.«

Nachdenklich rieb sich Rick übers Kinn. »Man merkt, dass du bei Recherchen dieser Art mehr Erfahrung hast. Na klar. Er hatte alles vorbereitet, und als er befürchten muss, dass sein Geschäftsmodell platzt, haut er sicherheitshalber ab.«

»Fast richtig. So schnell wird er meiner Meinung nach nicht alles aufgeben, dann wäre der Scharfschütze überflüssig gewesen. Ich vermute, dass er aus sicherer Entfernung die Entwicklung verfolgt.«

Ein Gedanke ließ Rick frösteln. »Verdammt, wir lagen wirklich falsch. Nicht Ash war das Ziel der Anschläge, sondern Trish. Und zwar weil sie Ahnung von der Buchhaltung und vom Unternehmen hat und er befürchten musste, dass sie ihm auf die Schliche kommt.«

»Diesmal stimme ich dir zu. Und jetzt verstehe ich auch, worauf Charles hinauswollte. Er wird zum gleichen Ergebnis gekommen sein und sucht jetzt nach Hinweisen, wo der Kerl untergeschlüpft sein könnte. Viel Hoffnung habe ich zwar nicht, aber vielleicht finden wir ja tatsächlich etwas. Freunde von mir sind einem miesen Terroristen durch eine einzige weggeworfene Tankquittung auf die Spur gekommen.«

Das ergab einen Sinn, trotzdem zögerte Rick noch einen Augenblick und grinste Dom schief an. »Ich glaube, wir sollten uns bei Gelegenheit noch mal unterhalten. Es macht eben doch einen Unterschied, ob ich mir die Szenen ausdenke oder jemand in der Realität Erfahrung mit solchen Dingen hat.«

Dom winkte ab. »Du übertreibst. Deine Bücher sind verdammt gut. Meine Brüder lesen die sofort nach Erscheinen, du hast ja Dirks Reaktion erlebt, und du bist nicht umsonst so lange auf der New-York-Times-Bestsellerliste vertreten gewesen.«

»Du bist … was?«, erklang Charles' Stimme hinter ihm.

Sichtlich schuldbewusst zog Dom eine Grimasse. »Ups. Ich hatte vergessen, dass du ja gewissermaßen undercover in Heart

Bay unterwegs bist. Ich sehe mir dann mal das Wohnzimmer an und überlasse euch die Küche. Und vergesst nicht, den Abfalleimer zu checken. Dort findet man manchmal erstaunliche Hinweise.«

Dom war verschwunden, ehe Rick seine Worte kommentieren konnte. Charles' Blick brannte vor Neugier. Rick breitete die Hände aus. »Gibt es eine Chance, dass du nichts gehört hast?«

Charles schüttelte den Kopf, und Rick seufzte. Er war sauer, aber nicht auf Dom. Da sie beide offen über seinen Beruf gesprochen hatten, war es nur eine Frage der Zeit gewesen, bis es zu dieser Situation kam. Er ärgerte sich über sich selbst. Viel zu lange hatte er es hinausgezögert, mit seinen Freunden zu reden, dabei wusste er nicht einmal, weshalb.

Mit unergründlicher Miene sah Charles ihn an und schüttelte dann leicht den Kopf. »Den Mülleimer übernimmst du. Sieh es als praktische Erfahrung an, wie dreckig echte Ermittlungen manchmal sind.«

Rick rollte mit den Augen, nahm aber den Deckel ab und atmete heftig aus. »Das stinkt!«, beschwerte er sich bei Charles, der auf sein Handy sah.

»Deshalb bin ich ja auch froh, dass du den Part übernimmst. Ich finde hier nur einen passenden Namen: Richard P. Ashley. Richard wäre dann die vollständige Form von Rick. P steht vermutlich für Paul, und mit Ashley könnte Ash gemeint sein.«

»Glückwunsch, Sherlock«, knurrte Rick. »Möchtest du als Belohnung vielleicht diesen Part hier übernehmen? Hier sind zwar einige Papiere, aber die sind mit schimmeligem Kaffeesatz bedeckt. Wieso entsorgt der den Inhalt des Kühlschranks, bringt aber den Müll nicht raus?«

»Vermutlich, weil er es vergessen hat. Das ist mir auch schon unzählige Male passiert. Wenn ich dann von der Dienstreise zurückkam, wurde ich von widerlichem Gestank empfangen.«

»Dann hast du doch Erfahrung mit solchem Mist und könntest …«

Vielsagend grinste Charles ihn an. »Ich könnte ja noch stundenlang mit dir diskutieren, aber ich sehe mir lieber die restlichen Räume an.«

Fluchend machte sich Rick daran, die Blätter unter der ekligen Schicht auszugraben, und überlegte dabei, wie er seine dämliche Verschwiegenheit vor seinen Freunden rechtfertigen konnte. Nachdem nun nicht nur die DeGrasse-Brüder und ihre Partnerinnen Bescheid wussten, sondern auch Charles, war es nur fair, wenn er Paul und Ash möglichst schnell informierte. Das würde vermutlich Ärger geben. Und er hatte nicht mal eine gute Erklärung dafür, denn ihm war selbst nicht klar, warum er es ihnen nicht längst erzählt hatte.

Ash atmete erleichtert auf, als die Tür hinter dem Produktionsleiter ins Schloss fiel. Das hätte man auch in der Hälfte der Zeit klären können. So kompetent der Mann auch zu sein schien, er redete zu viel.

Paul grinste ihn an. »Ich wusste gar nicht, dass du so geduldig sein kannst.«

»Ich auch nicht. Danke für deine Hilfe mit diesem Personalkram. Ich blicke da noch nicht einmal ansatzweise durch.«

»Musst du auch nicht. Es reicht, wenn du jemanden kennst, der sich damit auskennt. Was steht als Nächstes auf dem Programm?«

In diesem Moment ging die Tür wieder auf. Überrascht vergaß er Pauls Frage. Statt eines Mitarbeiters mit einer Abneigung gegen Anklopfen stürmte Scout in den Raum und blieb leise kläffend vor Paul stehen.

Ash hatte das Gefühl, sein Herz bliebe kurz stehen, dann raste plötzlich sein Puls. »Wo ist Trish?« Nicht eine Sekunde glaubte er an eine harmlose Erklärung für Scouts Auftauchen.

Scout bellte und rannte zur Tür. Paul und Ash folgten dem Hund bis in das leere Büro. Scout blieb direkt vor dem Fenster stehen.

»Das Gras ist da draußen ziemlich heruntergetrampelt«, überlegte Ash laut, öffnete das Fenster und verließ das Gebäude.

»Hey, warte«, rief Paul und folgte ihm zusammen mit Scout. Sie gingen um das Gebäude herum und landeten auf dem Parkplatz. Ratlos blieb Ash stehen.

Paul kniff die Augen zusammen. »Scout hätte sie niemals allein gelassen, es sei denn, Trish hat es ihm befohlen. Und das wird sie nicht freiwillig getan haben. Ist dir der aufgeschlagene Ordner im Büro aufgefallen? Ich wette, Trish ist von einer der drei Damen aus der Buchhaltung erwischt worden.«

Ash hatte nur Augen für den Hund gehabt, aber nun setzte trotz der Angst um Trish sein Denken langsam wieder ein. »Es mag ja sein, dass sie durchs Fenster das Gebäude verlassen haben, aber dort wird niemand reingekommen sein. Das heißt, Rudy muss wissen, wer sie dort überrascht hat.« Er sprintete los.

Rudy sah ihnen erst erstaunt, dann besorgt entgegen. Ehe Ash ihn erreichte, hatte er schon seinen Platz hinter dem Empfangstresen verlassen und kam ihm entgegen. »Was ist passiert?«

»Trish ist verschwunden. Hast du sie gesehen?«

»Ja, das habe ich. Sie ist gemeinsam mit Clarissa Mortensen weggefahren. Ist da etwas nicht in Ordnung?«

Ash fuhr zu Paul herum. »Das war doch ihre Verdächtige Nummer eins, oder?«

»Ja.« Paul sah Rudy fest an. »Ist dir an den beiden irgendetwas Besonderes aufgefallen?«

»Nein … das heißt, doch. Miss Mortensen parkt immer möglichst dicht vor der Tür. Nur deswegen sind sie mir aufgefallen. Ich habe mich kurz gefragt, durch welchen Seiteneingang die beiden Frauen die Firma verlassen haben, denn hier sind sie nicht vorbeigekommen.«

»Sie sind durchs Fenster geflüchtet, und Trish ist nicht freiwillig mitgegangen«, erwiderte Paul, der bereits sein Smartphone in der Hand hielt und eine Nummer wählte. »Ist Sam in deiner Nähe? Gib sie mir mal bitte. Schnell.« Paul schwieg kurz. »Ich brauche eine Handyortung. Von Trishs Nummer. Kannst du so etwas veranlassen? Bis wir Winston oder das FBI überzeugt haben, könnte es zu spät sein. Ich hatte die Hoffnung, dass du vielleicht …« Paul atmete heftig ein. »Alles klar. Danke.«

Obwohl Ash sich das Gespräch schon zusammengereimt hatte, wäre er vor Ungeduld fast explodiert. »Und?«, fuhr er Paul an, kaum dass er aufgelegt hatte.

»Wir haben in fünf Minuten den Standort des Handys. Aber das funktioniert natürlich nur, wenn sie es noch hat.«

»Das weiß ich selbst«, knurrte Ash und überlegte fieberhaft, was sie noch tun konnten. Pearson! Er musste der Mistkerl im Hintergrund sein, und bei dieser Clarissa handelte es sich vermutlich um seine Handlangerin. Vielleicht waren Rick und die anderen schon fündig geworden. Er hielt sich nicht damit auf, sein eigenes Smartphone zu holen, sondern riss Paul seins aus der Hand und suchte im Adressbuch nach Ricks Nummer. Ungeduldig wartete er darauf, dass die Verbindung hergestellt wurde.

Rick breitete die beiden Blätter auf der Arbeitsplatte aus und pfiff leise durch die Zähne. Da hatte jemand nicht gründlich genug aufgeräumt. Das waren Rechnungen für Wasser und Strom, und zwar nicht für dieses Haus, aber ebenfalls auf den Namen Pearson. Er wäre jede Wette eingegangen, dass es sich bei der Adresse um eine Art Ausweichquartier handelte. Rick gab die Anschrift in das Navigationsprogramm seines Smartphones ein und sah seinen Verdacht bestätigt: Laut der Karte befand sich das Haus ebenfalls in Alleinlage mitten im Wald, war jedoch gut zwanzig Meilen von diesem hier entfernt. Anscheinend war Pearson ein Gewohnheitstier. Damit hatten sie einen Anhaltspunkt, wo sie den Kerl finden würden. Er wollte sein Handy gerade wieder wegstecken, als ihm ein Anruf von Paul angezeigt wurde.

Ohne Grund würde sein Freund ihn bei ihrem Quasieinbruch kaum stören. Schlagartig besorgt nahm er das Gespräch an. Er erkannte zwar Ashs Stimme, hatte aber Probleme, dem stakkatoartigen Bericht seines Freundes zu folgen. Erst als Ash schwieg, gelang es ihm, die Fakten zu sortieren. »Okay, verstanden. Vermutlich will Clarissa sie zu Pearson bringen, damit sie erfahren, ob wir ihre Machenschaften aufgedeckt haben und ob wir Beweise haben.«

»Ich dachte auch daran, bin mir aber nicht sicher. Wie kommst du darauf?«

»Weil ich es so machen würde.« *In einem meiner Bücher*, fügte er in Gedanken hinzu. »Wir warten auf das Ergebnis der Handyortung.« Er sah auf das Blatt Papier vor sich. »Obwohl ich vermutlich ihr Ziel kenne. Charles, Dom und ich fahren schon mal dorthin. Ihr wartet, bis wir eine Bestätigung durch das Handy haben. Es wäre fatal, wenn wir alle in die falsche Richtung unterwegs wären.«

Ash schwieg geraume Zeit. »Verdammt. Das Warten macht mich wahnsinnig, aber du hast recht. Was ist mit Winston?«

»Wenn wir uns das Haus angesehen haben, soll Sabrina mit

Winston reden. Es wäre schön, wenn Sam zu uns stoßen würde. Wir können jede Unterstützung gebrauchen, die wir bekommen können. Mach dir nicht zu viele Sorgen, Ash. Trish ist clever und wird auf Zeit spielen.«

Ash brummte irgendetwas Unverständliches, und Rick konnte ihn verstehen. Soweit er es beurteilen konnte, empfand Ash einiges für sie, und sie in Gefahr zu wissen musste fürchterlich sein. Er trennte die Verbindung und suchte Charles und Dom.

Der FBI-Agent blätterte konzentriert in einem dünnen Notizbuch und sah nicht auf, als Rick ins Wohnzimmer stürmte. »Das Notizheft war im Sekretär hinter eine Schublade gerutscht. Da stehen einige interessante Namen drin, die will ich überprüfen lassen.« Dann hob er doch den Kopf und runzelte die Stirn. »Was ist passiert?«

Rick fasste die Situation mit wenigen Worten zusammen. Er war kaum fertig, da vibrierte sein Handy erneut und signalisierte den Eingang einer SMS. Die Nachricht bestand nur aus einem Link. Er klickte drauf, und eine Karte der Umgebung öffnete sich. Ein roter Punkt signalisierte, wo Trishs Handy geortet worden war. Der Standort bewegte sich nicht und lag unmittelbar an einem Highway. Rick zoomte etwas weiter weg und atmete auf. Vermutlich hatte er richtiggelegen, denn wenn man von Heart Bay aus zu Pearsons Zweitwohnsitz fahren wollte, kam man genau dort vorbei. Er erklärte den Männern noch rasch, was er im Mülleimer gefunden hatte.

Charles nickte knapp. »Wir fahren alle mit einem Wagen, und zwar mit deinem.«

»Kein Problem. Dann los! Wir haben die bessere Ausgangsposition und müssten vor Ash dort sein.«

»Bist du sicher, dass du ihm sagen willst, wo Trish wahrscheinlich ist?«

»Er hat ein Recht, dabei zu sein, und außerdem habe ich

ihm die Adresse schon genannt. Er wollte nur abwarten, ob die Handyortung meine Theorie bestätigt. Sam müsste auch schon unterwegs sein, und Sabrina sollte Winston informieren.«

Beide Männer signalisierten ihre Zustimmung mit einem knappen Nicken, und wie auf ein geheimes Zeichen sprinteten sie los. Auf dem Weg zu seinem Wagen überlegte Rick, ob und wie wahrscheinlich es war, dass Pearson sich mit einem Trupp Männer umgeben hatte. Ihre Recherchen und vor allem sein Gefühl sagten ihm, dass der Mistkerl zwar Teil einer größeren Sache war, aber dennoch lieber allein oder mit wenigen Vertrauten arbeitete. Hoffentlich lag er damit richtig, denn sie waren kaum in der Lage, es mit einem ganzen Söldnertrupp aufzunehmen. Rick ermahnte sich zur Gelassenheit. Seine Überlegungen glichen mittlerweile mehr dem Plot eines Thrillers als der Realität.

Rick ignorierte sämtliche Verkehrsregeln, und keiner seiner Mitfahrer ermahnte ihn deswegen. Nur am Rande bekam er mit, dass Charles ein Telefonat nach dem anderen führte. Er diskutierte mit seinen Kollegen über Rückendeckung für ihr Vorgehen und brachte offenbar einiges ins Rollen.

»Fahr langsamer«, forderte Charles unerwartet. »Hier muss es irgendwo sein.«

Hier? Ringsum war nichts als Wald, es herrschte kaum Verkehr. Schließlich bat Charles ihn, anzuhalten. Der Wagen stand kaum, da sprang Dom schon aus dem Wagen und suchte den Straßenrand ab. Nur wenige Sekunden später kehrte er mit einem Smartphone in der Hand zurück. »Eins mit grüner Schutzhülle hätte ich nicht so schnell gefunden, aber das Harley-Logo in grellem Orange war unübersehbar«, erklärte er und schaltete es ein. »Verdammt, kennt jemand den PIN-Code?«

»Ruf Ash an«, schlug Rick vor. »Und steig ein, wir haben noch ein Stück vor uns.«

Dom brummte eine Art Zustimmung, sprang wieder auf den Beifahrersitz und rief Ash an.

»Okay, viermal die Eins, darauf hätte man auch selbst kommen können«, sagte er nach dem Telefonat, entsperrte Trishs Handy und pfiff dann so laut, dass Rick zusammenzuckte und der Wagen kurz schlingerte.

»Sorry, aber das Mädel ist verdammt clever. Sie hat eine Audioaufzeichnung erstellt, ehe sie das Teil aus dem Fenster werfen musste. Ich spiele die jetzt ab.«

Leider hielt er sich das Handy so dicht ans Ohr, dass Rick kein Wort verstand. Im Rückspiegel sah er, dass Charles den Reporter ebenfalls mit einem genervten Blick bedachte, obwohl er selbst telefonierte.

»Keine zehn Minuten mehr. Wir sollten dieses Mal nicht bis direkt vor die Haustür fahren«, sagte Rick laut und war sich nicht sicher, ob die Männer ihm überhaupt zuhörten. »Und wir brauchen dringend einen Plan!«, fuhr er energischer fort. Dieses Mal reagierten beide. Sie nickten, aber er sah ihnen an, dass sie noch keinerlei Idee hatten, wie sie vorgehen sollten

Ash holte jedes Quäntchen Geschwindigkeit aus seinem Porsche raus, das der Motor zu bieten hatte. Von Pauls Pickup war im Rückspiegel nichts mehr zu sehen. Wegen Scout war es keine Option gewesen, dass Paul mit ihm fuhr, und der Pickup seines Freundes wäre zwar groß genug für sie alle drei gewesen, aber für Ashs Geschmack viel zu langsam.

Sein Telefon meldete einen Anrufer. Rick. Ausnahmsweise nutzte er die Freisprecheinrichtung via Bluetooth und nahm den Anruf an. »Ja?«

»Wir sind nun vor Ort, halten uns aber noch außer Sichtweite. Wann bist du hier?«

»In ungefähr fünf Minuten. Habt ihr Trish gesehen?« Er verzog den Mund, die Frage war dämlich, aber er konnte nicht anders. Vor Angst um sie drehte er fast durch. Jetzt hatte er die Antwort auf die Frage, was sie ihm bedeutete: alles. Aber das hätte er lieber auf eine andere Weise erfahren.

»Gesehen nicht, aber was von ihr gehört. Sie hat ein kurzes Gespräch mit ihrer Kidnapperin aufgezeichnet, ehe sie das Handy wegwerfen musste.«

Das war typisch für sie. Sie würde ebenfalls Angst haben, aber trotzdem bewahrte sie einen kühlen Kopf. Konzentriert hörte er Rick zu, und endlich siegte seine bei der Arbeit in Hollywood erworbene Professionalität. Er war zwar kein erfahrener Kämpfer, hatte aber schon oft mit bedrohlichen Situationen zu tun gehabt und diese gelöst, ohne dass Polizei oder FBI hinzugeschaltet werden mussten. Noch während Rick sprach, entwickelte er einen groben Plan. Denn anders als sein Freund, dem er eine gewisse Ratlosigkeit anhörte, wusste er ziemlich sicher, was Pearson vorhatte.

»Unternehmt nichts, ehe ich vor Ort bin«, befahl er. »Ich weiß, wie wir sie da rausholen.«

Das war zwar etwas übertrieben, würde aber hoffentlich dafür sorgen, dass sie nichts ohne ihn unternahmen. Er beschleunigte weiter und überholte einen Kombi, der es wagte, das geltende Tempolimit nur geringfügig zu überschreiten. Nur noch ein paar Minuten, und er konnte endlich etwas unternehmen, um Trish dort herauszuholen.

Er sah die parkenden Fahrzeuge fast zu spät und kam knapp hinter Ricks Wagen zum Stehen. Er sprintete auf seine Freunde zu und hielt sich nicht mit einer Begrüßung auf. »Habt ihr eine Ahnung, wie es dort aussieht? Luftaufnahmen?«

Rick nickte. »Leider nur Google Earth, aber das gibt uns schon einen Anhaltspunkt. Hinter der nächsten Kurve hat man freie Sicht auf das Haus. Die Entfernung beträgt ungefähr fünfzig Meter. Das Gebäude selbst ist ein rechtwinkliger Bau. Auf diesem Bild ragen die Bäume bis dicht an das Gebäude heran, sodass man sich ungesehen nähern könnte. Nur die letzten Meter sind ein Problem.«

»Nicht wenn man drinnen für Ablenkung sorgt. Pass auf. Du und auch Charles und Dom, ihr könnt mit einer Waffe gut umgehen und wisst, worauf ihr bei einer direkten Auseinandersetzung achten müsst. Ich kann das zwar auch einigermaßen, wäre euch da aber keine große zusätzliche Hilfe. Pearson, oder wie der Kerl nun in Wirklichkeit heißt, will wissen, was wir wissen. Deshalb werde ich ihm die Antworten liefern, oder, genauer gesagt, eine nette Mischung aus Halbwahrheiten und Spekulationen. Ihr nutzt die Chance, um euch dem Haus zu nähern, und greift dann an, möglichst laut, damit es chaotisch wird. In dem Moment werde ich mir dann Trish schnappen und abhauen.«

Rick war der Erste, der nickte. »Was Besseres fällt mir auch nicht ein. Dass dein Plan höllisch riskant ist, muss ich dir ja nicht erklären.«

»Nein, aber es geht um Trish.«

Damit war dann auch für Charles und Dom alles gesagt. Ash wollte die Männer gerade überzeugen, auch ohne Verstärkung loszulegen, als sich ihnen zwei Fahrzeuge näherten. Pauls Pickup hielt hinter seinem Porsche, direkt gefolgt von Sabrinas Geländewagen, aus dem jedoch statt Sabrina Sam und Shadow sprangen.

Rick pfiff seinen Hund heran. »Sehr schön, damit sind wir dann vollzählig.« Er holte aus seinem Kofferraum ein Gewehr und warf es Sam zu. »Dom hat mir erzählt, dass du mit so einem Teil verdammt treffsicher bist. Wir werden von hinten angreifen, das heißt dann, dass Ash und Trish sich eher nach vorne raus absetzen. Wir sind aber nicht genug Leute, um das

Haus von zwei Seiten aus anzugreifen, also solltest du von vorn einfach nur sichern.«

Sam checkte das Gewehr durch. »Geht klar. Nettes Teil, das du da mit dir herumfährst.«

»Es leben die lockeren Waffengesetze von Oregon. Ich fahre nie ohne das Ding los, wenn ich einen Einbruch plane.«

Ash ging die Situation gedanklich noch einmal durch und wünschte sich, er hätte es nicht getan. Sam und Rick hatten eindeutig Kampferfahrung, Charles immerhin solide Grundkenntnisse – sein eigentliches Tätigkeitsgebiet beim FBI waren Computer. Dom schien zwar zu wissen, wie man mit einer Waffe umging, war jedoch Reporter, und Paul war Anwalt. Die Mischung war nicht geeignet, ihn zu beruhigen. Scout kläffte leise. Ash sah zu ihm und Shadow. Okay, an die Hunde hatte er nicht gedacht. Die konnten sich vielleicht noch als Vorteil erweisen. Er verdrängte die Gedanken – es gab keinen anderen Weg, sie mussten es einfach versuchen und das Beste hoffen.

»Also dann los. Ich nehme den Porsche und klingele höflich an der Tür.«

Rick schüttelte den Kopf. »Vergiss es, mein Freund. Du fährst dann los, wenn wir in der richtigen Ausgangssituation sind. Ich schicke dir eine SMS. So lange wartest du brav hier.«

Das klang sinnvoll, stellte seine Geduld aber auf eine weitere harte Probe.

Paul legte ihm kurz die Hand auf den Rücken. »Ich weiß, wie schwer es ist, zu warten. Und am liebsten würde ich dir Scout mitgeben, aber ich fürchte, Pearson würde ihn sofort erschießen. Damit wäre nichts gewonnen.«

»Ich weiß. Ich verlass mich drauf, dass ihr im richtigen Moment loslegt.«

»Das werden wir.«

Nur am Rande bekam er mit, dass Sam und Dom sich überraschend kurz voneinander verabschiedeten, aber ihre Mienen sprachen für sich. Die beiden verstanden sich so gut, dass sie nicht viele Worte brauchten. Ob es zwischen ihm und Trish auch mal so sein würde?

22

Eigentlich hätte sie Angst haben müssen, stattdessen kochte Trish vor Wut. Wenn sie sich fürchtete, dann nur davor, dass sie die Beherrschung verlor und etwas sehr Dummes tat. Es waren nur drei Menschen, die sie hier festhielten, allerdings welche der Marke *extrawiderlich*.

Pearson schien in Wirklichkeit gar nicht Pearson zu heißen – Clarissa, diese dämliche Ziege, sprach ihn mit Ewan statt mit Jack an. Ohne ihre Waffe, die sie wieder in der Handtasche verstaut hatte, war Clarissa keine ernst zu nehmende Gegnerin mehr, aber leider sah das bei Pearson und dem Dritten im Bunde anders aus. Der zweite Mann sagte praktisch nichts, und niemand sprach mit ihm, sodass sie nicht wusste, wie er hieß. Insgeheim hatte sie ihn Hulk getauft, weil er außer Muskeln offensichtlich nicht viel zu bieten hatte. Gegen seine körperliche Überlegenheit hätte Trish ja noch ihre Schnelligkeit gesetzt, aber leider hielt der Kerl eine Pistole in der Hand. Ihr Versuch, die Haustür zu erreichen, hatte mit einer fiesen Prellung an der Wange geendet, und seitdem legte Hulk seine Waffe nicht mehr aus der Hand. Ihr war ausgesprochen plastisch beschrieben worden, was passieren würde, wenn sie es noch einmal wagte, den Sessel zu verlassen.

Pearson war die ganze Zeit damit beschäftigt, auf seinem Notebook herumzuhämmern, ab und zu kurze Telefonate zu führen und sich leise mit Clarissa zu unterhalten. All dies am anderen Ende des riesigen Wohnzimmers, sodass sie kein Wort mitbekam. Aber die Pistole, die griffbereit neben seinem Notebook lag, war nicht zu übersehen. Jeder Fluchtversuch wäre zum Scheitern verurteilt, sie musste darauf hoffen, dass der Sheriff sie hier rausholte. Allerdings dachte sie, so unlogisch es auch war, eher an Ash als an die Polizei, wenn sie sich vorstellte, dass jemand zu ihrer Rettung herbeistürmte.

Wenigstens eins stand nun für sie fest: Pearson – oder wie auch immer er heißen mochte – war tatsächlich Teil von etwas Größerem, und sie hatten ihm gründlich die Tour versaut. Clarissa hatte ganz klar gesagt, dass sie von Trish nur erfahren wollten, was sie und die anderen bereits herausgefunden hatten. Leider hatte Pearson verhindert, dass Clarissa weitersprach, aber Trish vermutete, dass sie das, was sie bei Winterbloom durchgezogen hatten, auch in anderen Firmen machen wollten. Allerdings nur, falls Trish und die anderen nicht schon so viel über sie herausgefunden hatten, dass sie stattdessen untertauchen mussten. Was ihr blühte, sobald sie alles von ihr erfahren hatten, was sie wissen wollten, konnte sie sich ausrechnen. So weit durfte es dann eben nicht kommen. Und falls sie es am Ende doch noch mit Hulk aufnehmen musste, würde sie das riskieren. Sie würde jedenfalls nicht das kleine Opferlamm spielen, alles ausplaudern und sich dann erschießen lassen.

Als es vor dem Haus plötzlich laut hupte, zuckte sie heftig zusammen. Auch Pearson fuhr hoch. Hulk stürmte mit gewaltigen Schritten durch den Raum, um an die Vorderseite zu gelangen. Das war ihre Chance. Trish sprang auf und wollte zur Terrassentür sprinten, aber leider hatte sie die Rechnung ohne Clarissa gemacht.

»Setz dich da wieder hin. Aber sofort«, befahl sie ihr.

Ohne die Waffe in Clarissas Hand hätte Trish ihr zu gern gezeigt, was sie von ihr hielt, aber so wäre jeder Angriff einem Selbstmord gleichgekommen. Ihr blieb nur übrig, angestrengt zu lauschen, was sich an der Haustür abspielte. Als sie Ashs Stimme erkannte, erstarrte sie innerlich. Darauf hatte sie gehofft, aber den Moment zugleich gefürchtet. Nun hatte sie Angst, hart an der Grenze zur Panik. Aber nicht um sich, sondern um Ash.

Scheinbar unbekümmert betrat Ash das Wohnzimmer. Weder Hulk noch Pearson schienen ihn zu stören. Er ging direkt auf Trish zu und legte ihr kurz eine Hand an die unverletzte Wange. »Bist du einigermaßen in Ordnung?«

Da sie kein Wort hervorbrachte, nickte sie nur. Er zwinkerte ihr zu. »Keine Angst, dieser Mist ist gleich vorbei, dann kümmern wir uns um die wesentlichen Fragen.«

Pearson hatte Ash bisher still beobachtet, nun schnaubte er verächtlich. »Sie sollten nichts versprechen, was Sie nicht halten können.«

Ash drehte sich langsam, fast gelangweilt zu ihm um. »So etwas würde ich nie tun, Mr Ewan McKealy. Ihr Spiel ist vorbei, und Ihre letzte Chance ist es, hier abzuhauen, ehe das FBI vor Ihrer Tür steht. Die Jungs sind etwas langsamer als ich, darum bin ich schon mal vorgefahren.«

Einen Augenblick herrschte Schweigen. Clarissa starrte ihren Partner an. »Wie kann er das wissen?«

»Er blufft«, tat der Verbrecher ihre Frage ab.

»Na sicher. Deshalb kenne ich ja auch Ihren wahren Namen und weiß, wo ich Sie finden kann. Glauben Sie mir: Wir wissen alles. Wirklich alles, und wir können jeden Cent zu jedem Ihrer Konten zurückverfolgen und vor allem auch zurückverlangen. Ihr Geldwäscheprinzip war nicht schlecht, aber Sie hätten die Firma niemals so hart an die Grenze zur Insolvenz treiben dürfen. Wenn man den Hals nicht voll bekommt, fliegt man eben auf. Ein Freund brachte den Vergleich von einem Parasiten, der sein Wirtstier aus Versehen umbringt und deshalb selbst mit draufgeht. Das Bild trifft auf Sie und Ihre Partnerin sehr gut zu.«

Trish musste sich bemühen, Ash nicht mit offenem Mund anzustarren. Er wirkte so unglaublich lässig und gleichzeitig souverän. Mit jedem Wort hatte er ins Schwarze getroffen. Pearson sah ihn wie versteinert an, und Clarissa fuhr sich mit der Hand, mit der sie die Pistole hielt, fahrig über die Stirn.

Ash grinste breit, und im nächsten Moment schoss ohne jede Vorwarnung seine Faust vor und traf Pearson genau am Kinn. Er schnellte vor, griff nach Trishs Hand und zog sie mit sich Richtung Haustür. Hinter ihnen brach Chaos aus: Schüsse, klirrendes Glas, lautes Hundegebell. Instinktiv wollte Trish sich umdrehen, aber Ash zog sie einfach weiter mit sich.

Draußen angekommen blieb er jedoch so abrupt stehen, dass Trish fast gestürzt wäre. Als sie den Grund für sein Verhalten sah, schnappte sie nach Luft. Ein Problem hatten sie gelöst, aber zwei wesentlich größere standen mit einem Mal direkt vor ihnen. Eins dieser Probleme war grauhaarig und wirkte ausgesprochen seriös mit seinem maßgeschneiderten, eleganten Anzug, das andere war mit Jeans und Hemd legerer bekleidet, hielt dafür jedoch eine hässlich aussehende Maschinenpistole in der Hand.

Ash schob Trish hastig hinter sich.

Der Anzugträger sah ihn verdutzt an und lächelte dann spöttisch. »Ich würde vorschlagen, Sie verlängern Ihren Aufenthalt hier noch um einen Augenblick. Ich denke nicht, dass die Fragen meines Geschäftspartners bereits beantwortet worden sind. Es wäre doch wirklich schade, wenn ich ganz umsonst hierhergefahren wäre.«

»Boss? Mir gefällt das Ganze nicht«, warf der Typ mit der Maschinenpistole ein und schielte ins Haus, wo noch immer das Chaos tobte.

Der Grauhaarige winkte geringschätzig ab. »Wenn Ewan mit so einem kleinen Problem nicht fertig wird, ist das seine Sache. Mit den beiden hier direkt vor der Mündung wird uns keiner zu nahe treten.«

Das entsprach exakt Trishs Einschätzung. Das Hundegebell im Haus verriet ihr, dass Paul oder Rick dort waren, aber was sollten sie gegen eine Maschinenpistole tun?

Sie schluckte hart, trat hinter Ash hervor und stellte sich neben ihn. »Wir waren uns doch einig, dass mein Platz neben dir ist.«

Obwohl sie seine ungeheure Anspannung spürte, lächelte er sie an, doch seine Augen blieben ernst. »Du hast dir einen merkwürdigen Zeitpunkt ausgesucht, um mir endlich zuzustimmen.«

Er legte ihr eine Hand um die Taille. Ehe sie begriffen hatte, was er vorhatte, warf er sich zu Boden und zog sie mit sich. Schüsse krachten in ihrer unmittelbaren Nähe. Ein lauter Schrei. Ehe sie sich im Geringsten sortiert, geschweige denn orientiert hatte, war Ash schon wieder auf den Beinen und verhinderte die Flucht des Anzugträgers, der in erstaunlichem Tempo auf seinen Wagen zulief: Ash holte ihn mit einem Hechtsprung von den Beinen. Erst jetzt erinnerte sie sich an den Kerl mit der Maschinenpistole. Aber die Gefahr war gebannt. Er hockte am Boden und hielt sich stöhnend seinen stark blutenden Arm. Sam schlenderte mit einem Gewehr in der Hand auf ihn zu.

»Bist du in Ordnung?«, rief sie Trish zu.

Langsam stand sie auf. »Ja. Ich muss das nur noch alles einordnen. Wo kommst du her?«

Ihre Mundwinkel hoben sich etwas. »Ich war das Backup für die Vorderseite. Bedank dich bei Rick, er hat die Positionen besetzt.«

»Mach ich.« Mit extrem wackligen Knien ging sie auf Ash zu,

der keinerlei Probleme hatte, den Anzugträger festzuhalten. »Das muss der Oberboss sein, auf den Pearson gewartet hatte. Ihm sollte ich alles erzählen, was ich wusste.«

»Na, darüber wird sich das FBI ganz besonders freuen.«

»Wieso das FBI?«

»Weil Pearson, der eigentlich ganz anders heißt, Teil eines Geldwäscherings ist, für den sich das FBI schon lange interessiert. Und diesen Herrn mit der angeblich so sauberen Weste hatten sie schon lange im Visier.«

Als sich etwas gegen ihr Bein drängte, schrak Trish zusammen, dann entspannte sie sich wieder. Es war nur Scout, der sie mit schief gelegtem Kopf ansah. Zärtlich kraulte sie ihn hinter den Ohren. »Du bist der Allerbeste. Und du hast wirklich die Tür aufbekommen?«

Scout bellte.

»Dafür bekommst du das größte Steak, das ich in ganz Heart Bay auftreiben kann!«, versprach sie.

Ash runzelte die Stirn. »Und was ist mit mir?«

Sein gespielt empörter Blick war sehr überzeugend. Sie sah ihn bedeutungsvoll an. »Bei dir dachte ich an eine andere Belohnung.«

Ash grinste Scout an. »Sorry, Kumpel. Behalte du mal dein Steak. Ich habe das bessere Los gezogen.«

Das kurze Intermezzo hatte ihren Nerven gutgetan. Sie atmete noch einmal tief durch und wandte sich ihren Freunden zu, die mitsamt den überwältigten Verbrechern aus dem Haus kamen. Clarissa heulte wie am Spieß, obwohl sie unverletzt war; die Aussicht auf ein paar Jahre im Knast schien ihr nicht zu gefallen. Pearson war hochrot im Gesicht und stieß wüste Drohungen aus, die keinen interessierten. Nur Hulk sagte gar nichts, hielt sich seine blutende Schulter und sah immer wieder nervös zu Rick und Shadow.

Paul blieb direkt vor Trish stehen, wollte zuerst etwas sagen, zog sie dann aber einfach in die Arme. »Mann, bin ich froh, dich unversehrt zu sehen!« Dann stieß er plötzlich einen beeindruckenden Fluch aus.

Erstaunt löste sich Trish aus seiner Umarmung. »Bitte was?«

Er schmunzelte. »Hörst du es nicht? Jetzt, wo alles vorbei ist, kommen die Cops. Die Erklärungen werden Stunden dauern.«

Charles kam zu ihnen. »Nicht wenn ich das hier zu einer FBI-Angelegenheit erkläre. Die Formalitäten können bis morgen warten. Dank meiner Telefonate wissen ja jetzt einige Kollegen beim FBI hochoffiziell Bescheid über den Fall. Wir sollten ihr Eintreffen abwarten, ehe der formelle Akt beginnt. Erst einmal werden die Herrschaften und die Heulboje aus dem Verkehr gezogen und bis auf Weiteres sicher verwahrt, und ihr genießt den Rest des Tages.«

Seine Marke gut sichtbar ans Hemd geheftet, ging Charles den Polizeiwagen entgegen. Trish verstand zwar nicht, worum es bei dem Wortwechsel zwischen ihm und Winston ging, aber dass der Sheriff nicht begeistert war, war nicht zu übersehen.

Nachdem zwei Deputys den Anzugträger von Ash übernommen hatten, war er sofort bei ihr, musterte sie von Kopf bis Fuß und zog sie dann mit einem Ruck an sich. »Wenn du mir noch einmal einen solchen Schrecken einjagst, bekommst du *wirklich* Ärger mit mir!«

Sie hätte zu der dämlichen Drohung einiges zu sagen gehabt, schmiegte sich aber stattdessen einfach nur an ihn. Sämtliche Diskussionen und Meinungsverschiedenheiten konnten warten.

»Ich störe euch ja nur ungern …«, begann Paul und bekam von Ash ein beeindruckendes Knurren als Antwort.

»Dann tu es auch nicht.«

Paul lachte nur. »Wir wollen zu Ingas Pension fahren. Du

wirst es nicht glauben, aber einige von uns haben Hunger und vor allem keine Lust darauf, dass Winston und seine Kollegen uns doch noch mit Fragen überhäufen.«

Seufzend ließ Ash sie los, und Trish hätte am liebsten lautstark protestiert.

»Lässt Winston es denn zu, dass wir einfach abhauen?« Ash schielte zum Sheriff rüber. »Normalerweise stürzt er sich doch erst einmal auf mich und erklärt mir, ich würde jetzt *richtig* Ärger bekommen, ehe er sich gnädig dazu herablässt, sich anzuhören, was tatsächlich passiert ist.«

»So eine FBI-Marke wirkt schon Wunder, aber wenn dann noch die Anwesenheit eines bekannten Reporters dazukommt …« Paul grinste. »Charles hat leider Pech, der muss sicher noch stundenlang hierbleiben, aber wir anderen sollten die Chance wirklich nutzen und zu Inga fahren. Wenn wir nicht schnell abhauen, nimmt Winston uns mit, um unsere Aussage aufzunehmen, und wir sitzen noch heute Abend im Sheriffbüro. Wenn wir aber Charles die Vorarbeit überlassen und morgen nur den Rest nachliefern müssen, kommen wir deutlich besser weg.«

Trish war überzeugt. »Lasst uns fahren«, forderte sie. Endlich stimmte auch Ash zu, und wenige Minuten später rangierte er bereits seinen Porsche an den Polizeiwagen vorbei.

»Ist es sehr egoistisch, wenn ich froh bin, dass du einen Zweisitzer fährst?«, begann Trish.

Ash schüttelte den Kopf. Sie sah, wie fest er das Lenkrad umklammerte, seine Knöchel traten weiß hervor, und besorgt legte sie ihm eine Hand auf den Arm. »Was ist?«

»Ich male mir gerade aus, was dir alles hätte zustoßen können.« Er war kreidebleich geworden.

»Hey, es ist alles gut. Tief durchatmen.«

Nach einer kurzen Weile grinste er zwar noch etwas wackelig, sah aber wieder normaler aus. »Entschuldige, aber das war alles etwas sehr plötzlich. Ich mag zwar keine Langeweile, aber so viel Abwechslung ist mir dann doch eine Spur zu viel. Außerdem hatte ich solche Angst um dich wie noch nie zuvor in … also, ich meine, damals mit Joey, das war schon heftig, aber als ich dachte, dass *dir* etwas passieren … ach, egal. Nur mach das bloß nie wieder.«

Schon wieder klang es fast, als ob sie schuld an dem ganzen Drama gewesen wäre, aber sie ließ es ihm durchgehen und drückte fest seine Hand. »Was glaubst du denn, wie es mir ging, als du plötzlich ins Wohnzimmer marschiert bist? Das war unverantwortlich, leichtsinnig und nebenbei auch noch verdammt mutig.«

Ohne Vorwarnung bremste Ash scharf und hielt direkt auf dem Standstreifen. Ein Trucker hupte beim Vorbeifahren, aber Ash sah nicht einmal zu ihm hin. Er umfasste ihre Hände. »Ich weiß, dass wir uns erst kurz kennen. Also so richtig kennen, meine ich. Aber ich habe noch nie etwas Ähnliches für jemanden empfunden wie für dich. Vermutlich ist es zu früh, und du haust bestimmt gleich schreiend ab. Aber können wir vielleicht bei dir zusammen wohnen? Ich meine, so richtig? Ich kümmere mich darum, dass du … nein, dass *wir* die Dachterrasse bekommen, über die wir neulich geredet haben. Mit Whirlpool natürlich. Ich will dich nicht bedrängen, aber wie würdest du das finden? Wenn es nicht klappt, dann ziehe ich weiter. Kein Problem. Du kannst doch so eigentlich nur gewinnen.«

Wieder einmal brauchte Trish einige Sekunden, um seine Worte zu sortieren, dann hätte sie fast laut losgekichert. Aber da er so angespannt auf ihre Antwort wartete, wäre das wohl die falsche Reaktion gewesen. Sie biss sich fest auf die Lippen. Lachen war vielleicht fies, aber ein wenig Ärgern musste erlaubt sein. »Du willst mich also quasi bestechen? Dachterrasse gegen Zusammenwohnen?«

Ash legte den Kopf etwas schief. »Mist. Das klang so, oder? Ich hatte das aber etwas anders gemeint.«

Nun lachte sie doch. »Das hoffe ich aber auch. Heute Morgen wusste ich noch nicht genau, wo wir stehen. Da habe ich nur gehofft, dass du vielleicht ähnlich viel für mich empfindest wie ich für dich.« Sie lächelte ihn an. »Mir würde es sehr gefallen, wenn du bei mir einziehst. Und zwar nicht in eins der Gästezimmer, sondern so richtig, als mein Partner. Lass es uns probieren, aber bitte ohne Dachterrasse oder Whirlpool.«

Seine Erleichterung stand ihm deutlich ins Gesicht geschrieben. »Vielleicht müssen wir Pearson und seinen Komplizen am Ende noch dankbar sein? Ich weiß nicht, ob ich mir selbst auch ohne die grenzenlose Angst um dich so schnell hätte eingestehen können, dass ich dich liebe.« Er verzog den Mund. »Ach verdammt, egal, was ich sage, es klingt falsch.«

Trish schüttelte den Kopf, noch zu sehr davon berührt, dass er aussprach, worauf sie nicht zu hoffen gewagt hatte. »Nein, ich verstehe dich. Wirklich. Mir ging es ähnlich. Ich hatte gehofft, dass da viel mehr zwischen uns ist als nur eine kurze Sache. Aber ich war so unsicher. Deshalb bin ich vorgestern auch zu Sabrina geflüchtet. Es war mir zu viel, zu plötzlich, und ich hatte Angst. Aber ich will es auch. Ich will dich.«

Ash beugte sich zu ihr und küsste sie so zärtlich, dass sie das Atmen vergaß. Erst das dröhnende Hupen eines weiteren Trucks brachte sie zurück in die Realität.

Ash grinste sie auf seine typische Art an, und sie wappnete sich für die nächsten Worte, denn das Funkeln seiner Augen warnte sie. »Bis auf einen Punkt ist dann alles geklärt.«

»Und welcher Punkt wäre das wohl?«

»Ich will unbedingt mit dir zusammen im Whirlpool den

Sonnenuntergang genießen. Deshalb lasse ich wegen Dachterrasse und Whirlpool leider nicht mit mir reden.«

Sie knuffte ihn zärtlich in die Rippen. »Du bist dir also in dieser Angelegenheit so sicher, dass du ein Vermögen für uns ausgibst?«

»Ja.«

Die schlichte Antwort fuhr ihr direkt ins Herz. Im nächsten Moment stöhnte er laut auf, und sie schrak zusammen. »Was ist? Tut dir etwas weh?«

»Nein, alles gut. Aber wir müssen unsere Beziehung geheim halten! Ich ertrage es nicht, wenn Rosie und Inga erfahren, dass sie zum zweiten Mal Erfolg hatten!«

Trish prustete los. »Du bist unmöglich. Nun fahr weiter. Ich habe Hunger.«

»Ich auch.« Sein Blick machte ihr unmissverständlich deutlich, dass er dabei nicht ans Essen dachte.

Trotz ihres Zwischenstopps am Straßenrand waren sie die Ersten, die vor Ingas Pension eintrafen. Lediglich ein dunkelblauer japanischer Sportwagen parkte dort.

»Kennst du den Wagen?«, fragte Trish.

»Nein, noch nie gesehen.«

Eigentlich wollten sie in den Garten gehen, aber dann hörten sie Sabrinas lauten Ruf vom Strand her. Gefolgt von Joey und Steve rannte ihre Freundin auf sie zu, und Trish sah schon von Weitem, dass irgendetwas passiert sein musste. Joey überholte seine Mutter auf den letzten Metern und blieb keuchend vor Trish und Ash stehen. »Gut, dass ihr hier seid! Das glaubt ihr mir nicht. Der Sportflitzer da, der gehört …«

»Joey! Halt die Klappe!« Sabrina schnappte nach Luft. »Ist bei euch alles in Ordnung? Ist … ich meine, sind *alle* unverletzt?«

Trish wusste, dass Sabrina sich zwar um alle gesorgt hatte, aber natürlich vor allem wissen wollte, was mit Paul war. »Ja, alle gesund und munter. Sie treffen bestimmt auch gleich ein.« In einer entschuldigenden Geste breitete sie die Hände aus und sah Steve an. »Na ja, bis auf deinen Vater. Der muss noch den Sheriff beruhigen.«

Steve war deswegen nicht übermäßig besorgt. »Schade, dann versäumt er hier was. Also, was Joey sagen wollte, war …«

»Steve!«, donnerte nun Sabrina ungewohnt laut los. »Ihr wisst überhaupt nichts und habt zu viel Fantasie.«

»Aber …«, begannen beide Jungs gleichzeitig.

Mit einem strengen Blick brachte Sabrina sie wirkungsvoll zum Schweigen. »Es mag ja sein, dass eure Vermutung stimmt, aber meint ihr nicht, das sollten wir alles in Ruhe aufklären? Besonders nett ist es nicht, dass ihr Ash so überfallt! Und jetzt ab in den Garten mit euch. Ihr bringt Getränke und Geschirr raus, und wir kommen gleich nach.«

»Aber Mom, wir wollen doch auch wissen, ob das …«, versuchte Joey erneut sein Glück.

Wieder fuhr Sabrina ungewohnt energisch dazwischen und verhinderte erfolgreich, dass die Jungs etwas aussprachen, das sie offensichtlich nicht verraten sollten. »Wenn ich mich noch einmal wiederholen muss, sind sämtliche elektronischen Geräte für mindestens zwei Tage weg. Und damit meine ich nicht eure Zahnbürsten, sondern die Tablet-PCs und Handys! Habe ich mich jetzt klar ausgedrückt?«, fauchte Sabrina die Jungs an.

Trish und Ash sahen sich ratlos an.

Joey murmelte zwar etwas vor sich hin, von dem Trish nur die Worte *fies* und *gemein* verstand, aber er zog mit seinem Freund ab.

Sabrina wartete, bis die Jungs wirklich außer Hörweite waren. »Eigentlich hattet ihr ja genug Aufregung für einen Tag, aber da gibt es tatsächlich etwas, das ihr wissen solltet. Am besten ist es, wenn ihr mal mitkommt. Es geht um den Fahrer des blauen Wagens. Er ist vor ungefähr einer halben Stunde hier angekommen und hat Maureen gesucht.«

Nun verstand Trish überhaupt nichts mehr. »Und was hat das mit uns zu tun?«

Sabrina hob die Schultern. »Vielleicht sehr viel, vielleicht ist alles auch nur ein merkwürdiger Zufall. Außerdem geht es um Ash und nicht um euch beide.« Ihr Lächeln blitzte auf. »Aber ich freue mich so sehr, dass es endlich ein *uns* bei euch gibt.«

Ash kratzte sich am Kopf. »Und was hast du dir jetzt vorgestellt?«

»Ganz einfach: Wir gehen an den Strand. Da müssten wir ja beide treffen und können alle offenen Fragen klären.«

Ash rollte mit den Augen. »Du meinst die Fragen, die wir gar nicht stellen können, weil wir nicht die geringste Ahnung haben, worum es hier eigentlich geht. Wirklich großartig, Sabrina.«

Sichtlich verlegen hob Sabrina die Hände. »Es ist wirklich kompliziert, und ich weiß ja wirklich noch nichts Genaues.«

Auch Trish war mittlerweile reichlich genervt. Sie wollte sich irgendwo gemütlich mit Ash hinsetzen, vielleicht was essen und dann dort weitermachen, wo sie morgens gestört worden waren. Sie brauchte dringend Ruhe. Obwohl sie sich andauernd sagte, dass ja alles gut ausgegangen war, beschäftigte die Begegnung mit Pearson, Hulk und Clarissa sie noch sehr, sie hatte den Schreck noch längst nicht abgeschüttelt.

Sabrina seufzte. »Ich weiß, wie ungünstig der Zeitpunkt ist. Aber ... ach, lasst uns einfach gehen.«

»Was anderes bleibt uns ja auch nicht übrig«, knurrte Ash und stapfte los, Trishs Hand fest in seiner. Es war, als ob er sie nie wieder loslassen wollte, und obwohl sie ihre Freiheit liebte, gefiel es ihr sehr. Sie wusste, dass er ihr jeden Freiraum geben würde, den sie brauchte – und andersherum galt das ebenso.

Als sie den Strand erreicht hatten, blickten sie sich suchend um. Sabrina entdeckte Maureen als Erste. »Dahinten bei den Felsen!«, sagte sie.

Ash schüttelte gereizt den Kopf, setzte sich aber in Bewegung. Soweit Trish erkennen konnte, redete die ältere Frau mit einem Mann, der ihnen den Rücken zukehrte. In regelmäßigen Abständen warf einer von beiden einen Stock, dem Polly kläffend hinterherjagte. Wenn sie die Körperhaltung der beiden richtig interpretierte, fand zwischen ihnen eine heftige Diskussion statt. Schon bald schnappte sie einzelne Wortfetzen auf. *Versteckspiel … unverantwortlich … Familie … Schock*. Die Wut und der Ärger der beiden waren unüberhörbar.

Irritiert sahen Ash und Trish sich an. Im nächsten Moment entdeckte Maureen sie, wurde kreidebleich und schlug sich eine Hand vor den Mund.

»Was zum Teufel …«, begann Ash und eilte dann so schnell auf die Irin zu, dass Trish kaum Schritt halten konnte. »Maureen, ist alles in Ordnung? Belästigt der Mann dich?« Ash drehte sich drohend zu ihrem Gesprächspartner um und drückte dann plötzlich Trishs Hand so fest, dass es schmerzte.

Der Mann war einige Jahre jünger als Ash, seine Haare dunkler, aber genauso zerzaust, die Augenfarbe identisch, die Gesichtszüge so ähnlich, dass es kein Zufall sein konnte. Wortlos starrte Ash ihn an.

Der Unbekannte fuhr sich mit beiden Händen durchs Haar. Es war die exakte Kopie einer Geste, die Trish auch schon bei Ash beobachtet hatte. »Großartig, genau das wollte ich vermeiden. Mein Name ist Sean. Den Rest wird dir unsere … wird dir Maureen erklären, und zwar jetzt!« Er sah Maureen fest an. »Du wirst ihm jetzt alles erzählen und ihm dann die Briefe geben. Bitte denk daran, was das für ihn … Oh verdammt, warum hast du denn nicht die *paar* Tage gewartet?« Er seufzte. »Sind wir uns jetzt einig, Mom?«

Maureen liefen Tränen über die Wange, aber sie nickte.

»Gut. Polly, komm!« Sean runzelte die Stirn und sah Sabrina und Trish an. »Lasst die beiden kurz allein. Ich kann eure Fragen auch beantworten.«

23

Ashs Gedanken überschlugen sich. Die Fakten sprachen für sich, die Schlussfolgerungen lagen auf der Hand, aber er begriff nicht, wie das sein konnte. Maureen schwankte leicht. Rasch fasste er nach ihrer Schulter. »Bitte nicht umkippen. Komm, setz dich auf den Felsen dort.«

Maureen ließ sich zu dem Felsen führen, aber sie weinte jetzt noch heftiger. Zum zweiten Mal an diesem Tag fühlte er sich so hilflos, dass er vor Ärger mit den Zähnen knirschte. Im Umgang mit weinenden Frauen fehlte ihm schlicht und einfach die Erfahrung.

»Bitte beruhige dich. Ich möchte gern wissen, was hier los ist. Ich kann mir zwar einiges denken, aber ich *verstehe* es nicht. Und solange du so weinst … ich weiß nicht, was ich tun soll.«

Maureen tastete nach seiner Hand, und er widerstand dem Impuls, sie wegzuziehen. »Ich wusste doch nicht, dass du lebst. Ich wäre niemals auf die Idee gekommen, dass er mir … dass er uns so etwas antun konnte.«

»Du redest vermutlich von meinem Vater.«

Maureen rang zitternd nach Luft und nickte. »Kurz vor deinem vierten Geburtstag wurdest du krank. Eine schwere Grippe mit fürchterlichem Husten. Ich habe dich zwei Wochen lang gepflegt, dann ging es dir endlich besser, und als du schon wieder ziemlich fit warst, erreichte mich ein Anruf aus Irland. Meine Mutter war ins Krankenhaus eingeliefert worden und lag im Sterben. Ich musste zu ihr, wollte dich aber auch nicht allein lassen. Aber es ging dir wirklich schon wieder richtig gut, sodass ich dann doch geflogen und länger geblieben bin, als ich ursprünglich wollte. Meine Mum hat sich wieder erholt, womit keiner gerechnet hatte. Mit deinem Vater habe ich mich deshalb heftig gestritten. Er war fürchterlich wütend, weil er fest davon ausgegangen war, dass ich höchstens ein, zwei Tage bleibe. Als wir nach einer Woche telefonierten, war er so kalt und abweisend und auch aufgebracht, wie ich ihn noch nie erlebt hatte. Und nach zehn Tagen schickte er mir dann einen Brief, in dem …« Maureen schluchzte einmal laut und riss sich dann zusammen. »Entschuldige, ich bin sonst keine solche Heulsuse, aber es kommt gerade alles zurück.« Sie wühlte kurz in ihrer Handtasche und reichte ihm etwas, das er zuerst für einen reichlich zerknitterten Brief hielt, aber als er das Papier auseinanderfaltete, erkannte er seinen Irrtum. Es handelte sich um ein Telegramm, in dem sein Vater Maureen den Tod ihres Sohnes mitteilte. Plötzliche Komplikationen infolge der nicht ganz auskurierten Grippe, woran sie eine Mitschuld trüge. Fast im gleichen Atemzug kündigte er die Scheidung an. Sekundenlang hatte Ash das Gefühl, der Boden schwanke unter ihm. Er merkte nicht einmal, dass sich Maureen förmlich in seinen Arm krallte.

»Eine Woche später trafen Kisten ein, in denen sich alles befand, was mir gehörte, und ein kurzes Schreiben, dass du bereits beerdigt worden seist und er mich niemals wiedersehen wolle. Ich wollte trotzdem zu ihm, wenigstens ein letztes Mal miteinander reden und vielleicht gemeinsam trauern, aber die Pflege meiner Mutter und der Schock … ich bekam eine Lungenentzündung, und als ich wieder gesund war, war alles zu spät.«

Ash schüttelte heftig den Kopf. Seine Meinung über seinen Vater war nie besonders gut gewesen, aber das hier hätte er nie

für möglich gehalten. Vermutlich sollte er irgendetwas emp-
finden, aber da war nichts. Nur endlos viele Fragen. »Warum
hast du niemanden in Heart Bay gefragt, ob es stimmt? Rosie
oder Inga? Und warum sollte er so etwas tun? Halt, ich kor-
rigiere, denn das hier ist ja der Beweis, dass er das getan hat.
Aber *warum?*«

Maureen holte ein weiteres Blatt heraus. »Die Antwort nach
dem Warum findest du in diesem Schreiben. Das solltest du
besser allein lesen. Und was Inga und Rosie angeht ...« Sie
zuckte hilflos mit den Schultern. »Deine Großmutter war viel
zu vornehm, um sich mit der einfachen Bevölkerung abzugeben. Wir hatten ein paar Angestellte. Eine Köchin, eine Haus-
hälterin und einen Gärtner. Und dazu noch Freunde deiner
Großeltern, die zu Partys eingeladen wurden, so steif, dass
man schief angesehen wurde, wenn man nur lachte. Ich kannte
niemanden. Mein Versuch, mit der Köchin zu telefonieren, endete damit, dass sie den Hörer auflegte, als ich meinen Namen
nannte. Dabei wollte ich damals nur wissen, wie es deinem Vater geht, denn ein Teil von mir hat ihn damals noch geliebt. Ich
war so schockiert, dass ich niemals daran gezweifelt habe, dass
du wirklich gestorben bist. Außerdem waren da ja auch noch
die Schreiben seines Anwalts, in denen alles bestätigt wurde.«

Ash musste sich zwingen, es einmal auszusprechen. Obwohl
es ihm unendlich schwerfiel und die Fakten eindeutig waren,
musste er es einmal hören. »Dann bist du meine Mutter, und
Sean ist mein Bruder? Also, Halbbruder?« Maureen nickte und
schüttelte gleichzeitig den Kopf. Ash versuchte sich an einem
Grinsen. »Das musst du mir übersetzen.«

»Oh Gott, du bist genau wie Sean, aber das habe ich schon
geahnt, als wir uns am Strand getroffen haben. Sean ist dein
Bruder, nicht dein Halbbruder. Es ging mir in Irland nicht gut,
die Angst um meine Mutter, die ganze Pflege, die sie brauchte,

dann meine Krankheit und die Trauer um dich. Ich habe erst im fünften Monat gemerkt, dass ich schwanger war. Trotz allem, was gewesen war, wollte ich mit deinem Vater reden. Ich habe ihn angerufen, aber er hat sofort aufgelegt. Darüber … nun ja, ich habe mich sehr aufgeregt. So sehr, dass meine Eltern verboten haben, dass ich ihm noch mal schreibe oder ihn anrufe, aus Angst, dass ich sonst vielleicht das Baby verliere. Sie waren von seinem Verhalten so entsetzt, und irgendwann sah ich alles wie sie und wollte einfach nie wieder etwas mit ihm zu tun haben.« Schwerfällig stand sie auf. »Wir haben noch viel zu bereden, und ich hoffe so sehr, dass du mir die Gelegenheit dazu gibst, aber erst einmal musst du das hier lesen. Ich glaube, es ist am besten, wenn deine kleine Lady dabei an deiner Seite ist. Sehen wir uns, reden wir, *mo mhac?*«

»Das werden wir, *mo mháthair*.« Die Anrede war ihm einfach so herausgerutscht. Maureen strahlte ihn an. »So hast du mich früher immer genannt.«

Flüchtige Erinnerungen schossen ihm durch den Kopf, die plötzlich klarer wurden, Gestalt annahmen. Als Maureen gehen wollte, hielt er sie am Arm zurück. »Bitte warte.« Kurz befürchtete er, sich lächerlich zu machen, dann stimmte er leise ein Lied an. »*Over in Killarney, many years ago, me Mother sang a song to me in tones so sweet and low, just a simple little ditty, in her good ould Irish way, and I'd give the world if she could sing that song to me this day.*«

Maureen weinte wieder, stimmte aber in den Refrain ein, mit der klaren, sanften Stimme, an die er sich plötzlich erinnert hatte: »*Too-ra-loo-ra-loo-ral, Too-ra-loo-ra-li, Too-ra-loo-ra-loo-ral, Hush now don't you cry.* Das habe ich dir jeden Abend vorgesungen!«

Auch wenn sie in gewisser Weise noch immer eine Fremde war, kam sie ihm zugleich unendlich vertraut vor. Er stand auf und umarmte sie fest. Es dauerte einige Zeit, bis er bereit war, sie wieder loszulassen. In seinem Kopf herrschte das reinste Chaos, und ihr schien es genauso zu gehen, denn erst nach einer kleinen Ewigkeit löste sie die Umarmung, die eher eine Umklammerung gewesen war.

»Lies das, aber warte, bis du jemand an deiner Seite hast.« Sie stieß einen Laut aus, der zwischen Lachen und Weinen lag. »Ich bin da leider die falsche Person, weil ich vor Wut nicht mehr klar denken kann, wenn ich an den Inhalt des Briefes denke.«

Der zweite Zettel war völlig zerknittert, aber das war ihm egal. »Wir sehen uns gleich bei Inga«, sagte er. »Ich möchte dich und Sean kennenlernen. Und Irland.«

Sie strahlte übers ganze Gesicht, und Ash war froh, dass er die richtigen Worte gefunden hatte, dann ging sie über den Strand davon, und er sah ihr nach. Instinktiv glaubte er ihr, dass sie an ihrer langen Trennung unschuldig war.

Obwohl er sich nie für einen Feigling gehalten hatte, zögerte er, das zerknüllte Papier glatt zu streichen. Er dachte an Maureens eindringliche Warnung, den Inhalt nicht allein zu lesen. Das erschien ihm zwar übertrieben, aber da Trish bereits auf ihn zusprintete, konnte er ebenso gut kurz warten.

Außer Atem blieb sie vor ihm stehen und griff nach seiner Hand. »Sean hat uns alles erzählt. Das ist ja Wahnsinn. Wie geht es dir?«

»Durcheinander. Ich habe unzählige Fragen, und es fühlt sich alles gerade ziemlich unwirklich an.« Er sah auf den Brief in seiner Hand und bemerkte erst jetzt, dass es zwei Seiten waren. Mit einem schiefen Grinsen hob er die Blätter höher. »Ich werde das wohl lesen müssen, um den Rest zu erfahren.«

Trish warf zornig den Kopf zurück. »Oder du schmeißt es in Fetzen die Klippen hinunter.«

»Du weißt, was da steht?«

»Ja«, gab sie etwas zerknirscht zu. »Sean ist dir in der Hinsicht sehr ähnlich. Er konnte seine Wut nicht zurückhalten und ist mit der ganzen Geschichte rausgeplatzt. Er wollte übrigens zusammen mit Maureen hierherkommen, bekam aber nicht so schnell Urlaub. Seine Mutter ist einfach schon allein losgeflogen und hat ihm nichts davon erzählt. Deshalb dann auch das ganze Drama mit Polly im Flugzeug.« Sie legte den Kopf schief und musterte ihn nachdenklich. »Ich mag sie.«

»Ich auch. Ich will sie unbedingt näher kennenlernen. Sie und Sean. Aber ich … ich kann die beiden nicht als Mutter und Bruder sehen. Das geht noch nicht.«

»Logisch. Wie du schon sagst: noch nicht. Vielleicht kommt es ja noch, und wenn nicht, dann eben nicht. Aber ich würde wirklich sagen, schmeiß den Mist ins Wasser. Denn ich habe null Verständnis für das, was da gelaufen ist.«

Ihre Augen blitzten vor Wut, und er konnte der Versuchung nicht widerstehen, sie zärtlich zu küssen. »Ich muss es lesen.«

»Ich weiß.«

Widerstrebend ließ er ihre Hand los. Schon nach den ersten Worten stutzte er und überprüfte auf der zweiten Seite den Absender. Er hatte vermutet, dass dieses Schreiben von seinem Vater stammte wie zuvor das Telegramm. Damit lag er falsch. Der Absender war Carl Weatherby, der Anwalt und Freund seines Vaters.

Trish stand so dicht neben ihm, dass sie mühelos mitlesen konnte. Er hatte bisher nicht gewusst, dass sich seine Eltern in Irland kennengelernt hatten. Sein Vater hatte es seinem Anwalt gegenüber als Liebe auf den ersten Blick bezeichnet und war von seiner Geschäftsreise mit Maureen als seiner Verlobten nach Heart Bay zurückgekehrt. Der Empfang durch seine Eltern war frostig gewesen. Da sie im gleichen Haus lebten, war es niemals zu einem Zuhause für ihn und Maureen geworden. Er hatte sich bemüht, aber durch seine Arbeit viel zu wenig Zeit für seine junge Frau gehabt und nicht bemerkt, wie sie immer unglücklicher wurde. Die Geburt ihres Sohnes war ein kurzer Hoffnungsschimmer, der erlosch, als die Zankereien zwischen Maureen und ihrer Schwiegermutter überhandnahmen. Als Maureen nach Irland reiste, war sein Vater schon vollkommen zermürbt gewesen von den ständigen Streitereien und Maureens Forderung, er möge sich mehr um seine Familie kümmern, statt sich von frühmorgens bis spät in die Nacht in der Arbeit zu vergraben. Als sie ihren Aufenthalt verlängerte, hatte es ihm gereicht, und er hatte einen Schlussstrich gezogen, in der Überzeugung, es sei für alle Beteiligten das Beste. Maureen war jung genug für einen Neuanfang und würde in Irland glücklich werden, um seinen Sohn würden sich seine Eltern kümmern. Da ihm klar war, dass Maureen ihren Sohn niemals verlassen würde, aber er auch nicht bereit gewesen war, ihn aufzugeben, hatte er mithilfe seines Freundes Ashs Tod vorgetäuscht.

Ash ließ das Blatt sinken. »Das Ganze ist doch … Himmel, wäre das ein Film, würde ich umschalten. Wer soll denn so einen Mist glauben?«

»Na ja, deine Mutter und dein Bruder sind der Beweis, dass es wahr ist.«

»Das weiß ich auch. Schließlich ist dies hier ja ein hochoffizielles Anwaltsschreiben mit dem Inhalt eines Kitschromans!« Unwillkürlich war er mit jedem Wort lauter geworden. »Entschuldige, ich wollte dich nicht anbrüllen.« Aber mein Vater ist ja leider nicht hier, fügte er in Gedanken hinzu.

Trish winkte ab. »Ich kann dich ja verstehen. Sogar mir fällt es schwer, zu glauben, dass er nur das Beste für alle gewollt hat. Ich mochte ihn, aber das hier … das ist wirklich jenseits von

Gut und Böse. Wie waren denn deine Großeltern so? Hatten die echt so einen Einfluss auf ihn?«

Ash zuckte mit der Schulter. »Ich weiß es nicht. Sie sind kurz nach meiner Mutter ums Leben gekommen. Also, sie nun wirklich.« Er fuhr sich mit beiden Händen durchs Haar und sah Trish irritiert an, als sie schmunzelte. »Was ist?«

»Entschuldige. Mir fiel nur gerade ein, dass Sean das Gleiche tut.«

»Also wird so eine Angewohnheit genetisch definiert? Interessant.«

»Nicht nur diese, die latente Neigung zu frechen Sprüchen anscheinend auch.«

Ash zog sie kurz an sich. Die Wortgefechte mit ihr halfen ihm, sich in diesem Chaos wenigstens ein bisschen zurechtzufinden.

Sie sah ihn schelmisch an. »Soll ich dich noch weiter ärgern, oder bist du bereit für die zweite Seite? Ich glaube, es ist gut, wenn du das jetzt durchziehst und danach abhakst.«

»Du hast recht, jetzt aufzuhören wäre, als würde man eine Wurzelbehandlung kurz vor Ende abbrechen.«

Auf der zweiten Seite war nur der erste Absatz der Vergangenheit gewidmet. Nach dem Tod seiner eigenen Eltern hatte Ashs Vater den Boden unter den Füßen verloren. Immer mehr vermisste er seine Frau, sein Sohn erinnerte ihn jeden Tag an seine verlorene Liebe, und die Arbeit war seine Flucht vor der Wirklichkeit. Trish schnaubte aufgebracht, verkniff sich aber jeden Kommentar. Der restliche Text behandelte die letzten Wochen, und dieser Teil berührte Ash deutlich mehr als der Ausflug in die Vergangenheit. Vor zwei Wochen hatte ein Arzt seinem Vater mitgeteilt, er litte an einem inoperablen Gehirntumor, der eine lebenswichtige Arterie abzudrücken drohte. Von dem Moment an hatte er sein Leben in Ordnung ge-

345

bracht, soweit es eben ging: Er hatte dafür gesorgt, dass Ash der Alleinerbe war, und veranlasst, dass Maureen die Wahrheit erfuhr. Der Brief endete mit einer anwaltlichen Floskel, dass das Schreiben auf Wunsch von Ashs Vater aufgesetzt worden war, und einem handschriftlichen Nachsatz: *Es tut mir leid, damals erschien es mir richtig, heute als großer Fehler.* Die Unterschrift stammte von Carl Weatherby.

Ash faltete die Blätter zusammen und stopfte sie in seine Jeans. »Was für ein Mist!«

»Nun, immerhin kannst du nun sagen, dass du von Anfang an recht hattest. Ich lag mit meiner Einschätzung deines Vaters meilenweit daneben. Er mag zwar zu mir und anderen nett gewesen sein, aber das hier … Nee, also das geht gar nicht. Auch wenn das alles dreißig Jahre her ist, gilt das nicht als Entschuldigung. Deine arme Mutter folgt ihrer großen Liebe in ein fremdes Land, wird erst so im Stich gelassen und dann auch noch um ihr Kind betrogen. Dein Vater und seine Eltern und überhaupt alle können froh sein, dass sie tot sind! Ich hätte denen einiges zu sagen gehabt.«

»Das hätte ich zu gerne erlebt. Hast du auch eine Idee, was ich jetzt tun soll? Ich würde am liebsten mit dir zusammen nach Hollywood fahren und erst zurückkehren, wenn Gras über alles gewachsen ist. Aber das geht schon wegen der Firma nicht, und weil ich Maureen versprochen habe, mit ihr zu reden. Aber wie benimmt man sich, wenn man in meinem Alter plötzlich eine Mutter und einen Bruder bekommt?«

Trish zerrte ihr Smartphone aus der Jeans und hielt es ihm hin. »Google das doch mal.«

Endlich musste er lachen, und ein Teil der Spannung fiel von ihm ab. »Wie würde ich das alles nur ohne dich überstehen? Na komm, lass uns zu Inga gehen. Ich brauche dringend ein kühles Bier.« Er ging einige Schritte und blieb dann stehen.

»Verdammt, ich habe den Mist mit Pearson schon fast vergessen. Das ist vielleicht ein Tag! Hoffentlich war Charles erfolgreich und hält mir Winston noch bis morgen vom Leib. Außerdem ist mir gerade noch etwas eingefallen.« Er verstummte
und überlegte, was die unerwartete Erkenntnis für ihn bedeutete.

»Und was?«, hakte Trish ungeduldig nach.

»Wenn Sean mein Bruder ist, steht ihm die Hälfte der Firma
zu. Ich habe aber keine Ahnung, was das für uns und das Unternehmen heißt. Ich hatte gedacht, dass nach Pearsons Aus-
schaltung alles in geordneten Bahnen verlaufen wird und Ruhe
einkehrt, aber stattdessen wird die Situation immer verworrener.«

»Ach weißt du, zu viel Normalität könnte dich ja vielleicht
wieder nach Hollywood zurücktreiben. Solange es hier nicht
langweilig wird, hoffe ich ja, dass du …«

Weiter kam Trish nicht, mit einem Ruck zog er sie in seine
Arme. »Ich glaube, du hast mir vorhin nicht ganz zugehört. Ich
werde ab jetzt immer dort sein, wo du bist. Und wenn du dir
den langweiligsten Ort der Welt zum Leben aussuchst, dann
werde ich auch dort klarkommen. Verstanden?«

Ihr Gesicht an seine Schulter geschmiegt, nickte sie. »Natürlich habe ich das verstanden, du hast ja laut genug geredet.«

»Schade eigentlich, denn ich hätte andernfalls so *einige* Ide-
en, wie ich dich noch überzeugen könnte.«

»Vergiss sie nicht. Ich bin sehr sicher, dass ich nachher zu
Hause doch nicht mehr verstehe, was du meintest, und du
mich dringend überzeugen musst.«

Hand in Hand schlenderten sie das letzte Stück zu Ingas
Pension zurück. Bis auf Charles hatten es sich ihre Freunde
schon im Garten gemütlich gemacht. Inga und Maureen plau-
derten angeregt, nur Sean hielt sich etwas abseits.

»Ich rede mal mit ihm«, kündigte Ash an, wartete Trishs Nicken ab und nahm im Vorbeigehen zwei Bierdosen aus einer
Box mit Eis. Eine reichte er Sean … an ihn als seinen Bruder
zu denken fiel ihm noch schwer. »Merkwürdige Situation«, begann er.

Sean nickte und lachte dann. »Ich weiß nicht, für wen es ver-
wirrender ist. Ich hatte dich immer als vierjährigen Knirps vor
Augen. Meine … *unsere* Mutter hat aus jedem deiner Geburts-
tage und natürlich dem angeblichen Todestag einen Gedenktag
gemacht. Du warst als eine Art Geist immer Teil der Familie.«

Sie prosteten sich zu. »Was machst du beruflich?«, fragte Ash
dann. Sie konnten sich ja schließlich nicht nur anschweigen,
und er wollte es tatsächlich gern wissen.

»Ich bin im kaufmännischen Bereich unterwegs, man könnte es als Unternehmensberater bezeichnen. Wenn es in Firmen
Probleme gibt, versuche ich, sie zu lösen. Das reicht von strate-
gischer Beratung bis hin zur Aufdeckung krimineller Machenschaften.«

Ash verschluckte sich fast an seinem Bier. »Ein Jammer, dass
du nicht ein paar Tage früher eingetroffen bist, da hätten wir
ein Paradebeispiel für dich gehabt. Übrigens steht dir die Hälfte vom Erbe unseres Vaters zu. Darüber müssen wir reden.«

»Müssen wir nicht. Ich will nichts von ihm«, lehnte Sean sofort ab.

»Es steht dir aber zu.« Als Sean wütend aufbegehren wollte,
hob Ash eine Hand. »Lass uns das Thema auf später verschieben.« Er sah auf die Uhr. »Ich habe eine Idee. Passen in deinen
Wagen vier Personen rein?«

»Ja. Wieso?«

»Sekunde noch. Kann Polly ohne dich und Maureen hierbleiben? Es sind ja genug Leute da, die aufpassen, dass sie keinen Blödsinn macht.«

»Ja, ich denke schon. Was hast du vor?«

»Verrate ich dir nach dem Essen. Es gibt da etwas, das wir uns gemeinsam ansehen sollten.«

Er vergewisserte sich, dass ihm kein Wagen gefolgt war, bog ab und erreichte nach wenigen Meilen die Klippen, von denen er einen traumhaften Ausblick übers Meer hatte. Seinen Styroporbecher mit Kaffee in der Hand stieg er aus und setzte sich auf die Motorhaube. Von dem Gewitter war nichts mehr zu sehen, der Pazifik lag wie eine flache Scheibe vor ihm. Hier kam er zur Ruhe und konnte sich nach all dem Durcheinander endlich an die längst fällige Bestandsaufnahme machen.

Es war ein Kinderspiel gewesen, den Mexikaner im Krankenhaus auszuschalten. Trotzdem bedauerte er es, dass er zu diesem Schritt gezwungen gewesen war. Sie hatten seit Jahren sporadisch zusammengearbeitet, immer darauf bedacht, dass niemand von ihrer Verbindung erfuhr. Aber er wäre niemals so leichtsinnig gewesen, auf das Schweigen des Mexikaners zu setzen. Dessen Tod hatte er in dem Moment beschlossen, als ihm klargeworden war, dass der Scharfschütze seinen Wagen gesehen hatte. Wenn der Mexikaner über seinen Auftrag geredet hätte, wäre sein eigenes Leben vorbei gewesen, schon deshalb hatte er längst entsprechende Vorkehrungen für den Notfall getroffen und eine passende Explosion vorbereitet. Eigentlich sollte sein ehemaliger Kumpel ihm dankbar sein. Schlafend in den Tod hinüberzugleiten war eine Gnade und vermutlich sogar die bessere Option als der ursprünglich für ihn vorgesehene Sprengstoff. Wenn es bei ihm selbst so weit war, wollte er auch so und nicht anders gehen.

Jetzt führte keine Spur mehr zu ihm. Niemand würde je erfahren, dass er der zweite Schütze gewesen war. Was für ein verdammtes Pech, im wahrsten Sinne des Wortes über einen anderen Schützen zu stolpern, der das gleiche Ziel gehabt hatte. Aber zurück zu seiner eigenen Sicherheit. Aus der Ecke drohte ihm keine Gefahr mehr, trotzdem blieb die Ungewissheit, wie er mit Ash, Rick und Paul umgehen sollte. Noch fehlte ihm der rechte Überblick, was in Ashs Firma eigentlich passiert war. Er hatte nur Gerüchte aufgeschnappt, die besagten, dass es um einen dicken Fisch ging, hinter dem das FBI schon lange her gewesen war. Aber er brauchte Details. Vielleicht ergab sich dann eine Möglichkeit, diesem Geldwäschering die Schuld am Tod von Ash zuzuschieben. Vermutlich wäre es am besten, wenn Trish gleich mit ihm starb.

Den Fakten nach sollte er beruhigt sein, denn es gab nichts, aber auch gar nichts, was ihn verdächtig machte, aber er war besorgt. Die drei Jungs überraschten ihn immer wieder, und ihm klang noch immer die scherzhafte Bemerkung im Ohr, dass sie sich um den *Cold Case* von Heart Bay kümmern wollten. Das war gar nicht erforderlich. Sobald Paul ausplauderte, was er gesehen hatte, und Ash ergänzte, dass er seinen Wagen einige Tage zuvor dort gesehen hatte, wäre das Drama nicht mehr aufzuhalten. Dann fehlte als letztes Puzzlestück nur noch Ricks Erinnerung. Er war es gewesen, der ihn und Iris zusammen gesehen hatte. Das hätte niemals passieren dürfen.

Jeder Erinnerungsfetzen allein war harmlos, aber zusammengefügt bedeuteten sie eine Katastrophe. Er war zu lange passiv gewesen und hatte sich aufs Beobachten oder halbherzige Attacken wie bei Ash am Strand beschränkt. Es war höchste Zeit, einen Gang höher zu schalten und die Gefahr zu eliminieren – und zwar endgültig. Er hatte viel zu lange gezögert, aus Gründen, die er selbst nicht verstand. Energisch knüllte er den mittlerweile leeren Becher zusammen und warf ihn die Klippen hinab ins Meer.

Zwei Stunden später standen Ash, Trish, Maureen und Sean an dem Ort, den Trish ihm auf der Fahrt nach St. Ellis gezeigt hatte. Als sie ihr Ziel erreicht hatten, war Maureen ziemlich blass geworden.

»Geht es dir nicht gut?«, erkundigte sich Ash besorgt.

»Doch, es ist nur …« Ihre Wangen röteten sich. »Das hier war unser Lieblingsort. Hier schienen alle Probleme so weit weg zu sein. Wir waren viel zu selten hier, aber wenn, dann waren wir glücklich. Sogar als unsere Ehe schon ziemlich zerrüttet war. Hier ist es dann auch …« Nun lief sie endgültig tiefrot an. »Nun ja, man könnte sagen, es handelt sich um Seans Entstehungsort.«

Prompt verschluckte sich Sean. »Oh verdammt, zu viele Einzelheiten! So genau wollte ich es nicht wissen!«

Ash konnte ihn verstehen … innerlich verabschiedete er sich von der Idee, auf den Klippen jemals den Sonnenuntergang mit Trish auf ganz eigene Art und Weise zu beobachten.

Trish musterte ihn aus zusammengekniffenen Augen. »Vergiss es. Ich werde dich hier schon auf andere Gedanken bringen. Warum bist du denn jetzt hierher gefahren?«

»Ich weiß nicht. Ich dachte, es wäre richtig.« Ash sah in die Richtung, in der St. Ellis lag. »Seht ihr die Motorjacht dort unten? Carl Weatherby ist an Bord, um die Urne unseres Vaters, deines Exmannes, beizusetzen. Ich dachte, es wäre richtig, das gemeinsam von hier oben aus zu verfolgen.«

Sean nickte stumm und ließ die Jacht nicht aus den Augen. Maureen griff erst nach seiner, dann nach Ashs Hand. Ihre Augen schimmerten feucht, aber sie weinte nicht. »Das ist eine sehr schöne Idee, *mo mhac.*«

Trish tastete nach seiner anderen Hand. »Das ist genau richtig. Ein Abschied und ein Neubeginn.«

Gemeinsam sahen sie zu, wie die Jacht einen großen Kreis

fuhr, und lauschten, als anschließend dreimal die Schiffssirene ertönte. Schließlich trat Ash bis an den Rand der Klippe, holte das reichlich zerknitterte Schreiben des Anwalts aus seiner Jeanstasche, zerriss es und ließ die Fetzen los. Der Wind trug das Papier aufs Meer hinaus, wo es schließlich im Pazifik versank.

»Wir können die Vergangenheit nicht mehr ändern, aber ich brauche auch keine Erinnerung an den Wahnsinn, der uns so viele Jahre gekostet hat«, erklärte er und drehte sich zu den drei Menschen um, die zukünftig seine Familie waren. Daran würde er sich erst gewöhnen müssen, musste sie erst einmal näher kennenlernen, aber die Zeit würde er sich nehmen. Er hatte ab jetzt nicht nur Freunde, die sofort und immer für ihn da waren, sondern auch Trish an seiner Seite und eine Mutter und einen Bruder. Auch wenn es noch unzählige offene Fragen gab und er nicht wusste, was die Zukunft für sie brachte, freute er sich darauf.

Ende